Patricia Briggs menait une vie parfaitement ordinaire jusqu'à ce qu'elle apprenne à lire. À partir de ce moment-là, ses après-midi se déroulèrent à dos de dragon ou à la recherche d'épées magiques, quand ce n'était pas à cheval dans les Rocheuses. Diplômée en histoire et en allemand, elle est professeur et autrice. Elle vit avec sa famille dans le Nord-Ouest Pacifique.

De la même autrice :

Mercy Thompson :
1. *L'Appel de la Lune*
2. *Les Liens du sang*
3. *Le Baiser du fer*
4. *La Croix d'ossements*
5. *Le Grimoire d'Argent*
6. *La Marque du fleuve*
7. *La Morsure du givre*
8. *La Faille de la nuit*
9. *L'Étreinte des flammes*
10. *L'Épreuve du silence*
11. *Le Souffle du mal*
12. *L'Empreinte de la fumée*

Ombres mouvantes
(Recueil de nouvelles)

Alpha & Omega :
Alpha & Omega : L'Origine
1. *Le Cri du loup*
2. *Terrain de chasse*
3. *Jeu de piste*
4. *Entre chien et loup*
5. *Dans la gueule du loup*

Corbeau :
Corbeau – L'Intégrale

Sianim :
Masques
L'Épreuve du loup
Le Voleur de dragon
L'Empreinte du démon

Les Chaînes du dragon
Le Sang du dragon

Le Pacte du Hob

Chez Milady Graphics :
Mercy Thompson :
Retour aux sources

CE LIVRE EST ÉGALEMENT DISPONIBLE
AU FORMAT NUMÉRIQUE

www.milady.fr

Patricia Briggs

L'Appel de la Lune

Mercy Thompson – 1

Traduit de l'anglais (États-Unis) par Lorène Lenoir

Milady

Milady est un label des éditions Bragelonne

Titre original : *Moon Called*

ISBN : 978-2-8112-3423-2

Bragelonne – Milady
60-62, rue d'Hauteville – 75010 Paris

E-mail : info@milady.fr
Site Internet : www.milady.fr

Ce livre est dédié à :

La maman de Kaye, Almeda Brown Christensen,
qui aime bien mes livres ;

Alice et Bill Rieckman,
qui aiment les chevaux autant que moi ;

et à la mémoire de Floyd « Buck » Buckner,
un homme bon.

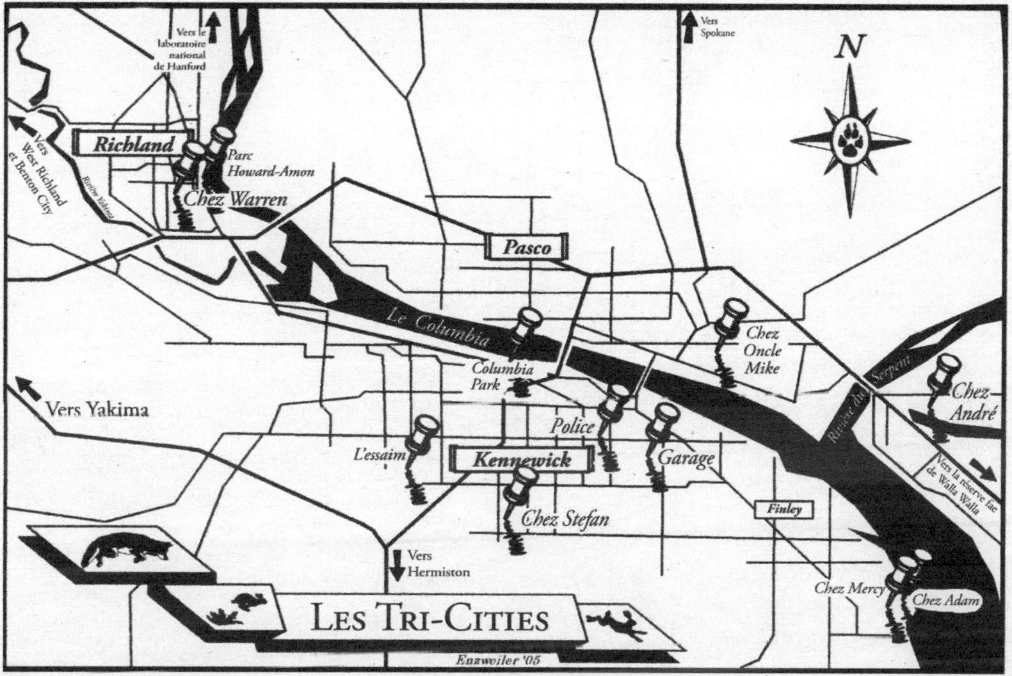

Les Tri-Cities
N
Vers le laboratoire national de Hanford
Vers Spokane
Richland
Parc Howard-Amon
Chez Warren
Vers West Richland et Benton City
Rivière Yakima
Pasco
Le Columbia
Columbia Park
Chez Oncle Mike
Rivière du Serpent
Chez André
Vers Yakima
L'essaim
Kennewick
Police
Garage
Chez Stefan
Finley
Vers la réserve fae de Walla Walla
Vers Hermiston
Chez Mercy
Chez Adam
Enzweiler '05

Chapitre premier

Je ne me rendis pas immédiatement compte qu'il s'agissait d'un loup-garou.

Mon odorat n'est pas à son meilleur quand il est saturé de cambouis et d'huile de vidange, et ce n'était pas comme s'il y avait beaucoup de loups-garous errants qui galopaient dans le coin. Aussi, quand j'entendis, près de mes pieds, quelqu'un s'éclaircir la voix pour attirer mon attention, je crus d'abord que c'était un client.

Je me trouvais sous le compartiment moteur d'une Jetta, affairée à y réajuster une boîte de vitesses que j'avais réparée. L'un des désavantages d'être seule à m'occuper d'un garage, c'est que je devais interrompre mon travail dès que le téléphone sonnait ou qu'un client s'annonçait. Ça me mettait en rogne, ce qui n'est jamais une bonne chose quand on tient un commerce. Mon fidèle employé de bureau et aide-mécano était parti à l'université, et je n'avais pas encore eu l'occasion de le remplacer – sans compter que trouver quelqu'un pour faire ce qu'on ne veut pas faire n'est pas tâche aisée.

— Je suis à vous dans une seconde, lançai-je, en essayant de dissimuler mon agacement.

J'essaie, autant que possible, de ne pas effrayer mes clients éventuels.

Avec les vieilles Jetta, les bras hydrauliques ne servent à rien, les seuls qui peuvent caser la boîte de vitesse dans son compartiment biscornu sont actionnés par des muscles solides. Parfois, être une femme a ses avantages dans mon boulot, comme mes petites mains qui se glissent dans des endroits inaccessibles à de grandes pattes viriles. La plupart du temps, je mets amplement à profit l'effet levier, mais parfois rien ne se substitue à la pure puissance musculaire. Là, j'en avais tout juste assez pour maintenir la boîte en place.

Avec un grognement, je la calai avec une main et mes genoux et, de l'autre main, je l'amarrai d'un premier écrou. J'étais loin d'avoir terminé, mais au moins cette boîte resterait-elle en place en attendant que je m'occupe de mon client.

Je respirai un grand coup et étirai brièvement mes lèvres pour m'entraîner au sourire commercial avant de me dégager de sous la voiture. Essuyant mes mains huileuses avec un chiffon qui traînait, je demandai :

— Puis-je vous aider ? avant de me rendre compte que, si ce gamin n'avait certainement pas l'apparence d'un client, il avait en tout cas l'air d'avoir besoin que *quelqu'un* l'aide.

Son jean était troué aux genoux et taché de ce qui ressemblait à de la boue et du sang séché. Il portait une chemise de flanelle trop petite sur un tee-shirt sale, une tenue bien peu adaptée à un mois de novembre dans l'est de l'État de Washington.

Son aspect émacié laissait penser qu'il n'avait rien mangé depuis un bon moment. Mon nez me disait, même à travers les vapeurs d'antigel, d'essence et d'huile, qu'il n'avait pas non plus vu de douche durant cette période. Et, derrière la saleté, la sueur et la peur, se tapissait l'odeur caractéristique du loup-garou.

— Je me demandais si vous n'auriez pas du boulot pour moi ? demanda-t-il d'un ton peu assuré. Pas un vrai travail, m'dame, juste de l'aide, ici ou là. (Le parfum d'anxiété qui émanait de lui fut noyé par une décharge d'adrénaline quand il vit que je ne répondais pas immédiatement par la négative. Il se mit à bégayer.) Un vrai travail, ça m'irait aussi, hein, c'est juste que comme je n'ai pas ma carte de sécurité sociale, il faudrait que ce soit en espèces…

La plupart du temps, ce sont les immigrés clandestins qui sont intéressés par du travail au noir, entre la saison des semailles et celle des récoltes. Ce garçon, lui, avec ses cheveux châtains et ses yeux noisette, était indubitablement américain – enfin, en plus d'être loup-garou. Il aurait pu avoir dix-huit ans, si l'on en jugeait par sa taille, mais mon instinct, en général pas mauvais, me disait qu'il était plus proche de la quinzaine. Avec ses épaules, larges mais osseuses, et ses mains un peu trop grandes, il semblait encore devoir grandir un peu avant d'atteindre sa taille adulte.

— Je suis costaud, dit-il. Je ne m'y connais pas beaucoup en réparation de voitures, mais j'aidais mon oncle à entretenir sa Coccinelle.

Ça, qu'il soit costaud, je voulais bien le croire : les loups-garous sont connus pour ça. Depuis que j'avais senti cette odeur si particulière de musc et de menthe, je ressentais le besoin instinctif de le chasser de mon territoire. Cependant, n'étant pas un loup-garou, je suis capable de maîtriser mes instincts, et de ne pas me laisser dominer par eux. Évidemment, ce pauvre gamin qui grelottait dans l'humidité de novembre déclenchait aussi chez moi d'autres instincts, plus profonds…

J'ai pour principe de respecter la loi. Je conduis sous la limite de vitesse, mes voitures sont toutes en règle question assurance, et je paie même un peu trop d'impôts. Il m'est parfois arrivé de donner un ou deux billets de vingt dollars à des gens qui en avaient besoin, mais jamais je n'ai embauché quiconque ne pouvant apparaître dans ma comptabilité. Le fait qu'il soit un loup-garou, et un jeune si je ne me trompais pas, n'aidait pas non plus : les garous récents ont encore moins de prise sur leur loup que les autres.

Il n'avait fait aucun commentaire sur le fait qu'une femme mécano, ça n'était pas habituel. Bien sûr, il devait avoir pris le temps de m'observer et de se familiariser avec le concept, mais tout de même, il avait réussi à ne rien dire, et ça, c'était un bon point pour lui. Mais pas assez bon pour ce que je m'apprêtais à faire.

Il se frotta les mains et souffla sur ses doigts rougis par le froid pour les réchauffer.

— Bon, on va voir ce qu'on peut faire, dis-je doucement.

Ça n'était pas la plus raisonnable des réponses, mais c'était la seule que je pouvais lui donner en le voyant ainsi agité de longs frissons.

— Il y a une buanderie et une douche derrière cette porte, repris-je en désignant l'arrière-boutique. Mon ancien assistant a laissé quelques bleus de travail sur les patères. Tu peux prendre une douche, laver tes fringues et en enfiler un en attendant que ça sèche. Il y a un sandwich au jambon et du soda dans le frigo. Déjeune, et reviens me voir quand tu seras prêt.

J'insistai particulièrement sur le « déjeune » : il était hors de question que je travaille avec un loup-garou affamé à moins de deux semaines de la pleine lune. La plupart des gens vous diront que les loups-garous ne peuvent se métamorphoser qu'à la pleine lune, mais, d'un autre côté, ils vous diront aussi que les fantômes n'existent pas.

Le garçon sentit mon ton impérieux et se raidit, m'interrogeant du regard. Puis il marmonna un « merci » et partit vers l'arrière-boutique, fermant doucement la porte derrière lui. Je laissai échapper un soupir de soulagement. Je savais qu'il était délicat de donner des ordres à un loup-garou – à cause de toutes ces histoires de dominance.

Les instincts des loups-garous sont assez malcommodes. C'est pour cela qu'ils ne vivent pas vieux, généralement. Ce sont les mêmes instincts qui ont causé la défaite de leurs frères sauvages face à la civilisation, alors que les coyotes abondent, même dans les zones urbaines comme Los Angeles.

Les coyotes sont *mes* frères. Non, je ne suis pas un coyote-garou – je ne pense même pas que cela existe. Je suis ce qu'on appelle une « changeuse ».

Le terme vient de la « changeuse de peau », une sorcière des tribus du sud-ouest des États-Unis, qui utilise une peau d'animal pour se transformer en coyote ou en tout autre animal et pour répandre la maladie et la mort dans les tribus ennemies. Les colons blancs ont adopté le terme de manière abusive pour qualifier tous les métamorphes natifs d'Amérique du Nord, et le nom est resté. Nous ne sommes pas en position de protester contre ce terme inadapté, bien que, comme les autres faes[1] inférieurs, nous ayons fait notre *coming-out*. Nous ne sommes simplement pas assez nombreux pour que quelqu'un en ait quoi que ce soit à faire.

Je ne pense pas que le gamin ait su ce que j'étais, sinon, il aurait été incapable de me tourner le dos, à moi, un autre prédateur, pour aller se doucher dans l'arrière-boutique. Les loups ont généralement un odorat très développé, mais le garage était saturé d'odeurs plus que prégnantes, et je doutais qu'il eût jamais senti quelqu'un comme moi de sa vie.

— Tu viens de trouver un successeur à Tad ?

---

1. Terme issu de la « fée » française, mais rassemblant ici tous les êtres dits surnaturels, elfes, lutins, gnomes, etc. (*NdT*)

Je pris soudain conscience de la présence de Tony derrière moi, arrivant par les portes ouvertes. Il avait probablement espionné notre conversation de l'extérieur, c'était sa spécialité, et son boulot.

Il avait plaqué ses cheveux noirs en une courte queue-de-cheval et s'était rasé de près. Je remarquai quatre trous sur son oreille droite, avec trois petits anneaux et un clou en diamant, ce qui en faisait deux de plus que la dernière fois où je l'avais vu. Sa veste à capuche était ouverte sur un tee-shirt moulant mettant en valeur les heures qu'il avait passées en salle de sport. Il ressemblait au modèle d'une campagne de recrutement pour les gangs hispaniques du coin.

— Nous sommes en période d'essai, rétorquai-je. C'est du temporaire, pour le moment. Tu es en service ?

— Non. J'ai eu un jour de repos pour bonne conduite. (Son attention était toujours braquée sur mon nouvel assistant, semblait-il, puisqu'il continua :) Je l'ai vu traîner dans le coin, ces jours derniers. Il m'a l'air OK. Peut-être un fugueur.

« OK », cela voulait dire ni drogue ni violence, ce qui, pour ce dernier point en particulier, était rassurant.

Quand j'avais ouvert mon garage, neuf ans auparavant, Tony tenait une petite boutique de prêt sur gages juste au bas de la rue. Comme c'était là que se trouvait le distributeur de boissons fraîches le plus proche, je le voyais assez souvent. Puis la boutique avait changé de mains plusieurs fois, et je ne pensais plus du tout à lui quand je l'ai soudain senti alors qu'il traînait à un coin de rue avec une pancarte disant qu'il était « prêt à travailler contre de la nourriture ».

Je dis bien « senti », parce que le gamin aux yeux cernés qui tenait la pancarte ne ressemblait en rien au joyeux et discret prêteur sur gages d'une trentaine d'années. Surprise, je l'avais appelé par le nom sous lequel je le connaissais alors, et il m'avait regardée comme si j'avais perdu l'esprit. Mais le lendemain matin, Tony m'attendait au garage et m'expliqua ce qu'il faisait dans la vie. Je n'avais même pas conscience qu'un endroit de la taille des Tri-Cities[1] avait des agents de police infiltrés.

À partir de ce moment-là, il prit l'habitude de venir me rendre visite au garage, les premiers temps en changeant de costume chaque fois. Les Tri-Cities ne sont pas très étendues, et mon garage se trouve juste à la limite de ce qu'on pourrait éventuellement appeler le quartier chaud de Kennewick. Il était donc possible qu'il vînt seulement quand il avait une mission dans le quartier, mais je me rendis rapidement compte qu'en fait c'était surtout pour voir si, cette fois-ci, je le reconnaîtrais. Je pouvais difficilement lui dire que j'avais senti son odeur, n'est-ce pas ?

De mère italienne et de père vénézuélien, le mélange de gènes lui avait donné un visage et un teint qui lui permettaient de passer aussi bien pour un Mexicain que pour un Afro-Américain. Il pouvait sembler avoir dix-huit ans, alors que je le pensais âgé de quelques années de plus que moi, dans les trente-trois ans. Il parlait couramment espagnol et pouvait teinter son anglais d'une variété d'accents.

Toutes ces caractéristiques faisaient déjà de lui le candidat idéal à l'infiltration, mais son avantage décisif, c'était son aisance à manier le langage corporel : il pouvait avoir la démarche déhanchée et ondulante du beau mec hispano, ou l'allure secouée de tics nerveux du drogué en manque.

Au bout d'un moment, il finit par accepter que je le reconnaîtrais toujours, même quand ses copains et, me répétait-il, sa propre mère ne le reconnaissaient pas, et nous

1. La métropole des Tri-Cities, dans l'État de Washington, rassemble les villes de Kennewick, Pasco et Richland. (*NdT*)

devînmes amis. Il continuait à venir me rendre visite pour boire un café ou un chocolat chaud et discuter de choses et d'autres.

— Tu as l'air très jeune, et très macho, remarquai-je. Les boucles d'oreilles, c'est le nouveau look de la police de Kennewick ? Genre, à Pasco, ils ont deux anneaux, donc ceux de Kennewick doivent en avoir quatre ?

Son sourire le fit paraître à la fois plus vieux et plus innocent.

— Ça fait quelques mois que je travaille à Seattle, expliqua-t-il. J'ai un nouveau tatouage, aussi. Heureusement, il se trouve à un endroit que ma mère ne verra jamais.

Tony disait vivre dans la terreur de sa mère. Je ne l'avais jamais rencontrée, mais tout en lui respirait le bonheur, non la peur, quand il parlait d'elle, et je devinais que c'était loin d'être la harpie qu'il décrivait.

— Qu'est-ce qui te fait obscurcir mon seuil ? lui demandai-je.

— Je voulais te demander si tu pouvais jeter un coup d'œil à la voiture d'une connaissance ?

— Une Volkswagen ?

— Non, une Buick.

Je haussai les sourcils, surprise :

— Je veux bien regarder, mais je ne suis pas équipée pour les Buick, je n'ai pas les ordinateurs de diagnostic… Il devrait plutôt la conduire dans un garage spécialisé.

— *Elle* l'a déjà fait. Trois fois. Le senseur à oxygène, les bougies et Dieu sait quoi d'autre ont été changés et ça ne marche toujours pas. Le dernier gars qu'elle a vu lui a dit qu'il faudrait changer le moteur, ce qui coûterait le double de la valeur de la voiture. Elle n'a pas assez d'argent pour ça, et elle a besoin de cette bagnole…

— Je ne facturerai rien pour l'examen, et si je ne peux rien faire, je le lui dirai.

Une question me vint à l'esprit, inspirée par la colère sous-jacente que j'avais perçue quand il avait parlé des problèmes de cette femme.

— C'est ta copine ?

— Ce n'est pas ma copine, protesta-t-il de manière fort peu convaincante.

Depuis trois ans, il se consumait d'amour pour une jeune veuve, mère d'un tas d'enfants, qui travaillait en tant qu'opératrice au central radio. Il n'avait rien fait pour s'en rapprocher parce qu'il aimait trop son boulot et, il le disait avec du regret dans la voix, que c'était le genre de boulot qui n'était pas hypercompatible avec une relation amoureuse ou une vie de famille.

— Dis-lui de me l'amener, et de voir si elle peut la laisser deux ou trois jours. Si c'est possible, je demanderai à Zee d'y jeter un coup d'œil.

Zee, c'était mon ancien patron. Il avait pris sa retraite et m'avait vendu le garage, mais il lui arrivait de venir passer quelques heures à l'atelier pour « ne pas perdre la main ». Il en savait plus sur les voitures et leur fonctionnement qu'un rassemblement d'ingénieurs de Detroit.

— Merci, Mercy, tu assures. (Il consulta sa montre.) Je dois y aller.

Je le saluai, et m'en retournai à ma boîte de vitesses. Étonnamment, la voiture décida de coopérer, et cela ne me prit pas bien longtemps. J'étais déjà en train de réassembler les autres parties du véhicule quand mon nouvel assistant émergea de l'arrière-boutique, propre comme un sou neuf et vêtu d'un des bleus de Tad. Le vêtement ne serait pas suffisant pour le protéger du froid extérieur, mais avec le chauffage de l'atelier, cela devrait suffire.

Il se révéla rapide et efficace, ayant visiblement passé beaucoup de temps sous le capot d'une voiture. Il ne restait pas planté à me regarder, mais me tendait les outils avant même que je les demande, visiblement habitué à ce rôle d'assistant préposé aux pièces. Qu'il ait été naturellement taiseux, ou qu'il ait dû apprendre à la fermer par la force des choses, en tout cas, nous passâmes plusieurs heures à travailler dans un silence quasi complet. Nous avions fini la première voiture et déjà bien attaqué la deuxième quand je me décidai à tenter de lui arracher quelques mots.

— Je m'appelle Mercedes, au fait, dis-je en desserrant le boulon d'un alternateur. Comment veux-tu que je t'appelle ?

Son regard pétilla :

— Mercedes, la réparatrice de Volkswagen ? (Son visage se referma et il ajouta d'un air confus :) Désolé. Vous devez entendre ça tout le temps…

Je lui tendis le boulon que j'avais extrait, commençai à desserrer le deuxième, et rétorquai en souriant :

— Certes, mais, en l'occurrence, je travaille aussi sur les Mercedes – sur toutes les « allemandes », en fait : Porsche, Audi, BMW, et même quelques rares Opel. La plupart du temps des vieux modèles qui ne sont plus sous garantie, mais j'ai le matériel pour les voitures les plus récentes, si besoin est.

Je consacrai de nouveau toute mon attention au desserrage du boulon récalcitrant, tout en disant :

— Tu peux m'appeler Mercedes ou Mercy, comme tu préfères. Et moi, je dois t'appeler comment ?

Je n'aimais pas forcer les gens à me mentir. Si c'était un ado en fugue, il ne me donnerait sûrement pas son vrai nom, mais j'avais besoin de quelque chose de plus spécifique que « hé toi » ou « oh, gamin » si je voulais travailler avec lui dans de bonnes conditions.

— Appelez-moi Mac, répondit-il après quelques secondes.

Cette légère hésitation me confirma que ce n'était pas son nom habituel, mais, pour le moment, on ferait avec.

— Eh bien ! Mac, lui dis-je en désignant l'autre voiture du menton, peux-tu donner un coup de fil au propriétaire de la Jetta pour lui dire que son carrosse est prêt ? Tu trouveras la facture sur l'imprimante, il y a le numéro de téléphone et le montant des réparations dessus. Dès que j'en aurai terminé avec cette courroie, je t'emmènerai déjeuner : ça fait partie de ton salaire.

— OK, répondit-il, l'air un peu confus.

Il commença à se diriger vers l'arrière-boutique, et je dus le diriger vers le bureau, qui se trouvait sur le côté du garage, le long du parking clientèle.

— Le bureau, c'est par cette porte grise, lui dis-je. Il y a un chiffon près du téléphone pour ne pas mettre de cambouis sur le combiné.

En rentrant chez moi, ce soir-là, je m'inquiétai du sort de Mac. Je l'avais payé pour ses quelques heures de travail, et lui avais dit qu'il pouvait revenir quand il le désirerait. Il avait souri faiblement, fourré l'argent dans sa poche et disparu. Je l'avais laissé partir en sachant pertinemment qu'il n'avait aucun endroit où aller, parce que je n'avais pas le choix.

J'aurais pu lui proposer de dormir chez moi, mais c'eût été dangereux pour nous deux. Même s'il semblait peu s'appuyer sur son odorat, il finirait par se rendre compte de ce que j'étais, et les loups-garous, même sous forme humaine, sont aussi forts que leur réputation cinématographique le laisse entendre. Je suis en bonne forme, et – grâce à un entraînement régulier au dojo juste de l'autre côté de la voie ferrée par rapport au garage – ceinture violette de judo, mais ça ne suffit pas contre un loup-garou. Et le garçon était bien trop jeune pour avoir le genre de maîtrise nécessaire pour empêcher son loup de tuer un prédateur concurrent sur son territoire.

Et puis, évidemment, il y avait mon voisin.

J'habite Finley, un quartier en pleine campagne à dix minutes du garage, qui se trouve, lui, dans l'ancienne zone industrielle de Kennewick. Je vis dans un mobil-home presque aussi vieux que moi, entouré d'un terrain de quelques centaines de mètres carrés. Il y a quantité de petites propriétés avec des caravanes ou des maisons construites par leur propriétaire mais, le long du fleuve, on trouve aussi de luxueuses demeures comme celle où vivait mon voisin.

Je tournai dans mon allée, faisant crisser le gravier, et garai ma vieille Golf diesel devant ma porte. Je remarquai aussitôt le panier à chat qui avait été déposé sous mon porche.

Médée miaula plaintivement, mais je pris le temps de lire le message qui était scotché sur sa cage avant de la libérer :

« *MADEMOISELLE THOMPSON,* disait le message en grandes majuscules impérieuses, *JE VOUS PRIE D'EMPÊCHER VOTRE FÉLIN D'ENTRER DANS MA PROPRIÉTÉ. S'IL RECOMMENCE, JE LE MANGE.* »

Le message n'était pas signé.

J'ouvris la porte du panier et en sortis le chat dans la douce fourrure duquel je frottai mon visage.

—Alors, le méchant loup-garou a mis le pauvre minou dans une boîte et il l'a abandonné ? lui demandai-je.

Elle sentait mon voisin à plein nez, ce qui me laissait penser qu'Adam l'avait accueillie un bon moment sur ses genoux avant de la fourrer dans sa boîte et de la ramener ici. La plupart des chats n'aiment pas les loups-garous – ni les métamorphes comme moi, d'ailleurs. Médée aime tout le monde, cette pauvre vieille chatte, même mon grincheux de voisin. Ce qui explique pourquoi elle finit régulièrement dans sa boîte, sous mon porche.

Adam Hauptman, mon voisin de derrière, était l'Alpha de la meute de loups-garous locale. Qu'il y ait une meute dans les Tri-Cities était en soi une anomalie : en général, les loups-garous préféraient des endroits plus grands et plus anonymes ou, à l'opposé, et plus rarement, des endroits plus petits qu'ils pouvaient dominer de leur pouvoir. Mais il s'avérait que les loups-garous étaient particulièrement adaptés aux carrières dans l'armée, les services secrets ou autres agences identifiées par des acronymes obscurs. Or, la sécurité d'un site tel que le complexe nucléaire d'Hanford impliquait un grand nombre de ces organismes à initiales.

La raison pour laquelle l'Alpha de la meute avait choisi un terrain voisin du mien avait, je le suspecte, autant à voir avec le besoin instinctif de dominer ceux qu'il voyait comme des êtres inférieurs qu'avec la vue superbe sur le fleuve.

La vue de mon mobil-home ne le transportait certainement pas de joie. Il trouvait qu'il dévalorisait sa monumentale concrétion d'adobe – bien que je lui aie maintes fois fait remarquer que ce mobil-home s'y trouvait déjà quand il avait acheté le terrain et fait bâtir sa maison. Il ne manquait jamais une occasion de me rappeler que je n'étais autorisée à rester sur ce terrain que parce que c'était son bon vouloir, et qu'une changeuse ne valait rien par rapport à un loup-garou.

En réponse à toutes ces récriminations, je baissais la tête, parlais d'une voix empreinte de respect (enfin, la plupart du temps…) et avais installé la vieille Golf désossée que je gardais pour les pièces dans le champ à l'arrière de ma caravane, juste sous la fenêtre de sa chambre.

J'étais presque certaine qu'il ne mangerait pas mon chat, mais je l'enfermerais tout de même soigneusement durant les jours à venir afin qu'il ait l'impression que sa menace avait frappé mon cœur terrifié. Le truc, avec les loups-garous, c'est de ne jamais entrer en confrontation directe avec eux.

Médée poussa un miaulement et se mit à ronronner en secouant son moignon de queue quand je la posai à terre pour remplir son bol de nourriture. J'avais recueilli ce chaton abandonné et longtemps pensé qu'un ancien maître abusif lui avait coupé la queue, mais mon vétérinaire m'avait appris qu'il s'agissait en fait d'un chat de l'île de Man, né ainsi. Je lui donnai une dernière caresse avant d'explorer le frigo à la recherche de mon dîner à moi.

— Tu sais, je l'aurais ramené, ce Mac, si j'avais pu être sûre qu'Adam lui ficherait la paix, lui dis-je, mais les loups-garous ne sont pas des animaux très sociaux. Il y a toutes sortes de protocoles à respecter quand un loup étranger entre dans le territoire d'un d'autre, et quelque chose me dit que Mac n'a pas demandé de permis de passage à la meute.

» De toute façon, un loup-garou, ça peut dormir dehors par des températures autrement plus basses. Il peut se débrouiller pour le moment…

» Cela dit, repris-je en mettant un reste de spaghettis au micro-ondes, si Mac a des ennuis, Adam est peut-être en mesure de l'aider.

Ce serait une bonne idée d'aborder le sujet avec subtilité quand j'en saurais plus sur ce qui était arrivé à ce gamin. J'avalais mon dîner debout dans la cuisine et rinçai mon assiette avant de me pelotonner sur mon canapé et d'allumer la télé. Médée roucoula et s'installa dans mon giron avant même la première publicité.

Mac ne vint pas le lendemain. C'était un samedi, et il n'était peut-être pas au courant que je travaillais généralement ce jour-là quand il y avait des voitures à réparer. Ou alors, il avait repris la route.

J'espérais juste qu'il n'avait pas été découvert par Adam ou l'un de ses loups avant que j'aie eu l'occasion d'annoncer plus délicatement la nouvelle de sa présence. Les règles qui permettaient aux loups-garous de vivre dans le secret avaient des conséquences fatales pour ceux qui les violaient.

Je travaillai jusqu'à midi, avant de me résigner à appeler un gentil jeune couple pour lui annoncer que sa voiture était une cause perdue. Il aurait fallu remplacer le moteur, ce qui aurait coûté plus cher que la voiture. Ce genre de coups de fil était la partie que j'aimais le moins dans mon travail. Quand Tad, mon ancien assistant, travaillait encore ici, c'était lui qui s'en chargeait. Je raccrochai, presque aussi déprimée que les malchanceux propriétaires de cette voiture chérie, bichonnée et brillante comme un sou neuf dont le seul destin était maintenant la casse.

Après un brin de toilette et avoir essayé de nettoyer mes ongles du mieux que je pouvais, je m'attaquai à la paperasse sans fin qui était aussi dévolue à Tad, avant. J'étais ravie qu'il eût obtenu une bourse lui permettant d'aller dans l'une des grandes universités de l'Ivy League de son choix, mais son aide me manquait cruellement. Au bout de dix minutes, je décidai que rien n'était urgent au point de ne pas pouvoir attendre lundi. D'ici là, avec un peu de chance, j'aurais une nouvelle réparation qui me permettrait de repousser la corvée à mardi.

J'enfilai un jean et un tee-shirt propres, attrapai ma veste et filai déjeuner chez O'Leary. Puis, une fois rassasiée, je fis quelques courses alimentaires, dont une petite dinde que je partagerais avec Médée.

Je venais de ranger mes achats dans ma voiture quand mon portable sonna : c'était ma mère, qui tenta de jouer sur ma culpabilité pour me convaincre de venir passer Thanksgiving ou Noël en famille, à Portland. Je trouvai le moyen de décliner les deux invitations : j'avais eu plus que ma dose de réunions de famille durant les deux années où nous avions vécu ensemble.

Ça n'était pas qu'ils soient méchants, plutôt le contraire. Curt, mon beau-père, était un homme doux et raisonnable – le genre d'homme idéal pour contrebalancer ma mère. Il n'avait jamais entendu parler de moi quand j'avais débarqué sur son seuil, à l'âge de seize ans, mais ça ne l'avait pas empêché de m'accueillir sans poser la moindre question et de me considérer comme l'une de ses propres enfants.

Ma mère, Margi, est plus du genre joyeuse évaporée. On n'avait aucun mal à l'imaginer tombant amoureuse d'un cow-boy de rodéo comme mon père, et il n'aurait pas été plus surprenant de la voir fuguer pour rejoindre un cirque. En revanche, le fait qu'elle soit la présidente de l'association locale de parents d'élèves avait de quoi étonner.

Je les aime beaucoup, ma mère et mon beau-père. J'aime même mes demi-frères et sœurs qui ont accueilli ma soudaine arrivée dans leur vie avec enthousiasme. Ils forment l'une de ces familles très unies qui sont la norme dans les séries télé, et cela me remplit de joie de savoir que des gens comme ceux-là existent vraiment – mais je ne m'y sens pas chez moi.

Je leur rends visite deux fois par an, chez eux, pour éviter l'invasion de mon territoire, et en écartant soigneusement les vacances et les jours fériés. Je ne reste jamais longtemps. Je les adore, mais je les apprécie mieux loin de moi.

Une vague de déprime me submergea quand je raccrochai. Je rentrai chez moi, mis la dinde à décongeler au frais et donnai à manger au chat. Le nettoyage scrupuleux du frigo que j'avais entrepris n'ayant aucune influence bénéfique sur mon humeur – je ne vois d'ailleurs pas ce que j'espérais de ce côté – je repris ma voiture et roulai vers les rives du Hanford Reach, ce bras du Columbia qui remonte vers le nord.

Je ne vais pas très souvent dans ce coin-là. Si je veux courir, il y a des endroits plus facilement accessibles, et les Montagnes Bleues ne sont pas très loin si je ressens le besoin de conduire un peu avant mon jogging. Mais parfois, j'ai le besoin irrépressible d'espaces arides et désolés comme ceux du Reach, en particulier après la plupart de mes conversations avec ma mère.

Je garai la Golf et marchai un moment, le temps de m'assurer de manière à peu près fiable que j'étais totalement seule. Puis je me déshabillai, mis mes vêtements dans un petit sac à dos et me transformai.

Les loups-garous mettent jusqu'à un quart d'heure à totalement changer de forme – et le processus est très douloureux, ce qui est bon à savoir. Les loups-garous ne sont déjà pas les plus aimables des animaux, mais quand ils viennent de se métamorphoser, disons qu'il vaut mieux ne pas les asticoter pendant un moment.

La métamorphose des changeurs est instantanée et indolore – enfin, la mienne, en tout cas, vu que je suis la seule changeuse que je connais. À un moment, je suis humaine, et la seconde d'après, hop, magique ! je suis un coyote. Je passe d'une forme à l'autre aussi facilement que d'une pièce à l'autre.

Je frottai ma truffe contre ma patte avant pour dissiper les derniers fourmillements du changement. Je mets toujours quelques secondes à m'habituer à marcher à quatre pattes au lieu de deux. Grâce à mes lectures, je sais qu'en théorie les coyotes ont une vision très différente des humains, mais pour moi, c'est à peu près la même chose quelle que soit ma forme. Mon ouïe s'améliore légèrement, ainsi que mon odorat, mais déjà, en tant qu'humaine, j'ai des sens bien plus aiguisés que la moyenne.

Je ramassai le sac à dos rempli de mes vêtements et le dissimulai sous un buisson. Puis j'abandonnai mes dernières bribes d'humanité et pris mon essor vers le désert.

Il me fallut chasser trois lapins et ravir un jeune couple en barque sur le fleuve en leur laissant apercevoir un éclair de ma jolie fourrure, pour que je finisse par me sentir infiniment mieux. Je ne suis pas obligée de me métamorphoser à chaque pleine lune, néanmoins, si je passe trop de temps sur mes deux jambes, je deviens nerveuse et d'humeur inégale.

Envahie d'une saine fatigue, je repris forme humaine et me rhabillai, puis prononçai mon habituelle prière avant de mettre le contact. Pour une fois, le moteur démarra du premier coup. Je n'en suis jamais sûre, avec la Golf. Je conduis cette voiture parce qu'elle est économique, pas pour ses qualités intrinsèques. Il y a du vrai dans l'adage qui dit que les voitures qui portent un nom de sport sont toutes des guimbardes.

Ce dimanche-là, j'allai à l'église. Ma paroisse est si petite qu'elle partage son pasteur avec trois autres paroisses. C'est l'une de ces églises œcuméniques qui s'attachent tellement à ne condamner personne qu'elles ne réussissent jamais à rassembler une vraie congrégation. Les fidèles réguliers n'y sont donc pas nombreux et, en général, nous restons chacun dans notre coin. Étant dans la situation unique de savoir pertinemment à quoi ressemblerait le monde sans Dieu et ses églises pour nous protéger des pires manifestations du Mal, je suis une fervente pratiquante.

Ça n'a rien à voir avec les loups-garous. Ceux-ci sont dangereux si on se met sur leur chemin, mais ils ne vous feront rien si vous les laissez tranquilles. Ils ne sont pas plus maléfiques qu'un grizzly ou un grand requin blanc.

Cependant, il y a d'autres créatures, de celles qui préfèrent l'obscurité, qui sont bien pires – et les vampires ne sont que la partie visible de l'iceberg. Ces créatures ont en général un talent extraordinaire pour cacher leur véritable nature aux yeux des humains, mais je ne suis pas humaine. Je les vois pour ce qu'ils sont, et eux me voient pour ce que je suis. C'est aussi pour cela que je vais à la messe chaque semaine.

Ce dimanche-là, l'homme qui remplaçait notre pasteur absent pour maladie nous fit un sermon inspiré de l'Exode, et plus particulièrement sur cette partie du livre 22 qui disait *« Tu ne laisseras point vivre la sorcière »*, étendant l'anathème à tous les faes. Il émanait de sa peau de tels miasmes de colère et de peur que je pouvais les sentir du banc où je m'étais installée. C'étaient les gens comme lui qui décourageaient le reste des êtres surnaturels de vivre à la lumière du jour, presque vingt ans après que les faes inférieurs eurent été contraints au *coming-out*.

Il y a une trentaine d'années, les Seigneurs Gris, ces puissants mages chargés de la destinée des faes, se rendirent compte que les progrès de la science, en particulier en matière de médecine légale, poseraient de plus en plus de problèmes dans les années à venir. Ils devinèrent que le Temps de la Dissimulation touchait à sa fin et décidèrent d'accompagner le mouvement en s'assurant que la révélation de l'existence des faes se fasse en douceur, plutôt que d'attendre d'être contraints de se montrer. Ils attendirent une occasion idéale pour cela.

Quand Harlan Kincaid, un milliardaire, ancien magnat de l'immobilier, fut retrouvé près de ses rosiers, une paire de cisailles enfoncée dans la gorge, les soupçons se portèrent immédiatement sur son jardinier, Kieran McBride. Ce dernier, un homme doux et affable, travaillait depuis des années pour Kincaid, lui-même passionné de jardinage et couvert de médailles de concours d'horticulture.

Comme de nombreux Américains, je regardai le procès à la télévision. Le meurtre d'un des hommes les plus riches du pays, qui se révélait en plus être marié à une jeune et belle actrice, garantissait une audience record.

Le meurtre occupa la première page des journaux des semaines durant. Le monde entier put frissonner en entendant le témoignage de Carin Kincaid, en larmes, racontant comment elle avait trouvé le cadavre de son mari étendu au pied de son rosier préféré que le meurtrier avait mis en pièces. Sa performance aurait mérité un oscar, mais malgré tout, elle ne put rivaliser avec la révélation qui lui succéda.

Kieran McBride était défendu par une équipe d'avocats de haut vol qui avaient accepté très publiquement d'assurer sa défense de manière bénévole. Ils appelèrent leur client à la barre, et s'arrangèrent pour que le procureur demande à McBride de saisir les cisailles qui avaient servi au crime.

Il fit de son mieux. Mais au bout de quelques secondes, de la fumée monta de ses mains, et il dut lâcher l'objet. À la demande de son avocat, il montra ses paumes couvertes de cloques au jury. Et, assena l'avocat au juge, au jury et plus généralement au monde entier, si Kieran McBride ne pouvait pas avoir commis ce crime, c'est parce qu'il était un fae, plus exactement un lutin des jardins, qui ne pouvait supporter le contact du fer, même au travers d'épais gants en cuir.

McBride choisit cet instant précis pour laisser se dissiper son glamour, ce sort magique qui permet aux faes d'avoir l'air humain. Oh, il n'était pas beau, loin de là, mais tous ceux qui ont déjà vu l'un de ces chiens nommés shar-peis peuvent comprendre que certains êtres incontestablement laids peuvent avoir un charme immense. C'était d'ailleurs la raison pour laquelle les Seigneurs Gris avaient choisi McBride : les lutins de jardin sont en général des êtres doux et plutôt agréables à regarder, et ses immenses yeux bruns remplis de mélancolie firent la une de tous les journaux du pays, côtoyant des images peu flatteuses de l'épouse de Kincaid, dont la culpabilité ne fit bientôt plus aucun doute.

Les faes les plus faibles et les plus jolis furent donc contraints de révéler leur nature sur ordre des Seigneurs Gris. Les autres créatures, les vraiment puissantes, celles dont l'aspect remplissait d'effroi, restèrent dans l'ombre, le temps de voir comment le monde réagissait à l'existence des plus séduisants d'entre eux. Les éminences grises des Seigneurs du même nom, qui se trouvaient être aussi les avocats de McBride, décidèrent de qui devait se dévoiler, de la douce brownie[1] dont l'amour des enfants avait trouvé sa vocation dans l'enseignement au jeune selkie[2] qui avait risqué sa vie en se portant au secours des victimes d'un naufrage.

Les premiers temps, la tactique des Seigneurs Gris sembla payer, et nous tous, les êtres surnaturels, faes ou autres, espérâmes pouvoir enfin vivre au grand jour. Des restaurants chic de L.A. et de New York se glorifiaient de n'employer que des lutins des bois ou des muryans[3] au service. À Hollywood, un studio s'empressa de tourner un remake de *Peter Pan* avec un jeune garçon qui pouvait réellement voler dans le rôle-titre

1. Génie domestique du folklore écossais, plus particulièrement chargé de l'éducation et de l'amusement des enfants. (*NdT*)

2. Créature du folklore des îles Shetland. En gros, il s'agit d'un phoque-garou. (*NdT*)

3. Il s'agit d'un terme désignant les fourmis dans le vieux folklore anglais, du gallois « murrian ». (*NdT*)

et une véritable pixie dans celui de la fée Clochette – le film fit un triomphe au box-office.

Mais même à ce moment-là, tout n'allait pas bien dans le meilleur des mondes. Un célèbre télévangéliste sauta sur l'occasion et attisa la peur du fae pour accroître son influence sur ses fidèles et sur leur portefeuille. Des politiciens du camp conservateur parlèrent de mettre en place une politique d'immatriculation. Les agences gouvernementales commencèrent discrètement à établir des fichiers de faes qu'ils jugeaient potentiellement utiles pour eux – ou dangereux. Et dans le monde entier, les Seigneurs Gris continuaient à forcer les faes inférieurs à lever le masque.

Quand ce fut au tour de mon patron, Zee, de recevoir la consigne de lever le secret, il y a cinq ou six ans, il décida de me vendre son garage et de partir en retraite quelque temps. Il avait bien vu ce qui s'était passé pour les faes qui avaient cru pouvoir continuer leur vie comme si de rien n'était après leur *coming-out*.

Pour les faes qui travaillaient dans l'industrie du spectacle, ou comme attraction touristique, aucun problème. Mais la jeune institutrice brownie dut prendre une retraite anticipée. Personne ne voulait que le professeur de ses enfants, son réparateur de voitures ou même son voisin fût un fae.

Dans les quartiers résidentiels, les maisons des faes furent vandalisées, leurs vitres cassées et des mots haineux tagués sur leurs murs. Ceux qui vivaient dans des quartiers plus chauds se firent agresser et bastonner. Ils n'osèrent pas se défendre par crainte des Seigneurs Gris : quoi que les humains leur fassent subir, ça ne serait jamais pire que ce que leurs dirigeants pouvaient leur promettre.

Cette vague de violence aboutit à la création de quatre grandes réserves de faes. Zee m'avait assuré que ce système avait été conçu par les faes du gouvernement comme une manière de limiter les dégâts, et qu'ils avaient fait des pieds et des mains, utilisant des méthodes pas toujours très claires, pour son adoption par le Congrès.

Lorsqu'un fae acceptait de vivre dans une réserve, il avait droit à un logement et à une allocation mensuelle. Leurs enfants, à l'instar de Tad, le fils de Zee, avaient droit à des bourses pour les meilleures universités, ce qui était censé leur permettre d'apprendre à être des membres actifs de la société… enfin, s'ils réussissaient à trouver du travail.

Les réserves étaient le sujet de nombre de débats d'un côté comme de l'autre. Personnellement, je trouvais que les Seigneurs Gris et le gouvernement n'avaient peut-être pas assez accordé d'attention aux problèmes existant déjà dans les réserves indiennes, mais Zee, lui, pensait que les réserves n'étaient que la première étape d'un plan plus ambitieux qu'auraient eu les Seigneurs Gris. Du peu que je savais d'eux, il aurait parfaitement pu avoir raison, mais la situation m'inquiétait tout de même. Néanmoins, cette politique des réserves avait rendu les frictions entre humains et faes moins courantes, du moins aux États-Unis.

Mais les gens comme le pasteur de ce dimanche-là étaient bien la preuve que la haine et le racisme se portaient toujours formidablement bien dans notre beau pays. J'entendis quelqu'un derrière moi grommeler en espérant le retour prochain du père Julio et les murmures d'assentiment des quelques voisins du râleur me firent chaud au cœur.

Il paraît que certaines personnes voient les anges, ou ressentent leur influence. Je ne sais si c'est mon cas, mais je perçois la plupart du temps une présence accueillante dans les églises. Alors que le pasteur continuait son sermon rempli de peur, je sentais croître la tristesse de cette âme.

Le pasteur vint me serrer la main avant que je sorte de l'église.

Je ne suis pas fae, bien que le terme recouvre une énorme variété d'êtres. Ma magie est originaire d'Amérique du Nord, pas d'Europe, et je n'ai besoin d'aucun glamour pour pouvoir me fondre parmi les humains. Quoi qu'il en soit, s'il avait su ce que j'étais, cet homme m'aurait vouée aux gémonies.

Je lui décochai un sourire, le remerciai pour la cérémonie et lui souhaitai tout le bonheur du monde. « Tu aimeras ton ennemi », disait la Bible. Ce à quoi ma mère adoptive ajoutait toujours : « Ou, au moins, tu seras polie avec lui. »

Chapitre 2

Quand j'arrivai au garage, le lundi matin, Mac le loup-garou m'attendait, assis sur la marche qui menait au bureau.

Je ne laissai rien paraître, pas même la surprenante satisfaction que j'éprouvais à le voir sain et sauf, et lui tendis un gros sac rempli de burgers muffin-œuf-bacon. De ma main ainsi libérée, je saisis ma clé et ouvris la porte. Ayant été élevée en compagnie d'animaux sauvages, je savais comment les dompter. Même si je soupçonnais qu'un accueil chaleureux pouvait l'effrayer plus que des reproches, un peu de nourriture ne faisait jamais de mal.

— Mange, lui ordonnai-je en me dirigeant vers la salle de bains pour enfiler ma tenue de travail. Laisse-m'en juste un, le reste est pour toi.

Il avait englouti tous les burgers sauf un lorsque je revins.

— Merci, dit-il en regardant mes pieds.

— T'en fais pas, tu vas les dépenser. Viens m'aider à lever la porte du garage. (Je traversai l'arrière-boutique en direction de l'atelier.) Il n'y a rien d'urgent aujourd'hui, alors nous allons pouvoir travailler sur le projet Cox.

Elle n'avait pas l'air de grand-chose, pour le moment, ma Coccinelle. Mais une fois que j'en aurais terminé avec elle, ce serait un petit bijou étincelant et ronronnant comme un chaton, et je pourrais la revendre le double de ce qu'elle m'avait coûté, avant de réinvestir dans une nouvelle voiture à ressusciter. La moitié de mon revenu était issue de cette activité de restauration de vieux classiques Volkswagen.

Nous travaillions depuis quelques heures dans un silence agréable quand il me demanda s'il pouvait utiliser le téléphone pour passer un appel longue distance.

— Tant que tu n'appelles pas la Chine, lui répondis-je en bataillant contre un boulon incrusté par trente ans de rouille.

Je n'allai pas coller mon oreille contre la serrure. Je n'ai pas pour habitude d'espionner les conversations privées en écoutant aux portes. Je n'ai pas besoin de ça. Mon ouïe est *vraiment* excellente.

— Allô, l'entendis-je dire. C'est moi.

J'entendais bien, mais pas au point de percevoir la voix de la personne à l'autre bout du fil, tout de même.

— Ça va, ça va, reprit-il rapidement. Écoute, je ne peux pas rester longtemps au téléphone. (Il écouta son interlocuteur.) Il vaut mieux que tu n'en saches rien. (Une autre pause.) Je n'en ai aucune idée. Est-ce que tu peux juste dire à papa et à maman que je vais bien, que je les aime et que je suis parti à la recherche de ceux qui l'ont tuée ? Il faut que j'y aille maintenant. (Une dernière pause.) Moi aussi je t'aime, Joe.

On aurait pu trouver une bonne dizaine, sinon le double, d'histoires pouvant expliquer cette moitié de conversation.

Mais parmi les récits édifiants que se racontent les loups-garous entre eux, celui qui revient le plus souvent, c'est celui qui raconte ce qui se passe quand un loup se transforme sans savoir ce qu'il est.

Dans mon esprit, j'avais déjà complété les blancs de la conversation : un garçon ignorant de sa nature, qui quitte le bal de l'école pour aller folâtrer avec sa petite amie, un soir de pleine lune. Les jeunes loups-garous, à moins d'être guidés par un puissant dominant, n'ont que très peu de contrôle sur leur loup lors de leurs premières métamorphoses.

Cela expliquait aussi pourquoi Mac n'avait pas senti combien j'étais différente des humains qui m'entouraient : les garous récents n'ont pas une maîtrise parfaite de leurs sens.

Dans ce pays, la plupart des loups-garous sont convertis par un ami ou un membre de leur famille. Il existe une structure pour éduquer et protéger les jeunes loups d'eux-mêmes et de ce qu'ils pourraient faire à leur entourage, mais il peut arriver qu'un loup solitaire attaque des innocents. L'un des rôles de la meute est de tuer ces loups errants, et de retrouver leurs victimes.

Contrairement à la légende, il ne suffit pas d'être mordu par un loup-garou pour en devenir un. Il faut une attaque particulièrement violente, laissant la victime proche de la mort, pour que son système immunitaire ne soit pas en mesure d'empêcher la magie garou d'agir. En général, cela donne des titres de journaux du style : *« Un homme attaqué par une meute de chiens enragés »*. La plupart du temps, les victimes meurent, que cela soit de leurs blessures, ou à cause du Changement. Mais si elles survivent, leur convalescence est miraculeusement courte, jusqu'à la pleine lune suivante, où elles se rendent compte qu'elles n'ont pas réellement survécu. Du moins, pas sous leur forme usuelle. La plupart du temps, la meute réussit à détecter le jeune avant le premier Changement, et sa tâche est de lui faciliter la vie. Les loups-garous regardent les infos et lisent la presse pour éviter que les jeunes loups ne se retrouvent seuls, menaçant leurs secrets par la même occasion.

Peut-être que personne n'avait détecté Mac. Peut-être avait-il massacré sa petite amie et, redevenu humain, refusé de croire qu'il avait commis un tel crime. Peut-être même n'avait-il pas vraiment conscience de ce qu'il était. J'avais d'abord eu l'impression qu'il avait quitté sa meute, mais s'il était effectivement l'un de ces jeunes loups que personne n'a éduqués, il était d'autant plus dangereux.

À force de ne pas faire attention à ce que je faisais, le boulon finit par se rompre sous mes assauts. Je bataillais avec un extracteur de boulons, outil fort mal nommé vu qu'il est quasi impossible d'extraire quoi que ce soit avec, quand Mac revint du bureau, son coup de fil terminé.

Je n'avais aucune intention de faire le moindre commentaire, mais les mots sortirent de ma bouche avant que j'aie pu les retenir :

— Je connais peut-être des gens qui pourraient t'aider.

— Je n'ai besoin de l'aide de personne, dit-il d'un air las. (Il tenta de me rassurer d'un sourire, ce qui aurait pu marcher si ses yeux n'avaient pas été aussi remplis de chagrin.) Tout va bien.

Je posai l'extracteur de boulons et l'examinai attentivement.

— Oui, je pense que tout ira bien, répondis-je, en espérant que ma discrétion était la meilleure attitude à avoir. (Il faudrait tout de même que j'avertisse Adam avant la prochaine pleine lune.) Dis-toi bien que je suis le genre de personne qui avale jusqu'à six histoires impossibles avant même de prendre mon petit déjeuner.

— Lewis Carroll, reconnut-il avec un petit sourire.

— Et on dit que les jeunes d'aujourd'hui n'ont aucune culture ! dis-je avant de reprendre mon sérieux. Tu sais, si tu réussis à te fier à moi, mes amis pourront t'aider bien plus que tu peux l'imaginer. (Le téléphone sonna et je me remis à mon ouvrage.) Va répondre au téléphone, s'il te plaît, Mac, lui demandai-je.

À cette époque de l'année, il faisait déjà nuit quand nous fermâmes le garage, vers 18 heures. Il me regarda verrouiller la porte d'un air songeur, visiblement hésitant à me dire quelque chose. Je mis exprès un peu plus que le temps nécessaire pour tourner la clé, mais il ne profita pas de l'occasion.

— À demain, me dit-il.

— Pas de problème. (Je décidai de me lancer :) Tu as un endroit où dormir, ce soir ?

— Évidemment, me répondit-il en souriant, avant de s'éloigner comme s'il avait vraiment quelque part où aller.

J'aurais pu me donner des claques : je l'avais forcé à me mentir. Une fois le premier mensonge raconté, il serait extrêmement difficile pour lui de me dire la vérité. Je ne sais pas pourquoi cela se passe ainsi, mais c'est la conclusion que j'ai tirée de mon expérience passée.

Je remâchai mon erreur tout le long du trajet qui me ramenait chez moi, mais une fois que Médée et moi-même fûmes rassasiées, je trouvai un moyen de réparer mon erreur. J'allais apporter des couvertures et laisser ouvert le minibus Volkswagen de Stefan qui attendait patiemment des pièces pour ses freins en provenance de l'Oregon. Je ne pensais pas que Stefan renâclerait à l'idée que Mac campe une nuit ou deux dedans.

Je l'appelai tout de même pour m'en assurer, les surprises n'étant jamais une bonne idée avec les vampires.

— Pas de problème, évidemment, me dit-il sans même que j'aie besoin de lui dire qui allait dormir dans son véhicule. Ça ne me dérange absolument pas, ma chérie. Tu as une idée de quand mon cher minibus pourra reprendre la route ?

Stefan était plutôt sympa pour un vampire.

— Les pièces sont censées arriver après-demain, lui confirmai-je. Je t'appelle dès qu'elles sont là. Si tu veux me donner un coup de main, on devrait pouvoir terminer ça en quelques soirées. Sinon, seule, ça me prendra une journée.

— Impec, conclut-il apparemment en guise d'au revoir, puisqu'il raccrocha immédiatement une fois ce jugement prononcé.

— Bon, dis-je au chat, eh bien, je vais ressortir acheter une couverture, alors.

C'était nécessaire, car mes couvertures seraient saturées de l'odeur du coyote, pas idéale pour mettre à son aise un loup-garou pour qui j'étais pratiquement une inconnue. Ne trouvant pas mon portefeuille, je me rappelai l'avoir laissé au coffre, dans le garage. Heureusement, celui-ci se trouvait sur la route qui menait au centre commercial.

Comme il faisait nuit, je garai ma voiture derrière le garage, dans une rue éclairée pour décourager d'éventuels vandales. Je traversai le parking et donnai une petite tape affectueuse au minibus de Stefan en passant.

Le minibus était peint aux couleurs de la *Mystery Machine* de Scoubidou, ce qui en disait long sur le genre de vampire qu'était Stefan. Il m'avait dit avoir envisagé de le peindre en noir, quelques années auparavant, lorsqu'il avait commencé à regarder *Buffy contre les vampires*. Mais au bout du compte, il avait décidé que la Tueuse ne tenait pas le coup face à Scoubidou.

Je pénétrai dans le bureau sans prendre le temps d'allumer la lumière, vu que je vois assez bien dans le noir. Mon portefeuille se trouvant effectivement là où je pensais l'avoir laissé, je le mis dans mon sac et refermai le coffre. Par habitude, je vérifiai bien que le chauffage était en mode hors-gel. Tout était bien éteint ou rangé, et en parcourant la pièce du regard, je ressentis de nouveau la satisfaction de savoir que tout cela m'appartenait – enfin, à moi et à la banque, quoi.

Le sourire aux lèvres, je refermai la porte derrière moi. Si j'étais particulièrement silencieuse, ça n'était pas de manière consciente : ayant été élevée par une meute de loups-garous, j'ai juste appris à être plus discrète que la moyenne des gens.

— Allez-vous-en.

La voix de Mac s'éleva de derrière le minibus de Stefan, un grondement profond que je ne l'avais jamais entendu utiliser.

Je crus qu'il s'adressait à moi, mais en me retournant, je ne vis que le minibus.

Une autre voix s'éleva en réponse :

— Pas sans toi.

Les vitres du minibus étant teintées, je ne pouvais apercevoir que les silhouettes floues de Mac et de l'un de ses interlocuteurs à travers la porte latérale qui était ouverte. Mais le vent soufflait dans la bonne direction, et je pus renifler la présence de deux autres personnes, outre Mac : un autre loup-garou et un humain. Je ne connaissais aucun d'eux.

Bien que je connaisse l'odeur de la plupart des loups d'Adam, il n'aurait été surprenant en rien qu'il ait adopté un nouveau loup sans que je le sache. Mais c'est la présence d'un humain qui me mit la puce à l'oreille : Adam n'avait pas tendance à faire appel à eux pour régler quelque problème que ce soit en équipe avec ses loups.

Le plus étonnant était en fait qu'aucun des hommes n'ait perçu ma présence. Certes, je ne faisais pas grand bruit, mais les deux loups-garous auraient dû m'entendre. Or, ni Mac ni l'autre loup n'avaient l'air de remarquer que j'étais toute proche.

— Non, rétorqua Mac, alors que j'hésitais sur la marche à suivre. Les cages, la drogue, tout ça, c'est terminé. De toute façon, ça n'avait aucun effet.

Des cages ? pensai-je. *Quelqu'un a enfermé Mac dans une cage ?* Il n'y avait aucun besoin de ce genre de mesures avec Adam dans le coin. Même si certains Alpha utilisent l'enfermement pour éduquer les jeunes loups, Adam n'était pas l'un d'eux. Cela dit, l'allusion de Mac à la drogue n'avait pas plus de sens : aucune drogue n'a d'effet sur les loups-garous.

— Je t'assure que si. Il faut continuer le traitement, je te promets qu'il te délivrera de cette malédiction.

Le délivrer de sa malédiction ? Il n'existait aucune drogue capable de revenir sur le Changement, et peu nombreux étaient les loups-garous qui considéraient que leur sort était une malédiction au bout de quelques mois. En général, la plupart considéraient que leur tendance à l'énervement et le fait de devenir parfois un peu plus poilu que d'ordinaire n'étaient pas des effets secondaires trop dérangeants comparés à des avantages comme une vitesse et une force extraordinaires ou des sens parfaitement aiguisés… sans parler d'un système immunitaire protégeant le corps de la maladie et du vieillissement.

Si ce loup appartenait à Adam, j'étais prête à parier que ce dernier n'était pas au courant qu'il racontait des âneries pareilles. Enfin, je l'espérais.

Mac semblait connaître ses visiteurs, lui, et je commençais à me rendre compte que son histoire était peut-être un peu plus compliquée que ce que je pensais.

— On dirait que tu crois avoir le choix, s'écria le troisième homme. Mais le seul choix que tu as, c'est de rentrer là-dedans.

Je décidai qu'il ne s'agissait pas des loups d'Adam. Toutes ces histoires de cages, de drogues et de malédiction les mettaient plutôt dans le camp de l'ennemi. Si Mac ne voulait pas partir avec eux, eh bien, je ferais tout pour les en empêcher.

Je m'assurai que les rues alentour étaient désertes, comme souvent après 18 heures dans ce quartier peuplé d'entrepôts, me déshabillai en silence et me transformai en coyote.

Je n'aurais eu aucune chance contre un loup-garou en tant qu'humaine. En tant que coyote, j'étais loin d'être assez puissante, mais j'étais rapide – plus qu'un vrai coyote, en tout cas, et juste assez pour échapper à un loup-garou.

Je bondis sur la balustrade puis, de là, sur le toit du bus de Stefan afin de me donner l'avantage d'une position dominante, si ce n'était celui de la surprise. Même si j'étais aussi discrète que possible, le son de mes griffes sur le métal serait parfaitement audible pour un loup-garou.

Je me préparais à sauter mais ce que je vis me fit hésiter. Que ce soit Mac ou les deux hommes, aucun ne semblait avoir conscience de ma présence. Mac se trouvait dos au bus, mais les deux autres n'auraient eu qu'à lever les yeux pour me voir. Or, ils ne m'avaient pas vue. Quelque chose clochait.

Un gros 4x4 noir était garé derrière les deux inconnus, le genre de voiture que les méchants conduisent.

— Je ne pense pas qu'il y ait un moyen de défaire ce que vous m'avez fait, disait Mac. Vous ne pouvez pas me rendre ma vie, ni la sienne à Meg. Tout ce qui est en votre pouvoir, c'est de me laisser en paix.

L'humain était coiffé en brosse, mais c'est surtout la crosse du gros flingue noir dépassant de son étui d'épaule qui m'évoqua un soldat. Les deux hommes se tenaient comme des militaires – Adam aussi adoptait souvent cette posture –, les épaules juste un peu raides, le dos un peu trop droit. C'est cela qui me fit hésiter. Je risquais gros en attaquant l'un des loups d'Adam.

— C'est bientôt la pleine lune, dit celui dont les cheveux étaient moins courts, le loup-garou. Tu ne le sens pas ?

— Tu penses que tu vas passer l'hiver ? (C'était Cheveux-en-Brosse. Il parlait d'une voix agréable, paternelle, pour ne pas dire paternaliste.) Il fait froid en décembre, même dans ce coin de désert.

J'étouffais un grondement en essayant de déterminer de quelle manière j'allais bien pouvoir aider Mac.

— Je travaille dans ce garage. Si jamais il fait trop froid, je pense qu'elle acceptera si je lui demande de me laisser dormir ici en attendant de trouver un autre endroit.

— Elle ? demanda Coupe-en-Brosse d'un air compatissant. Mais c'est pour qu'on vienne te chercher qu'elle a accepté que tu restes. Elle est de notre côté. Comment crois-tu qu'on t'a trouvé ?

Une odeur de surprise, puis de défaite se dégagea de Mac. Les émotions ont en effet une odeur, mais je ne peux les sentir en détail qu'avec mon odorat de coyote, mon nez humain ne percevant que les plus fortes d'entre elles. Je retroussai les babines en signe de colère – je déteste les menteurs, surtout quand ils racontent des craques à mon propos.

Le loup-garou continua à parler d'un air rêveur :

— Quand c'est la pleine lune, tu ne peux rien faire pour interrompre le changement. (Il se balança en avant puis en arrière.) Alors, tu pourras courir, et savourer la peur de ta proie juste avant qu'elle meure sous tes crocs.

Il a reçu un coup de lune, compris-je soudain, la surprise remplaçant la colère. Si ce loup était assez jeune pour pouvoir encore ressentir l'hypnose exercée par l'astre lunaire, ça n'était certainement pas l'un de ceux d'Adam, et celui qui l'avait envoyé ici était un imbécile.

— Non, je ne viendrai pas avec vous, rétorqua Mac, en reculant d'un pas, jusqu'à se retrouver dos au minibus. (Il se raidit, inspira profondément et regarda autour de lui :) Mercy ?

Mais aucun des deux hommes ne prêta attention au fait qu'il avait senti mon odeur. Le loup-garou était toujours perdu dans ses rêveries lunaires, et l'humain dégaina son arme.

— On aura essayé la méthode douce, soupira-t-il, et je sentis le plaisir sous-jacent à cette phrase.

Certes, il avait essayé d'abord la méthode douce, mais il semblait nettement préférer la manière forte. Son arme était de celles qu'on trouve dans les catalogues destinés à ceux qui se prennent pour des mercenaires, du genre dont l'apparence compte au moins autant que l'efficacité.

— Monte dans la voiture, reprit-il. Il y a des balles en argent dans ce flingue. Si je tire, tu es mort.

On aurait cru un gangster des années 1950. Je me demandais si c'était fait exprès.

— Si je monte dans cette voiture, je signe de toute façon mon arrêt de mort, pas vrai ? murmura Mac. Vous avez bien tué les deux qui étaient dans les autres cages, hein ? C'est pour ça qu'ils ont disparu ?

Personne ne semblait se rendre compte que le loup-garou avait commencé à se métamorphoser, pas même lui. Je voyais ses yeux luire dans l'obscurité, et sentais l'odeur de musc et de magie qu'il dégageait. Il poussa un grondement.

— Silence ! dit l'autre avant de le regarder vraiment. Voyant ce qu'il se passait, d'un air nerveux, il orienta légèrement le canon de l'arme vers celui qui, jusqu'ici, était son partenaire.

En tant qu'humain, le loup-garou devait faire dans les cents kilos. À l'issue de leur métamorphose, ces créatures pèsent au moins cent trente kilos. Et non, je n'ai pas la moindre idée d'où vient le poids supplémentaire. Tout ça, c'est de la magie, pas de la science. Je suis moi-même plutôt costaud pour un coyote, mais cela n'empêchait pas qu'une fois transformé le loup-garou ferait cinq fois mon poids.

J'essayais toujours de voir en quoi ma vitesse pourrait m'apporter l'avantage décisif, mais quand je vis le garou se concentrer sur Mac et grogner encore, étirant ses babines sur une rangée de dents pointues et d'un blanc éblouissant, je sus qu'il n'était plus temps de barguigner.

Je me jetai du haut du minibus sur le loup-garou, encore ralenti par le processus de transformation. J'attirai son attention d'un claquement de mâchoires, et enfonçai mes crocs dans une gorge encore dépourvue de la fourrure protectrice qui sert à repousser de telles attaques.

Je sentis mes dents déchiqueter de la chair et vis le sang jaillir, au rythme des battements de son cœur et avec une force due à la tension artérielle, particulièrement haute lors du changement. Ça n'était pas une blessure fatale – c'est que ça guérit très vite, un loup-garou –, mais cela me permettrait de gagner un peu de temps pendant qu'il tenterait d'arrêter le saignement.

Sauf qu'il ne prit même pas le temps de faire cela.

Je le sentis sur mes talons alors que je courais le long du minibus, traversais le parking et sautais par-dessus la clôture de l'entrepôt de garde-meubles voisin. Eût-il été complètement transformé, il aurait pu passer celle-ci de la même manière, mais il était handicapé par un corps ni humain ni loup, et dut s'arrêter le temps d'arracher les fils.

Ivre de rage, il était déjà plus rapide que moi, même sur ses deux jambes. Ça n'était absolument pas normal. J'ai semé assez de loups-garous dans ma vie pour savoir que je suis plus rapide qu'eux. Mais personne n'avait jugé utile d'en informer mon poursuivant. Le voyant se rapprocher encore, je ressautai par-dessus la clôture, vu que cela l'avait ralenti la première fois.

Y aurait-il eu des maisons dans le voisinage que la police serait certainement intervenue, alarmée par les gémissements de frustration qu'il poussait en devant de nouveau arracher les câbles de la haie. Mais les résidences les plus proches étaient trop éloignées. Cela me fit prendre conscience du danger que couraient d'éventuels passants au même titre que Mac et moi-même.

Je revins donc sur mes pas, m'éloignant de la route pour retourner vers le garage, dans l'intention d'éloigner le loup-garou de la ville. Mais avant même d'avoir atteint mon but, je vis mon poursuivant trébucher et s'effondrer sur le bitume.

Je pensai d'abord que la transformation était arrivée à son terme, mais aucun quadrupède ne prit le relais de la poursuite. Je ralentis, puis m'arrêtai complètement, tendant l'oreille, mais le seul son que j'entendais était celui du battement terrorisé de mon cœur.

Il avait presque terminé sa métamorphose : son visage était celui d'un loup, mais sans la fourrure censée le recouvrir. Ses mains étaient complètement déformées, trop fines, avec une distance alarmante entre son pouce et le reste de ses doigts. Ses ongles épaissis avaient commencé à se transformer en griffes. Mais il était totalement immobile.

M'empêchant de céder à l'instinct qui me commandait de fuir, je me forçai à l'approcher. Je m'attendais presque qu'il me saute à la figure comme dans un vieux film d'épouvante, mais il resta simplement immobile, puant le sang et l'adrénaline.

Il avait laissé derrière lui une longue trace de liquide, comme si le radiateur d'une voiture avait explosé, répandant de l'antigel sur la route – sauf qu'ici le liquide qui luisait sous le réverbère n'était pas de l'antigel, mais du sang.

C'est seulement à ce moment précis que je ne me rendis compte que je n'arrivais à entendre ni le battement de son cœur, ni sa respiration.

J'entendis démarrer une voiture et levai le regard juste à temps pour voir le 4x4 noir sortir du parking sur les chapeaux de roue et se diriger vers moi. Le véhicule tangua et roula alors que le conducteur tentait d'en reprendre le contrôle. Les phares m'aveuglèrent, mais j'avais déjà vu par quelle route m'échapper, et je fonçai dans cette direction.

Il ralentit insensiblement, comme s'il envisageait de s'arrêter pour examiner le corps sur la route, puis le moteur 8-cylindres gronda, et le 4x4 prit de la vitesse.

Il évita de justesse le réverbère derrière lequel je m'étais dissimulée. Je ne pouvais voir si Mac se trouvait dans la voiture. J'observai les feux arrière de la voiture s'éloigner jusqu'à la bretelle de la voie rapide, et se fondre dans la circulation.

Je revins vers le loup-garou pour en être certaine, mais il était bel et bien mort.

Je n'avais jamais tué personne jusque-là. Il n'aurait d'ailleurs pas dû mourir. Tuer un loup-garou, ça n'est pas chose aisée. S'il avait pris le temps de contenir le saignement, ou s'il n'avait pas tenté de me poursuivre, sa blessure se serait refermée bien avant qu'il soit trop tard.

J'eus la nausée en sentant le goût de son sang dans ma gueule, et vomis de manière incontrôlable à côté du cadavre, jusqu'à ce que l'amertume de la bile prenne le pas sur toute autre saveur. Puis j'abandonnai le corps au milieu de la route et revins vers le garage. Je devais savoir ce qu'il en était de Mac avant de m'occuper du loup-garou mort.

À mon grand soulagement, Mac était appuyé sur le minivan de Stefan quand je trottai dans le parking. Dans sa main, il tenait un revolver dont le canon était tordu.

— Mercy ? me demanda-t-il en me voyant approcher, comme s'il s'attendait que je dise quelque chose.

Je penchai la tête avant de me glisser derrière le garage, où j'avais laissé mes vêtements. Il me suivit. Mais quand je me transformai, il se rendit compte que j'étais nue et se retourna afin de me laisser un peu d'intimité.

Je me rhabillai aussi rapidement que possible – il faisait plutôt froid – et dis :

— Je suis de nouveau décente.

Il se retourna vers moi.

— Vous avez du sang sur le menton, remarqua-t-il d'une petite voix.

Je l'essuyai avec le bas de mon tee-shirt. Mon expédition shopping ayant visiblement été remise à plus tard, cela n'avait aucune importance s'il y avait du sang sur mes fringues. *Ne revomis pas*, me répétai-je. *Dis-toi que ce n'était qu'un lapin.* Ça n'avait pas du tout le même goût que le lapin…

— Vous êtes quoi ? demanda-t-il. Vous êtes avec eux ? Où est… où est le loup ?

— Il est mort. Il faut qu'on parle, répondis-je en prenant le temps de mettre de l'ordre dans mes pensées. Mais d'abord, nous devons enlever ce loup-garou mort du milieu de la route. Et avant cela, je pense qu'il serait judicieux d'appeler Adam.

Je l'entraînai vers le bureau, allumant cette fois la lumière. Ni l'un ni l'autre n'en avions besoin, mais c'était plus rassurant.

Il arrêta ma main avant que je puisse décrocher :

— C'est qui, cet Adam ? Et pourquoi devez-vous l'appeler ?

Je ne cherchai pas à dégager ma main de la sienne.

— C'est l'Alpha du coin. Il faut que nous nous débarrassions du corps – à moins que tu préfères qu'on soit enlevés par un laboratoire fédéral pour nous faire analyser jusqu'à ce qu'ils s'aperçoivent qu'ils en apprendront encore plus grâce à nos cadavres…

— L'Alpha ? C'est quoi, exactement ? demanda-t-il.

Ça, pour ça, il était vraiment tout récent, comme loup-garou.

— Les loups-garous vivent en meute, lui appris-je. Chaque meute a son Alpha – un loup assez fort pour dominer tous les autres. Adam Hauptman est l'Alpha de la meute locale.

— Il ressemble à quoi ? s'interrogea-t-il.

— Un peu moins d'un mètre quatre-vingts, quatre-vingts kilos. Cheveux et yeux bruns. Je ne pense pas qu'il ait quoi que ce soit à voir avec les loups que tu connais, le rassurai-je. Si Adam avait voulu mettre la main sur toi, je peux t'assurer qu'il t'aurait trouvé bien plus tôt. Il peut être assez crétin, mais il est supercompétent.

Mac me regardait fixement, ses yeux bruns prenant des reflets jaunâtres dans la lumière fluorescente. À vrai dire, j'étais particulièrement impressionnée qu'il eût encore forme humaine : la simple vision du changement chez un loup-garou a tendance à encourager les autres. Je le regardai calmement dans les yeux avant de laisser mon regard redescendre au niveau de son épaule.

— Bon d'accord, décida-t-il. Vous m'avez sauvé la vie, ce soir. Et je suis bien placé pour savoir que cette chose aurait pu vous déchiqueter. J'en ai déjà vu tuer.

Je ne demandai pas qui ni quand cela s'était passé. Il était bien plus crucial d'agir afin d'éviter d'autres ennuis. Appeler Adam, enlever le cadavre de la route, et après, seulement, nous pourrions discuter. Je composai le numéro d'Adam de mémoire.

— Ici Hauptman, s'annonça-t-il, avec un brin d'impatience, à la quatrième sonnerie.

— J'ai tué un loup-garou au garage, dis-je avant de raccrocher.

Voyant l'air surpris de Mac, je lui expliquai :

— C'est le meilleur moyen d'avoir rapidement une réaction, sans avoir à tout expliquer pendant vingt minutes. Bon, allez, il faut ramener le cadavre avant que quelqu'un l'aperçoive sur la route.

Je laissai le répondeur se charger du téléphone qui sonnait.

Je sortis le minibus de Stefan, ne serait-ce que parce qu'il est nettement plus facile de charger quelque chose de gros dans ce genre de véhicule que dans ma Golf. Le bus sentait Mac à plein nez, ce qui me confirma qu'il ne mentait pas quand il disait qu'il avait un endroit où dormir. Cela faisait de toute évidence plusieurs nuits qu'il passait à l'intérieur.

Le bus avait un problème de freins jusqu'à ce qu'on les répare mais je parvins à le manœuvrer et à l'arrêter près du corps. Mac m'aida à le charger dans le minibus, puis revint en courant vers le garage pour m'ouvrir la porte de l'atelier.

Nous allongeâmes le mort sur le sol en béton, à côté du pont, puis je remis le minibus à son emplacement avant de baisser le rideau de l'atelier, nous enfermant avec le cadavre.

J'allai m'asseoir dans le coin du garage le plus éloigné du loup-garou mort, près de l'une de mes énormes boîtes à outils. Mac vint me rejoindre, et nous examinâmes le corps de loin.

Interrompu en plein changement, ce dernier avait l'air encore plus grotesque sous le violent éclairage du plafonnier qu'à la lueur du lampadaire, comme un être sorti d'un vieux film en noir et blanc avec Lon Chaney. D'où je me trouvais, je pouvais voir la blessure qui avait provoqué sa mort.

— Il avait tellement l'habitude de guérir vite qu'il n'a même pas fait attention à sa blessure, dis-je pour rompre le silence. Mais certaines blessures prennent plus de temps à guérir que d'autres. Il n'en savait pas plus sur tout cela que toi. Ça fait longtemps que tu es loup-garou ?

— Deux mois, soupira-t-il en appuyant sa tête contre la boîte à outils et fixant le plafond. Ma copine n'a pas survécu à son attaque, mais moi, si. Si on peut dire.

Petit chanceux, pensai-je en me rappelant les suppositions que j'avais faites en écoutant sa conversation téléphonique : au moins, ce n'était pas lui qui avait tué sa petite amie. Il ne devait pas vraiment se sentir en veine ces temps-ci, et je n'allais pas lui laisser entrevoir que cela pouvait encore empirer.

— Que s'est-il passé ensuite ? D'où venaient ces mecs ? Tu habites les Tri-Cities, à la base ?

Je n'avais eu vent d'aucun meurtre ou disparition inexpliqués ces six derniers mois. Il secoua la tête :

— Je viens de Naperville. (En voyant mon absence de réaction, il ajouta :) Dans l'Illinois. Pas loin de Chicago. (Il lança un regard au cadavre et avala sa salive.) J'ai envie de le manger, chuchota-t-il.

— Parfaitement naturel, le rassurai-je.

Je dois cependant admettre que je ressentis le besoin soudain de m'éloigner un peu de lui. Nom d'un chien, le simple concept de s'enfermer dans un endroit clos avec un loup-garou et de la viande fraîche n'était pas un modèle de prudence, mais nous allions devoir rester ici jusqu'à l'arrivée d'Adam. Ça aurait pu être pire, d'un autre côté : on aurait pu être plus près de la pleine lune, et il aurait pu être aussi affamé que la première fois que nous nous étions rencontrés.

— Non seulement les daims ont bien meilleur goût, mais en plus ils sont drôlement plus faciles à gérer d'un point de vue conscience, dis-je avant de me rendre compte qu'il serait peut-être judicieux de parler d'autre chose que de nourriture. Que s'est-il passé après ton attaque ? On t'a emmené à l'hôpital ?

Il me regarda sans rien dire quelques instants, et je ne réussis pas à déchiffrer ses pensées. Puis il reprit :

— Après… l'attaque, je me suis réveillé dans une cage, qui se trouvait elle-même dans une cave. Quelqu'un me surveillait et dit, quand il vit que je reprenais conscience : « Bon, tu vas t'en sortir, Leo sera content. »

— Attends, attends, l'interrompis-je. Leo… Leo à Chicago… (Ça me revint.) Leo James ? Des allures de champion de ski nordique ? Un grand blond élancé ?

C'était l'un des deux Alphas que comptait Chicago. Le territoire de Leo était constitué de la banlieue ouest. Je l'avais rencontré deux ou trois fois, et nous n'avions pas précisément accroché. Mais bon, comme je l'ai déjà dit, les loups-garous n'aiment pas les autres prédateurs.

Mac acquiesça :

— Ça colle. Il est revenu avec le premier homme et un autre gars. Aucun ne voulait m'adresser la parole ou répondre à mes questions. (Il me lança un regard angoissé.) Ça semble tellement bizarre, pas vrai ? Incroyable.

— Tu t'adresses à quelqu'un qui sait se transformer en coyote, lui rappelai-je gentiment. Dis-moi juste ce que tu sais.

— D'accord, d'accord, acquiesça-t-il. J'étais encore un peu groggy, mais il me semble avoir entendu Leo s'embrouiller avec le troisième homme pour des histoires d'argent. Il semblait qu'il m'eût vendu pour douze mille dollars.

— Léo t'a vendu pour la somme de douze mille dollars, répétai-je aussi bien pour lui que pour moi. (Même si je donnais l'impression d'un sang-froid inébranlable, Mac avait raison : tout cela était proprement *incroyable*. Non que je crus qu'il mentît.) Il a demandé à l'un de ses loups de vous attaquer, toi et ton amie, et comme tu as survécu, il t'a vendu en tant que loup-garou tout frais.

— On dirait, répondit Mac.

— Tu as appelé ta famille, cet après-midi, n'est-ce pas ? demandai-je. (Je souris en voyant son regard inquiet.) J'entends plutôt pas mal.

— Mon frère, sur son portable, grimaça-t-il. Il est cassé. Les numéros ne s'affichent pas. Il fallait que je le rassure sur mon sort. J'imagine que la police me soupçonne du meurtre de Meg.

— Tu lui as dit que tu étais à la recherche de son assassin, dis-je.

Il rit d'un air désenchanté :

— Comme si j'avais le moindre espoir de le trouver…

En fait, c'était tout à fait envisageable. Il lui suffisait de développer un peu ses nouveaux sens. Mais je ne lui dis pas tout de suite cela, non plus. Si Mac retrouvait son agresseur, il était fort probable qu'il ne survive pas à la confrontation. Un jeune loup-garou n'a aucune chance contre un ancien.

Je lui tapotai le genou :

— Ne t'inquiète pas. Une fois qu'on aura parlé de ça aux gens qu'il faut, et Adam fait partie de ces gens-là, Leo sera un homme mort. Le Marrok ne tolérera pas un Alpha qui crée une progéniture et la vend contre espèces sonnantes et trébuchantes.

— Le Marrok ?

— Excuse-moi, lui dis-je. Comme je te l'ai déjà dit, les loups-garous vivent en meute rassemblée autour d'un Alpha. Autrefois, l'organisation sociale des loups-garous se résumait à ces structures réduites. Mais il n'y a besoin ni d'intelligence ni même de bon sens pour être Alpha – la force suffit. Un grand nombre de garous furent exterminés en même temps que les vrais loups au Moyen Âge, lors de la Grande Peste, à cause de l'imprudence de leurs Alphas. Il fut donc décidé qu'un leader chapeauterait tous les Alphas et leurs vassaux.

— Aux États-Unis, ce leader, c'est le Marrok. Le nom vient de la légende de la Table Ronde. C'était un chevalier d'Arthur, et un lycanthrope. Le Marrok et sa meute prennent toutes les décisions pour les meutes d'Amérique du Nord.

— Parce qu'on est si nombreux que ça ? s'étonna-t-il.

Je hochai la tête :

— Peut-être dans les deux milliers aux États-Unis, cinq ou six cents au Canada, et quatre cents au Mexique.

— Comment se fait-il que vous en sachiez autant sur les loups-garous ?

— J'ai été élevée parmi eux.

J'attendis qu'il me demandât plus de détails, mais son attention s'était de nouveau dirigée vers le cadavre. Il inspira profondément et réprima un frisson.

— Est-ce que tu as une idée de ce qu'ils voulaient de toi ? lui demandai-je précipitamment.

— Ils m'ont dit qu'ils cherchaient un remède. Ils mettaient des trucs dans ma nourriture, je le sentais, mais j'avais tellement faim que je mangeais tout de même. Parfois, ils me faisaient des piqûres, et un jour où je renâclais particulièrement, ils ont utilisé un fusil hypodermique.

— Tout à l'heure, tu leur as parlé d'autres jeunes loups comme toi…

Il acquiesça.

— J'étais enfermé dans une cage, elle-même dans une remorque de camion. Il y avait quatre cages en tout. D'abord, nous étions trois, une fille de mon âge et un homme. La fille avait l'air complètement à l'ouest, elle regardait dans le vide en se balançant d'avant en arrière toute la journée. Le mec, lui, ne parlait pas un mot d'anglais. Je crois qu'il était polonais – ou bien russe, un truc du genre. Et un jour, à mon réveil après un trip, j'étais tout seul.

— Un trip ? Mais les drogues n'ont aucun effet sur les loups-garous, m'étonnai-je. Votre métabolisme est trop rapide.

— Eh bien, celle-ci fonctionnait.

— Je te crois, le rassurai-je en hochant la tête, mais ça n'aurait pas dû être possible. Tu t'es évadé ?

— Je me suis débrouillé pour me métamorphoser alors qu'ils étaient en train de me filer un autre shoot. Je ne me rappelle pas grand-chose, à part d'avoir couru.

— Cette remorque, elle se trouvait dans le coin ? Dans les Tri-Cities ?

Il fit signe que oui.

— Je n'ai pas réussi à la retrouver, cela dit. J'ai du mal à me souvenir de ce qui se passe quand je…

Sa voix se perdit dans ses pensées.

— Quand tu es loup, complétai-je.

Les souvenirs venaient avec l'expérience et un contrôle accru, selon ce qu'on m'en avait dit.

Une voiture inconnue fit entendre le ronronnement typique des moteurs de luxe et elle se rapprochait du garage.

— Qu'y a-t-il ? demanda-t-il en me voyant me lever.

— Tu n'entends pas la voiture ?

Il secoua la tête en signe de dénégation avant de se raviser :

— Je… oh si. Oui, je l'entends.

— Il y a des avantages à être loup-garou, lui dis-je. L'un d'eux est d'entendre et de sentir les odeurs bien mieux que monsieur Tout-le-Monde. (Je me tournai vers le bruit.) Elle rentre dans le parking. Je vais voir de qui il s'agit.

— C'est pas le type que vous avez appelé, là, l'Alpha ?

Je secouai la tête.

— Ce n'est pas sa voiture.

Chapitre 3

Je traversai silencieusement le bureau et entrouvris la porte, mais l'odeur de parfum et d'herbes aromatiques qui flottait dans l'air m'avait déjà rassurée sur l'identité de notre visiteur.

Une Cadillac noire s'était rangée le long du minibus de Stefan. J'ouvris complètement la porte et vis un chauffeur me saluer avant d'ouvrir la porte arrière de la voiture.

Je passai la tête à l'intérieur et rassurai Mac :

— Tout va bien, c'est juste l'équipe de nettoyage !

C'était une bien lucrative activité que de tout faire pour que les humains continuent à ne pas tenir compte des phénomènes magiques qui les entouraient. La meute d'Adam employait pour ce faire la plus puissante des sorcières du nord-ouest des États-Unis. Les théories concernant les origines d'Elizaveta Arkadyevna Vyshnevetskaya et la manière dont elle avait débarqué ici changeaient de semaine en semaine. Je pense qu'elle et sa nuée d'enfants et de petits-enfants contribuaient à la circulation des plus invraisemblables de ces rumeurs. Tout ce dont j'étais certaine, c'était qu'elle était née à Moscou, en Russie, et vivait dans les Tri-Cities depuis au moins vingt ans.

Elizaveta sortit des entrailles de sa voiture aussi spectaculairement qu'une ballerine faisant sa révérence. Et quel spectacle elle donnait, en effet…

Elle était grande, près d'un mètre quatre-vingts, n'avait pas beaucoup plus que la peau sur les os, et deux yeux gris au regard pénétrant encadraient son long et élégant nez. Son style se situait à mi-chemin entre la babouchka et la figure mythologique russe de la Baba Yaga. Elle était vêtue de plusieurs épaisseurs de riches tissus qui lui descendaient à mi-mollet, recouverte d'une longue cape laineuse et d'une grande écharpe usée qu'elle enroulait autour de son cou et drapait sur ses cheveux. Sa tenue n'avait rien d'authentique ou du moins elle ne semblait correspondre à aucun lieu ou à aucune époque en particulier, mais jamais personne n'avait eu le courage de le lui faire remarquer.

Sortant de derrière le bus et me rapprochant de la voiture, je la saluai :

— Bienvenue, Elizaveta Arkadyevna.

Elle me jeta un regard mauvais :

— Mon Adamya m'a appelée et m'a dit que tu avais tué l'un de ses loups.

Son accent d'aristocrate anglaise me dit qu'elle était furieuse : en temps normal, elle avait un tel accent russe que j'avais du mal à la comprendre. Quand elle était vraiment folle de rage, elle ne parlait pas anglais du tout.

— Un loup-garou, mais je ne pense pas qu'il s'agisse de l'un des siens, rectifiai-je.

Adamya était le petit surnom affectueux qu'Elizaveta avait donné à mon voisin. Je ne pense pas qu'elle l'eût déjà appelé ainsi en face. La sorcière n'avait pas tendance à se montrer affectueuse envers qui pouvait l'entendre.

— Le cadavre se trouve dans l'atelier, continuai-je. Mais il y a plein de sang là-bas, sur la route. Il m'a pourchassée avec une artère sectionnée d'ici au garde-meubles, là-bas, il a démonté la clôture à deux endroits avant de revenir et de finir de se vider de son sang au beau milieu de la route. Le garde-meubles a des caméras de vidéosurveillance, et pour transporter le cadavre, j'ai utilisé le minibus de Stefan, dis-je en désignant ce dernier.

Elle dit quelque chose en russe à son chauffeur, que j'identifiai comme l'un de ses petits-fils. Il s'inclina et répondit je ne sais quoi avant d'aller ouvrir le coffre de la Cadillac.

— Va-t'en d'ici, dit-elle en joignant le geste à la parole, me poussant vers le garage. Je n'aurai pas besoin de ton aide pour mettre tout ce bazar en ordre. Retourne avec le cadavre. Adam est en route. Une fois qu'il l'aura vu, il me dira ce que je dois en faire. Tu as vraiment tué ce loup ? Faut-il que je cherche une douille de balle en argent ?

— Pas besoin, je l'ai tué avec mes crocs, lui dis-je. (Elle savait ce que j'étais.) C'était un accident… enfin, pas que je le morde, mais qu'il en meure.

— Mais qu'est-ce qui t'a pris, Mercedes ? me dit-elle en posant sa main sur mon bras. Un Petit Loup qui s'attaque aux grands n'en a pas pour longtemps à vivre, me semble-t-il. La chance a ses limites.

— Si je n'avais rien fait, il aurait tué un garçon qui se trouvait sous ma protection, me justifiai-je. Je ne pouvais pas faire autrement.

Elle lâcha mon bras et manifesta son désaccord d'un grognement, mais quand elle reprit la parole, son terrible accent russe était de retour :

— On a toujours le choix, Mercy. Toujours. Mais s'il a attaqué un garçon, ça ne devait effectivement pas être l'un de ceux d'Adamya.

Elle tourna la tête et aboya un ordre en russe à l'adresse de son chauffeur. Comme elle ne me prêtait plus attention, je retournai vers Mac et notre loup-garou mort.

Je trouvai le premier accroupi à côté du second, léchant ses doigts comme s'il les avait trempés dans le sang qui coagulait. Ce qui était mauvais signe. Il me semblait qu'un loup capable de se maîtriser n'aurait pas fait cela.

— Mac, dis-je en m'éloignant de lui pour rejoindre le coin opposé du garage, où nous nous trouvions auparavant.

Il gronda.

— Tranquille! dis-je fermement en tentant de ne pas laisser deviner ma peur. Reprends le contrôle de toi-même et viens par ici. J'ai des choses à te dire avant qu'Adam arrive.

J'avais tenté d'éviter les duels de domination jusqu'à présent, en particulier parce que mon instinct me disait que Mac était un leader naturel, un dominant qui pourrait parfaitement mûrir en un Alpha dans le futur. De plus, j'étais une femme.

La libération de la femme était restée franchement lettre morte dans le monde des loups-garous. La position des femelles appariées dans la meute dépendait de celle de leur compagnon, mais une femelle solitaire serait toujours en dessous d'un mâle, sauf si ce dernier était exceptionnellement soumis. Cet élément m'avait posé pas mal de problèmes lors de ma jeunesse passée en tant que seule femme coyote dans une meute de loups-garous. Mais si je ne prenais pas en main la domination de Mac, il laisserait le contrôle de son loup lui échapper. En attendant Adam, c'était la seule chose que je pouvais faire.

Je l'examinai et levai un sourcil en tentant d'imiter mon père adoptif:

— Mac, pour l'amour du ciel, laisse ce pauvre homme en paix et viens me rejoindre.

Il se releva d'un air vaguement menaçant, puis se passa les mains sur le visage en vacillant légèrement.

— Ça fait du bien, dit-il. Vous pouvez continuer?

Je fis appel à toute mon autorité :

— Viens ici immédiatement, Mac.

Il tituba dans ma direction et vint s'asseoir à mes pieds.

— Quand Adam arrivera, continuai-je, quoi qu'il se passe, ne le regarde pas dans les yeux plus d'une ou deux secondes. J'imagine que ça te viendra instinctivement, mais on ne sait jamais. Il ne sera pas nécessaire de courber l'échine, tu n'as rien fait de mal, ne l'oublie pas. Laisse-moi parler. L'objectif, c'est qu'il te ramène chez lui.

— Je me trouve très bien tout seul, protesta-t-il, et il avait presque l'air d'être lui-même, sauf qu'il ne perdait pas le cadavre de vue.

— C'est faux, lui répondis-je. S'il n'y avait pas de meute dans le coin, tu aurais des chances de survivre. Mais si tu croisais l'un des loups d'Adam sans qu'il ait eu vent de ton existence, il te tuerait probablement. De plus, la pleine lune approche à grands pas, et Adam peut t'aider à maîtriser la bête d'ici là.

— Ce monstre, je peux donc le dominer ? demanda Mac, un sourire hésitant aux lèvres.

— Absolument, dis-je, et ce n'est pas un monstre, pas plus qu'un orque n'en est un. Les loups-garous sont colériques et agressifs, mais ils ne sont pas intrinsèquement mauvais. (Je repensai à celui qui l'avait vendu et revins sur mes paroles.) Enfin, pas plus mauvais que n'importe quel humain, quoi.

— Je ne me souviens même pas de ce que la bête fait, objecta-t-il. Comment pourrais-je la dompter ?

— C'est plus difficile au début. Un bon Alpha t'aidera à le faire. Une fois que tu auras le contrôle sur le loup, tu pourras revenir à ta vie d'avant si tu le désires. Mais tu devras faire attention : même sous forme humaine, tu seras beaucoup moins patient et plus fort que tu ne l'as jamais été. Adam pourra t'apprendre toutes les subtilités de la vie de loup-garou.

— De toute façon, rentrer chez moi n'est pas une option, murmura-t-il.

— Tu verras ça quand tu sauras te maîtriser, le rassurai-je. Pour le reste, il y a des gens qui peuvent aussi t'aider. Ne perds pas espoir.

— Vous êtes différente de ce que je suis.

— En effet, confirmai-je. Je suis une changeuse, ça n'est pas du tout la même chose. Moi, je suis née ainsi.

— Je n'ai jamais entendu parler des changeurs. C'est un genre de fae ?

— On pourrait dire ça, répondis-je. Moi, je n'ai pas tous les trucs cool que vous autres, les loups-garous, avez : la superpuissance, les capacités de guérison rapide. Et je n'ai pas besoin de meute.

— Vous ne risquez pas non plus de manger vos amis, dit-il et je ne sus s'il plaisantait ou s'il était sérieux.

— Oui, il y a de bons côtés, acquiesçai-je.

— Pourquoi vous en savez autant sur les loups-garous ? demanda-t-il de nouveau.

J'allais lui donner la version résumée de l'histoire, mais décidai au contraire de lui raconter la saga dans toute sa splendeur afin de le distraire du cadavre.

— Ma mère était une fan de rodéo, une vraie groupie, expliquai-je. Elle aimait les cow-boys, tous les cow-boys. Elle en aima tellement un, un Indien pied-noir du nom de Joe Vieux Coyote, originaire de Browning, Montana, qu'elle en tomba enceinte de moi. Elle me disait qu'il lui avait affirmé venir d'une longue lignée d'hommes-médecine, mais, à l'époque, elle pensait qu'il disait surtout ça pour l'impressionner. Il est mort dans un accident de la route trois jours après leur rencontre.

» Elle avait dix-sept ans, et ses parents tentèrent de la convaincre d'avorter. Mais elle ne voulut pas en entendre parler. Alors, ils voulurent qu'elle m'abandonne à la naissance, mais elle était déterminée à m'élever par elle-même – jusqu'à ce que, alors que j'avais trois mois, elle trouve un bébé coyote dans mon berceau.

— Qu'est-ce qu'elle a fait ?

— Tenté de retrouver la famille de mon père, d'abord, lui répondis-je. Elle alla à Browning, et trouva plusieurs familles ayant le même nom, mais ils nièrent connaître qui que ce soit nommé Joe. C'était indéniablement un Indien, pourtant, dis-je en montrant mon visage. (Je n'ai pas l'air purement indien, mes traits sont trop anglo-saxons pour cela, mais mon teint est bronzé même en plein mois de novembre, et j'ai des cheveux lisses aussi noirs que mes yeux.) Mais à part ça, je n'en sais pas plus sur lui.

— Vieux Coyote, dit Mac d'un ton lourd de sens.

Je souris :

— Ça laisse penser que toutes ces histoires de métamorphes ont une origine génétique, pas vrai ?

— Mais ça n'explique pas comment vous vous êtes retrouvée à être élevée par des loups-garous.

— L'oncle de mon arrière-grand-père était un loup-garou, expliquai-je. C'était censé être un secret de famille, mais personne ne peut cacher quoi que ce soit à ma mère. Il lui suffit de pencher la tête en souriant gentiment, et les gens lui racontent leur vie en large et en travers. Quoi qu'il en soit, elle dénicha son numéro de téléphone et l'appela.

— Waouh, s'exclama Mac, je n'ai jamais connu mes arrière-grands-parents, moi !

— Moi non plus, dis-je, juste un oncle à eux qui était loup-garou. L'un des avantages d'être loup-garou, c'est une sacrée longévité.

Enfin, si l'on réussissait à dompter le loup. Mais Adam lui expliquerait cela mieux que moi.

Son regard flotta de nouveau en direction du corps.

— Enfin bon, dis-je précipitamment. Ça n'empêche pas d'être stupide. Cet arrière-arrière-grand-oncle avait peut-être été assez malin pour vivre plus longtemps que ses contemporains, mais ça ne l'a pas empêché de se faire bêtement éviscérer par un élan lors d'une de ses chasses nocturnes.

» Quand maman l'appela, il vint nous rendre visite, et devina immédiatement ce que j'étais rien qu'en me voyant. C'était avant le *coming-out* des faes, à l'époque où les gens pensaient encore que la science avait démontré que la magie n'existait pas. Il convainquit maman qu'il serait mieux pour tout le monde qu'elle m'envoie dans l'arrière-pays du Montana, au sein de la meute du Marrok. Celle-ci a sa propre ville là-bas, et rares sont les étrangers qui s'y aventurent. Je fus accueillie par une famille qui n'avait pas d'enfants.

— Votre mère vous a juste abandonnée, comme ça ? demanda-t-il, ébahi.

— Elle venait me rendre visite tous les étés, et on ne peut pas dire qu'ils lui rendaient la tâche facile. Ils ne s'entendent pas très bien avec les humains, les Marrok. Sauf si ce sont leurs femmes ou leurs enfants.

— Je croyais que Marrok était le nom de l'Alpha qui gouvernait toutes les meutes d'Amérique du Nord ?

— Les meutes prennent parfois le nom de leur leader, lui appris-je, la meute du Marrok s'appelle donc les Marrok. Plus souvent, leur nom s'inspire d'un endroit particulier de leur territoire. Les loups d'Adam sont la meute du bassin du

Columbia. La seule autre meute de l'État, qui gravite autour de Seattle, s'appelle la Meute de l'Émeraude[1].

Mac voulut poser une autre question, mais je lui fis signe de se taire en entendant approcher la voiture d'Adam.

— Souviens-toi bien de ce que je t'ai dit sur les Alphas, lui dis-je. C'est un homme bon, et tu as besoin de lui. Reste juste ici, garde les yeux baissés, laisse-moi parler et tout devrait bien se passer.

Le rideau de l'atelier gémit, puis remonta à grand fracas et bien plus rapidement que d'ordinaire. Dans l'encadrement de la porte se tenait Adam Hauptman, parfaitement immobile et, un instant, je le vis avec les seuls yeux d'un humain. Le spectacle valait le détour.

Bien que portant un nom allemand, il avait plutôt l'air slave : un teint mat, des cheveux bruns, pas aussi foncés que les miens, de larges pommettes et une étroite bouche aux lèvres sensuelles. Il n'était pas particulièrement grand, ni très corpulent, et un observateur non averti aurait pu se demander pourquoi tous les regards se tournaient vers lui quand il entrait dans une pièce. En voyant son visage, il penserait tenir la réponse en constatant que c'était un bel homme. Mais cela n'avait rien à voir avec un physique attirant : Adam était un Alpha. Il aurait pu être hideux que cela ne l'aurait pas empêché de captiver l'attention de tous, loups ou humains – mais le fait d'être bel homme ne nuisait évidemment pas à son charisme naturel.

Ordinairement, ses yeux étaient d'un profond brun noisette, mais là, la colère les avait rendus plus clairs, presque jaunes. J'entendis Mac s'étrangler au moment où il était frappé par les ondes de furie s'échappant d'Adam, et pus

1. La Cité d'Émeraude est le surnom de Seattle. (*NdT*)

donc me préparer à laisser glisser la vague de fureur comme de l'eau sur du verre.

Peut-être aurais-je dû donner un peu plus de détails au téléphone, mais cela aurait aussi été moins rigolo.

— Que s'est-il passé ? demanda-t-il d'une voix aussi douce qu'une neige hivernale.

— C'est compliqué, lui dis-je en soutenant son regard pendant bien deux secondes avant de tourner ma tête vers le cadavre. Le loup mort est là-bas. Si c'est l'un des tiens, ça ne fait pas longtemps qu'il est loup, et tu n'as pas fait ton boulot. Aussi sourd et aveugle qu'un humain – j'ai réussi à le prendre par surprise – et trop ignorant pour se rendre compte qu'une blessure infligée par un autre être surnaturel allait mettre plus longtemps à guérir. Il s'est laissé saigner à blanc parce qu'il était trop occupé à me pourchasser, et…

— Ça suffit, Mercedes, gronda-t-il en marchant à grands pas vers le cadavre.

S'agenouillant pour l'examiner, il le retourna, et le bras du mort ondula grotesquement sur le béton. Mac gémit et pressa son front contre ma cuisse pour s'empêcher de regarder.

Cela détourna l'attention d'Adam du cadavre vers le garçon qui se trouvait à mes pieds.

— Celui-ci n'est pas à moi, grogna-t-il, et celui-là non plus.

— Toujours aussi aimable. Tu complimenteras ta maman pour tes manières, Hauptman.

— Fais attention, souffla-t-il.

Ça n'était pas une menace. Juste un avertissement.

Bon d'accord. Il faisait peur. Vraiment peur. Il était probablement terrifiant avant même de devenir loup-garou. Mais je ne pouvais lui laisser deviner combien il m'intimidait.

—Adam Hauptman, lui dis-je en guise de leçon de politesse, voici Mac. C'est tout ce que je sais de son nom. Il a été agressé par un loup-garou à Chicago il y a bientôt deux lunes, agression lors de laquelle sa petite amie a trouvé la mort, mais pas lui. Il a été emmené par son agresseur et mis dans une cage. Un homme qui ressemble beaucoup à l'Alpha de Chicago nommé Leo l'a alors vendu pour la somme de douze mille dollars à quelqu'un qui l'a gardé en cage dans une remorque de camion et soumis à ce qui semble avoir été des expériences sur des drogues, avant que Mac réussisse à s'échapper. Et vendredi dernier, il est venu me demander du travail au garage.

—Et tu n'as pas jugé utile de m'informer qu'un loup étranger avait frappé à ta porte ?

Je soupirai d'un air excédé :

—Je ne fais pas partie de ta meute, Adam. Je sais que c'est un peu difficile à conceptualiser pour toi, alors je vais parler très lentement : je ne t'appartiens pas. Je n'ai aucune obligation de te tenir au courant des moindres événements de ma vie.

Il poussa un juron particulièrement grossier et reprit :

—Femme, tu devrais savoir qu'un jeune loup est dangereux, surtout quand il a faim et froid. (Il jeta un regard vers Mac et sa voix changea du tout au tout, soudain dénuée de la moindre trace de colère.) Mercy, viens ici.

Je ne pris pas le temps de chercher dans le visage de Mac ce qu'Adam y avait vu et tentai d'avancer, mais il s'accrochait désespérément à ma jambe gauche. Je renonçai à avancer plus avant de me casser la figure.

—Hum... On dirait que je suis coincée...

—Pour une fille intelligente, qu'est-ce que tu peux être stupide, des fois, me dit-il, d'une voix chaude et douce, pour éviter d'effrayer le loup-garou accroché à ma jambe.

T'enfermer dans un garage avec un loup-garou et un cadavre n'est probablement pas la meilleure idée que tu aies eue. Je n'arrive pas à entrer en contact avec lui. Ça m'aiderait si tu connaissais son vrai nom.

— Mac, quel est ton véritable nom ? demandai-je doucement.

— Alan, dit-il d'un air rêveur en se redressant de manière que son visage vienne reposer contre mon ventre. Alan Mackenzie Frazier, du nom de mon grand-père, mort l'année de ma naissance.

Le frottement de sa tête avait soulevé mon tee-shirt et il lécha ma peau nue. Cela aurait pu sembler très sensuel à un œil non averti, mais je savais que l'abdomen était une partie du corps tendre que les prédateurs affectionnaient particulièrement.

— Vous sentez bon, souffla-t-il.

Lui, il sentait le loup-garou, et je tentai de refréner la panique qui montait en moi, et qui n'allait sûrement pas arranger les choses.

— Alan, dit Adam en articulant exagérément, Alan Mackenzie Frazier, viens par ici.

Mac rejeta la tête en arrière, mais son étreinte sur mes hanches se resserra douloureusement. Il se mit à gronder en regardant Adam, sa poitrine animée d'un bourdonnement que je sentais contre ma cuisse.

— À moi, dit-il.

— Je ne crois pas, dit Adam en fronçant les sourcils. Elle est à moi.

Tout cela aurait pu être extrêmement flatteur si je n'avais pas été consciente du fait qu'au moins l'un d'entre eux parlait de moi en tant que son prochain repas, et que je n'étais pas certaine que ce fût différent pour l'autre. Pendant qu'Adam attirait l'attention de Mac, je tâtonnai dans mon dos et réussis à saisir un pied-de-biche sur l'établi, que j'abattis sur la clavicule de Mac.

Le coup ne fut pas très fort parce que j'avais peu de marge de manœuvre, mais, même chez un loup-garou, il n'est pas bien difficile d'abîmer une clavicule. J'entendis l'os craquer et en profitai pour m'extraire de l'étreinte de Mac et pour foncer de l'autre côté du garage avant qu'il ait pu se remettre de cette soudaine douleur.

Ça ne me plaisait pas énormément de lui avoir fait du mal, mais au moins se remettrait-il de cela en quelques heures, du moment que je ne le laissais pas me manger. Il me semblait du genre à digérer plus facilement une fracture de la clavicule qu'un meurtre.

Adam s'était rapproché de Mac aussi rapidement que je m'en étais éloignée. Il l'attrapa par la peau du cou et le releva brusquement.

— Adam, suppliai-je du havre précaire que constituait le coin opposé du garage, c'est un loup tout jeune qui n'y comprend rien. Une victime.

J'essayai de rester calme pour ne pas ajouter à l'énervement ambiant. Mais le fait que Mac ait l'air tout sauf dangereux en cet instant précis aida pas mal.

— Désolé, désolé, gémit-il imperceptiblement en devenant tout mou dans la poigne d'Adam.

Celui-ci poussa un soupir exaspéré et reposa Mac, d'abord sur ses pieds, puis voyant que les jambes de ce dernier ne le soutiendraient pas, accompagna le mouvement jusqu'au sol.

— Fait mal, dit Mac.

— Je sais, dit Adam, sans la moindre trace de colère. (Évidemment, il parlait à Mac, plus à moi.) Si tu changes, cela guérira plus vite.

Mac le regarda d'un air surpris.

— Je ne crois pas qu'il sache le faire volontairement, intervins-je.

Adam jeta un regard pensif au cadavre, puis me demanda :

— Tu as mentionné des histoires de cages et d'expérimentations ?

Mac ne disait rien, alors j'acquiesçai.

— C'est ce qu'il m'a dit. Visiblement quelqu'un a développé une drogue que l'on essaie d'adapter aux loups-garous.

Je lui racontai de nouveau l'histoire de Mac, puis ma rencontre avec le loup-garou mort et son partenaire humain. Je me répétais, mais il était tellement furieux lors de ma première relatation des faits que je ne savais pas exactement ce qu'il en avait entendu.

— Bon Dieu, s'exclama-t-il en résumant son sentiment. Pauvre gamin. (Il se tourna vers Mac.) Ne t'en fais pas, tout va bien maintenant. Ce qu'on va commencer par faire, c'est par appeler ton loup pour accélérer ta guérison.

— Non, protesta Mac, ses yeux affolés passant du cadavre de l'homme-loup à moi. Je n'ai aucun contrôle sur moi-même en loup. Je vais faire du mal à quelqu'un.

— Regarde-moi bien, dit Adam, et, bien que sa voix sombre et rauque ne se soit pas adressée à moi, je ne pus décoller mon regard de lui, pas plus que Mac qui était hypnotisé.

» Tout va bien, Alan. Je t'empêcherai de faire du mal à Mercy, même si elle mériterait une correction. (Il fit preuve de son sens de l'observation en ajoutant :) Et je ne te laisserai pas manger le cadavre non plus.

Devant l'hésitation de Mac, je me rapprochai d'Adam et m'agenouillai afin de me trouver au niveau de son regard.

— Je te l'ai dit, il peut contrôler ton loup tant que toi tu n'y arriveras pas. C'est pour cela que c'est un Alpha. Tu peux lui faire confiance.

Mac m'interrogea du regard, puis hocha la tête en fermant les yeux.

— D'accord. Mais je ne sais pas comment on fait.

— Tu vas apprendre, dit Adam. Mais pour cette fois-ci, je vais t'aider.

Il me repoussa à l'aide de son genou, et sortit un canif de sa poche.

— Cela sera plus simple si tu te déshabilles.

Je m'éloignai aussi discrètement que possible et tentai de ne pas broncher en entendant Mac crier de douleur.

La métamorphose n'est jamais facile ou indolore d'ordinaire, mais c'est encore plus éprouvant sans l'aide de la lune. Je ne sais pourquoi leur changement est si différent du mien, et je tentai de m'isoler des gémissements déchirants de Mac en fermant les yeux. Il était évident que la clavicule cassée ne devait pas rendre tout le processus plus aisé. Avec l'expérience, certains loups-garous se métamorphosent relativement vite, mais le changement des nouveaux loups était toujours douloureusement long.

Je me glissai hors du garage et sortis du bureau, pour leur laisser de l'intimité, mais surtout parce que je ne supportais plus la souffrance de Mac. Je m'assis sur la marche de l'entrée et attendis.

Elizaveta arriva, s'appuyant au bras de son petit-fils, au moment où les cris de Mac se transformaient en hurlements de loup.

— Il y a un autre loup-garou ? me demanda-t-elle.

Je hochai la tête et me relevai.

— Le garçon dont je vous ai parlé, répondis-je. Mais Adam est avec lui, donc tout va bien. Vous avez déjà nettoyé le bus de Stefan ?

— Bien sûr, à qui crois-tu avoir affaire ? À des amateurs ? se rengorgea-t-elle d'un air indigné. Ton ami vampire ne saura jamais qu'il y a eu un autre cadavre que lui dans son minivan.

— Merci, dis-je.

Je tendis l'oreille, mais plus aucun bruit ne sortait du garage. J'ouvris la porte du bureau et appelai :

— Adam ?

— Ça va, répondit-il d'un ton las. On est en sécurité.

— Elizaveta est ici, ainsi que son chauffeur, l'informai-je, des fois qu'il ait été trop aveuglé par la colère pour les voir en arrivant.

— Dis-lui de nous rejoindre aussi.

J'aurais tenu la porte pour Elizaveta si son petit-fils ne l'avait fait pour nous deux. Elle lâcha son coude et agrippa le mien en une étreinte osseuse et assez puissante pour que je me doute qu'elle n'avait aucun besoin d'aide pour marcher.

Mac était recroquevillé dans le coin du garage où je l'avais laissé. Sa forme de loup avait un pelage gris foncé qui se fondait dans les ombres sur le sol en ciment. L'une de ses pattes était blanche, et une autre tache blanche soulignait son museau. Le manteau des loups-garous ressemblait plus au pelage d'un chien qu'à celui d'un loup, je ne sais pas exactement pourquoi. Bran, le Marrok, avait le bout de la queue blanc, comme s'il l'avait trempé dans un pot de peinture. Je trouvais ça mignon, même si je n'aurais jamais osé le lui dire en ces termes.

Adam était agenouillé près du cadavre, sans totalement faire attention à Mac. Il se redressa en nous entendant arriver :

— Elizaveta Arkadyevna, dit-il cérémonieusement avant d'ajouter quelque chose en russe, puis de reprendre en anglais. Et Robert. Merci à toi aussi d'être venu ce soir.

Elizaveta lui répondit quelque chose en russe.

— Pas tout à fait, dit Adam. Tu penses pouvoir inverser la métamorphose ? demanda-t-il en désignant le cadavre. Je n'ai pas reconnu son odeur, mais j'aimerais pouvoir jeter un coup d'œil à son visage.

Elizaveta fronça les sourcils et adressa quelques paroles rapides en russe à son petit-fils. Sa réponse sembla la satisfaire, et ils échangèrent quelques mots de plus avant qu'elle se retourne vers Adam et dise :

— C'est peut-être bien possible. En tout cas, je vais essayer.

— Mercy, j'imagine que tu n'as pas d'appareil photo à portée de main ?

— Si, répondis-je. Je vais le chercher.

Mon boulot, ce sont les voitures anciennes. Et parfois, des voitures « restaurées » de manière particulièrement créative et originale. Il s'avère que prendre une photo du véhicule *avant* m'est très utile pour les remettre dans leur état d'origine.

— Si tu as un encreur à tampons et un bloc de papier, ça sera utile. Je vais envoyer ses empreintes digitales pour identification à un ami.

Le temps que je revienne, le cadavre avait repris forme humaine, et sa blessure béait comme une baudruche crevée. Il avait tellement perdu de sang que sa peau semblait bleue. Ce n'était pas la première fois que je voyais un cadavre, mais, jusqu'ici, ce n'était pas moi qui étais responsable de sa mort.

Ses vêtements s'étaient déchirés lors de sa métamorphose, mais pas de la manière intéressante décrite dans les bandes dessinées ou les illustrations de contes d'épouvante.

Son pantalon était troué à l'entrejambe, et sa chemise était déchiquetée le long des coutures du col et des épaules. Cela manquait terriblement de dignité.

Adam me prit l'appareil numérique des mains et photographia le cadavre sous tous les angles. Puis il rangea l'appareil dans son sac qu'il garda en bandoulière.

— Je te le rends dès que j'aurai transféré les photos, dit-il distraitement en faisant rouler d'une main experte les doigts du défunt sur l'encreur puis sur le papier.

Tout alla très vite ensuite. Adam aida Elizaveta à mettre le cadavre dans l'énorme coffre de sa voiture afin qu'elle s'en débarrasse. La sorcière marmonna quelques sorts et agita vaguement les mains pour nettoyer magiquement mon garage de toute trace ou indice laissant penser qu'un cadavre y avait un jour résidé – tout du moins l'espérais-je. Elle emporta aussi les vêtements de Mac.

— Chut, dit Adam à Mac qui protestait d'un grondement. De toute façon, c'étaient des guenilles. J'ai des vêtements à ta taille chez moi, et nous irons t'en acheter d'autres demain.

Mac l'examina d'un air interrogateur.

— Tu viens chez moi, reprit Adam d'un ton qui ne souffrait aucune réplique. Je ne tolérerai pas qu'un jeune loup-garou batifole sans surveillance sur mon territoire. Tu vas tout d'abord apprendre deux ou trois trucs, et seulement alors, tu auras le choix de rester dans la meute ou de t'en aller. Mais d'abord, il faudra que je sois satisfait du contrôle que tu exerces sur toi-même.

— J'y vais, dit Elizaveta. Il se fait tard pour une vieille dame comme moi. (Elle me jeta un regard glaçant :) Mercedes, essaie d'éviter les bêtises pendant quelque temps. Je n'ai pas envie d'encore revenir dans le coin.

Elle disait cela comme si c'était habituel pour elle de nettoyer mes catastrophes, alors que c'était une grande première. J'étais épuisée, et le fait d'avoir tué un homme continuait à me donner la nausée. Son ton me fit sortir de mes gonds, et je répondis d'une manière qui n'était probablement pas d'une diplomatie sans égale :

— Que Dieu nous en préserve, lui susurrai-je.

Elle comprit parfaitement le sous-entendu, mais je la gratifiai d'un regard tellement innocent qu'elle ne put déterminer si j'étais sérieuse ou non. Insulter une sorcière faisait partie des choses à ne pas faire, en bonne place avec énerver un mâle Alpha ou faire des mamours à un jeune loup-garou à côté d'un cadavre. J'avais fait fort, ce soir. Mais je ne pouvais pas m'en empêcher. Ayant grandi entourée de loups-garous pour la plupart mâles et dominants, j'avais dû développer un certain goût pour la provocation. Comme tous les prédateurs, les loups respectent les grandes gueules. Si vous vous efforcez de ne pas les énerver, ils considéreront cela comme une faiblesse – et ce sont les proies qui font preuve de faiblesse.

Je décidai que, dès le lendemain, je me remettrais à la réparation de voitures anciennes et resterais discrète pendant un petit moment. J'avais peut-être un peu trop tiré sur la corde, question chance.

Adam s'interposa et capta l'attention d'Elizaveta en attrapant son bras pour la raccompagner. Son petit-fils, Robert, me décocha un grand sourire :

— Ne pousse pas la babouchka à bout, Mercy, dit-il doucement. Elle t'aime bien, mais ça ne l'empêchera pas de te punir si elle juge que tu lui manques trop de respect.

— Je sais, dis-je d'un ton las. Je vais aller dormir, en espérant qu'un peu de repos me rendra un peu moins grande gueule.

J'avais l'intention d'être drôle, mais je ne réussis qu'à paraître épuisée. Robert sourit d'un air compatissant avant de s'en aller. Je sentis un poids contre ma hanche, et baissai les yeux vers Mac. Lui aussi me regarda d'un air compatissant, me sembla-t-il. Adam parlait toujours à Elizaveta, mais Mac semblait ne pas avoir de problèmes. Je le grattai derrière l'oreille et lui dis :

— Allez viens, on ferme.

Cette fois-ci, je pris soin de ne pas oublier mon portefeuille.

Chapitre 4

Enfin chez moi, je décidai qu'il n'existait qu'un remède à une nuit comme celle que je venais de passer. Ayant épuisé mon stock de chocolat noir et de biscuits au gingembre, je fis chauffer le four et sortis une jatte du placard. J'étais en train d'ajouter des pépites de chocolat à ma pâte à cookies lorsque quelqu'un frappa à ma porte.

Je me retrouvai face à une jeune fille aux allures de lutin, aux boucles orange fluo anarchiques, maquillée avec une quantité de fard qui aurait suffi à la survie d'une troupe de pom-pom girls pendant un mois. Dans sa main se trouvait mon appareil photo.

— Salut, Mercy, papa m'a demandé de te rapporter ça. Je pense que c'était en grande partie pour se débarrasser de ma présence pendant qu'il réglait des histoires de meute. (Elle leva les yeux au ciel en me rendant mon appareil.) Comme si, à mon âge, je ne savais pas que je ne dois pas parler aux loups-garous inconnus…

— Salut, Jesse, répondis-je en l'invitant à entrer.

— Cela dit, dit-elle en enlevant ses chaussures, il était drôlement mignon, ce jeune loup, avec sa petite tache, là (elle passa le doigt sur son nez). Il ne m'aurait sûrement pas fait le moindre mal. J'étais tranquillement occupée à lui grattouiller le bidon quand papa est arrivé et m'a hurlé après… Oh miam ! De la pâte à cookies ! Je peux en prendre un peu ?

Jesse était la fille d'Adam, âgée officiellement de quinze ans, mais incroyablement mûre pour son âge. Elle habitait la plupart du temps avec sa mère, à Eugene, et était probablement venue voir son père pour Thanksgiving. Cela semblait d'ailleurs un peu tôt, Thanksgiving n'ayant lieu que le jeudi suivant, mais étant donné qu'elle allait en cours dans une institution spécialisée pour enfants précoces et excentriques, peut-être qu'ils avaient des vacances plus longues que dans une école normale.

— Tu t'es teint les cheveux spécialement pour ton père ? lui demandai-je en lui tendant une grosse cuillerée de pâte à cookies.

— Évidemment, répondit-elle. (Elle prit une bouchée, puis poursuivit la bouche pleine comme si de rien n'était :) Ça lui permet de jouer les papas, d'avoir quelque chose à me reprocher. Et puis bon, tout le monde fait ça à Eugene, se justifia-t-elle. Ça s'en ira après deux ou trois lavages. Quand il m'a saoulée avec son sermon, je lui ai dit qu'il devrait s'avouer heureux que je ne me mette pas de la superglu dans les cheveux pour faire des pics, comme mon pote Jared. Peut-être que je le ferai la prochaine fois – eh, c'est superbon, ton truc, s'exclama-t-elle en replongeant la cuiller dans la jatte.

Je lui donnai une petite tape sur la main.

— Pas après l'avoir mise dans ta bouche ! protestai-je avant de lui redonner une autre cuiller.

Je finis de mélanger les pépites de chocolat et disposai les cookies sur les plaques de cuisson.

— Oh, j'ai oublié de te dire, reprit-elle après une autre bouchée de pâte à cookies. Il y avait un message de papa avec l'appareil. Stupidement sibyllin, d'ailleurs, vu que tu vas me dire ce qu'il signifie. Tu es prête ?

Je glissai la première plaque au four, puis la deuxième, et répondis :

— Vas-y.

— Il a dit : « J'ai une piste. Pas de panique. C'était un tueur professionnel. » (Elle agita sa cuiller dans ma direction.) Explique-moi, maintenant !

J'imagine qu'il aurait mieux valu que je respecte le vœu d'Adam de laisser sa fille en dehors de ses histoires pour la protéger, mais, après tout, c'est lui qui me l'avait envoyée.

— J'ai tué un homme, ce soir. Ton père a découvert de qui il s'agissait.

— Sérieux ? Et c'était un tueur à gages ? Cool !

Elle laissa tomber la cuiller à côté de la première dans l'évier et grimpa sur l'îlot de la cuisine avant de me soumettre à un feu roulant de questions – et de réponses qu'elle faisait elle-même.

— C'est pour ça que tu as appelé papa tout à l'heure ? Il était furieux ! Pourquoi l'as-tu appelé, au fait ? Attends… le gars que tu as tué, c'était un loup-garou, aussi, c'est ça ? C'est pour ça que papa est parti immédiatement. Et ce loup avec qui il est revenu, c'est qui, alors ?

Elle reprit sa respiration.

— Tu as tué un loup-garou ? Mais t'avais un flingue ?

J'en ai plusieurs, en fait. Mais je n'avais pas pensé à en prendre un avec moi au garage. Elle attendait que je parle, alors je répondis à ses deux dernières questions :

— Oui, et non.

— Ça tue ! dit-elle avec un grand sourire. Comment t'as fait ?

— Pas exprès, protestai-je en tentant de minimiser les faits. Ce qui eut à peu près le même effet que si j'avais tenté d'empêcher un tsunami à mains nues.

— J'imagine bien, rétorqua-t-elle, il aurait fallu qu'il te fou… fiche sacrément en rogne. (Elle changea de terme en voyant mon sourcil se relever d'un air critique.) Tu t'es servi d'un couteau ? D'un pied-de-biche, peut-être ?

— Je me suis servie de mes dents, la corrigeai-je.

— Berk, grimaça-t-elle. C'est immonde. Oh, mais attends, tu étais donc en coyote quand ça s'est passé ?

La plupart des humains ne connaissent que l'existence des faes – et il y a encore plein de gens qui sont persuadés que les faes ne sont qu'un canular, un mensonge venant du gouvernement ou que l'on faisait croire à ce dernier, au choix. Jesse, en tant que fille de loup-garou, savait beaucoup de choses sur les « Êtres Sauvages », comme elle les appelait. C'était en partie ma faute. La première fois que je l'avais rencontrée, elle m'avait demandé si j'étais un loup-garou comme son père, et quand je lui avais dit ce que j'étais, elle m'avait harcelée jusqu'à ce que j'accepte de me métamorphoser devant elle. Elle n'avait que neuf ans, et déjà une longue expérience d'obstination.

— En fait, je voulais juste détourner son attention de Mac – c'est le loup à la tache, lui expliquai-je en imitant son geste de l'index le long de mon nez. Il est plutôt sympa. (Je me sentis néanmoins dans l'obligation de jouer les adultes pour la prévenir :) Mais il est très jeune, et son contrôle de lui-même est loin d'être terrible. Alors écoute ton père à son sujet, d'accord ? Si tu devais te faire mordre ou blesser par Mac, il ne s'en remettrait pas, et il a déjà eu beaucoup à supporter. (J'hésitai avant de continuer sur ce sujet qui ne me regardait pas, mais j'appréciais beaucoup Jesse.) Il y a d'ailleurs plusieurs loups dans la meute de ton père que tu ferais mieux d'éviter.

Elle acquiesça, mais je n'aimai pas l'excès de confiance dans sa voix quand elle reprit :

— Ils ne me feront aucun mal, pas avec papa. Mais tu parles de Ben, pas vrai ? Papa m'a dit de l'éviter. Je l'ai vu hier pour la première fois. C'est un raclo, malgré son accent british superclasse.

Je n'avais qu'une vague idée de ce que signifiait *« raclo »*, mais ça me semblait bien coller au personnage.

Nous dévorâmes les cookies à peine sortis du four, et je lui en donnai une assiette pleine recouverte de papier alu, à rapporter avec elle. Je la raccompagnai jusqu'au porche, et m'aperçus que des dizaines de voitures étaient garées devant chez Adam. Il avait dû sonner le rappel de la meute.

— Je te raccompagne, décidai-je, en enfilant les sabots que je gardais pour les jours de pluie.

Elle leva les yeux au ciel mais attendit que je la rejoigne :

— Sérieux, Mercy, tu feras quoi si l'un des loups de papa décide de nous embêter ?

— Je crierai très fort, répondis-je. À moins que j'utilise ma nouvelle technique de combat et que je le tue, lui aussi.

— C'est ça, dit-elle. J'en resterais aux hurlements, si j'étais toi, cela dit. Je ne pense pas que papa apprécierait énormément si tu te mettais à tuer ses loups.

Elle n'avait pas tort : il était fort improbable qu'un des loups ose toucher l'un de ses cheveux. J'en étais pratiquement certaine. Mais parmi les véhicules présents, j'apercevais la camionnette rouge du dénommé Ben et je refusais de laisser une gamine de quinze ans, qui que fût son père, livrée à elle-même quand il était dans les environs.

Personne ne sembla nous remarquer alors que nous traversions le jardin à l'arrière de ma maison.

— Supercaisse, dit-elle en apercevant la Golf que je gardais pour ses pièces. Papa adore la voir tous les matins de sa chambre. Bien fait ! Je l'ai prévenu que tu la couvrirais probablement de graffitis s'il continuait à t'embêter.

— Ton père est un homme subtil, lui répondis-je. Je garderai l'option « graffitis » pour plus tard. En revanche, la prochaine fois qu'il se montrera odieux, j'enlèverai trois de ses roues.

J'imitai de la main l'apparence bancale d'une voiture dotée d'une seule roue. Elle éclata de rire :

— Ça va le rendre dingue. Tu verrais son état rien que quand un tableau est légèrement penché ! (Elle escalada précautionneusement la vieille clôture barbelée.) Eh, Mercy, si tu décides de la peindre, tu m'appelles, hein ?

— Pas de problème, promis-je. Je vais attendre que tu sois en sécurité à l'intérieur.

Elle leva de nouveau les yeux au ciel, mais me décocha un sourire et courut vers l'entrée de derrière, d'où elle me fit un petit signe de la main pour me signifier que je pouvais relâcher ma surveillance.

En sortant mes poubelles, juste avant d'aller me coucher, je remarquai qu'il y avait toujours autant de voitures chez Adam. Une longue réunion, donc. J'étais contente de ne pas être un loup-garou, dans ces moments-là.

J'eus un temps d'arrêt en me retournant vers mon mobil-home. Quelle idiote ! Ça ne sert à rien d'avoir des sens particulièrement aiguisés si l'on n'est pas attentif.

— Bonsoir, Ben, dis-je à l'homme qui se trouvait sur le chemin de ma porte.

— Alors, comme ça, on raconte des craques, Mercedes Thompson ? dit-il d'un ton courtois.

Comme Jesse l'avait souligné, il avait un accent anglais plutôt classe. Il n'était pas laid, non plus, bien qu'un peu efféminé à mon goût.

— Hein ? répondis-je.

Il jeta ses clés en l'air et les rattrapa une, deux, trois fois sans même me quitter du regard. Si je criais, Adam m'entendrait sûrement, mais comme je le lui avais fait remarquer plus tôt, après tout, je ne lui appartenais pas. Et il était déjà bien assez possessif comme ça. Cela dit, je ne jugeais pas Ben assez stupide pour tenter quoi que ce soit à portée d'oreille d'Adam.

— « Attends-moi ici un moment, Ben », répondit celui-ci en imitant de façon exagérée l'accent qu'Adam avait tiré d'une enfance dans le sud profond. « Ne sors pas avant que ma fille ait rejoint sa chambre. Je n'aimerais pas qu'elle soit confrontée à un mec comme toi. »

Son accent britannique cassant refit surface dans les derniers mots. Il faisait plus penser à Fagin dans *Oliver*[1] *!* qu'au prince Charles.

— Je ne vois pas en quoi cela à quoi que ce soit à voir avec moi, lui dis-je en haussant les épaules. Ce n'est pas moi qui ai été virée de la meute de Londres. Si Adam ne t'avait pas pris sous son aile, tu aurais vraiment été dans une situation délicate.

— C'est pas moi qu'a fait ça, grogna-t-il d'une manière fort peu grammaticalement correcte. (Je me retins de le corriger à grand-peine.) Et si, ça te concerne, vu qu'Adam m'a dit que c'était toi qui lui avais conseillé de ne pas mettre Jesse sur mon chemin.

1. Comédie musicale de 1968 signée Carol Reed, tirée du roman de Charles Dickens, Oliver Twist, dont Fagin est l'un des personnages principaux. (*NdT*)

Je n'avais aucun souvenir d'avoir jamais dit cela, mais il était possible que ce fût le cas. Je haussai de nouveau les épaules. Ben était arrivé en ville trois mois auparavant, entouré d'un parfum de scandale. Trois viols avaient été commis dans son quartier à Londres, et la police s'intéressait à lui de très près. Qu'il ait été coupable ou non, en tout cas, son Alpha avait jugé utile de le soustraire à l'attention policière et l'avait envoyé à Adam.

La police n'avait rassemblé aucune preuve contre lui, mais les viols avaient cessé après son départ. J'avais vérifié – Internet est bien utile, parfois. Je me souvenais en avoir parlé à Adam, et l'avoir dissuadé de laisser Ben en présence de femmes vulnérables. Si j'avais évidemment Jesse à l'esprit en disant cela, il ne me semblait pourtant pas l'avoir explicitement mentionnée.

— Tu n'aimes pas les femmes, lui fis-je remarquer. Tu leur parles de manière grossière et agressive. Qu'est-ce que tu espérais ?

— Rentre chez toi, Ben, intervint une voix profonde comme un tonneau de miel juste derrière mon dos.

Nom d'un petit bonhomme, j'avais vraiment besoin de sommeil, étant donné la manière dont je laissais n'importe qui me surprendre, ces temps-ci.

— Oh, Darryl, lançai-je au premier lieutenant d'Adam.

Celui-ci était grand, plus d'un mètre quatre-vingts. Jesse m'avait appris que sa mère était chinoise, et que son père appartenait à une tribu africaine. Ils s'étaient rencontrés dans une université américaine où son père était élève ingénieur. Le métissage lui avait donné des traits particulièrement remarquables : il avait l'air d'un mannequin ou d'une star du cinéma. Mais, en fait, c'était un brillant ingénieur qui travaillait sur un projet gouvernemental confidentiel aux Laboratoires du Nord-Ouest Pacifique.

Je ne le connaissais pas très bien, mais il ressemblait à l'un de ces profs d'université éminemment respectables. Je préférais l'avoir lui plutôt que Ben derrière mon dos, mais je n'appréciais que peu de me retrouver en sandwich entre deux loups-garous. Je me déplaçai donc légèrement afin qu'ils soient tous les deux dans mon champ de vision.

— Mercy, répondit-il en m'adressant un signe de la tête, sans quitter Ben du regard. Adam a remarqué que tu avais disparu et m'a envoyé te chercher.

Voyant que Ben ne répondait pas, il continua :

— Ne fais pas le con. Ça n'est pas le moment.

Ben fit la moue, puis décocha un sourire qui métamorphosa son visage : en cet instant, il ressemblait à un charmant gamin.

— Pas de lézard. Je souhaitais juste bonne nuit à une femme charmante. Bonne nuit, douce Mercedes. Fais de beaux rêves, avec moi dedans.

J'avais déjà ouvert la bouche pour répliquer de fort peu gracieuse manière, mais Darryl me fit signe de la fermer. Si j'avais eu une bonne répartie en tête, ça ne m'aurait pas empêchée de la sortir, mais vu que ce n'était pas le cas, je décidai de me taire.

Darryl attendit que Ben se soit éloigné et dit brusquement :

— Bonne nuit, Mercy. Ferme ta porte à clé.

Puis il repartit en direction de la maison d'Adam.

Entre le loup mort et le souhait de beaux rêves de Ben, j'imagine que j'aurais dû cauchemarder toute la nuit, mais, en fait, mon sommeil fut profond et sans rêves, en tout cas, je ne m'en souvins pas.

Je dormais avec la radio allumée, parce que sinon, avec mon ouïe, je ne faisais que somnoler toute la nuit. J'avais essayé les boules Quiès, mais elles bloquaient un peu trop les sons extérieurs pour ma tranquillité d'esprit. Alors, je mettais de la musique en sourdine pour noyer les sons ordinaires de la nuit et m'étais convaincue qu'un bruit plus fort réussirait à me réveiller.

Et en effet, quelque chose me réveilla à peu près une heure avant la sonnerie de mon réveil. J'éteignis la radio et tendis l'oreille, mais tout ce que j'entendis, ce fut le moteur étouffé d'une Chevrolet 350 s'éloignant.

J'allais me rendormir, mais Médée avait détecté que j'étais réveillée, et elle commença à miauler pour que je la laisse sortir. Elle ne miaulait pas très fort, mais avec une persistance insupportable. Je décidai que sa pénitence à la suite du message d'Adam avait été assez longue, et que la laisser sortir ne serait pas pris comme une provocation par mon voisin. Cela me permettrait en outre de rattraper mon retard de sommeil en paix.

À contrecœur, je sortis donc de mon lit tout chaud, enfilai un jean et un tee-shirt. Ravie d'avoir accompli sa mission de me faire lever, Médée se frotta à mes mollets et me fit plusieurs fois trébucher dans ma traversée instable du salon. Je bâillai en tournant la poignée de la porte d'entrée, qui refusa de s'ouvrir. Quelque chose l'empêchait de bouger.

Je poussai un soupir exaspéré et donnai un coup d'épaule au battant, ne réussissant à l'ouvrir que de quelques centimètres, ce qui était amplement assez pour que je puisse sentir ce qui m'attendait derrière la porte : la mort.

Soudain parfaitement alerte, je refermai la porte à clé. J'avais senti autre chose, mais je ne voulais pas me l'avouer. Je courus jusqu'à ma chambre, enfilai une paire de chaussures et ouvris le coffre où je gardai mes armes. J'y attrapai mon

SIG 9 mm, y mis des balles en argent et le glissai dans ma ceinture. Il était froid et inconfortable sur ma peau nue, mais rassurant, même si ça n'était pas suffisant.

Je n'avais jamais tiré sur autre chose que des cibles en carton. Je ne chassais qu'à quatre pattes. Mon père adoptif, lui-même un loup-garou, avait insisté pour que j'apprenne à tirer et à fabriquer mes propres balles en argent.

Si je me retrouvais embringuée dans des histoires de loups-garous et, après la nuit dernière, on pouvait déduire aisément que c'était le cas, il me fallait un plus gros calibre. Je décrochai mon .444 Marlin du mur, et le chargeai de munitions spéciales loup-garou. C'était un fusil relativement court et petit, enfin, jusqu'à ce que l'on regarde vraiment la taille du canon. Les balles en argent, de la taille d'un bâton de rouge à lèvres, m'offraient la garantie que même un loup-garou s'apercevrait avoir été touché ; en tout cas, c'était ce que m'assurait mon père adoptif. Ou il ne s'en apercevrait pas du tout, vu qu'il serait mort, continuait-il en souriant d'un air entendu. C'est à lui qu'appartenait le Marlin.

Le fusil constituait une présence réconfortante à mes côtés alors que j'ouvrais la porte de derrière et me glissais dehors. L'aube approchait, mais il faisait encore froid, et il n'y avait pas un souffle de vent. J'inspirai profondément et l'odeur incontestable et définitive de la mort me remplit les narines.

Je vis le cadavre qui bloquait ma porte dès que je tournai au coin de ma caravane. Il était sur le ventre, mais mon odorat me permit de l'identifier – j'avais déjà deviné de qui il s'agissait en le sentant la première fois. Ceux qui l'avaient abandonné là avaient été particulièrement silencieux pour réussir à ne pas me réveiller avant qu'ils s'éloignent en voiture. Il n'y avait plus personne dans les environs, maintenant, à part Mac et moi.

Je montai l'escalier menant au porche et m'agenouillai à côté du garçon. Ma respiration se condensait dans le froid, mais pas la sienne, et je n'entendis aucun battement de cœur.

Je retournai le corps, et sentis sa chaleur résiduelle sur mes doigts. Elle avait fait fondre le givre qui recouvrait le reste du porche. Son odeur évoquait la maison d'Adam, un mélange de feu de bois et de la bombe désodorisante particulièrement agressive qu'utilisait sa femme de ménage. En revanche, rien ne me disait qui était responsable de la mort de Mac et de son abandon devant ma porte en guise d'avertissement.

Je m'assis sur le bois couvert de givre du porche, posai le fusil à côté de moi et touchai doucement ses cheveux. Je ne l'avais pas connu assez longtemps pour m'attacher réellement à lui, mais le peu que j'en avais vu m'avait touchée.

Je me levai précipitamment, le fusil à la main, en entendant un crissement de pneus, et vis un 4x4 sombre s'éloigner précipitamment de la maison d'Adam, comme si tous les diables de l'enfer étaient à ses trousses. Dans la semi-pénombre, je ne pus déterminer la couleur exacte du véhicule : il aurait pu aussi bien être noir, bleu marine, ou vert foncé. Cela aurait même pu être exactement le même que celui des salopards que j'avais affrontés la veille au soir au garage. Je suis totalement nulle pour reconnaître les différents modèles de voitures récentes.

Je ne sais pas pourquoi il me fallut tant de temps pour comprendre que si le corps de Mac se trouvait sur mon seuil, c'était probablement parce que quelque chose n'allait pas chez Adam. J'abandonnai le défunt dans l'espoir d'être utile aux survivants et courus à travers le jardin, le fusil sous le bras.

La maison d'Adam brillait de tous ses feux comme un sapin de Noël. À part lors d'occasions spéciales, ça n'était jamais le cas. Les loups-garous, comme les changeurs, voient très bien dans le noir.

Je sautai par-dessus la clôture en m'appuyant sur l'un des poteaux et en gardant le fusil éloigné de moi. J'avais mis la sécurité, mais l'enlevai aussitôt arrivée sur le terrain d'Adam.

Je serais entrée par la porte de service si je n'avais pas entendu un vacarme assourdissant venant de l'avant de la maison. Je changeai donc de direction et arrivai au coin de la demeure juste à temps pour voir un canapé atterrir à moitié dans les massifs de fleurs, après avoir été visiblement propulsé à travers la baie vitrée du séjour.

Contrairement à celui que j'avais tué la veille au soir, les loups-garous sont en général très discrets lors de leurs combats. C'est une question de survie. Ce n'est que parce que la fenêtre était cassée et la porte d'entrée grande ouverte que je pus entendre des grognements.

Je marmonnai les insultes que je réservais en général aux boulons rouillés et aux pièces détachées de mauvaise qualité pour me donner du courage dans ma course. *Seigneur*, priai-je de tout mon cœur en grimpant les marches du porche, *faites que rien de grave ne soit arrivé à Adam ou à Jesse.*

Le cœur au bord des lèvres et le fusil prêt à l'action, j'hésitai un instant une fois la porte franchie. Mes halètements dus aussi bien à l'angoisse qu'à l'épuisement m'empêchaient d'entendre d'où venaient les bruits de combat.

La violence semblait s'être concentrée dans le salon au haut plafond qui donnait sur le hall d'entrée. Le tapis berbère blanc était au-delà de tout sauvetage et l'on avait réduit l'une des chaises en miettes en la jetant contre le mur, qui avait souffert aussi : le sol était recouvert de plâtre.

Des échardes de verre parsemaient le tapis, mais ils ne venaient pas de la fenêtre, dont les morceaux avaient pour la plupart atterri à l'extérieur. Il semblait que quelqu'un ait abattu un miroir mural sur la tête de son adversaire.

Le loup-garou, ou plutôt *la* louve-garou, était encore là, et je vis un gros morceau de miroir fiché dans son dos. Je ne savais pas qui elle était : Adam n'avait que trois femelles dans sa meute, et je les connaissais toutes. Elle était assez proche de la mort pour ne pas poser de problèmes dans l'immédiat, je ne fis donc pas attention à elle.

Je découvris un deuxième loup-garou sous la causeuse d'Adam. J'adorais le taquiner à ce propos, lui demandant s'il causait souvent à ses loups sur ce canapé. De toute façon, il faudrait qu'il en rachète une nouvelle : la structure en bois s'était brisée, traversant les coussins moelleux. Le loup-garou gisait face contre terre, ou, plutôt, poitrine contre terre, sa tête ayant été retournée à cent quatre-vingts degrés, ses yeux vitreux me regardant d'un air accusateur.

Je trébuchai sur une paire de menottes aux bracelets tordus. Elles n'étaient ni en acier ni en aluminium, mais dans une sorte d'alliage à base d'argent. Soit elles avaient été conçues spécialement pour immobiliser un loup-garou, soit le catalogue de certains sex-shops SM proposait des produits sacrément luxueux. On avait dû les utiliser sur Adam ; il n'aurait jamais permis que l'on amène un loup nécessitant d'être attaché en présence de Jesse.

La bagarre semblait continuer dans la salle à manger, à l'arrière de la maison. Je longeai rapidement le mur, faisant crisser le verre brisé sous mes semelles, et m'arrêtai juste au coin du salon, dans un maelström de vibrations et de craquements de bois.

Je jetai un coup d'œil précautionneux de l'autre côté du mur, mais ma discrétion était superflue. Les deux loups-garous étaient trop occupés à se battre pour me prêter la moindre attention.

La salle à manger d'Adam était vaste et ses portes-fenêtres s'ouvraient sur une roseraie. Le sol était revêtu de parquet en chêne massif. Son ex-femme avait choisi une gigantesque table de banquet assortie au sol. Elle se trouvait actuellement incrustée dans le mur opposé, les pieds en l'air, à peu près à un mètre du sol. La façade du buffet assorti avait été réduite en miettes, comme si quelqu'un y avait envoyé un objet particulièrement lourd et imposant. Au milieu des décombres se trouvait un vaste espace dégagé où combattaient les loups-garous.

J'eus d'abord le souffle coupé en voyant à quel point leurs mouvements étaient fluides et gracieux. Malgré leur taille imposante, les loups-garous ressemblent plus à leurs cousins sauvages qu'aux mastiffs ou aux saint-bernards, au poids comparable. Leur course est remplie d'une grâce silencieuse et mortelle. Mais leur spécialité, c'est surtout le combat, et ils étaient d'une beauté époustouflante lorsqu'ils se battaient.

Je n'avais vu Adam sous sa forme de loup que quatre ou cinq fois auparavant, mais ce n'était pas le genre de chose qu'on oubliait facilement. Sa fourrure était d'un argent profond, presque bleu, avec une sous-couche légèrement plus claire. Son museau, ses oreilles, sa queue et ses pattes étaient plus foncés, rappelant le pelage d'un chat siamois.

Son adversaire était plus gros, avec une fourrure d'un beige argenté que l'on retrouvait plus couramment chez les coyotes. Je ne le connaissais pas.

Au premier abord, la différence de taille entre les deux loups ne m'inquiéta pas : on ne devient pas Alpha en étant un mauvais combattant, et Adam était déjà un sacré bagarreur avant même de subir le Changement. Mais je m'aperçus vite que le sang qui gouttait sur le sol venait du ventre d'Adam et que je pouvais apercevoir l'éclair blanc de ses côtes à vif.

Je me glissai jusqu'à un endroit d'où je pourrais viser le plus précisément possible et levai le canon du fusil, le pointant vers le loup-garou inconnu, attendant l'occasion de tirer sans atteindre Adam.

Le loup beige saisit Adam à la nuque et le secoua comme un chien essayant de tuer un serpent. Le but était de lui briser le cou, mais sa prise n'était pas assez solide et au lieu de le tuer, il le propulsa dans la table incrustée dans le mur, qui s'écrasa à grand fracas sur le sol, me donnant l'occasion que j'attendais.

Je tirai dans l'arrière de sa tête, à moins de deux mètres de distance, en prenant soin, comme mon père adoptif me l'avait enseigné, de diriger mon tir vers le bas afin d'éviter que la balle du Marlin traverse ma victime et blesse quelqu'un dans les cinq cents mètres alentour.

Les Marlin .444 n'étaient pas des armes destinées à la défense du domicile ; ils étaient conçus pour tuer des grizzlys et étaient responsables de la mort d'un ou deux éléphants. Parfaits pour les loups-garous, donc. Après un tel tir presque à bout portant, il était mort. Je m'approchai de lui et logeai une deuxième balle dans son corps, juste pour être sûre.

Je n'ai pas une personnalité violente d'ordinaire, mais, là, ça faisait un bien fou d'appuyer sur la détente. Cela calmait la fureur qui bouillonnait en moi depuis que j'avais découvert le corps de Mac sous mon porche.

Je jetai un coup d'œil vers Adam, enchevêtré dans les décombres de sa table à manger, mais il était immobile, les yeux fermés. Son élégant museau était tout ensanglanté, et des traînées de sang parcouraient son pelage, et il était impossible de déterminer s'il ne s'agissait que de taches ou de blessures. Mais rien que ce que je voyais d'ici était plus qu'inquiétant.

On avait quasiment réussi à l'éventrer. J'apercevais ses intestins ainsi que sa cage thoracique là où la peau avait été lacérée.

Il était peut-être vivant, me dis-je. Mes oreilles résonnaient encore du coup de feu, j'étais à bout de souffle et mon cœur battait si fort que tout ce tumulte pouvait parfaitement couvrir les battements de son cœur et sa respiration. Je n'avais jamais vu un loup-garou se remettre de telles blessures, elles étaient bien plus graves que celles que portaient les autres loups-garous dans la maison ou celle que j'avais infligée à celui que j'avais tué la veille.

Je remis la sécurité sur mon fusil et escaladai les décombres de la table pour toucher la truffe d'Adam. Je ne sentais toujours aucune respiration.

J'avais besoin d'aide.

Je courus vers la cuisine où Adam, aussi méticuleux qu'à l'ordinaire, conservait une liste nette et à jour de numéros de téléphone juste en dessous du téléphone mural. D'un doigt tremblant, je cherchai le nom de Darryl et trouvai son numéro personnel, le professionnel et son pager en gros caractères. Je posai le fusil non loin de moi et commençai par composer le numéro de son domicile.

« Vous êtes bien au domicile du docteur Darryl Zao. Vous pouvez laisser un message après le signal, ou me joindre sur mon pager au 543… »

Malgré le côté impersonnel du message, la voix de contrebasse de Darryl dégageait une certaine intimité. Je raccrochai et tentai le numéro professionnel, sans plus de succès. Je commençais à composer celui de son pager, mais un souvenir de notre rencontre le soir précédent me revint soudain à l'esprit.

« Ça n'est pas le moment » avait-il dit à Ben. Ça ne m'avait pas frappée la veille, mais n'y avait-il pas eu un message sous-jacent dans son avertissement ? Voulait-il dire, comme je l'avais d'abord pensé, que ce n'était pas le moment de gâcher tous les efforts qu'avait faits Ben pour bien se comporter depuis son arrivée d'Angleterre ? Ou bien « pas le moment » alors qu'on a des affaires plus sérieuses à gérer, comme assassiner l'Alpha ?

En Europe, les transferts de pouvoir entre Alphas se réglaient toujours principalement par le meurtre. Le vieil Alpha dirigeait jusqu'à ce qu'un dominant plus jeune et plus affamé de pouvoir décide que l'ancien était devenu trop faible et l'attaque. J'avais connaissance d'au moins un Alpha européen qui faisait éliminer tout mâle montrant des signes de dominance.

Dans le Nouveau Monde, grâce à la poigne de fer du Marrok, les choses se passaient de manière plus civilisée. Les leaders étaient souvent désignés d'en haut, et personne n'avait jamais osé contester les décisions du Marrok, en tout cas, pas à ma connaissance. Mais était-il possible que quelqu'un ait pu entrer dans la maison d'Adam et faire tant de dégâts sans des complices dans la meute ?

Je raccrochai et examinai la liste de numéros, n'en trouvant aucun que j'étais assez confiante pour composer jusqu'à ce que j'en sache plus. Mon regard se perdit sur une photo encadrée de bois qui était accrochée au mur, juste à côté de la liste.

Une Jesse toute jeune me souriait, une batte de base-ball jetée sur l'épaule et sa casquette un peu penchée sur le côté.

Jesse.

Je saisis mon fusil et montai en courant l'escalier menant à sa chambre. Elle n'y était pas. Je ne réussis pas à déterminer s'il y avait des traces de lutte – Jesse avait tendance à vivre dans un désordre qui reflétait sa personnalité bouillonnante.

En coyote, mes sens sont plus aiguisés. Je cachai donc les armes sous le lit, me déshabillai et changeai.

L'odeur de Jesse envahit mes narines, mais je détectai aussi celle de l'humain qui avait fui le garage hier soir. Je suivis sa trace jusqu'à l'escalier, car la chambre de Jesse était trop remplie de son parfum pour me permettre d'identifier d'autres pistes.

J'étais presque sortie de la maison quand un bruit attira mon attention. J'abandonnai provisoirement ma piste pour en savoir plus. Je crus d'abord que ce n'était qu'un des meubles martyrisés qui poussait son dernier soupir, mais je m'aperçus que la patte avant gauche d'Adam avait bougé.

Je remarquais soudain que je pouvais entendre le bruit de sa respiration. Peut-être était-ce dû à mes sens plus aiguisés sous forme animale, mais j'aurais pu jurer qu'il ne respirait plus, un peu plus tôt. S'il était vivant, il y avait de fortes chances pour qu'il le reste. Les loups-garous sont des gros durs.

Je couinai joyeusement, rampai sous les débris de la table et lui donnai un coup de langue sur le museau, avant de repartir à la recherche de sa fille.

La maison d'Adam se trouve au bout d'une impasse, qui se termine en rond-point juste devant chez lui. Le 4x4 que j'avais vu partir, vraisemblablement avec Jesse, avait laissé des marques de pneus sur la route, mais la plupart des voitures n'ont aucune odeur propre lorsqu'elles sont encore récentes. Celle-ci en particulier ne laisserait aucune piste une fois évaporée l'odeur de caoutchouc brûlé.

Il n'y avait aucune piste à suivre, rien que je puisse faire, que cela soit pour Jesse ou pour Mac. Je me consacrai donc à Adam.

Le fait qu'il fût vivant signifiait que je ne pouvais vraiment pas contacter sa meute, pas tant qu'il serait vulnérable. Si n'importe lequel des dominants voulait devenir l'Alpha, il le tuerait. Je ne pouvais non plus le ramener chez moi. Déjà, dès qu'on se rendrait compte de sa disparition, ça serait le premier endroit qu'on aurait l'idée de fouiller. Et deuxièmement, un loup-garou grièvement blessé était un danger pour lui-même et pour tous ceux qui l'entouraient. Même si j'avais pu faire confiance à l'un de ses loups, aucun de ceux du bassin du Columbia n'était assez dominant pour garder le contrôle sur celui d'Adam jusqu'à ce que ce dernier soit assez vaillant pour le faire lui-même.

Je savais où aller pour en trouver un, en revanche.

Chapitre 5

Un combi Volkswagen, ça ressemble vaguement à un quatre-quarts sur roues : un quatre-quarts de quatre mètres cinquante sur un mètre quatre-vingts à peu près aussi aérodynamique qu'une porte de grange. Durant les douze années où ce modèle avait été commercialisé aux États-Unis, Volkswagen n'avait jamais jugé utile d'y mettre plus que le moteur à quatre cylindres wasserboxer. La transmission 4 x 4 de mon énorme moteur Syncro de deux tonnes délivrait quatre-vingt-dix chevaux indomptables.

Cela signifiait, en des termes plus compréhensibles par le commun des mortels, que je roulais à quatre-vingt-dix sur l'autoroute avec un loup-garou blessé et un autre mort à l'arrière. En descente, avec un vent arrière, je pouvais même atteindre les cent dix kilomètres à l'heure. Je ne dépassais pas les quatre-vingts en montée. J'aurais probablement pu le pousser un peu plus, mais je ne voulais pas risquer de faire exploser le moteur. Pour je ne sais quelle raison, l'idée de me retrouver en panne sur l'autoroute avec mon chargement ne me séduisait que peu et me permettait de garder le pied léger.

La route s'allongeait devant moi en virages paresseux dénués de voitures ou de beauté, à moins que l'on soit plus amateur d'étendues désertiques que je le suis. Je ne voulais pas trop penser à Mac, ou à Jesse, seule et terrorisée, ou même à Adam qui était peut-être à l'agonie parce que j'avais choisi de l'éloigner de sa meute. Alors, je sortis mon téléphone portable.

J'appelai tout d'abord mes voisins. Dennis Cather était un plombier à la retraite et sa femme une ancienne infirmière. Ils avaient emménagé deux ans auparavant et m'avaient adoptée après que j'avais réparé leur tracteur.

— Allô, oui, répondit Anna d'une voix si normale comparée à ce que j'avais vécu ce matin-là que j'eus besoin d'un temps d'adaptation.

— Désolée de vous appeler si tôt, lui dis-je. Mais j'ai dû quitter la ville en urgence pour des histoires de famille. Je ne devrais pas être absente plus de deux ou trois jours, mais je suis partie sans m'assurer que Médée avait à manger et à boire.

— Ne t'en fais pas, ma chérie, m'assura-t-elle. On s'en occupe. J'espère que ce n'est rien de grave ?

Je ne pus m'empêcher de jeter un coup d'œil dans le rétroviseur en direction d'Adam. Il respirait toujours.

— C'est assez sérieux. Une personne de ma famille adoptive a eu un accident.

— Va faire ce que tu dois faire, nous, on s'occupe de tout, ici, me répondit-elle aussitôt.

Ce n'est qu'en raccrochant que je me demandais si je ne les avais pas ainsi impliqués dans une situation dangereuse. On avait laissé le corps de Mac sur le pas de ma porte pour une raison précise : pour me dissuader de fourrer mon nez dans les affaires de quelqu'un. Et là, c'était carrément la tête entière que j'avais fourrée dans ces affaires.

Je faisais déjà ce qui était en mon pouvoir concernant Adam, mais j'eus une idée qui pourrait aider Jesse. J'appelai Zee.

Siebold Adelbertsmiter, Zee pour ses amis, m'avait appris tout ce que je savais sur les voitures. La plupart des faes ne tolèrent pas le contact du fer, mais Zee était un Metallzauber – un nom qui désignait de manière générique les faes qui savaient manier les métaux de toutes sortes. Zee aimait mieux le terme américain de gremlin, qu'il trouvait mieux correspondre à ses talents. Ce n'était pas pour ces derniers que je l'appelais, mais pour ses relations.

— *Ja*, répondit une voix bourrue.

— Salut, Zee, c'est Mercy. J'ai un service à te demander.

— *Ja*, bien sûr, *Liebling*, répondit-il. Que se passe-t-il ?

J'eus un moment d'hésitation. Même après tout ce temps, la règle qui veut qu'on garde les ennuis de la meute à l'intérieur de la meute était difficile à violer. Mais Zee connaissait tout le monde dans la communauté fae.

Je lui résumai la journée que je venais de passer en essayant d'être le plus détaillée possible.

— Tu penses donc que c'est ton bébé loup-garou qui a apporté tous ces ennuis ici ? Mais alors, pourquoi s'en seraient-ils pris à *kleine* Jesse ?

— Je n'en sais rien, convins-je. J'espérais qu'Adam pourrait m'en dire plus une fois remis.

— Donc ce que tu veux de moi, c'est que je me renseigne pour voir si personne n'a vu ces loups inconnus dans l'espoir qu'ils te mèneront à Jesse ?

— Ils étaient au moins quatre à avoir investi les Tri-Cities. Quelqu'un parmi les faes les aura sûrement remarqués. (Parce que les Tri-Cities se trouvaient à proximité de la réserve fae de Walla Walla, il y en avait plus que dans d'autres régions.)

— *Ja*, acquiesça solennellement Zee. C'est probable, en effet. Je ferai passer le mot. Jesse est une bonne petite. Nous devons la tirer d'éventuelles mauvaises mains aussi vite que possible.

— Si tu passes devant le garage, est-ce que tu pourrais mettre un message dans la vitrine ? demandai-je. Il y a une pancarte « Fermé pour congés » sous le comptoir, dans le bureau.

— Tu penses qu'ils s'en prendraient à moi si j'ouvrais à ta place ? demanda-t-il. (Zee s'occupait souvent du garage en mon absence.) Tu as peut-être raison. *Ja, gut.* J'ouvrirai donc aujourd'hui et demain.

Cela faisait des années que l'on n'avait pas chanté les louanges de Siebold Adelbertsmiter de la Forêt-Noire, tellement que leurs paroles avaient sombré dans l'oubli, mais il y avait en lui de l'esprit des *Heldenlieder*, les antiques chansons qui contaient les faits et gestes des héros germaniques.

— Un loup-garou n'a pas besoin d'une épée ou d'un pistolet pour te mettre en pièces, dis-je, incapable de lâcher le morceau, bien que je sache qu'il était inutile de négocier avec le gremlin une fois qu'il avait décidé quelque chose. Ta magie de forgeron ne te servira pas à grand-chose contre l'un d'eux.

Il renifla d'un air méprisant :

— Ne t'inquiète pas pour moi, *Liebling.* Je tuais déjà des loups-garous quand ce pays était sous influence viking.

Beaucoup de faes inférieurs aimaient à se vanter de leur grand âge, mais Zee m'avait révélé que la plupart avaient à peu près la même espérance de vie qu'un humain. Pas Zee. Lui, il était bien plus vieux que cela.

Je soupirai et renonçai à le dissuader :

— D'accord. Mais fais attention à toi. J'attendais une commande de pièces, tu pourras vérifier son contenu ? C'est la première fois que je fais appel à ce fournisseur, celui de d'habitude était en rupture de stock.

— *Jawohl.* Fais-moi confiance.

L'appel suivant que je passai fut un message sur le répondeur de Stefan.

— Hé, Stefan, dis-je. Ici Mercy. Je suis en route vers le Montana et ne sais pas quand je serai de retour. Probablement plus tard dans la semaine. Je te passerai un coup de fil. (J'eus un moment d'hésitation, mais il n'y avait aucune manière agréable de dire ce qui allait suivre :) J'ai dû transporter un cadavre dans ton minivan. Mais ne t'en fais pas. Elizaveta Arkadyevna a tout nettoyé. Je t'en dirai plus à mon retour.

La mention d'Elizaveta me fit penser à un autre détail que je devais régler. La maison d'Adam se trouvait peut-être tout au bout de la route, mais elle était bien visible du fleuve. Quelqu'un finirait nécessairement par remarquer le canapé gisant dans les massifs de fleurs et par appeler la police si l'on ne mettait pas un peu d'ordre.

J'avais son numéro dans mon répertoire, bien que n'ayant jamais eu l'occasion de l'utiliser auparavant. Je tombai sur son répondeur et laissai un message l'informant qu'il y avait une situation délicate à régler chez Adam, en plus des traces d'un cadavre sur mon porche à effacer, de la disparition de Jesse et de ma décision d'emmener Adam en lieu sûr. Puis je refermai le téléphone et le rangeai à part. J'avais beau n'y être pour rien, je me sentais vaguement responsable de ce qui s'était passé chez Adam. Si je ne m'étais pas mêlée de l'affrontement entre Mac et les deux méchants, est-ce que tout le monde serait vivant aujourd'hui ? Si au lieu de l'amener à Adam, j'avais accompagné Mac dans le Montana, chez le Marrok, cela aurait-il changé quoi que ce soit ?

Jusqu'ici, l'idée d'emmener Mac chez le Marrok ne m'avait même pas effleuré l'esprit. Je n'avais eu aucun contact avec Bran depuis qu'il m'avait demandé de quitter la meute, et il n'avait pas essayé non plus de me faire parvenir quelque message que ce soit. Je jetai un coup d'œil par-dessus mon épaule en direction du corps de Mac, enroulé dans une bâche bleue. Eh bien, je lui amenais Mac, à présent.

Je me remémorai le sourire timide qui avait illuminé son visage quand je lui avais dit mon nom. Je clignai des yeux pour retenir mes larmes en m'essuyant les joues, mais ça n'eut aucun effet : je versai toutes les larmes de mon corps sur Mac, sur ses parents, sur son frère qui ne savaient même pas qu'il était mort. Ils étaient sans aucun doute à côté de leur téléphone, attendant qu'il les rappelle.

J'arrivais près de Spokane quand des inquiétudes plus immédiates que le deuil et la culpabilité firent surface : Adam se mit à remuer. Ma crainte qu'il meure de ses blessures fut instantanément remplacée par celle qu'il en guérisse trop vite.

Il me restait encore plus de trois cents kilomètres à faire, dont la majorité sur des routes de montagne à deux voies serpentant entre des dizaines de villages où la vitesse était limitée à quarante kilomètres à l'heure. Les cent derniers kilomètres se faisaient sur une route qualifiée d'« autre » sur les cartes routières, comme dans « autre que nationale ou départementale ». Dans mon souvenir, on roulait sur du gravier sur la plus grande partie du chemin. J'en avais encore pour au moins quatre heures.

Les loups dominants guérissent plus rapidement que les soumis. À vue de nez, Adam aurait repris le contrôle de son loup dans les deux jours. Mais celui-ci serait capable de semer le chaos bien avant cela. Il fallait que j'amène Adam à Bran avant qu'il puisse bouger de nouveau, et s'il commençait déjà à remuer, ça allait être sacrément difficile.

Je fis le plein en sortant de l'autoroute à Cœur-d'Alene, puis passai commande de trente cheeseburgers au plus proche fast-food. La gamine me scruta d'un regard halluciné en me faisant passer sac après sac par le guichet, mais je ne dis pas un mot, et elle ne pouvait pas voir qui se trouvait à l'arrière du van.

Je me garai dans le parking du restaurant, attrapai deux sacs, enjambai Mac et commençai à séparer la viande des petits pains. Adam était encore trop faible pour faire autre chose que me grogner après et attraper les steaks hachés couverts de ketchup et de fromage fondu que je lui lançais. Il en mangea presque vingt avant de retomber dans son état comateux.

Je vis les premiers flocons de neige tomber alors que je prenais la nationale vers le nord.

Je pénétrai dans Troy, Montana, en maudissant la neige humide et collante qui m'avait fait rater ma sortie, plusieurs kilomètres en arrière. Je refis le plein, vérifiai mon itinéraire, installai des chaînes sur mes pneus et fis demi-tour.

La neige tombait si fort que les chasse-neige ne réussissaient même pas à garder le rythme. Les traces des voitures qui m'avaient précédée se remplissaient rapidement.

Les indications du pompiste encore bien présentes à mon esprit, je ralentis en arrivant au pont de la rivière Yaak. C'était un ruisseau, comparé à la Kootenai, que j'avais longée ces dernières heures.

Je surveillais attentivement le bord de la route et heureusement, parce que le petit panneau vert que je cherchais était à moitié enseveli sous la neige.

Il n'y avait qu'une seule trace de voiture devant moi. Elle quitta rapidement la route principale, que je ne pouvais deviner que par l'absence d'arbres en son milieu. Heureusement, la végétation était assez dense pour que la limite soit bien marquée.

La route tournait et virait le long du lit de la rivière, et je remerciai ma transmission intégrale. Je vis à un moment quelques daims à la queue noire traverser la route à toute vitesse, non sans m'avoir jeté un regard empreint du plus souverain agacement.

Cela faisait longtemps que je n'avais pas emprunté cette route : je n'avais même pas mon permis à l'époque. Le paysage ne me disant rien, je commençais à m'inquiéter d'avoir de nouveau manqué un virage, mais la route se sépara en deux chemins, l'un bien dégagé, mais l'autre, celui que je devais prendre, à peine assez large pour mon van.

— Eh bien, dis-je à Adam qui gémissait à l'arrière, si on se retrouve au Canada et que tu ne m'as toujours pas mangée, on pourra toujours faire demi-tour et essayer encore une fois.

Je m'étais convaincue que j'allais effectivement devoir revenir sur mes pas, quand j'arrivai au sommet d'une longue pente et aperçus une pancarte gravée à la main. J'arrêtai le van.

« Aspen Creek », pouvait-on lire en gracieuses cursives gravées et enluminées de blanc sur un fond brun foncé. « 35 kilomètres. » Alors que je prenais la direction indiquée, je me demandais quand Bran avait permis que l'on installe une pancarte. Peut-être s'était-il lassé de devoir toujours envoyer des guides pour récupérer ceux qui se perdaient. Mais pourtant, il avait toujours été très à cheval sur la discrétion quand je vivais encore là-bas.

Je ne sais pourquoi je m'attendais que rien n'eût changé. Après tout, j'avais moi-même beaucoup changé depuis mon départ. J'aurais dû deviner que ce serait aussi le cas pour Aspen Creek. Rien ne m'obligeait à apprécier les changements, non plus.

Un œil non averti aurait très bien pu penser qu'il n'y avait que quatre bâtiments à Aspen Creek : la station-service qui faisait aussi bureau de poste, l'école, l'église et le motel. Il n'aurait pas détecté les maisons camouflées sous les branches des arbres. À part deux voitures devant la station-service, la ville semblait déserte. Je ne me laissais pas abuser par cette apparente tranquillité. Il y avait toujours quelqu'un pour observer, mais on me laisserait tranquille tant que je ne ferais rien qui sorte de l'ordinaire… comme sortir un loup-garou blessé de mon van.

Je me garai devant l'accueil du motel, juste en dessous de l'enseigne « Motel d'Aspen Creek », qui ressemblait de manière troublante à la pancarte que j'avais vue plus bas sur la route. L'hôtel était construit selon l'architecture traditionnelle des motels des années 1950 : un long bâtiment étroit et sans chichis, où chacun pouvait garer sa voiture devant la porte de sa chambre.

Il n'y avait personne à l'accueil, mais la porte n'était pas fermée à clé. On avait redécoré les lieux dans un style rustique de charme depuis la dernière fois que j'étais venue, ce qui était nettement mieux que le kitsch « fifties » qui régnait auparavant.

Je passai par-dessus le comptoir et attrapai la clé de la chambre numéro 1. C'était la pièce sûre du Marrok, spécialement conçue pour emprisonner les loups-garous récalcitrants.

Je trouvai une feuille de papier et y griffonnai : *« Blessé dans la n° 1. Ne pas déranger SVP. »* Je laissai le message à un endroit impossible à manquer, puis manœuvrai le van afin de le mettre dos à l'entrée de la chambre.

Sortir Adam du van n'allait de toute façon pas être une partie de plaisir. Au moins, quand je l'y avais mis, il était inconscient. J'ouvris la porte blindée de la chambre et regardai à l'intérieur de la pièce. Le mobilier était neuf, se réduisant à un lit et à une table de chevet fixée au mur : rien qui ne pourrait servir à transférer un loup-garou pesant le double de mon poids du van à la chambre sans que lui ou moi en sortions gravement blessés. Contrairement à chez Adam, il n'y avait pas de porche à l'avant, ce qui me contraindrait à le laisser tomber d'une hauteur de près de un mètre.

En définitive, je décidai que demander de l'aide vaudrait mieux que de risquer de faire plus de mal à Adam. Je revins vers l'accueil de l'hôtel et décrochai le téléphone. Je n'avais plus composé le numéro de Sam depuis des années, mais certaines choses ne s'oublient pas. Même s'il était la raison de mon départ, c'était le premier à qui j'avais l'idée de demander de l'aide en revenant ici.

— Allô, répondit une voix de femme que je ne connaissais pas.

Je restai sans voix. Il ne m'était même pas venu à l'idée que quelqu'un d'autre que Samuel pourrait décrocher.

— Marlie ? Il y a un problème à l'hôtel ? Tu veux que je t'envoie Carl ?

Elle devait avoir la présentation du numéro d'appel, me dis-je de manière totalement inutile. Elle avait l'air très inquiet, mais je reconnus enfin la voix et une vague de soulagement m'envahit. Je ne sais pourquoi Lisa Stoval répondait à ce numéro, mais son allusion à Carl et le ton tendu de sa voix m'avaient mis la puce à l'oreille. Probablement parce qu'elle ne m'avait jamais adressé la parole de manière détendue.

Certaines choses avaient peut-être changé à Aspen Creek, mais j'en avais surtout oublié la plupart. La population du village était d'environ cinq cents personnes, dont seulement soixante-dix loups-garous, mais je pensais rarement à cette majorité d'humains. Lisa et son mari Carl en faisaient partie.

Marlie aussi, enfin, c'était le cas quand je m'étais enfuie ; elle n'avait alors que six ans.

— Je ne sais pas où est Marlie, répondis-je. C'est Mercedes. Mercedes Thompson. Il n'y a personne au motel. Ça m'aiderait énormément si tu m'envoyais Carl, ou si tu me disais qui je peux appeler. J'ai l'Alpha de la meute du bassin du Columbia dans mon van, méchamment blessé, et j'ai besoin d'aide pour le transférer dans la chambre. Le mieux serait encore que tu me dises comment je peux contacter Bran.

De mon temps, Bran n'avait pas de téléphone chez lui. Pour ce que j'en savais, il avait peut-être un portable, aujourd'hui.

Lisa, comme la plupart des femmes d'Aspen Creek, ne me portait pas dans son cœur. Mais ce n'était pas le genre de personne qui laissait ce type de détail interférer avec une attitude parfaitement correcte et juste.

— Bran et quelques autres ont emmené les jeunes loups pour leur première chasse. Marlie est probablement enfermée chez elle à pleurer. Son frère, Lee, faisait partie de ceux qui ont essayé de Changer. Il n'y est pas arrivé.

J'avais complètement oublié toutes ces histoires. Comment avais-je pu oublier tout cela ? Lors de la pleine lune de novembre, tous ceux qui le désiraient manifestaient leur volonté de devenir des loups-garous. Lors d'une cérémonie très formelle, ils étaient presque tués par Bran, ou par un autre loup qui les aimait, dans l'espoir qu'ils s'en relèveraient Changés. La plupart ne s'en relevaient pas du tout. Je me souvenais de l'excitation qui régnait en octobre, et de la tristesse qui recouvrait tout en novembre. Thanksgiving avait ici une signification différente de celle qui prévalait dans le reste des États-Unis.

— Je suis désolée, dis-je maladroitement, touchée par ce nouveau décès d'un jeune homme. Lee était un brave gosse.

— Je t'envoie Carl, m'interrompit Lisa d'un ton sec qui me refusait le droit d'être triste ou d'exprimer mes condoléances.

Elle raccrocha sans me dire au revoir.

J'évitai de trop réfléchir, ou de regarder le corps de Mac enroulé dans sa bâche, en attendant dans le van. À la place, je donnai à Adam les derniers steaks hachés. Le loup ne sembla pas rebuté par les hamburgers froids et le fromage coagulé. Une fois engloutis, il ferma encore les yeux et ne me prêta plus la moindre attention.

Après un moment qui me sembla intolérablement long, Carl gara sa vieille Jeep à côté du van. Il avait toujours été un gars costaud, et toujours plus un homme d'action que de mots. Il m'étreignit brièvement en me tapotant le dos de sa grosse patte.

— Hé, ne fais pas comme si tu ne me connaissais pas ! dit-il.

Il rit devant mon air visiblement effaré et m'ébouriffa les cheveux. J'avais oublié combien il aimait cela, toutes ces démonstrations d'affection bourrue, qu'il avait même envers Bran.

— Lisa m'a dit que tu avais amené Adam, et qu'il était en mauvais état ?

J'aurais dû me douter qu'il connaîtrait l'Alpha de la meute du bassin du Columbia. C'était la meute la plus proche d'Aspen Creek. J'acquiesçai donc et ouvris l'arrière du van pour qu'il puisse voir ce qui nous attendait. Adam avait l'air en meilleure forme que quand je l'y avais mis, mais ça n'était pas bien difficile. Je ne voyais plus le blanc de ses côtes, mais sa fourrure était couverte de sang, et il avait de nombreuses blessures.

Carl siffla entre ses dents, mais se contenta de dire :

— Il va falloir que nous trouvions un moyen de le museler le temps du transfert. J'ai quelque chose qui peut nous être utile dans la Jeep.

Il en rapporta une bande Velpeau que nous enroulâmes à plusieurs reprises autour du museau d'Adam, qui ouvrit les yeux à un moment, mais ne protesta pas.

À nous deux, nous réussîmes à porter Adam dans la chambre au prix de pas mal de grognements, de quelques jurons et d'un peu de sueur. Je fis reculer Carl une fois que le loup fût installé sur le lit et libérai ce dernier de son bâillon. Malgré toutes mes précautions, Adam réussit à donner un coup de croc à mon avant-bras, me faisant saigner. Je reculai aussi vite que possible alors qu'il tentait de se relever, l'instinct le poussant à se défendre contre la douleur que nous lui avions infligée pendant le transport.

— Sors, vite ! dit Carl en me tenant la porte.

J'obéis et nous fermâmes celle-ci derrière nous. Carl resta appuyé dessus pendant que j'actionnais le verrou. Contrairement à la plupart des chambres de motel, ce verrou était actionné des deux côtés par une clé, justement pour de telles situations. Les fenêtres étaient condamnées, les aérations bouchées : la chambre numéro 1 servait de prison et d'hôpital, parfois les deux en même temps.

Adam était en sécurité… pour le moment. Il valait néanmoins mieux que je retrouve Bran avant qu'Adam reprenne du poil de la bête si je voulais éviter les ennuis.

— Sais-tu où Bran a emmené les nouveaux loups ? demandai-je en fermant le hayon du van.

Carl n'avait pas posé de question à propos de Mac – il n'avait pas l'odorat de loup qui lui aurait permis de deviner ce qui se trouvait sous la bâche – et j'avais décidé de le garder dans mon van jusqu'à ce que Bran décide de ce que l'on ferait du cadavre.

— C'est une mauvaise idée de tenter de les suivre, Mercy, protesta Carl. Trop dangereux. Pourquoi ne m'accompagnes-tu pas à la maison ? Tu pourras manger un morceau en l'attendant.

— Combien de loups y a-t-il actuellement en ville ? demandai-je. Y en a-t-il un capable de résister au loup d'Adam ?

C'était le problème des dominants. Quand ils pétaient les plombs sous l'effet de la lune, les soumis les suivaient dans la folie.

Carl eut un moment d'hésitation :

— Adam est encore faible. Bran sera de retour avant la nuit.

Quelque chose cogna violemment contre la porte de la chambre.

— Il les a emmenés au canyon des Amoureux, ajouta-t-il précipitamment, convaincu par l'évidence. Fais attention à toi.

— Bran gardera le contrôle sur les jeunes, lui dis-je. Tout ira bien.

— Ce ne sont pas eux qui m'inquiètent. Tu as encore des ennemis, dans le coin, jeune fille.

J'eus un sourire crispé :

— Je ne suis pas responsable de ce que je suis. S'ils se considèrent comme mes ennemis, ce n'est pas moi qui ai déclenché les hostilités.

— Je le sais bien. Mais ça ne les empêchera pas de te tuer à la moindre occasion.

Les « Amoureux » étaient deux arbres dont les troncs avaient poussé entrelacés à l'entrée d'un petit canyon à une quinzaine de kilomètres au nord de la ville. Je garai mon combi à côté de quelques Land Rover ancien modèle, d'une Chevrolet Tahoe presque neuve et d'un HumVee... la version qui coûtait une fortune. Charles, le fils de Bran, était un génie de la finance, ce qui garantissait la meute du Marrok de tout risque de ruine financière. Quand j'avais quitté la ville, j'avais dix mille dollars sur mon compte en banque, résultat de l'épargne issue de mon salaire minimum et réinvestie par Charles.

J'enlevais mes vêtements à l'arrière du van, puis m'enfonçai jusqu'aux genoux dans la neige avant de le verrouiller. Il faisait nettement plus froid ici qu'à Troy et la neige était recouverte d'une croûte de givre qui me blessait les pieds.

Je me métamorphosai aussi vite que possible. Cela aurait peut-être été plus prudent d'y aller en tant qu'humaine, mais je n'étais pas équipée pour une randonnée hivernale en forêt du Montana... s'il existe d'ailleurs un équipement adapté à ce type de randonnées. Avec ma fourrure de coyote, je suis beaucoup moins sensible au froid.

Je m'étais habituée aux odeurs et aux bruits de la ville. Ceux de la forêt n'étaient pas moins présents, seulement différents : senteurs de sapins, de trembles et de mélèzes au lieu des gaz d'échappement, des odeurs de graillon et d'humains. J'entendis le « tac-tac » caractéristique d'un pic-vert et, au loin, un hurlement trop grave pour être celui d'un simple loup.

La neige toute fraîche, dont les flocons continuaient à recouvrir la forêt, avait déjà fait disparaître les traces des loups, mais je détectai néanmoins leur odeur. Bran et sa compagne, Leah, avaient effleuré le tronc de ce pin blanc et les pattes de Charles avaient laissé des traces à un endroit abrité par un rocher. Du moment où mon nez me guida dans la bonne direction, je pus apercevoir les légers renfoncements de la neige fraîche qui surplombait les traces antérieures et suivre aisément leur piste.

J'eus un moment d'hésitation en voyant les empreintes partir dans des directions différentes. Bran avait visiblement emmené les jeunes loups avec lui pendant que ses fils, Charles et Samuel, et sa compagne, Leah, partaient de leur côté, probablement pour rabattre le gibier vers la nouvelle meute.

Il fallait que je trouve Bran en priorité, pour lui dire ce qui s'était passé et qu'il revienne aider Adam… mais je partis sur la piste de Sam. Je n'y pouvais rien. Après tout, j'étais amoureuse de lui depuis que j'avais quatorze ans.

Enfin, je ne le suis plus, amoureuse, me souvins-je en suivant ses traces le long d'une pente plutôt raide puis en remontant de nouveau le long de la falaise, là où la neige était moins profonde avec le vent qui la balayait régulièrement.

J'étais une gamine la dernière fois que je l'ai vu, pensai-je. Je ne l'avais jamais recontacté depuis, et cela avait été réciproque. Et pourtant, c'était son numéro que j'avais composé quand j'avais eu besoin d'aide. L'idée d'appeler quelqu'un d'autre ne m'avait même pas effleurée.

Perdue dans mes pensées, je me rendis compte que la forêt était devenue étonnamment silencieuse.

Il n'y avait pas beaucoup de bruit dans les bois, en hiver. À part quelques sittelles, des jaseurs et le pic-vert que j'avais entendu, les oiseaux avaient migré vers le sud. Mais là, ce n'était pas le simple silence de la forêt enneigée : on me suivait.

Je ne cherchai pas à reprérer mon poursuivant, ni à accélérer mon pas : les loups-garous attaquent les proies qui tentent de s'enfuir.

Je n'avais pas vraiment peur. Bran était dans les environs, et Samuel encore plus proche. La brise m'apportait son odeur de musc épicée et terreuse si particulière. La piste que je suivais avait pourtant plusieurs heures. Il avait dû revenir sur ses pas, sinon il aurait été trop loin pour que je puisse le sentir.

Les jeunes loups étaient tous partis avec Bran, et celui qui me pourchassait était seul. S'il y en avait eu plus d'un à ma poursuite, je l'aurais entendu. Je n'avais donc pas à m'inquiéter des jeunes loups qui auraient pu m'attaquer en pensant que j'étais un vrai coyote.

Je ne pensais pas non plus qu'il s'agissait de Charles. Il était au-delà de ce genre de futilités. Trop digne pour jouer à me faire peur. Samuel, lui, aurait pu jouer avec moi, mais le vent ne ment jamais, et il était indéniablement devant moi.

J'étais presque certaine qu'il s'agissait de Leah. Elle ne me tuerait pas, malgré ce qu'avait dit Carl, pas si Bran avait une chance de l'apprendre, en tout cas. Mais elle me blesserait avec plaisir si elle en avait l'occasion. Comme je l'ai déjà dit, les femelles de la meute de Bran ne me portent pas dans leur cœur.

La brise qui m'apportait l'odeur de Samuel venait de l'ouest. De ce côté-là, on voyait surtout des jeunes sapins, probablement replantés après un incendie vieux d'une dizaine d'années. Ils formaient un rideau quasi impénétrable, pas pour moi, qui pouvais me glisser à peu près partout, mais pour un loup-garou qui était bien plus gros que moi.

Je levai ma patte arrière pour me gratter l'oreille et regarder discrètement autour de moi. Il n'y avait rien à voir, ce qui signifiait que j'aurais le temps d'atteindre la haie d'arbres avant que mon poursuivant me fonde dessus. Je fonçai comme une flèche dans cette direction.

Le loup qui me poursuivait lança le hurlement mélodieux de la chasse. L'instinct passait avant tout durant celle-ci. Si elle avait réfléchi, Leah serait restée parfaitement silencieuse… parce qu'une dizaine de hurlements plus ou moins distants lui répondirent. La plupart semblaient être à plus d'un kilomètre en avant dans la montagne, mais la voix de Samuel résonna à moins de cent mètres devant moi. Je bifurquai légèrement dans cette direction et poursuivai mon chemin parmi les arbres jusqu'à croiser la piste qu'avait prise Samuel.

Il s'arrêta net à ma vue… j'imagine qu'il s'attendait plutôt à un élan ou à un daim qu'à un coyote. Et surtout pas à moi.

Samuel était grand, même pour un loup-garou. Sa fourrure était d'un blanc hivernal et ses yeux paraissaient presque aussi pâles, leur bleu-blanc glacier aussi froid que la neige que je piétinais et souligné par un trait plus foncé à la périphérie de l'iris. J'eus amplement la place de lui passer entre les pattes et de le laisser ainsi s'interposer entre mon poursuivant et moi.

Avant qu'il ait pu faire autre chose que me regarder d'un air surpris, Leah déboula dans la clairière, aussi belle que Samuel, à sa manière, avec ses allures de chasseresse or et argent : la lumière et le feu s'opposant à la glace qu'il évoquait. En voyant Samuel, elle interrompit sa course dans un dérapage maladroit. J'imagine qu'elle était tellement prise par la chasse qu'elle n'avait pas entendu la réponse si proche de Samuel à son appel.

Je pus voir le moment exact où il me reconnut. Il pencha la tête et s'immobilisa. Pour sûr, il savait qui j'étais, mais je n'avais pas la moindre idée de quel effet ça lui faisait. Il se retourna vers Leah après le plus bref des regards dans ma direction.

Leah se recroquevilla, puis se laissa tomber sur le dos, même si elle aurait dû être plus dominante que Samuel en tant que compagne de Bran. Indifférent à la manifestation de soumission, il grogna en retroussant les babines, d'un grondement qui résonnait jusque dans ma poitrine. C'était comme au bon vieux temps : Samuel qui me protégeait du reste de la meute.

Samuel interrompit son grondement le temps de répondre à l'appel d'un loup qui s'était rapproché. Il tourna son regard vers le nord et, bientôt, deux loups firent leur apparition. Le premier avait une fourrure de la couleur de la cannelle avec quatre pattes plus foncées. Il était même encore plus grand que Samuel.

Charles, le loup cannelle, s'immobilisa à la lisière des arbres et se métamorphosa. Il était une anomalie dans le monde des loups-garous : il était né ainsi, et n'avait pas eu besoin d'être transformé. C'était le seul de son espèce dont j'avais jamais eu vent.

La mère de Charles était une Indienne salish, dont le père était homme-médecine. Quand Bran l'avait rencontrée en arrivant dans le Montana, elle était mourante. Selon ma mère adoptive, dont je tenais l'histoire, Bran avait tellement été frappé par sa beauté qu'il ne put se résoudre à la laisser mourir, alors il la Changea et la prit pour compagne. Je n'avais jamais réussi à imaginer Bran victime d'un tel coup de foudre, mais peut-être était-il très différent deux cents ans auparavant.

Quoi qu'il en soit, elle avait utilisé la magie que lui avait transmise son père pour s'empêcher de Changer à la pleine lune. Les femelles loups-garous ne peuvent normalement pas avoir d'enfants : la métamorphose est trop violente pour laisser la moindre chance de survie au fœtus. Si la magie de la mère de Charles lui permit de mener sa grossesse à terme, les efforts accomplis durant ces neuf mois l'avaient tellement affaiblie qu'elle mourut en couches. Elle légua deux dons à son fils : le premier, la capacité de Changer facilement et rapidement. Le deuxième, des pouvoirs magiques inhabituels chez les loups-garous. La meute de Bran n'avait nul besoin d'une sorcière pour effacer ses traces : elle avait Charles.

Le plus petit des deux loups, Bran, s'avança vers l'endroit où je me tenais. Samuel s'écarta à contrecœur, en continuant néanmoins à faire barrage de son corps entre Leah et moi.

Bran n'avait pas l'air particulièrement charismatique, contrairement à ses fils ou à Adam. Je ne sais pas comment il contenait sa puissance. On m'avait déjà dit que même certains loups-garous le prenaient pour un vrai loup ou même pour un chien-loup à cause de sa taille.

Je n'avais aucune idée de son âge. Tout ce que je savais, c'est qu'il était déjà vieux quand il s'était installé de ce côté-ci de l'Atlantique en tant que trappeur-fourreur à la fin du xviiie siècle. Il avait traversé le continent en compagnie du cartographe gallois David Thompson et s'était installé dans cette partie du Montana avec sa compagne.

Il sautilla dans ma direction et fourra sa truffe derrière mon oreille. Je n'étais pas obligée de me baisser en soumission afin d'être plus bas que lui, mais je me recroquevillai tout de même. Il saisit délicatement le bout de mon museau entre ses crocs et le relâcha après la plus douce des pressions, en guise à la fois de bienvenue et de réprimande… encore que je ne savais pas exactement pour quelle raison il me réprimandait.

Une fois cela fait, il passa devant Samuel et considéra sa femme, toujours couchée dans la neige. Elle gémit nerveusement et il montra les crocs, agacé. Il semblait bien que, même s'il m'avait expulsée de la meute, cela ne faisait pas de moi un gibier envisageable.

Puis il se tourna vers son autre fils, qui avait achevé sa transformation, et se tenait debout sur ses jambes d'humain. Les traits de Charles étaient totalement salish, comme si tout ce que son père lui avait transmis était la lycanthropie.

J'avais entendu dire que les Indiens étaient très pudiques. C'était manifestement le cas de Charles, qui avait créé grâce à ses pouvoirs magiques des vêtements pour couvrir son corps, et arborait une tenue faite de peau retournée semblant sortir d'un autre siècle.

Moi, comme la plupart des métamorphes, j'étais à peu près aussi à l'aise habillée que nue… à part à la mi-novembre, dans les Rocheuses du Montana, avec un vent nord-ouest vicieux venant du Canada et la température qui chutait, la neige ayant cessé de tomber. Or, dès que Charles se mettrait à parler, il faudrait que je me métamorphose pour pouvoir lui répondre.

— Mon père te souhaite la bienvenue dans le territoire des Marrok. (L'accent de Charles mariait la monotonie du salish aux intonations mélodieuses du gallois dont Bran lui-même avait fini par se débarrasser, à part dans ses moments de colère.) Néanmoins, il se demande pourquoi tu as choisi ce moment pour revenir.

Je me métamorphosai, donnai quelques coups de pied pour dégager la neige de mes chevilles puis m'agenouillai pour rester plus bas que Bran. J'eus le souffle coupé en sentant le vent glacial et le froid de la neige sous mes tibias. Samuel tenta de me protéger du vent, ce qui était bien, mais pas assez.

— Je suis ici pour une affaire de meute.

Charles leva un sourcil :

— Tu empestes le sang et la mort à plein nez.

Il avait toujours eu un odorat exceptionnel. J'acquiesçai :

— J'ai amené avec moi l'Alpha de la meute du bassin du Columbia. Il est grièvement blessé. J'ai aussi apporté le corps d'un autre loup-garou en espérant que quelqu'un ici pourrait me dire qui l'a tué et comment.

Bran couina doucement et Charles lui signifia qu'il avait compris d'un signe de tête :

— Dis-nous ce qui est absolument nécessaire maintenant et garde les détails pour plus tard.

J'essayai alors de résumer le plus succinctement possible la situation, en commençant par l'histoire que m'avait racontée Mac et en terminant par la mort de ce dernier, l'attaque d'Adam et le kidnapping de Jesse. Quand j'en eus terminé, je claquais tellement des dents que j'avais du mal à me comprendre moi-même. Même en me retransformant en coyote, je ne réussis pas à me réchauffer complètement.

Bran tourna la tête vers Samuel, qui laissa échapper un jappement et partit à toute allure.

— Bran va continuer la chasse avec les jeunes, me dit Charles. La première chasse ne doit pas être interrompue. Samuel va rentrer s'occuper d'Adam. Il sera plus rapide que n'importe quelle voiture, il arrivera donc avant nous. Je rentre avec toi et nous allons nous occuper de ton mort.

Sur ces mots, Bran partit vers la forêt sans même un regard en arrière. Leah se redressa, m'adressa un grognement, comme si c'était ma faute si elle s'était mise dans une telle situation, et partit à la suite de son mari.

Charles, toujours sous forme humaine, prit le chemin des voitures. Il n'était généralement pas bavard, mais avec moi muette et à quatre pattes, il ne fit même pas l'effort de dire quoi que ce soit. Il attendit poliment près de la porte passager du combi pendant que je me retransformais et que j'enfilais mes vêtements.

Il ne fit aucun commentaire sur ma conduite, contrairement, j'en étais certaine, à son frère. Je n'avais jamais vu Charles conduire, il préférait monter à cheval ou courir à quatre pattes. Il monta dans le van et jeta juste un coup d'œil au corps enveloppé par la bâche. Sans un mot, il se contenta de boucler sa ceinture.

En arrivant au motel, je me garai devant l'accueil. Carl s'y trouvait en compagnie d'une jeune femme aux yeux rougis qui devait être Marlie, bien qu'elle ne ressemblât en rien à la petite fille de six ans que j'avais connue.

— Mercedes a besoin d'une chambre, leur dit Charles.

Carl ne fit aucune objection et me tendit une clé :

— C'est la plus éloignée de la numéro 1, de l'autre côté de la route.

J'examinai le numéro « 18 » gravé sur la clé :

— Vous savez que le numéro de la chambre ne doit plus figurer sur la clé, de nos jours ?

— Nous n'avons pas des masses de cambriolages, dans le coin, sourit Carl. De plus, tu sais bien, ayant travaillé ici, qu'il n'y a que trois serrures différentes pour toutes les chambres.

Je lui rendis son sourire en jetant la clé en l'air avant de la rattraper :

— C'est pas faux.

Charles me tint la porte et me dit :

— Prends juste tes bagages et laisse-moi tes clés, je m'occupe du cadavre.

La surprise dut se lire dans mon regard puisqu'il ajouta d'un ton sec :

— Ne t'en fais pas. Je demanderai à Carl de conduire.

— Je n'ai aucun bagage, lui répondis-je en sortant mes clés de ma poche. (J'attrapai sa main en les lui donnant et dis :) Mac était un bon garçon.

Je ne sais pas pourquoi j'avais ressenti le besoin de faire cela. Charles n'était pas un tactile. J'avais toujours pensé qu'il n'avait que du mépris pour moi, bien qu'il m'ait toujours traitée avec la courtoisie qu'il avait pour chacun. Pourtant, il posa sa main libre sur ma nuque et posa ma tête au creux de son épaule un bref instant.

— Je m'occuperai bien de lui, promit-il.

— Il s'appelait Alan Mackenzie Frazier.

— Je veillerai à ce qu'il soit traité avec tous les égards qu'il mérite.

— Merci, murmurai-je avant de faire demi-tour, et de m'enfermer dans ma chambre pour pouvoir me laisser aller de nouveau au chagrin.

Chapitre 6

Des exemplaires du National Geographic et un roman policier en édition de poche étaient entassés sur la table de chevet. À la base, la raison pour laquelle on avait tant de lecture dans les chambres, c'était qu'il n'y avait pas de télé. À l'époque où je travaillais ici comme femme de ménage, Aspen Creek ne captait pas les programmes. Depuis, une antenne satellite avait été installée sur le toit du motel, et les chambres disposaient d'une petite télévision que l'on pouvait orienter soit vers le lit, soit vers la table à manger dans la kitchenette.

Je n'avais pas la moindre envie de m'abrutir devant des rediffusions de vieilles séries, alors je feuilletai distraitement les magazines. Ils me semblaient familiers. Peut-être était-ce exactement les mêmes qu'à l'époque où je nettoyais les chambres : le plus récent datant de mai 1976, c'était tout à fait envisageable. Ou peut-être que tous les tas de *National Geographic* s'uniformisent après un certain temps passé dans les salles d'attente et les chambres d'hôtel.

J'eus soudain une image de Jesse gisant sur un lit d'hôpital. Mon esprit poussa même jusqu'à la morgue, avant que je réussisse à remettre la bride dessus. Il ne servait à rien de paniquer. Je fis mon possible pour l'éviter.

J'attrapai le livre et m'assis sur le lit. La couverture n'était pas particulièrement emballante, avec un dessin de grange dans le style de celles du Wisconsin, mais je tentai tout de même de me plonger dans sa lecture. Je ne tins même pas jusqu'à la fin de la première phrase et le refermai. Je ne supportais pas de me retrouver sans rien à faire, toute seule dans ma chambre.

Je sortis de celle-ci. Il faisait encore plus froid qu'avant, et je n'étais vêtue que de mon tee-shirt. Je courus donc jusqu'à la chambre numéro 1. J'avais toujours la clé dans ma poche, mais quand je poussai la porte, elle s'ouvrit.

Adam était étendu sur le flanc, la gueule contrainte par un bandeau d'apparence solide, sur le dessus du lit. Samuel était penché sur lui, seulement vêtu d'un jean et de gants en latex. Je ne m'attardai même pas sur le spectacle, ce qui donnait une idée de l'inquiétude que je ressentais pour Adam. Charles, qui attendait, appuyé contre le mur, me jeta juste un regard sans mot dire.

— La porte ! ordonna vivement Samuel. Bon Dieu, Mercy, pourquoi n'as-tu pas réduit la fracture avant de le trimballer toute la journée dans ton van ? Tu sais pourtant à quelle vitesse nous cicatrisons ! Il va falloir que je recasse sa patte.

Samuel ne m'avait jamais crié après. C'était l'un des loups-garous les plus calmes que j'aie jamais connu.

— Je ne sais pas comment on fait pour réduire une fracture, me justifiai-je en me recroquevillant.

Mais il avait raison. Je savais à quelle vitesse guérissaient les loups-garous… je n'avais simplement pas compris que cela s'appliquait aussi aux os brisés. À vrai dire, je n'avais même pas vu que sa patte était cassée. Quelle idiote j'avais été. J'aurais dû tout simplement appeler Darryl.

— Y a pas à sortir de médecine pour savoir réduire une fracture, grogna Samuel. Il suffit de tout remettre droit. (Il tira doucement la patte d'Adam.) Je suis certain qu'un des loups de sa meute a une formation de secouriste. Il fallait l'appeler si tu ne t'en sentais pas le courage. (S'adressant à Adam :) Serre les dents.

D'où j'étais, je ne vis pas exactement ce qui se passait : j'entendis juste un craquement d'os, et Adam crier en se débattant d'une manière que je ne voulais plus jamais entendre.

— Je craignais que la meute soit impliquée dans l'agression, dis-je doucement. Il était inconscient, je ne pouvais donc rien tirer de lui. De toute façon, ils n'ont aucun loup assez dominant pour maîtriser celui d'Adam.

Samuel jura en se tournant vers moi :

— Si tout ce que tu peux faire, c'est te justifier, va donc voir ailleurs si j'y suis.

Même dans son état, Adam n'apprécia pas ces propos et il gronda en regardant Samuel.

— Désolée, dis-je en refermant soigneusement la porte derrière moi.

Je regardais depuis vingt minutes la première page du roman policier quand on frappa à la porte. Mon odorat me dit que c'était Samuel, alors je ne me précipitai pas pour répondre.

— Mercy ? dit-il doucement, avec la pointe d'accent celte que je lui connaissais.

Si je m'en vais tôt demain matin, je pourrai sérieusement me mettre à la recherche de Jesse, pensai-je en regardant la porte. *Quelqu'un pourra ramener Adam une fois que ce dernier sera en état d'être transporté. En partant tôt, je pourrai peut-être complètement éviter d'échanger le moindre mot avec Samuel.*

— Mercy, je sais que tu m'entends.

Je continuai à considérer la porte dans le silence le plus absolu. Je n'avais pas envie de lui parler. Il avait raison : j'avais été nulle de faire subir à Adam un voyage de six heures à l'arrière d'un van, tout ça parce que j'avais surinterprété une phrase probablement anodine de Darryl. Bien sûr, comme je l'avais dit à Samuel, la meute aurait tout de même dû le transférer dans le Montana, ou tout au moins faire venir un autre dominant en attendant qu'Adam puisse se contrôler. Mais au moins auraient-ils immédiatement réduit la fracture. Si je n'avais pas été aussi stupide, Darryl et la meute seraient à cette heure-ci à la poursuite des kidnappeurs de Jesse, et Adam sur la voie tranquille de la guérison.

Dans mon monde de moteurs et de joints de culasse, j'étais habituée à être compétente. Si Adam avait été une voiture, j'aurais parfaitement su quoi faire. Mais ici, à Aspen Creek, j'avais toujours été quelqu'un de décevant. Il semblait que certaines choses n'avaient pas changé.

— Écoute, Mercy, je suis désolé pour tout à l'heure. En n'ayant aucune formation de secouriste, et vu que tu n'avais pas confiance en la meute, tu ne pouvais rien faire de plus.

Sa voix était tout sucre et tout miel. Mais, comme ma mère me l'avait dit une fois, la vérité, c'était ce qui sortait de la bouche spontanément. En y repensant, les gens enrobaient leur discours de manière à le rendre acceptable socialement, moins offensant, afin de réussir à obtenir le résultat escompté. Et je savais quel résultat voulait Samuel, celui qu'il avait toujours désiré, même s'il l'avait perdu de vue alors qu'il était concentré sur les blessures d'Adam.

— Adam m'a bien enguirlandé. Je n'aurais pas dû être aussi dur avec toi, reprit-il d'un ton enjôleur. Il a eu raison. C'est juste que je déteste tellement avoir à faire mal à quelqu'un que ça t'est retombé dessus. Dis, je peux entrer ? J'en ai marre de parler à une porte.

Je me massai les tempes. Je n'avais plus seize ans, et la fuite, aussi séduisante soit-elle, n'était plus une option. De plus, pensai-je à contrecœur, moi aussi, j'avais des choses à lui dire.

— Bon d'accord, l'entendis-je dire. Très bien, Mercy. On se voit demain matin.

Il avait déjà commencé à s'éloigner de ma porte quand j'ouvris celle-ci.

— Dépêche-toi d'entrer, lui dis-je en frissonnant dans le vent glacial, il fait plus froid que dans les culottes d'une sorcière là-dehors.

Il revint sur ses pas et fit tomber de gros blocs de neige de ses semelles en les essuyant sur le paillasson. Puis il enleva son manteau et le posa sur la table à côté de la porte. Je vis qu'il s'était entre-temps procuré un tee-shirt. Il y avait plusieurs stocks de vêtements de secours un peu partout dans la ville, des fringues unisexes du genre jeans et tee-shirts. Le tee-shirt qu'il portait était un peu petit et le moulait comme une seconde peau. S'il avait juste été un peu grassouillet ou moins musclé, ça aurait eu l'air ridicule, mais il était bâti comme un chippendale.

Il avait un corps superbe, mais je ne sais si on aurait pu le qualifier de bel homme. Il n'avait pas les traits parfaits d'Adam, par exemple : ses yeux étaient profondément enfoncés, son nez un peu trop long, sa bouche un peu trop large. Ses yeux bleu clair et sa chevelure châtaine légèrement éclaircie par le soleil étaient aussi bien moins remarquables que ses couleurs en tant que loup.

En le regardant, je ne réussissais pas à être objective pour déterminer s'il était ou non attirant : c'était Sam, mon ami, mon protecteur, et mon amoureux.

Je détournai le regard pour qu'il ne puisse deviner la colère qui bouillonnait en moi, ni cette autre émotion que je refusais de nommer. Je devais me reprendre. Il ne fallait pas qu'il le prenne mal. Je ne l'avais pas fait entrer pour me disputer avec lui.

— Je pensais que tu ne voudrais pas me parler, dit-il avec une trace de sourire dans la voix.

— Moi aussi, répondis-je d'un ton funeste en continuant à regarder mes chaussures. (Je ne me sentais toujours pas capable de le regarder.) Mais je te dois des excuses, à toi aussi.

— Tu n'as aucune excuse à me faire, dit-il d'un ton hésitant. (Apparemment, il ne faisait pas entièrement confiance à ma soumission apparente.) Je n'aurais jamais dû te parler comme je l'ai fait.

— Pas de problème, répondis-je. Tu avais probablement raison : en trouvant Mac mort et Adam à peine mieux, j'ai paniqué.

Je retournai vers le lit et m'y assis, ne serait-ce que parce que c'était l'endroit le plus éloigné de lui dans la chambre. Puis je réussis enfin à affronter son regard.

— Mes excuses à moi viennent avec quelques années de retard. J'aurais dû venir te parler avant de m'enfuir. J'aurais dû t'avertir que je partais à Portland.

Mais j'avais trop peur de faire quelque chose de stupide, comme te flinguer, ou pis, pleurer. Il n'avait pas besoin de connaître ces détails.

L'amusement fit place à une neutralité méfiante sur son visage, comme s'il s'attendait à un piège :

— Père m'a dit qu'il t'avait convaincue de retourner chez ta mère plutôt que de t'enfuir avec moi, dit-il.

— Tu m'as attendue longtemps ?

Lorsque Bran nous avait surpris en plein pelotage mutuel dans la forêt, il m'avait informée de sa décision irrévocable de m'envoyer à Portland, et Samuel avait fait tout un plan pour m'emmener avec lui, à la place. Je devais me glisser dehors et le retrouver à plus de un kilomètre de chez moi dans les bois. Mais le Marrok était au courant, évidemment. Et il m'avait parlé des raisons pour lesquelles Samuel voulait faire de moi sa compagne. Il n'y en avait aucune que je pouvais considérer comme acceptable.

Samuel avait donc attendu, seul dans les bois, alors que Charles me conduisait chez Libby afin de prendre le premier train pour Portland le lendemain.

Samuel détourna le regard et ne dit rien.

À sa manière, Samuel avait le plus grand des sens de l'honneur. Cela avait rendu sa trahison d'autant plus douloureuse, surtout que je savais qu'il n'avait jamais voulu que je croie qu'il m'aimait. Il avait dit qu'il m'attendrait, et je savais qu'il avait refusé de renoncer, même quand il avait pris conscience que je ne viendrais pas.

— C'est ce que je redoutais, dis-je d'une voix étranglée.

Bon sang, il n'aurait pas dû encore avoir cet effet sur moi! Je me rendis compte que je prenais de plus profondes inspirations qu'à l'ordinaire juste pour sentir son odeur.

— J'aurais dû te prévenir que je ne viendrais pas, insistai-je, ayant vraiment besoin que le message passe. Je regrette de t'avoir abandonné comme ça. Ça n'était ni gentil ni correct.

— Père t'avait ordonné de partir sans jamais plus m'adresser la parole, dit-il d'un ton faussement détaché.

Son attitude, dos à moi, regardant une tache d'humidité sur la moquette montrait bien qu'il n'était pas si indifférent que cela.

— Mais je ne faisais pas partie de sa meute, répliquai-je vivement. Cela a toujours été très clair. Je n'avais donc aucune obligation de lui obéir. Je n'aurais pas dû le faire, et j'en avais déjà conscience alors. Je suis désolée. Pas d'être partie, c'était la bonne décision, mais d'avoir été trop lâche pour te prévenir.

— Père m'a raconté ce qu'il t'avait dit ce soir-là. (Sa voix, d'abord calme, laissait transparaître de plus en plus de colère au fil des mots.) Ça n'aurait jamais dû te surprendre. Je n'ai jamais menti ou dissimulé quoi que ce soit.

Il n'y avait aucune culpabilité dans sa voix : il ne comprenait réellement pas ce qu'il m'avait fait… et ça ne le rendait pas particulièrement intelligent. Mais tout de même, cela faisait du bien de savoir qu'il n'avait jamais eu l'intention de me blesser.

Nos regards se croisèrent, et je ressentis le serrement de cœur qui m'avait été aussi familier que la vue de son visage, autrefois. Il y avait de l'attirance, dans ce serrement, mais aussi le pouvoir du loup dominant. Je me rendis compte que cette attirance m'avait poussée à me lever et à m'approcher de lui :

— Écoute, Samuel, dis-je en m'empêchant de le toucher. Je suis crevée. La journée a été dure. Je ne veux pas me disputer à propos du passé.

— D'accord, accepta-t-il doucement. On en parlera demain. (Il reprit son manteau et était sur le point de sortir quand quelque chose lui revint à l'esprit :) Oh, au fait, Charles et Carl ont apporté le cadavre…

— Mac, le corrigeai-je vivement.

— Mac, reprit-il gentiment. (J'aurais préféré qu'il ne s'adoucisse pas, car cela me fit monter les larmes aux yeux.) Ils ont emporté Mac à la clinique et ont ramené le van ici. Charles m'a donné les clés. Il te les aurait bien rendues lui-même, mais tu es partie trop vite. Je lui ai dit que je te devais des excuses, alors il me les a données.

— A-t-il fermé les portes à clé ? demandai-je. J'ai deux armes avec des munitions pour loup-garou, là-dedans. (La mention des armes me rappela soudain un détail insolite.)

Ah, il y a aussi une fléchette hypodermique que j'ai trouvée en déplaçant le corps de Mac.

— Oui, c'est bien fermé, me rassura-t-il. Charles a trouvé la fléchette et l'a laissée au labo pour analyse parce qu'il y a senti l'odeur de l'argent et d'Adam. Maintenant que je sais d'où elle vient, je vais l'examiner avec toutes les précautions nécessaires.

— Mac m'avait dit qu'il avait servi de cobaye pour des expériences, lui confirmai-je. Et ils semblaient avoir trouvé des drogues efficaces sur les loups-garous.

— Oui, c'est ce que tu as dit plus tôt, acquiesça Samuel.

Il me tendit les clés, et je pris soin de ne pas effleurer sa main. Il sourit comme si j'avais fait quelque chose d'instructif, et je me rendis compte qu'en effet si j'avais été totalement indifférente à son égard, je n'aurais eu aucun problème à le toucher. À force de vivre au milieu des humains, j'avais oublié à quel point il est difficile de cacher quoi que ce soit à un loup-garou.

— Bonne nuit, Mercy, dit-il.

Son soudain départ fit paraître la chambre encore plus vide qu'auparavant. *Il faut* vraiment *que je parte demain matin*, me dis-je en entendant s'éloigner le crissement de ses pas dans la neige.

Je lisais la page 14 de mon roman pour la troisième fois quand on frappa de nouveau à la porte.

— J'apporte à manger, dit une agréable voix de ténor.

Je posai le livre et ouvris la porte.

Un jeune blondinet aux traits banals se tenait sur mon seuil, chargé d'un plateau en plastique sur lequel étaient entassés deux énormes sandwichs emballés de Cellophane, deux grands gobelets de chocolat chaud et une parka bleu marine. Je fus soudain frappée par sa ressemblance avec un livreur, accentuée par la nourriture, et devinai que cela était fait exprès : Bran aimait ne pas être remarquable.

Il eut un léger sourire en voyant que je ne m'effaçais pas pour le laisser entrer :

— Charles m'a assuré qu'Adam allait bien se remettre, et Samuel s'est rendu ridicule.

— Il s'est excusé, l'informai-je en le laissant entrer dans la chambre.

La kitchenette comprenait un domino de deux plaques électriques, un minifrigo et une petite table en Formica flanquée de deux chaises. Bran lança la parka sur le lit, puis posa le plateau sur la table avant de répartir la nourriture devant chaque place.

— Charles m'a dit que tu n'avais rien de chaud à te mettre, alors je t'ai apporté de quoi te couvrir. Je me suis aussi dit que tu voudrais peut-être manger un morceau, dit-il. Ensuite, nous déciderons de la marche à suivre pour ton Alpha et pour retrouver sa fille.

Il s'installa et m'invita à faire de même. Je me rendis soudain compte que je n'avais rien avalé de la journée. Pourtant, je n'avais toujours pas faim.

Il ne mentait pas en disant « ensuite » : il mangea sans dire un mot, alors que je chipotais mon sandwich trop froid. Le chocolat, lui, avait l'onctuosité des marshmallows qu'on y avait fait fondre, et le riche parfum de la vanille naturelle.

Il termina son sandwich plus rapidement que moi, mais attendit patiemment que j'aie terminé. C'était l'un de ces énormes sandwichs-baguette conçus pour durer une semaine. Je n'en mangeai qu'une partie avant de le remballer dans sa Cellophane. Bran avait englouti le sien, mais les loups-garous ont un appétit dévorant.

Ma mère adoptive disait toujours : « N'affame jamais un loup-garou, ou il voudra t'avoir à dîner », en tapotant la tête de son mari, même quand il était sous forme humaine.

Je ne sais pourquoi ce souvenir me revint à cet instant précis, ou pourquoi il me fit monter les larmes aux yeux. Cela faisait près de dix-sept ans que mes parents adoptifs n'étaient plus de ce monde. Elle était morte en essayant de Changer, parce que, comme elle me le disait, chaque année, elle vieillissait, et lui non. Il y a beaucoup moins de filles de la lune, tout simplement parce qu'elles survivent plus difficilement au Changement. Mon père adoptif mourut de chagrin le mois suivant. J'avais quatorze ans.

J'avalai une gorgée de chocolat et attendis que Bran prenne la parole.

Il poussa un profond soupir et se balança sur sa chaise, en tentant de garder l'équilibre grâce au contrepoids de ses jambes pendantes.

— Les gens ne font pas cela.

Il haussa un sourcil :

— Ne font pas quoi ?

— Se balancer sur sa chaise. Sauf quand ce sont des gamins qui friment devant leur copine.

Il reposa abruptement les pieds de la chaise à terre.

— Merci.

Bran appréciait qu'on l'aide à le rendre parfaitement au fait du comportement humain, mais je sentis un peu d'agacement dans son remerciement. Je souris dans mon gobelet de chocolat pour ne pas trop montrer mon amusement.

Il s'accouda à la table et joignit les mains :

— Qu'as-tu l'intention de faire, maintenant, Mercy ?

— Pardon ?

— Adam est en sécurité et se remet gentiment. Nous allons déterminer la raison de la mort de ton ami. Mais toi, qu'est-ce que tu vas faire ?

Bran est un peu effrayant. Il est un peu télépathe… enfin, c'est ce qu'il dit quand on le lui demande. En tout cas, il est capable de s'adresser à tous les loups par la pensée. C'est ainsi que Charles avait pu lui tenir lieu d'interprète tout à l'heure, dans la forêt. Bran utilise entre autres ce don pour diriger les meutes d'Amérique du Nord. Mais il assure que le don est en sens unique, et qu'il n'entend pas ce que les autres pensent.

Selon les rumeurs qui circulaient dans la meute, il avait bien d'autres pouvoirs, mais personne ne savait exactement lesquels. La rumeur qui revenait le plus souvent, néanmoins, assurait qu'il savait effectivement lire dans les pensées. Et en effet, il savait toujours qui était derrière la moindre bêtise commise à Aspen Creek.

Ma mère adoptive se moquait souvent de sa réputation d'infaillibilité, qui reposait entièrement sur cette prétendue omniscience : il n'avait qu'à arriver quelque part et accuser celui qui avait l'air le plus coupable. Peut-être avait-elle raison, mais quand j'essayai d'avoir l'air innocent, la fois d'après, ça ne marcha absolument pas.

— Je repars demain matin, répondis-je.

Tôt. Très tôt. Assez tôt pour éviter Samuel et pour partir à la recherche de Jesse, ajoutai-je dans mon esprit.

— Demain après-midi, me corrigea Bran d'un ton sévère.

Je fronçai les sourcils :

— Si tu connaissais déjà mon programme, pourquoi prendre la peine de me poser la question ? dis-je, aussi aimablement que possible.

Il me sourit timidement :

— Si tu attends demain après-midi, Adam devrait être en état de voyager, et Samuel aura sûrement trouvé ce qui a tué ton jeune ami… Alan Mackenzie Frazier. Il va procéder à l'autopsie et à toutes les analyses dans la nuit.

Il s'avança vers moi :

— Ce n'est pas ta faute, Mercy.

Je crachai la gorgée de chocolat que je venais d'avaler, maculant tout le devant de mon tee-shirt.

— M… ! (Je ravalai mon juron : Bran n'aimait pas cela.) Tu sais vraiment lire les pensées !

— Je sais simplement comment ton esprit fonctionne, rétorqua Bran avec un sourire presque dénué de suffisance.

Mais il m'aida néanmoins à dénicher sous l'évier des serviettes en papier pour éponger le chocolat et éviter que je me brûle avec.

Alors que je tentais de limiter les dégâts, Bran continua :

— À moins que tu aies plus changé que je le crois possible, tu te sens toujours responsable quand quelque chose de mal arrive à quelqu'un. Adam m'a raconté tout ce qu'il savait, et tu n'as rien à te reprocher dans toute cette histoire.

— Ah ! Ça prouve bien que tu lis dans les pensées, vu qu'il ne peut pas parler, sous sa forme de loup !

J'avais fait ce que je pouvais pour mon tee-shirt, mais j'aurais mieux aimé pouvoir me changer complètement. Bran eut un sourire malicieux :

— Non, il est humain, là. Parfois, la métamorphose aide à guérir plus vite. En général, on se transforme en loup pour cela, mais ça marche aussi dans l'autre sens. Il était drôlement en colère contre Samuel. (Son sourire s'accentua.) Les premiers mots qu'il a prononcés, c'était pour l'insulter ! Il lui a dit que de juger ton comportement après coup était une erreur d'amateur, et qu'il préférait nettement que l'on n'ait pas « tripatouillé » ses blessures avec des mains inexpertes. Il a aussi dit que, parfois, tu avais plus de tripes que de cervelle (il pointa son gobelet vers moi) et, sur ce coup-là, je ne peux qu'être d'accord avec lui. C'est d'ailleurs pour cette raison que j'avais demandé à Adam de garder un œil sur toi quand tu as emménagé dans son territoire.

Ah bon, pensais-je en essayant de ne pas montrer à quel point ces mots m'avaient blessée, Adam avait donc des ordres me concernant? Moi qui croyais que notre étrange relation était fondée sur autre chose... Les paroles de Bran me faisaient réinterpréter chacune des discussions entre Adam et moi d'une manière moins agréable.

— Je n'aime pas les mensonges, continua-t-il, montrant que j'avais échoué dans ma volonté de ne pas montrer mon sentiment. Même pas ceux par omission. Les vérités dures à avaler, on peut les intégrer et réussir à les vaincre, mais les mensonges rongent l'âme. (Il avait l'air de savoir de quoi il parlait.) Ce peu de goût pour le mensonge m'amène à me mêler de choses qui ne me regardent pas.

Il se tut, comme s'il s'attendait que je réponde, mais je n'avais pas la moindre idée de où il voulait en venir.

Il avala une gorgée de chocolat et se rassit:

— Par exemple, nombreux étaient ceux qui pensaient qu'il aurait mieux valu te cacher la vérité à propos de la mort de Bryan.

Bryan était mon père adoptif.

Je me souvins de ce jour peu après Noël où je m'étais réveillée au son de la voix de Bran dans la cuisine. Ce matin-là, il m'avait appris que la police avait découvert le corps de Bryan dans les eaux de la Kootenai.

Le suicide n'est pas chose aisée pour les loups-garous. Même les balles en argent ne réussissent pas toujours à tenir en échec leur phénoménale capacité de guérison. La décapitation est une méthode très efficace, mais peu adaptée au suicide. Reste donc la noyade : leur musculature dense leur rend la nage presque impossible, parce que, comme les chimpanzés, ils ont trop de muscles et pas assez de graisse pour flotter.

— Certains auraient voulu que tu croies que c'était un accident, dit-il d'un air pénétré. Ils pensaient qu'à quatorze ans tu étais trop jeune pour qu'on te parle de suicide, surtout après la mort récente de sa compagne.

— Elle s'appelait Evelyn, le corrigeai-je.

Bran avait tendance à négliger les humains de son entourage comme s'ils n'existaient tout bonnement pas. Samuel m'avait dit que c'était parce qu'ils étaient trop fragiles et qu'il en avait vu trop mourir. Je me dis que si, moi, j'avais réussi à accepter la mort d'Evelyn à quatorze ans, Bran pouvait faire un effort.

Il me foudroya du regard et, quand je refusai de baisser le regard, comme le protocole l'exigeait, je vis ses lèvres se retrousser sur ses dents, avant qu'il se maîtrise en prenant une nouvelle gorgée de chocolat.

— Evelyn, en effet, dit-il en soupirant. Et quand tu as décidé de vivre seule plutôt que de revenir chez ta mère, je n'ai pas protesté non plus. Tu avais déjà démontré ton courage, et il me semblait que tu avais gagné le droit de décider par toi-même. (Il parcourut la pièce du regard.) Te souviens-tu de notre dernière conversation ?

J'acquiesçai et finis par accepter de m'asseoir. Même s'il ne semblait pas très à cheval sur les règles, ce soir, je n'étais pas à l'aise en restant debout alors que lui était assis.

— Tu avais seize ans. Trop jeune pour lui… et surtout trop jeune pour vraiment comprendre ce qu'il voulait de toi.

Quand Bran nous avait surpris en train de nous embrasser, il m'avait renvoyée chez moi, puis était venu me rendre visite le lendemain matin pour m'annoncer qu'il avait parlé à ma mère, et qu'elle m'attendait avant la fin de la semaine. Il me demandait de partir, et je pouvais commencer à faire mes valises.

J'avais effectivement préparé mes bagages, mais pas pour aller à Portland : j'avais la ferme intention de m'enfuir avec Samuel. Nous allions nous marier. Il me l'avait assuré. Cela ne m'était même pas venu à l'idée qu'à seize ans, et sans autorisation parentale, le mariage était inenvisageable. Je ne doutais pas que Samuel aurait trouvé une solution au problème. Nous avions prévu de nous installer dans une grande ville, indépendants de toute meute.

J'aimais Samuel depuis que mon père adoptif avait quitté ce monde, et que Samuel l'avait remplacé dans son rôle de protecteur. Bryan était un amour, mais Samuel était nettement plus efficace dans cette tâche. Même les femmes cessèrent quasiment de me harceler une fois que je fus sous sa protection. Il était drôle et charmant. La gaieté n'est en général pas caractéristique des loups-garous, mais lui en était rempli. Sous son aile, j'avais appris à être heureuse, et quel merveilleux sentiment c'était !

— Tu m'as dit que Samuel ne m'aimait pas, dis-je à Bran, un goût de sciure dans la bouche. (Je ne savais toujours pas comment il avait découvert notre plan.) Tu m'as dit qu'il avait juste besoin d'une compagne pour porter ses enfants.

Approximativement, la moitié des grossesses humaines-loups-garous se terminaient par une fausse-couche. Et seuls les enfants complètement humains arrivaient à terme. Les femmes loups-garous, elles, avortent spontanément à la nouvelle lune. Mais vu que les loups et les coyotes peuvent se reproduire ensemble, pourquoi pas Samuel et moi ? Celui-ci était convaincu qu'une partie de nos enfants serait humaine, une autre changeuse et la troisième naturellement loup-garou, et qu'ils seraient tous viables.

Il avait fallu que Bran m'explique tout cela pour que je comprenne enfin pourquoi Leah, comme toutes les femmes d'Aspen Creek, me haïssait tellement.

—Je n'aurais pas dû te dire tout cela de cette manière.

—C'est une idée, ou tu essaies de t'excuser, là ? (Je n'arrivais pas à comprendre où il voulait en venir.) J'avais seize ans. Samuel a peut-être l'air jeune, mais je l'ai toujours connu adulte. Quel âge a-t-il ? Cinquante, soixante ans ?

Je ne m'étais jamais posé cette question quand j'étais amoureuse de lui. Il n'avait pas tendance à agir de manière beaucoup plus mature que moi, et les loups-garous ont beaucoup moins de propension que les humains à parler du passé. La plus grande partie de ce que je savais sur la vie de Bran me venait d'Evelyn, ma mère adoptive.

—J'étais jeune et bête, lui dis-je. J'avais besoin d'entendre ce que tu m'as dit ce jour-là. Si ce sont des excuses que tu viens m'offrir, cela n'est donc pas nécessaire. Mais merci.

Il me jeta un regard oblique. Lorsqu'il était sous forme humaine, ses yeux d'un brun chaud évoquaient la couleur d'une feuille de chêne dans un rayon de soleil.

—Je ne viens pas te présenter des excuses. Je veux juste m'expliquer. (Il sourit, et sa ressemblance avec Samuel parut soudain frappante.) Et Samuel est un poil plus âgé que tu le penses. (Comme la colère, l'amusement faisait ressortir son accent gallois.) Samuel est mon fils aîné.

Je le regardai d'un air hébété. Samuel ne ressemblait en rien aux vieux loups que j'avais rencontrés. Il avait son permis de conduire, possédait une chaîne hi-fi et un ordinateur. Il aimait véritablement les gens, même les humains, et Bran l'utilisait d'ailleurs souvent comme représentant auprès des autorités.

—Charles est né quelques années après que tu es arrivé ici en compagnie de David Thompson, dis-je à Bran, comme s'il n'était pas déjà parfaitement au courant. C'était en combien ? 1812 ?

Du fait de ses rapports avec Bran, je m'étais beaucoup documentée sur David Thompson pendant mes études. Ce cartographe et négociant en fourrures d'origine galloise n'avait jamais mentionné nommément Bran dans le journal qu'il tenait. Je m'étais demandé si, à l'époque, il n'était pas connu sous un nom différent, ou si, connaissant sa nature, Thompson avait évité de parler de lui dans son journal, vu que ce dernier était plus une sorte de rapport d'activité destiné à ses employeurs qu'un véritable journal intime.

— Thompson et moi sommes arrivés sur le continent en 1809, me répondit-il. Charles est né au printemps de l'an 1813, me semble-t-il. Je m'étais séparé de Thompson et de la Compagnie du Nord-Ouest alors, et les Salish n'ont pas le même calendrier que les chrétiens. Samuel est le fruit de mon premier mariage, alors que j'étais encore humain.

Je ne l'avais jamais entendu en dire autant sur son passé.

— À quand cela remonte-t-il ? lui demandai-je, encouragée par sa soudaine franchise.

— Très longtemps, dit-il en haussant les épaules. Toujours est-il que je pense que, cette nuit-là, j'ai rendu un faux service à mon fils. J'avais l'intention de te dire toute la vérité, mais une grande partie de celle-ci n'a pas été abordée ce soir-là.

— Oh ?

— Je t'ai dit ce que je savais, et ce que je jugeais nécessaire de te dire à ce moment-là, expliqua-t-il. Mais à la lumière des événements qui ont suivi, je me suis rendu compte que j'avais sous-estimé mon fils, t'amenant à en faire de même.

Je détestais lorsqu'il se piquait de faire dans le sibyllin. Je voulus donc protester, mais je me rendis compte qu'il évitait mon regard en baissant les yeux. J'avais tellement pris l'habitude de vivre parmi les humains, dans un monde où le langage corporel n'avait pas une importance cruciale dans la communication, que cela avait failli m'échapper. Les Alphas – et particulièrement celui-ci – ne détournent jamais le regard face à leur interlocuteur ; le fait qu'il le fasse maintenant montrait bien à quel point il se sentait honteux. Je gardai donc mon calme et lui demandai doucement :

— Dis-moi tout.

— Samuel est vieux, dit-il. Presque aussi vieux que moi. Sa première femme est morte du choléra, la deuxième de vieillesse. La troisième est morte en couches. Entre elles toutes, les femmes de Samuel ont perdu dix-huit enfants avant terme. D'autres sont morts bébés, et seuls huit ont atteint l'âge de trois ans. L'un d'entre eux est mort de vieillesse, quatre de la peste et les trois derniers n'ont pas survécu au Changement. Il n'a aucun enfant encore vivant, seul l'un d'entre eux a réussi à atteindre l'âge adulte et il avait été conçu avant que Samuel Change.

Il s'interrompit et me regarda en face.

— Peut-être cela te donne-t-il une idée de l'importance qu'il accordait au fait d'avoir trouvé en toi une compagne qui pourrait porter ses enfants, des enfants moins fragiles, qui naîtraient lycanthropes, comme Charles. J'ai eu largement le temps de réfléchir à notre discussion, et j'en suis arrivé à la conclusion que j'aurais aussi dû te dire tout cela. Tu n'étais pas la première à penser que Samuel était un jeune loup. (Il sourit.) Au temps où Samuel était encore humain, il n'était pas rare de voir des jeunes filles de seize ans épouser des hommes beaucoup plus vieux qu'elles. La notion de bien et de mal a beaucoup évolué, parfois trop vite pour que certains puissent s'adapter.

Est-ce que les choses auraient été différentes si j'avais su à quel point ce désir était dévorant chez Samuel ? Est-ce que la gamine affamée d'amour et idéaliste que j'étais aurait pu accepter une telle situation ? Aurais-je pu comprendre combien ces morts l'avaient blessé ?

Je ne crois pas que cela m'aurait fait changer d'avis. Je n'aurais de toute façon pas voulu épouser quelqu'un qui ne m'aimait pas. Mais je lui en aurais sûrement moins voulu. Peut-être lui aurais-je laissé un petit mot, ou téléphoné à mon arrivée chez ma mère. Peut-être même serais-je montée dans la montagne pour le lui expliquer, si je n'avais pas été aussi blessée et furieuse.

Je refusai néanmoins d'analyser mes sentiments pour Samuel à la lumière de ces révélations. C'était inutile, de toute façon, puisque je rentrerais chez moi le lendemain.

— Mais il y avait d'autres choses que je ne savais pas, non plus, reprit Bran. Parfois, j'ai tendance à croire ma propre propagande, et à oublier que, non, je ne suis pas omniscient. Deux mois après ton départ, Samuel a disparu.

— Il t'en voulait d'être intervenu dans ses affaires ?

Il secoua la tête en signe de dénégation :

— Peut-être au début. Mais nous avions réglé cela le jour de ton départ. Il était furieux, mais aussi un peu honteux d'avoir abusé de la crédulité d'une enfant. (Il me tapota la main gentiment.) Il savait ce qu'il faisait, et il savait que tu n'aurais pas été d'accord si tu avais été au courant de ses motivations, quoi qu'il en dise. Ne crois pas que c'est lui, la victime.

Ça ne risque pas, pensai-je.

— Ne t'en fais pas pour ça. Mais s'il n'était pas en colère, pourquoi s'est-il enfui ?

— Je sais que tu en sais beaucoup sur nous, après avoir passé tant de temps dans la meute, dit-il avec précaution. Mais parfois, même moi, je ne comprends pas tous les tenants et les aboutissants de la lycanthropie. Samuel a vu en toi la réponse à sa douleur, même si tu n'étais pas celle que son cœur voulait. Mais il ressentait autre chose pour toi… et je doute que lui-même en ait été conscient.

— Qu'est-ce que tu racontes ? demandai-je.

— Quand tu es partie, il s'est langui, dit-il, et l'usage de ce terme désuet semblait tellement étrange venant d'un si jeune homme. Il a perdu du poids, a sombré dans l'insomnie. Après un mois de ce régime, il passait le plus clair de son temps en loup.

— Pourquoi crois-tu qu'il était dans cet état ? lui demandai-je doucement.

— Il pleurait sa compagne perdue, rétorqua Bran. Par certains côtés, les loups-garous ne sont pas très différents de leurs cousins sauvages. Mais je me suis rendu compte de cela trop tard. Il était déjà parti sans un mot. Deux ans durant, je me suis vaguement attendu à apprendre par le journal la découverte de son cadavre dans le lit d'une rivière, comme Bryan. Mais Charles réussit à le localiser quand il a recommencé à retirer de l'argent de son compte en banque. Il avait acheté des faux papiers et s'était inscrit à l'université. (À ma connaissance, Samuel avait déjà fait des études de médecine avant de me rencontrer.) Il avait de nouveau obtenu son diplôme de médecine, et ouvert une clinique au Texas. Mais après deux ans, il est revenu parmi nous.

— Il ne m'aimait pas, objectai-je. Pas comme un homme aime une femme.

— En effet, acquiesça Bran. Mais il t'avait prise pour compagne.

Il se leva soudain et attrapa son manteau.

— Ne te mets pas la rate au court-bouillon à ce sujet. Mais il fallait que tu le saches. Profite bien de ta grasse matinée, demain.

Chapitre 7

Le lendemain matin, j'enfilai ma parka d'emprunt et allai m'acheter un burrito œuf-bacon à la station-service. C'était chaud, à défaut d'être bon, et j'avais assez faim pour pouvoir dévorer à peu près n'importe quoi.

Je décourageai du regard le jeune homme à la caisse, qui semblait avoir envie de poser des questions. Dans le coin, les gens savent qu'il vaut mieux éviter les combats de regards. Je n'étais pas un garou, mais il n'était pas obligé de le savoir, vu que lui non plus n'en était pas un. Ça n'était pas très gentil de l'intimider ainsi, mais je n'étais pas d'humeur particulièrement affable.

Il fallait que je fasse quelque chose, n'importe quoi. Or j'étais coincée là, à attendre, pour le reste de la matinée. Ce qui voulait dire que j'aurais tout le temps du monde de me ronger les sangs à propos du sort de Jesse entre les mains de ceux qui la détenaient, ou de celui de Mac, et de ce que j'aurais pu faire pour lui sauver la vie. J'allais pouvoir encore revivre la vieille humiliation d'apprendre par Bran que l'homme que j'aimais se servait de moi. J'avais envie de quitter Aspen Creek, qui me replongeait dans la solitude de mes seize ans, malgré tous mes efforts pour éviter précisément cela. Mais ayant été élevée dans le respect absolu des ordres de Bran, il m'était impossible d'y désobéir… d'autant plus quand ceux-ci étaient frappés au coin de la raison. Cela dit, rien ne me forçait à obéir avec le sourire.

Je m'en retournais vers le motel, précédée par mon souffle qui se condensait en un nuage de buée et le bruit de mes chaussures s'enfonçant dans la neige, quand j'entendis quelqu'un m'appeler :

— Mercy !

Je vis une camionnette verte se garer sur le côté opposé de la route, visiblement pour moi, mais il ne me semblait pas connaître celui qui la conduisait. En tentant d'abriter mes yeux des reflets du soleil sur la neige, je me dirigeai dans sa direction afin de voir plus en détail qui me parlait.

Quand il me vit répondre à son appel, il sortit du véhicule, et traversa la route en courant.

— Je viens à peine d'apprendre que tu étais dans le coin, dit-il. En fait, je pensais que tu serais déjà partie, sinon, je serais évidemment passé plus tôt.

La voix me disait indéniablement quelque chose, mais elle ne collait pas avec ce visage sans rides et couronné de boucles rousses. Il eut l'air surpris face à mon hésitation, et même un peu blessé, puis il secoua la tête en riant :

— Oh ! oui, j'oublie toujours. Pourtant, chaque fois que je me regarde dans le miroir, j'ai l'impression de voir un étranger, moi aussi.

La voix, ses yeux, d'un bleu pâle si délicat, me disaient quelque chose, mais ce fut son rire qui me permit de vraiment le reconnaître :

— Docteur Wallace ? Est-ce réellement vous ? demandai-je.

Il enfonça les poings dans ses poches, pencha la tête et me décocha un sourire malicieux :

— Aussi réel que la lune, Mercedes. Aussi réel que la lune.

Carter Wallace était le vétérinaire d'Aspen Creek. Non, il ne soignait pas les loups-garous, mais il y avait assez de chats, de chiens et de bétail pour qu'il ne s'ennuie pas. Il habitait juste à côté de la maison où j'avais passé mon enfance, et c'était lui qui m'avait le plus aidée lors des mois qui avaient suivi la mort de mes parents adoptifs.

Ce docteur Wallace que j'avais connu dans mon adolescence était un homme entre deux âges, qui perdait ses cheveux et devait boucler sa ceinture sous son ventre plutôt que devant. Son visage et ses mains étaient tannés par le soleil et le froid. L'homme qui se tenait devant moi était élancé et dynamique. Sa peau immaculée avait la perfection de ses vingt ans. Mais la plus grande différence ne résidait pas dans son apparence.

Le Carter Wallace d'avant était précautionneux et doux. Je l'avais vu sortir un putois d'un coin inaccessible sans que celui-ci vaporise sa terrible odeur, et calmer un cheval emmêlé dans du fil barbelé rien qu'en lui parlant. Il dégageait un sentiment de paix, et semblait aussi réel et solide qu'un chêne.

Plus maintenant. Ses yeux brillaient toujours de bonté, mais derrière se cachait une lueur prédatrice. Il transpirait la violence comme une promesse au fumet sanglant.

— Ça fait combien de temps que vous êtes loup ? lui demandai-je.

— Un an et un mois, répondit-il. Je sais, je sais, j'avais juré que je ne ferais jamais ça. J'en savais à la fois et trop et pas assez sur les loups. Mais l'an dernier, il a fallu que je prenne ma retraite, parce que mes mains s'étaient mises à me jouer des tours. (Il eut un regard angoissé pour ces dernières et se détendit un peu en les voyant obéir à ses ordres.) Ça ne m'a pas posé tant de problèmes que cela : s'il y a bien une chose qu'un vétérinaire connaît, c'est le vieillissement et la mort. Gerry a tout de même recommencé à plaider sa cause, mais je suis têtu. Il en aura fallu bien plus que Gerry et un peu d'arthrite pour me faire changer d'avis.

Gerry était son fils… et un loup-garou.

— Quoi alors ? lui demandai-je.

— Un cancer des os. (Il secoua la tête.) Trop avancé pour qu'on puisse y faire quoi que ce soit, m'a-t-on dit. Rien d'autre à faire que de rester alité des mois durant, en espérant que la mort vienne avant que la morphine cesse de faire effet. Tout le monde a un prix, et c'était la limite que je ne pouvais dépasser. Alors, j'ai demandé à Bran.

— Beaucoup de gens ne survivent pas au Changement s'ils sont trop malades, objectai-je.

— Bran affirme que je suis trop têtu pour mourir, dit-il en souriant encore, et ce sourire commençait à me déranger : il avait un côté inquiétant qui était absent de celui de l'ancien, de *mon* docteur Wallace.

J'avais oublié combien il était étrange de connaître quelqu'un avant et après le Changement, et combien le loup altérait la personnalité humaine. En particulier quand l'humain ne le maîtrisait pas parfaitement.

— J'avais espéré que je serais capable de reprendre le travail rapidement, continua le docteur Wallace. Mais Bran dit que je ne suis pas encore prêt. (Il se balança sur ses talons et ferma les yeux comme pour éviter de voir quelque chose qui m'était invisible.) C'est à cause de l'odeur du sang et de la viande. Tout va bien si rien ne saigne.

Il avait exhalé la dernière phrase dans un murmure de désir.

Il se reprit et inspira profondément, tout en me considérant de ses yeux à peine plus foncés que la neige :

— Tu te souviens, j'ai toujours dit que les loups-garous n'étaient pas très différents des autres grands prédateurs ? « Ils sont comme le grand requin blanc ou le grizzly », disait-il.

— En effet, répondis-je.

— Les grizzlys n'attaquent pas les membres de leur famille, Mercy. Ils ne sont pas sans cesse affamés de sang et de violence. (Il ferma de nouveau les yeux.) Il y a quelques jours, j'ai failli tuer ma fille parce que je n'étais pas d'accord avec ce qu'elle disait. Si Bran n'avait pas été dans le coin… (Il secoua la tête d'un air désespéré.) Je suis devenu un monstre, pas un animal. Je ne pourrai plus jamais pratiquer la médecine vétérinaire. Et ma famille ne sera pas en sécurité tant que je serai vivant.

Ce dernier mot résonna dans le silence qui s'installa entre nous deux.

Zut, zut et re-zut, pensai-je. Depuis le temps qu'il avait Changé, il aurait dû avoir plus le contrôle de lui-même. Si cela faisait un an qu'il était loup, et qu'il ne parvenait pas à se maîtriser sous le coup de la colère, il ne parviendrait jamais à se dominer assez pour survivre. Les loups incontrôlables sont éliminés, dans l'intérêt de la meute. La seule question était : pourquoi Bran ne s'en était-il pas occupé plus tôt ? La réponse était évidente : le docteur Wallace était l'un des rares humains que Bran considérait comme un ami.

— J'aurais aimé que Gerry revienne pour Thanksgiving, dit soudain le docteur Wallace. Mais je suis déjà heureux d'avoir pu te voir avant que tu repartes.

— Pourquoi Gerry n'est-il pas ici ? demandai-je.

Il était toujours par monts et par vaux pour s'occuper des affaires de Bran, mais il aurait sûrement pu revenir voir son père avant que…

Le docteur Wallace tendit la main et m'essuya la joue. Je pris alors conscience que je pleurais.

— Il a du travail. C'est à lui de veiller sur les loups solitaires qui vivent en dehors de l'influence de toute meute. C'est une mission importante.

Certes. Mais étant donné que le docteur Wallace allait bientôt mourir, sa place était plutôt à ses côtés.

— Il est souvent plus aisé de vivre que de mourir, me dit-il gentiment, en citant la devise de mon père adoptif : « Danse quand la lune chante, et ne regrette pas ce qui n'est pas encore arrivé. »

Son sourire s'adoucit et, l'espace d'un instant, je vis l'homme que j'avais toujours connu.

— Il fait froid, petite Mercy, et ce manteau ne semble pas bien efficace. Rentre te remettre au chaud, ma belle.

Je ne savais comment lui dire au revoir, alors, au lieu de cela, je lui tournai le dos et m'éloignai sans un mot.

Quand midi s'afficha à la pendule de ma chambre, je me levai et décidai d'aller chercher mon minivan, que Charles – ou Carl – avait garé devant la chambre numéro un.

Si Adam n'est pas en état de voyager, il devra rentrer avec quelqu'un d'autre. Je ne supporterai pas de rester une minute de plus par ici.

J'ouvris le coffre arrière pour vérifier le niveau d'antigel – le van avait une petite fuite que je n'avais pas encore pu réparer. Quand je refermai le capot, Samuel attendait, un gros sac de voyage en bandoulière.

— On peut savoir ce que tu fais là ? lui demandai-je avec lassitude.

— Père ne t'a pas dit ? (Il me sourit de cette manière paresseuse qui me faisait craquer à tous les coups. Je fus effarée de voir que ça marchait encore.) Je dois venir avec toi. Il faut que quelqu'un s'occupe des loups solitaires qui ont attaqué Adam, et ce dernier peut à peine se déplacer tout seul.

Je fonçai vers l'accueil avant de me rendre compte que je n'avais pas la moindre idée de l'endroit où je pouvais trouver Bran. Et aussi que Samuel avait parfaitement raison. Nous avions besoin d'aide, nom de nom !

Heureusement, la porte de la chambre numéro 1 s'ouvrit, m'évitant d'avoir à trouver une manière de m'excuser pour ma très visible contrariété.

Adam avait l'air d'avoir perdu dix kilos dans les dernières vingt-quatre heures. Il était vêtu d'un bas de survêtement emprunté au stock de vêtements de secours, et d'un blouson à Zip ouvert sur sa poitrine nue. Des ecchymoses recouvraient la plus grande partie de la peau visible en une symphonie de noirs, de bleus et de violets avec quelques pointes de rouge, mais aucune blessure ouverte n'était plus visible. S'il était ordinairement très soigné dans sa tenue et son allure, là, ses joues étaient recouvertes d'une barbe naissante et il avait les cheveux emmêlés. Il avança en boitant sur le trottoir, aidé d'une canne.

Je ne m'attendais pas à ce qu'il puisse marcher aussi tôt, et ma surprise dut se lire sur mon visage car il eut un faible sourire.

— On guérit plus vite quand on a une motivation, me dit-il. Je dois retrouver Jesse.

— On est aussi plus idiot, grommela Samuel à mes côtés, et le sourire d'Adam s'élargit, d'une manière qui n'était plus du tout joyeuse.

— Il faut que je trouve Jesse, répéta-t-il en réponse à cette évidente désapprobation. Mercy, si tu n'étais pas arrivée quand tu l'as fait, je serais mort, à présent. Je te remercie.

Je n'avais toujours pas la moindre idée de ce qu'était précisément notre relation, et ça ne s'était pas arrangé depuis que j'avais appris que Bran l'avait chargé de me surveiller, mais ça ne m'empêcha pas de le taquiner un peu : il prenait tout tellement au sérieux.

— Tu peux toujours compter sur moi pour voler à ton secours, lui dis-je joyeusement, et j'appréciai l'éclair de colère dans son regard avant qu'il se mette à rire.

Il se recroquevilla sous l'effet de la douleur, les yeux clos, et souffla :

— Bon Dieu… ne me fais pas rire !

Samuel s'était discrètement rapproché, mais se détendit en voyant qu'Adam réussissait à reprendre sans s'effondrer sa progression vers le van. J'ouvris la porte coulissante du côté passager.

— Tu préfères rester allongé ? lui demandai-je. Ou assis sur la banquette ? Je te déconseille le siège passager, il est trop difficile d'en sortir et d'y rentrer.

— Je vais rester assis, grogna Adam. Mes côtes protestent dès que je m'allonge.

Je m'ôtai de son chemin et laissai Samuel l'aider à monter.

— Mercy, entendis-je soudain dans mon dos, Bran me prenant une fois encore par surprise alors que j'étais concentrée sur l'expression du visage d'Adam.

Il apportait quelques couvertures.

— Je voulais arriver plus tôt pour te prévenir que Samuel viendrait avec toi, dit Bran en me tendant les couvertures, mais il a fallu que je règle un problème qui m'a pris plus de temps que je ne le pensais.

— Le savais-tu hier soir, que tu l'enverrais m'accompagner ? lui demandai-je.

Il sourit :

— Je savais que c'était probable, oui. Mais ce n'est qu'après avoir parlé avec Adam et clarifié certains détails que j'ai vraiment pris ma décision. J'envoie aussi Charles avec quelques loups en soutien à Chicago. (Son sourire s'élargit de manière carnassière.) Il va débusquer celui qui fabrique des loups sans y être autorisé, et le punir de manière qu'une telle situation ne se reproduise jamais.

— Pourquoi n'envoies-tu pas Samuel là-bas, et Charles pourrait m'accompagner ?

— Samuel n'a pas assez de tripes pour une mission comme celle de Chicago, observa Adam, à bout de souffle. Il était assis bien droit sur la banquette du milieu, le front couvert de sueur.

— *Samuel* est médecin, et assez dominant pour empêcher Adam de manger qui que ce soit jusqu'à ce qu'il aille mieux, répondit Samuel en descendant du van et en m'arrachant les couvertures des mains.

Le sourire carnassier de Bran s'adoucit de nouveau d'amusement :

— Cela fait longtemps que Samuel a quitté Kennewick. À part Darryl, le second d'Adam, je crois que personne là-bas ne le connaît. Jusqu'à ce qu'on en sache plus, j'aimerais autant rester discret à propos de mes investigations.

— Nous pensons que nous n'allons plus pouvoir longtemps rester cachés aux yeux des humains, renchérit Samuel, qui avait enveloppé Adam comme dans un cocon de couvertures, mais nous préférerions décider du moment où cela arrivera plutôt que de laisser un groupe de loups assassins révéler notre existence au mauvais moment.

Le choc devait se lire sur mon visage, parce que Bran éclata de rire.

— Ce n'est qu'une question de temps, confirma-t-il. Les faes ont raison. La médecine légale, les satellites, les appareils photo numériques rendent les secrets difficiles à garder. George Brown aura beau faire se reproduire tous les lévriers d'Irlande avec autant de mastiffs, ça ne ressemblera jamais à un loup-garou.

Parmi les habitants d'Aspen Creek, deux ou trois étaient spécialisés dans l'élevage et la reproduction de ce type de chiens afin d'expliquer les différentes traces et apparitions suspectes. L'un d'eux, George Brown, lui-même un loup-garou, avait remporté plusieurs trophées nationaux pour ses mastiffs. Contrairement aux chats, les chiens avaient tendance à très bien s'entendre avec les lycanthropes.

— Tu cherches un loup-garou modèle à la Kieran McBride ? lui demandai-je.

— Non, grommela Adam. Les personnes comme Kieran McBride n'ont aucune chance comme loups-garous. Nous ne sommes ni mignons ni inoffensifs. Mais il devrait être possible de trouver un héros : un policier, ou un soldat.

— Tu avais entendu parler de cette histoire ? lui demandai-je, surprise.

— Des rumeurs.

— En tout cas, ce dont nous n'avons pas besoin, c'est d'un enfoiré d'assassin qui parcourt les Tri-Cities avec une troupe de loups en laissant des cadavres derrière lui, conclut Bran.

Il planta ses yeux dans ceux de son fils et dit :

— Je veux que tu trouves cette fripouille et que tu la neutralises avant que des humains soient mêlés à tout cela, Samuel, dit-il.

Bran était la seule personne qui pouvait utiliser des mots comme « fripouille » en les faisant vraiment sonner comme de terribles insultes – il aurait dit « petit lapinou » sur ce même ton que j'aurais aussi senti la terreur me chatouiller l'échine.

Mais c'était plus le froid que la peur qui me faisait frissonner. Dans les Tri-Cities, il faisait encore des températures positives à cette époque. Il ne faisait pas particulièrement froid pour un mois de novembre dans le Montana – à titre d'exemple, quand j'inspirais, mes narines ne restaient pas collées, il faisait donc plus de dix degrés mais c'était bien moins que ce à quoi j'étais habituée.

— Qu'as-tu fait de la parka ? me demanda Bran en me voyant claquer des dents.

— Je l'ai laissée dans la chambre, répondis-je. Elle n'est pas à moi.

— Tu peux la garder.

— Je dois y aller, maintenant.

Il secoua la tête.

— Oui, il vaut mieux que tu te dépêches si tu ne veux pas geler sur place. (Il se tourna vers Samuel.) Tiens-moi au courant.

— Merci, Bran, dit Adam.

Bran sourit et m'effleura en montant à moitié dans le van pour serrer doucement la main d'Adam :

— Pas de problème.

En ressortant, il ferma la porte coulissante en donnant juste la bonne impulsion, celle qui évitait à la porte de rebondir. J'avais mis trois mois à maîtriser cet art délicat. Puis il sortit une carte de la poche de son manteau : un simple bristol blanc, avec son nom et deux numéros de téléphone en caractères noirs sans fioritures.

— Comme ça, tu peux m'appeler si tu en as envie. Celui du haut, c'est mon portable, comme ça, ça t'évitera d'avoir à parler à ma femme.

— Bran, demandai-je soudain. Pourquoi Gerry n'est-il pas ici avec le docteur Wallace ?

— Il pleurniche dans son coin, s'écria Samuel avec amertume.

Bran posa sa main sur le bras de Samuel, mais s'adressa à moi :

— Le cas de Carter est une tragédie très inhabituelle. En général, quand quelqu'un survit au Changement, mais pas à sa première année, c'est parce que l'humain ne réussit pas à dominer son loup.

— Je croyais que c'était toujours une question de contrôle, en effet, répondis-je.

Il acquiesça :

— Et tu as raison. Sauf qu'ici, le problème n'est pas le manque de contrôle, mais son excès.

— Carter ne veut pas être un loup-garou, ajouta Samuel. Il ne veut pas se laisser aller à l'instinct de la chasse et à sa nature de tueur. (Un instant, ses yeux semblèrent briller dans la lumière du matin.) C'est un guérisseur, il ne peut enlever la vie.

Oh, ça a dû être difficile à avaler, ça, n'est-ce pas, docteur Samuel Cornick ? pensais-je. Samuel n'avait jamais été un grand bavard dans mon souvenir, mais c'était peut-être aussi un effet de mon âge. Néanmoins, je me rappelais qu'il était troublé par le fait que son instinct de guérison était moins fort que celui de tuer. Il me disait qu'il prenait toujours soin de manger à sa faim avant d'opérer un patient. Pensait-il que le docteur Wallace était un meilleur homme que lui, parce qu'il refusait de vivre avec ce déchirement ?

— Et, à moins qu'il laisse le loup faire partie de lui, il ne réussira jamais à le maîtriser, conclut tristement Bran. Il est dangereux, et le devient de plus en plus à chaque lune, Mercy. Tout ce qu'il faudrait, ça serait qu'il accepte de laisser sa maudite éthique de côté juste une fois et qu'il accepte sa nature, et tout irait bien. Mais si ça n'arrive pas bientôt, ça n'arrivera pas du tout. Je ne peux me permettre de le laisser voir une autre pleine lune.

— C'est Gerry qui l'a convaincu de Changer, dit Samuel d'un ton las. Et il sait que le moment est arrivé où il va falloir se charger du cas de Carter. S'il est dans le coin, ça sera à lui de le faire, et il n'en a pas le courage.

— Je m'en chargerai, soupira Bran. Je l'ai déjà fait. (Il posa la main sur l'épaule de Samuel.) Tout le monde n'est pas aussi fort que toi, mon fils.

Il y avait tout un passé de douleur partagée dans ces mots, et je me souvins des trois enfants de Samuel qui n'avaient pas survécu au Changement.

— Monte dans le van, Mercy. Tu grelottes, dit Samuel.

Bran me saisit par les épaules et me planta un baiser sur le front, avant de tout gâcher en disant :

— Tu laisses les garçons s'occuper de tout, hein, Mercedes ?

— Ouais, sûr, répondis-je en m'écartant de lui. Prends soin de toi, Bran.

Puis je passai de l'autre côté du bus, évitant de grommeler par-devers moi uniquement parce que je savais que leurs oreilles de loups-garous n'en perdraient pas une miette.

Je démarrai le van, qui ne protesta que pour la forme, à cause du froid, et le laissai chauffer pendant que Bran finissait de dire ce qu'il avait à dire à Samuel.

— Il te connaît bien, Bran ? demanda Adam à voix basse.

Le bruit de la radio et du moteur était suffisant pour couvrir nos voix.

— Pas assez s'il croit vraiment que je vais vous laisser vous occuper de tout, grognai-je.

— C'est bien ce que j'espérais, répondit-il avec un air si satisfait que je me retournai pour le regarder. Samuel est doué, Mercy. Mais il ne connaît ni n'aime Jesse. Je ne vais pas servir à grand-chose pour le moment : j'ai besoin de toi pour prendre soin de Jesse.

La porte s'ouvrit et Samuel s'installa du côté passager.

— Papa n'a que de bonnes intentions, dit-il en me voyant tendue, et prouvant qu'il me connaissait mieux que son père. Et il a l'habitude qu'on lui obéisse quand il parle. Mais tu sais, Mercy, il a raison, d'un côté : tu n'es pas de taille à affronter des loups-garous.

— Il me semble que, jusqu'ici, elle ne s'est pas mal débrouillée, rectifia Adam avec le sourire. Elle en a tué deux en autant de jours et s'en est sortie sans la moindre égratignure.

— La chance, déclara Samuel.

— Réellement ? (Dans le rétroviseur, je vis Adam fermer les yeux tout en murmurant :) Peut-être. Mais quand j'étais dans l'armée, on s'arrangeait pour garder les soldats chanceux avec le reste de la troupe, là où on avait besoin d'eux.

— Adam veut que je l'aide à trouver Jesse, intervins-je alors que nous laissions Aspen Creek derrière nous.

De ce moment, la conversation ne fit que devenir plus conflictuelle. Adam se tut après plusieurs remarques acerbes et s'installa pour profiter du spectacle. Je n'avais pas beaucoup de souvenirs de disputes avec Samuel, mais je n'étais plus une gentille gamine de seize ans aveuglée par l'amour.

Après que j'eus clairement refusé de continuer la discussion, Samuel détacha sa ceinture et alla s'installer aux côtés d'Adam, à l'arrière.

— Ne jamais se disputer avec Mercy sur quelque chose qui lui tient à cœur, dit Adam, visiblement très amusé par tout cela. Même si elle cesse de discuter, elle fera ce dont elle a envie de toute façon.

— Tais-toi et mange quelque chose, répondit brutalement Samuel, n'ayant pas l'air d'être lui-même. Je l'entendis ouvrir le couvercle d'une glacière et sentis l'odeur du sang emplir le van.

— Miam, dit Adam sans le moindre enthousiasme. Du steak cru.

Mais il mangea, puis s'endormit. Au bout d'un moment, Samuel revint s'installer à l'avant.

— Tu n'étais pas aussi têtue dans mon souvenir, observa-t-il.

— Peut-être pas, admis-je. Mais aussi, peut-être que tu ne te sentais pas autorisé à me donner des ordres. Je n'appartiens ni à ta meute ni à celle de Bran. Je ne suis pas un loup-garou. Tu n'as pas le droit de me traiter comme si j'en étais un.

Il grogna et nous parcourûmes plusieurs kilomètres dans le silence complet.

Finalement, il dit :

— Tu as déjeuné ?

Je secouai la tête en signe de dénégation et dis :

— Je pensais m'arrêter à Sandpoint. Ça a l'air d'avoir pas mal grandi depuis la dernière fois que j'y suis passée.

— Les touristes, dit-il d'un air dégoûté. Chaque année, il y en a de plus en plus.

Je me demandai s'il se remémorait la région lorsqu'il y avait mis les pieds pour la première fois. Nous nous arrêtâmes et achetâmes assez de poulet frit pour une équipe junior de base-ball – ou pour deux loups-garous, avec quelques miettes pour moi. Adam avala de nouveau son repas avec une férocité maîtrisée, le processus de guérison consommait énormément d'énergie, et il avait besoin d'autant de protéines qu'il pouvait en manger.

Nous repartîmes une fois le repas terminé, Samuel toujours à l'avant, et je demandai :

— Que s'est-il passé le soir de ton attaque ? Je sais que tu as dû le raconter à Bran et probablement à Samuel, mais j'aimerais bien savoir.

Adam s'essuya les doigts avec la lingette fournie par le restaurant – apparemment, il n'avait pas trouvé ça bon à s'en lécher les doigts.

— J'avais convoqué la meute pour leur présenter Mac et leur raconter vos aventures contre ses geôliers.

Je lui fis signe de continuer.

— Environ un quart d'heure après le départ du dernier, à environ 3 h 30 du matin, quelqu'un frappa à la porte. Mac venait juste de reprendre forme humaine et il s'est précipité pour ouvrir.

Je le regardai dans le rétroviseur alors qu'il s'interrompait un instant, mais ne pus déchiffrer son expression.

— J'étais dans la cuisine, donc je ne sais pas exactement ce qui s'est passé, mais je dirais qu'ils lui ont tiré dessus dès qu'il a ouvert la porte.

— Ce qui était stupide, remarqua Samuel. Ils auraient dû savoir que tu entendrais les coups de feu. Même un fusil tranquillisant fait pas mal de bruit.

— Bordel... pardon, Mercy, dit-il en haussant les épaules, avant de grimacer de douleur. Bon sang, je n'ai pas la moindre idée de ce qu'ils avaient dans la tête.

— Ils l'ont tué par accident, non ? demandai-je. En y réfléchissant, un fusil à balles d'argent aurait été une arme nettement plus sûre qu'un fusil hypodermique.

— On dirait. Ça ressemblait à une réaction allergique massive à l'argent.

— Il y avait bien de l'argent dans la fléchette qu'a trouvée Mercedes ? intervint Adam. Charles avait donc deviné juste ?

— Oui, confirma Samuel. J'ai envoyé la fléchette, ainsi que le sang de Mac, pour des analyses plus poussées, mais il me semble bien qu'ils ont mélangé du nitrate d'argent, du DMSO et du Spécial K.

— Pardon ? m'étonnai-je.

— Le Spécial K, c'est de la kétamine, dit Adam. C'est devenu une drogue, mais, à la base, c'est un tranquillisant pour les animaux. Ça n'a aucun effet sur les loups-garous, en revanche. Le nitrate d'argent est utilisé en développement photo. Et le DMSO, c'est quoi ?

— Le nitrate d'argent permet aussi d'obtenir facilement une solution contenant de l'argent, ajouta Samuel, et on l'utilise pour soigner certaines infections oculaires. Je ne le conseillerais pas à un loup-garou, cela dit.

— Je n'ai jamais vu un loup-garou avec une infection de l'œil, remarquai-je, même si je comprenais où il voulait en venir.

Il me sourit, mais continua à s'adresser plus particulièrement à Adam :

— Le DMSO, c'est du diméthylsulfoxyde. Ça a des tonnes de propriétés très intéressantes, dont, en particulier, la capacité de transporter d'autres molécules à travers les membranes cellulaires.

Je tendis la main vers le soufflant d'air chaud en regardant la route. Les joints des fenêtres avaient besoin d'être remplacés et le chauffage n'était pas à la mesure du climat du Montana. Pourtant, détail amusant, je ne me souvenais pas d'avoir eu aussi froid à l'aller. Il faut croire que certains inconforts passent inaperçus quand on essaie de sauver une vie.

— Je crois qu'on avait vu ça en chimie, en première année, à la fac, dis-je. On en mettait dans de l'huile de menthol, on trempait le doigt dedans, et il prenait le goût de menthol.

— C'est bien ça, acquiesça Samuel. Donc, si tu prends ce DMSO et le nitrate d'argent, tu obtiens quelque chose qui transporte l'argent à travers toutes les cellules du loup-garou, les rendant vulnérables à l'action du tranquillisant – dans ce cas de la kétamine – puisque le métabolisme du loup-garou, qui empêche qu'elle ait le moindre effet en temps normal – est paralysé.

— Tu penses donc que Mac est mort à cause de l'argent plus que de la kétamine ? demanda Adam. Ils ne l'ont atteint que deux fois, moi ils m'ont eu au moins quatre fois, sinon plus.

— Plus ton exposition à l'argent est récente, plus la réaction est forte, expliqua Samuel. S'ils n'avaient pas passé plusieurs semaines à le remplir de nitrate d'argent, il n'y aurait eu aucun problème.

— Il est vraisemblablement assez facile de se procurer du nitrate d'argent et de la kétamine. Qu'en est-il de ce DMSO ? demanda Adam après un moment de réflexion.

— Je pourrais en obtenir : c'est disponible sur ordonnance. J'imagine qu'on peut en trouver chez les vendeurs de fournitures vétérinaires, aussi.

— Ils ont donc besoin d'un médecin, fis-je remarquer.

— Pas s'ils ont accès à des fournitures vétérinaires, répondit Samuel. Et j'imagine qu'il doit être assez facile de s'en procurer dans n'importe quelle pharmacie. Ce n'est pas le genre de substance sensible dont on garde la moindre trace. Je crains qu'ils puissent fabriquer autant de ce cocktail qu'ils le désirent sans se faire repérer.

— Formidable, dit Adam en fermant les yeux, imaginant peut-être une armée de soldats équipés de fusils hypodermiques.

— Donc ils ont tué Mac, dis-je quand je m'aperçus qu'Adam ne disait plus rien. Et ensuite ?

— Je suis sorti de la cuisine et je leur ai foncé dessus comme un imbécile, et ils m'ont criblé de fléchettes. (Il secoua la tête.) Je me suis trop habitué à être quasi invulnérable aux balles, ça m'apprendra. Quel qu'ait été leur produit, en tout cas, ça m'a assommé, et quand je suis revenu à moi, j'étais pieds et poings liés, et tellement à la masse que j'arrivais à peine à bouger la tête.

— As-tu vu de qui il s'agissait ? lui demandai-je. Je sais que l'un d'entre eux était l'humain qui accompagnait le loup-garou que j'ai tué au garage, je l'ai senti dans la chambre de Jesse.

Adam se tortilla sur son siège, en tentant de relâcher la ceinture de sécurité.

— Adam ?

La voix de Samuel était calme, mais impossible de ne pas en tenir compte. Adam hocha la tête, étirant sa nuque pour évacuer la tension.

— Merci. C'est plus dur quand je suis en colère. Oui, je connaissais l'un d'entre eux, Mercedes. Sais-tu comment je suis devenu un loup-garou ?

Cette question semblait sortir de nulle part, mais je savais qu'Adam n'était pas du genre à faire des digressions inutiles.

— Juste que ça date du Vietnam, lui dis-je. Du temps où tu appartenais aux Forces Spéciales.

— Exactement. Nous étions chargés de la reconnaissance sur les avant-postes. Ils nous ont envoyés, moi et cinq autres hommes, éliminer un seigneur de guerre particulièrement cruel. Une mission assassinat, quoi – nous avions déjà fait cela plus d'une fois.

— C'était un loup-garou ? devinai-je.

— Il nous a massacrés, dit-il en riant tristement. C'est un des siens qui l'a tué, alors qu'il était en train de dévorer ce pauvre McCoe. (Il ferma les yeux et murmura :) Je l'entends encore hurler…

Samuel et moi attendîmes en silence qu'il reprenne son récit.

— Toute la tribu du seigneur de guerre s'est enfuie en nous abandonnant. Je pense qu'ils n'étaient pas certains qu'il était vraiment mort, bien que sa décapitation eût été un indice encourageant. Au bout d'un moment – un long moment, je m'en rendis compte bien plus tard – je m'aperçus que je pouvais bouger. Tout le monde était mort, à part moi, et le soldat de troisième classe Christiansen. Nous nous aidâmes mutuellement à sortir de là, et fûmes renvoyés à la maison : Christiansen ne s'était engagé que pour le minimum, et j'imagine qu'ils ont pensé que j'avais perdu la tête, à force de délirer sur des loups. Ils nous renvoyèrent assez vite pour que l'équipe médicale n'ait pas le temps de remarquer à quelle allure nous nous remettions.

— Ça va ? s'inquiéta Samuel.

Adam frissonna et resserra les couvertures autour de lui :

— Désolé. Je ne parle pas souvent de cette histoire. C'est plus difficile que je m'y attendais. Enfin, quelques mois plus tard, un compagnon de régiment qui était rentré un peu avant moi entend parler de mon retour et vient me rendre visite. On est allés se saouler – enfin, essayer, pour moi. J'avais remarqué que, depuis quelque temps, il me fallait des quantités astronomiques de whisky pour ressentir le moindre effet. Je me détendis assez pour lui parler de cette histoire de loup.

» Et heureusement que je l'ai fait, parce qu'il m'a cru. Il a contacté un parent à lui et, à eux deux, ils ont réussi à me convaincre que j'allais me métamorphoser en créature velue et homicide à la prochaine pleine lune. Ils m'ont intégré à leur meute et m'ont permis d'apprendre à me maîtriser sans faire de mal à quiconque.

— Et cet autre rescapé de l'attaque ? demandai-je.

— Christiansen ? (Il hocha la tête.) Mes amis l'ont trouvé. Cela aurait dû être à temps, mais malheureusement, il était rentré chez lui pour découvrir que sa femme l'avait quitté pour un autre. Il a passé le pas de la porte, ses bagages étaient prêts, et sa femme et l'autre homme l'attendaient avec les papiers du divorce à signer.

— Que s'est-il passé ? demanda Samuel.

— Il les a réduits en miettes. (Son regard rencontra le mien dans le rétroviseur.) Même durant le premier mois, si la colère est assez forte, il est possible de Changer.

— Je sais, lui dis-je.

Il eut un drôle de mouvement de tête dans ma direction et continua son récit :

— En tout cas, ils réussirent à le convaincre de passer un peu de temps au sein d'une meute, qui lui apprit ce qu'il devait savoir pour survivre. Mais autant que je le sache, il n'a jamais rejoint officiellement une meute – toutes ces années, il est resté un loup solitaire.

Un loup solitaire, c'est soit un mâle qui refuse de rejoindre une meute, soit un mâle qui ne réussit pas à s'en faire accepter. En aucun cas il ne peut s'agir d'une femelle, vous ferais-je remarquer. Question condition féminine, les loups-garous n'en sont pas même au xxe siècle, sans même parler du xxie. C'est une bonne chose que je n'en sois pas un, à moins que cela soit dommage. Ils auraient bien besoin de se faire secouer.

— Christiansen était l'un des loups qui sont venus chez toi ? demandai-je.

Il acquiesça :

— Je ne l'ai ni vu ni entendu – il est resté hors de ma portée – mais je l'ai senti. Il y avait plusieurs humains et trois ou quatre loups.

— Tu en as tué deux, lui fis-je remarquer, et moi un troisième.

Je tentais de me remémorer ce que j'avais moi-même senti dans la maison, mais j'avais été trop concentrée sur la piste de Jesse. De plus, toute la meute d'Adam venait à peine de quitter les lieux, et je n'en connaissais bien qu'une infime fraction.

— Je pourrais reconnaître l'humain qui nous a agressés Mac et moi plus tôt dans la soirée, mais personne d'autre à coup sûr.

— Je suis quasiment persuadé qu'ils comptaient faire ce qu'ils avaient à faire sans que j'aie le temps d'intervenir, mais tout leur plan a complètement foiré, reprit Adam. D'abord, ils ont tué Mac. Ils voulaient visiblement le récupérer, d'après ce qu'il s'était passé à ton garage, mais je ne pense pas qu'ils voulaient le tuer, et encore moins chez moi.

— Ils ont laissé son corps sur le seuil de chez moi, dis-je.

— Vraiment ? s'étonna Adam. En guise d'avertissement ?

Je le vis analyser cette partie de l'histoire et en arriver à comprendre le même message que moi : « Reste en dehors de tout ça si tu ne veux pas mourir. »

— En tout cas, c'était bien pensé pour se débarrasser d'un cadavre imprévu, remarquai-je. Quelqu'un a déposé le cadavre en voiture devant chez moi et est reparti avant que j'aie eu le temps d'ouvrir la porte. Il restait quelques personnes chez toi, qui se sont enfuies aussi vite que si le diable était à leurs trousses en emmenant Jesse. Je suis arrivée chez toi à temps pour tuer le dernier loup-garou contre lequel tu te battais. (Je tentai d'évaluer l'heure des événements.) Je dirais que c'était dans les quatre heures et demie du matin, approximativement.

Adam se frotta le front d'un air las. Samuel demanda :

— Alors donc, ils ont flingué Mac, flingué Adam, puis attendu que Mac meure. Ils ont déposé le cadavre devant chez toi, puis Adam s'est réveillé, alors ils ont enlevé Jesse et se sont enfuis, laissant trois loups derrière eux pour achever leur mission – qui était de tuer Adam ? Mais alors, pourquoi kidnapper Jesse ? Ils n'étaient sûrement pas censés mourir, ces loups…

— Le premier loup que j'ai combattu était vraiment récent, dis-je en réfléchissant. Si c'était le cas pour les autres, peut-être se sont-ils un peu excités, et les autres se sont enfuis parce qu'ils ne réussissaient pas à les maîtriser ?

— Christiansen n'est pas un jeune loup, objecta Adam.

— L'un des loups était une femme, lui dis-je. Celui que j'ai tué était d'un beige un peu plus foncé que celui de Leah. L'autre avait une robe plus classique, dans les gris et blanc. Je n'ai pas souvenir de taches particulières.

— Christiansen est d'un roux doré.

— Sont-ils donc venus pour kidnapper Jesse, ou son enlèvement était-il un effet collatéral de leur foirade et une manière d'en tirer un bénéfice quelconque ?

— Jesse, dit Adam d'une voix rauque. (Quand je le regardai, je me rendis compte qu'il n'avait pas entendu la question de Samuel.) Je me suis réveillé en entendant Jesse crier, je m'en souviens, maintenant.

— En arrivant dans ton salon, j'ai trouvé une paire de menottes brisées. (Je ralentis pour ne pas coller à l'arrière du camping-car qui grimpait difficilement la pente sur laquelle nous roulions. Ce ne fut pas un ralentissement très significatif.) Des menottes en argent – et le sol était recouvert de verre cassé, de loups-garous morts et de meubles disloqués. Je suppose que les menottes que tu avais aux chevilles devaient se trouver là-dedans. (Une idée me vint à l'esprit.) Peut-être sont-ils juste venus pour récupérer Mac et pour punir Adam de l'avoir recueilli ?

Samuel secoua la tête en signe de dénégation :

— À toi, oui, Mercy, on peut envisager que l'on te laisse un avertissement ou que l'on veuille te donner une leçon. Mais une meute de jeunes loups, surtout s'ils sont chapeautés par un loup expérimenté, ne va pas s'amuser à mettre un Alpha en rogne juste pour le « punir » de s'être mêlé de ce qui ne le regardait pas. Ne serait-ce que parce que je ne vois pas de meilleur moyen d'énerver vraiment le Marrok, mais aussi parce que Adam lui-même n'est pas juste l'Alpha du bassin du Columbia, mais aussi l'un des plus puissants des États-Unis, à part moi, bien sûr.

Adam grogna, agacé par l'affirmation de Samuel.

—Nous n'avons pas assez d'informations pour véritablement deviner ce qu'ils voulaient. Mac est mort, mais était-ce accidentel ou voulu ? Ils m'ont quasiment tué et ils ont enlevé Jesse. Le fait que tu aies reconnu l'humain laisse penser que cela a effectivement à voir avec l'histoire de Mac – et la présence de Christiansen, que cela a à voir avec moi. Et je n'ai pas la moindre idée de ce que Mac et moi pouvons bien avoir en commun.

—Mercy, remarqua Samuel.

—Oui, c'est vrai, j'ai complètement oublié de te dire qu'après mon départ j'avais rejoint la société secrète des méchants, l'interrompis-je, exaspérée. Je suis actuellement en train d'essayer de monter un harem de loups-garous virils et musclés. Je t'en prie, quoi ! Je te rappelle que je ne connaissais pas Mac avant qu'il me tombe dans l'escarcelle, et cela s'est passé *après* que les méchants eurent fichu sa vie en l'air.

Samuel, ravi de me voir aussi bien mordre à l'hameçon, me tapota la cuisse.

C'est par un pur hasard que j'aperçus les yeux d'Adam se rétrécir puis passer du chocolat à l'ambré en voyant la main de Samuel avant de reporter mon regard sur la route pour m'assurer que le camping-car n'avait pas encore ralenti. Quatre autres voitures composaient le cortège qui grimpait le long de la montagne.

—Ne la touche pas, murmura Adam. (Sa voix était légèrement menaçante, et il dut s'en rendre compte puisqu'il ajouta :) S'il te plaît.

Ces derniers mots me firent ravaler la réplique acerbe que j'étais sur le point de proférer, car ils me rappelèrent qu'Adam se relevait à peine de ses blessures et ne contrôlait pas encore parfaitement son loup. La conversation que nous avions n'était pas précisément de celles qui lui auraient permis de se calmer.

Mais ce n'était pas de ma grande gueule que j'aurais dû me méfier.

Samuel déplaça sa main jusqu'à ce qu'elle chevauche entièrement ma cuisse et la pressa, pas assez pour faire mal. Je ne suis pas sûre qu'Adam l'aurait même remarqué si Samuel n'avait pas en même temps émis un semi-grondement de défi venant du fond de la gorge.

Je ne pris même pas la peine d'attendre la réaction d'Adam. D'un coup de volant brutal, je me garai sur le bas-côté en freinant à fond. Défaisant ma ceinture de sécurité, je me retournai vers le regard jaunâtre d'Adam. Il haletait aussi bien à cause de la provocation de Samuel que de la douleur causée par ce freinage un peu brutal.

— Toi, lui dis-je fermement, tu restes là.

Parfois, à condition d'être assez ferme, même les Alphas obéissent aux ordres. Surtout quand on leur ordonne de rester tranquilles alors qu'ils ont trop mal pour bouger.

— Et toi, dis-je en me retournant vers Samuel, dehors, immédiatement.

Je dégageai vivement ma cuisse de sous sa main et sautai du van, évitant de justesse qu'un camion en arrache la porte en passant.

Je n'étais pas bien sûre que l'un ou l'autre m'écouterait, mais au moins n'aurais-je pas à conduire entourée de deux loups-garous qui ne pensaient qu'à s'écharper. Pourtant, Samuel ouvrit effectivement sa portière alors que je passais devant le capot. Il se retrouva à mes côtés avant même que j'aie eu le temps de faire plus de cinq ou six pas, laissant toutes les portes du van fermées.

— Non, mais qu'est-ce qui t'a pris ? hurlai-je pour couvrir le bruit de la circulation. (Bon, d'accord, aussi parce que j'étais furieuse.) Je croyais que ton rôle, c'était d'éviter que qui que ce soit défie Adam tant qu'il ne serait pas prêt, pas de t'en charger toi-même !

— Tu ne lui appartiens pas, répondit-il vivement, en faisant claquer ses dents blanches.

— Mais bien sûr que non ! (Je soufflai, exaspérée et aussi un peu désespérée.) Mais à toi non plus, hein ! Nom d'une pipe, Sam, il ne te disait pas que je lui appartenais, mais qu'il avait le sentiment que tu envahissais son territoire. Il te demandait un service, là. (On aurait dû me décerner un diplôme en psychologie lycanthrope. En tout cas, je trouvais que j'aurais mérité une récompense pour le fait de supporter toutes ces idioties.) Ça n'était pas un défi, crétin. Il essaie de maîtriser son loup après être passé à deux doigts de la mort. Deux loups mâles dépourvus de compagne deviennent toujours territoriaux en présence d'une femme, tu le sais aussi bien, sinon mieux que moi. Et toi qui es censé tout contrôler, voilà que tu te comportes de manière encore plus grotesque que lui.

Samuel ne répondit pas immédiatement, se balançant sur ses talons – un signe certain qu'il était sur le point de jeter l'éponge.

— Tu m'as appelé Sam, dit-il d'une voix étrange qui m'effraya autant que l'odeur de violence que je sentais toujours sur lui, parce que je ne savais pas ce qui le faisait agir ainsi. Le Samuel que j'avais connu était plutôt tranquille. Je commençais néanmoins à penser que je n'étais pas la seule de nous deux à avoir changé toutes ces années durant.

Je ne sus que répondre. Je ne voyais pas en quoi le fait de l'appeler Sam avait quoi que ce soit à voir avec nos histoires, alors je pris le parti de ne pas relever sa remarque.

— Comment peux-tu l'aider à se contrôler si toi-même tu n'y arrives pas ? Sans rire, c'est quoi, ton problème ?

Samuel était normalement excellent dans le domptage des eaux tempétueuses. L'un de ses rôles était d'apprendre aux jeunes loups la maîtrise afin qu'ils soient autorisés à vivre. Ça n'était pas par hasard que la plupart des loups avaient une névrose du contrôle absolu, à l'exemple d'Adam. Je ne savais que faire d'Adam – tout ce que je savais, c'est que nous ne retournerions pas dans le van tant que Samuel ne m'aurait pas dit ce qui le tracassait et le rendait si nerveux.

— C'est pas juste que tu es une femelle, grommela-t-il enfin, et je faillis même ne pas l'entendre à cause du bruit de deux motos qui nous dépassaient.

— C'est quoi, alors ? lui demandai-je.

Je me rendis compte en voyant son air blessé qu'il n'avait en fait pas l'intention que je l'entende.

— Mercedes… Mercy. (Il détourna son regard de moi, contemplant la pente comme si les pâturages en contrebas recélaient en leur sein un secret qu'il voulait connaître.) Je suis à peu près aussi agité qu'un chiot, là. C'est toi qui me bouffes toute ma maîtrise de moi-même.

— C'est *ma* faute ? demandai-je d'un air incrédule.

Le fait qu'il me fiche une frousse de tous les diables n'y faisait rien : je n'allais pas en plus être responsable de son comportement.

De manière tout à fait inattendue, il éclata de rire. Et l'air qui était lourd de colère sous-jacente, de violence extrême et de dominance s'allégea soudain. Je retrouvais mon bon vieux Samuel, avec son odeur boisée qui me rappelait la maison.

— Reste ici un peu à profiter de la bonne odeur du diesel, me dit-il alors qu'une camionnette de livraisons passait en dégageant un épais nuage de gaz d'échappement. Donne-moi juste quelques minutes pour assainir l'ambiance avec Adam avant de nous rejoindre. (Il se dirigea vers le van.) Je te ferai signe.

— Pas de violence ? m'assurai-je.

La main sur le cœur, il s'inclina :

— Je te le promets.

Cela prit un certain temps, et je commençais à m'inquiéter, mais, au bout d'un moment, il finit par ouvrir la porte et m'appeler. Il ne pouvait baisser la fenêtre, car elle était à commande électrique et c'était moi qui avais les clés. Pour des raisons que je n'avais pas encore élucidées, on ne pouvait en descendre qu'une à la fois, même lorsque le moteur tournait.

Je me glissai sur le siège conducteur et regardai discrètement Adam – mais il avait les yeux fermés.

Chapitre 8

Dès que j'eus récupéré le signal sur mon portable, j'appelai Zee.

— Qui est à l'appareil ? demanda-t-il.

— Mercy, lui répondis-je.

— Tu avais oublié de me dire que la pièce était pour le minibus du *vampire*, me reprocha-t-il.

Je me passai la main sur le visage.

— Je ne pouvais pas me permettre de payer le même pourcentage que toi.

Dans le bassin du Columbia, qui englobait Richland, Kennewick et Pasco, ainsi que les plus modestes villes alentour comme Burbank et West Richland, chaque entreprise que les vampires considéraient comme étant sous leur juridiction (c'est-à-dire toutes celles tenues par des êtres surnaturels trop faibles pour se défendre contre eux) devait leur payer une certaine somme en guise de protection. Et oui, comme la Mafia, la seule chose dont les vampires protégeaient, c'étaient d'eux-mêmes.

— On s'est mis d'accord : à la place, je répare leurs voitures, et ils me paient juste pour les pièces. Comme ça, ils sauvent la face et, moi, je n'ai qu'à réparer le van de Stefan et, parfois, une Mercedes ou une BMW. Stefan est plutôt sympa pour un vampire.

J'entendis Samuel gronder dans le siège à ma droite.

— C'est bon, le tranquillisa Adam. On garde l'œil sur elle. Et elle n'a pas tort : Stefan est plutôt sympa pour un vampire. Il paraît qu'il fait des petites manœuvres d'interférence pour éviter que les vampires viennent l'ennuyer.

Je n'avais jamais eu conscience du fait que les vampires cherchaient à m'ennuyer, et encore moins que Stefan en avait assez à faire de moi pour les en empêcher.

— Je ne savais pas ça, repris Zee, qui avait visiblement entendu Adam à travers le téléphone. (Il eut un moment d'hésitation.) Les vampires sont des oiseaux de mauvais augure, Mercy. Moins tu les fréquentes, mieux tu t'en porteras – et leur envoyer un chèque tous les mois par la poste est bien plus sûr que de les fréquenter face à face.

— Je n'en ai pas les moyens, lui répétai-je. Je dois toujours payer la banque, et ça ne s'arrêtera pas avant que j'aie le même âge que toi.

— Bon, c'est pas grave, admit-il enfin. De toute façon, je n'ai pas eu affaire à lui. Ton nouveau fournisseur s'est trompé dans la pièce. Je la leur ai renvoyée, avec un petit appel à leur directeur des ventes. La bonne pièce devrait arriver vendredi – ils ne pouvaient pas faire mieux avec Thanksgiving, demain. J'ai appelé le numéro sur la fiche du vampire et laissé un message. C'est quoi ce vampire qui a la chanson de Scoubidou sur son répondeur ? (Sa question était rhétorique, puisqu'il continua sur sa lancée :) Et une femme est venue, elle a dit que c'était ton ami *Politzei* qui l'avait envoyée.

Je me massai les tempes. J'avais complètement oublié la nana de Tony.

— As-tu réussi à déterminer ce qui clochait avec sa voiture ?

— Mercy ! s'écria-t-il d'un air outragé.

— Excuse-moi, je ne voulais pas t'insulter. Est-ce que ça valait le coup de réparer ?

— La gaine du câble électrique était fichue, dit-il. Mercy…

Je souris, parce que j'avais vu l'effet de cette femme sur monsieur Tony « Je suis marié avec mon métier ».

— Tu l'aimes bien, pas vrai ? lui dis-je.

Il grogna.

— Tu lui as fait un devis ?

— Je ne lui ai encore rien dit, dit-il. Y a « pauvre et fière » marqué sur son front. Elle n'a pas voulu que je les ramène, alors elle est repartie chez elle à pied avec ses gamins. Elle n'a pas de numéro privé, juste un téléphone professionnel.

Je rigolai dans mon coin. Il y avait bien plus d'une seule raison pour laquelle Zee n'avait pas la fortune que les faes les plus âgés amassaient en général. Moi-même, je ne serai probablement jamais riche non plus.

— OK. Quel arrangement tu as concocté, alors ?

— J'ai appelé le *Politzei*, répondit-il.

Il connaissait parfaitement le nom de Tony ; il l'appréciait, même s'il faisait tout pour le cacher. C'est simplement qu'il trouvait imprudent de fréquenter les autorités humaines de trop près. Ce en quoi il n'avait pas tort, mais je ne suis pas toujours un parangon de sagesse. Si c'était le cas, je ne serais pas en train de transporter deux loups-garous dans mon van.

— Il a dit quoi ?

— Il a dit qu'elle avait un grand fils qui cherchait du travail pour après l'école.

Je le laissai continuer : c'était trop amusant de l'entendre parler d'un air dégoûté. Il adorait jouer les vieux grincheux, mais il avait un cœur en guimauve.

— Avec le départ de mon Tad, tu aurais bien besoin d'un peu d'aide.

Avec la mort de Mac aussi. Je n'eus soudain plus envie de taquiner Zee.

— C'est bon, Zee. Si tu lui parles, dis-lui que son fils pourra travailler au garage pour payer la facture, et que, s'il fait ses preuves, il aura la place de Tad. J'imagine que tu as déjà réparé la voiture ?

— *Ja*, dit-il. Il faudra que tu en parles toi-même à la dame, cela dit, à moins que tu aies besoin de moi demain. Elle travaille de jour.

— Non, je n'aurai pas besoin de toi : demain, c'est Thanksgiving, je vais fermer. D'ailleurs, peux-tu mettre une pancarte à la fenêtre ?

— Pas de problème. (Il hésita.) J'ai peut-être une piste pour Jesse. Je m'apprêtais d'ailleurs à t'appeler. L'une de ces faes qui vit encore dans le secret m'a dit qu'elle pouvait peut-être nous aider, mais qu'elle ne me dirait rien si tu n'étais pas là.

« Qui vit encore dans le secret » pouvait signifier deux choses : soit que les Seigneurs Gris ne l'avaient pas repérée, soit qu'elle faisait partie des faes puissants et terrifiants.

Cette fois, ce fut Adam qui gronda. C'est ça, la joie d'avoir une conversation privée au téléphone en compagnie de loups-garous. Bizarrement, cela me dérangeait nettement moins quand c'était moi qui laissais traîner mes oreilles là où elles n'avaient rien à faire.

— On est à peu près à une heure de la maison, dis-je. Tu penses pouvoir organiser une rencontre avec elle ce soir, là où elle voudra ?

— D'accord, dit-il en raccrochant.

— Vous avez tout entendu ? demandai-je.

— Adam ne peut pas y aller, dit fermement Samuel. Non, Adam, tu sais parfaitement que ça ne serait pas une bonne idée.

Ce dernier soupira :

— D'accord. Je suis même bien conscient qu'on ne doit pas me laisser seul. Mais je veux que Mercy y aille. On pourrait appeler Darryl pour que…

Samuel leva la main pour l'interrompre :

— Mercy, demanda-t-il, qu'est-ce qui t'a fait ramener Adam jusque dans le Montana au lieu d'appeler la meute à l'aide ?

— C'est idiot, répondis-je.

— Peut-être, mais dis-le tout de même.

— J'étais en train d'essayer de contacter Darryl et, soudain, je l'ai mal senti. Je me suis souvenue d'un bout de la conversation qu'on avait eue plus tôt ce soir-là avec Ben et Darryl, mais rétrospectivement, ça ne me semble pas si important.

— Et qu'est-ce que Ben et Darryl faisaient, à discuter avec toi ? demanda Adam de cette voix doucereuse qu'il utilisait pour convaincre ses interlocuteurs qu'il n'était pas en colère.

— Je me débrouille très bien toute seule, Adam, lui rappelai-je. Je sortais les poubelles, et je suis tombée sur eux. Tout ce que Darryl a fait, c'est de dire à Ben de cesser de m'ennuyer. Il a dit : « Pas maintenant. » Je ne sais pourquoi je me suis mis dans la tête que ça signifiait qu'il savait ce qui allait se passer.

— Tu t'es d'abord sentie mal à l'aise, dit Samuel, avant de trouver à cela une raison stupide.

— Oui, dis-je, sentant mon visage rougir.

— Et maintenant, qu'est-ce que tu ressens par rapport à la meute ?

J'ouvris ma bouche, et la refermai aussitôt.

— Bon sang. Y a quelque chose qui ne va pas. Je ne pense pas qu'on doit ramener Adam dans la meute tant qu'il ne pourra pas se défendre par lui-même.

Samuel s'enfonça dans son siège avec un petit sourire satisfait.

— Quoi ? dis-je.

— Tu as remarqué quelque chose, répondit Adam. Une odeur, un indice chez moi qui te fait penser que la meute est impliquée dans l'histoire. L'instinct. (Il avait l'air lugubre.) Je me suis dit que c'était étrange qu'ils arrivent aussi tôt après le départ de mes loups.

Je secouai la tête :

— Écoute, je n'en sais rien.

— Nous n'allons tuer personne, dit Samuel. Pas en se fondant sur ton instinct, en tout cas – mais un peu de précautions ne fait pas de mal. Rappelle ton ami. On va remettre la rencontre avec son informateur à demain, ainsi Adam aura assez de contrôle et pourra y aller seul.

— Non, répliqua Adam.

— Sûrement pas. (C'était étrange de ne pas me disputer avec Adam.) Le plus vite on retrouvera Jesse, le mieux ce sera.

— Je ne peux pas être à deux endroits à la fois, dit Samuel, et il est hors de question que je te laisse affronter seule on ne sait quelle fae.

— Nous devons trouver Jesse, insistai-je.

— C'est ma fille, la priorité.

Samuel se tourna vers Adam :

— Y a-t-il un loup dominant dans ta meute à qui tu fasses confiance ? Un qui n'a pas l'intention de devenir chef de meute ?

— Warren.

Adam et moi avions prononcé son nom en même temps. Warren, c'était mon préféré de la meute d'Adam, et le seul loup dont je recherchais la compagnie. Je l'avais rencontré peu de temps après mon installation dans les Tri-Cities, alors même que je n'étais pas au courant de l'existence d'une meute dans les environs.

Je n'avais pas croisé de loup-garou depuis que j'avais quitté le Montana, et je ne m'attendais particulièrement pas à en trouver un derrière le comptoir d'une station-service dont il assurait le service de nuit. Il m'avait regardée d'un air méfiant, mais comme la boutique était pleine de monde, il avait accepté mon paiement sans mot dire. J'avais récupéré ma monnaie en le remerciant d'un sourire et d'un hochement de tête.

À partir de ce moment-là, nous avions plutôt essayé de faire comme si l'autre n'existait pas, jusqu'au jour où une femme au visage orné d'un œil au beurre noir tout frais rentra pour payer l'essence que son mari mettait dans la voiture. Elle donna l'argent à Warren, serra un peu plus fort la main du petit garçon qui l'accompagnait, et demanda s'il y avait une porte à l'arrière qu'elle pouvait utiliser.

Il sourit gentiment et emmena les deux pauvres êtres terrorisés dans un bureau que je n'avais jamais remarqué, à l'arrière du magasin. Il me confia la caisse, sortit et alla dire quelques mots à l'homme à la pompe. À son retour, il avait deux cents dollars en espèces pour elle, et son mari démarrait sur les chapeaux de roue, en signe de colère ou de terreur.

Warren et moi restâmes avec les deux réfugiés, jusqu'à ce que la dame qui gérait le refuge pour femmes battues du coin vienne les récupérer. Après leur départ, je me tournai vers lui et me présentai enfin.

Warren était un gars bien, un héros. C'était aussi un loup solitaire. Il lui fallut pas mal de temps pour m'en avouer la raison.

Peut-être ailleurs, ou à une autre époque, le fait qu'il soit homosexuel n'aurait eu aucune influence. Mais la plupart des loups-garous américains étaient nés à une époque où l'homosexualité était un anathème, parfois punissable de mort.

L'un de mes professeurs m'avait raconté que le dernier acte officiel de la monarchie britannique avait été le refus de la reine Victoria de signer une loi qui rendrait les actes sexuels entre personnes du même sexe illégaux. Cela aurait pu me la faire respecter un peu plus, sauf que la raison de son refus, c'était qu'elle n'arrivait pas à imaginer que des femmes puissent se livrer à de tels actes. Le Parlement réécrivit donc la loi afin qu'elle ne concerne plus que les hommes, et elle accepta de la signer. La reine Victoria n'était pas un parangon de modernité ni de tolérance, pas plus – comme j'ai pu déjà le constater – que les meutes de loups-garous.

Il était hors de question pour Warren de rester dans le placard, en tout cas parmi les loups-garous. Comme en témoignait l'affrontement entre Adam et Samuel quelques heures plus tôt, les lycanthropes sont très doués pour sentir l'excitation sexuelle. Pas seulement les odeurs, mais aussi la température qui monte et le rythme cardiaque qui s'accélère. L'excitation chez les loups-garous a tendance à faire ressortir l'instinct combatif chez tous les mâles alentour.

Il va donc sans dire qu'un loup mâle attiré par les autres loups mâles a tendance à se retrouver impliqué dans beaucoup de bagarres. Qu'il ait survécu si longtemps en disait long sur son art du combat. Mais la meute n'accepte pas les loups qui amènent trop d'ennuis, alors il avait passé le plus clair de son siècle de vie complètement coupé de ses pairs.

C'était moi qui avais présenté Warren à Adam, à peu près à l'époque où ce dernier avait emménagé derrière chez moi. Warren était venu dîner, et nous étions en train de rire à propos de je ne sais plus quoi quand l'un des loups d'Adam s'était mis à hurler. Je n'oublierai jamais son expression de profonde affliction.

Je n'avais cessé de l'entendre dans mon enfance : les loups sont faits pour vivre en meute. Je n'arrivais pas réellement à le comprendre, mais l'expression de Warren me confirma que la solitude du loup n'était pas quelque chose d'anodin.

Le lendemain matin, j'avais frappé à la porte d'Adam. Il m'avait poliment écoutée, et accepté le bout de papier où j'avais noté le numéro de Warren. J'étais partie persuadée d'avoir échoué dans ma tentative.

C'était Warren qui m'avait raconté la suite des événements. Adam l'avait convoqué chez lui et interrogé deux heures durant. À l'issue de l'entretien, il avait dit à Warren qu'il se fichait qu'un loup baise des canards tant qu'il obéissait aux ordres. Peut-être pas exactement en ces termes, si je devais me fier au sourire de Warren quand il me raconta cela. Adam utilise la grossièreté comme toutes ses armes : rarement, mais avec un effet certain.

J'imagine qu'on puisse trouver étrange que Warren soit le meilleur ami d'Adam, alors que Darryl est mieux placé dans la hiérarchie. Mais ce sont tous les deux des héros, ils se ressemblent comme deux gouttes d'eau – sauf qu'Adam n'est pas gay.

Le reste de la meute ne fut pas submergé de joie à l'arrivée de Warren. Le fait que la plupart des loups d'Adam soient plus jeunes que lui rendit la tâche un peu plus facile : depuis l'ère victorienne, la situation s'était nettement améliorée dans les esprits. Sans compter que personne dans la meute ne tenait spécialement à défier Adam. Ou Warren, d'ailleurs.

Jamais Warren ne trahirait Adam. Sans ce dernier, il n'aurait pas de meute.

—Je vais l'appeler, dis-je, soulagée.

Il décrocha à la deuxième sonnerie.

— Ici Warren. Mercy, c'est toi ? Où es-tu ? Sais-tu où sont Adam et Jesse ?

— Adam a été bien amoché. Par les mêmes que ceux qui ont enlevé Jesse.

— Dis-lui de n'en parler à personne, intervint Samuel.

— Qui parle derrière toi ? demanda Warren, d'un ton plus froid.

— Samuel, lui répondis-je. Le fils de Bran.

— C'est une mutinerie ? demanda Warren.

— Non, répondit Adam de la banquette arrière. En tout cas, pas de la part de Bran.

— Excusez-moi, mais c'est *moi* qui suis au téléphone, là, protestai-je. Cela vous dérangerait-il de faire *semblant* de croire qu'il s'agit d'une conversation privée ? Toi aussi, Warren, cesse d'écouter les personnes qui se trouvent dans mon van.

— Ça marche, répondit-il. (La réponse d'Adam lui avait fait reprendre son habituel et chaleureux accent du sud du Texas.) Comment vas-tu, Mercy ? demanda-t-il gentiment. (Mais ensuite il reprit d'un ton plus acide :) As-tu entendu parler de cette nouvelle incroyable : des gens ont pénétré la demeure de notre Alpha et enlevé ce dernier et sa fille ? Et il semblerait que le seul indice quant à ce mystère soit un message sur le téléphone de cette *maudite* sorcière russe ? Un message qu'elle a refusé de faire entendre à qui que ce soit ? La rumeur dirait en outre que ce message viendrait de toi et, ô coïncidence, il s'avère que tu as disparu.

Samuel s'enfonça dans le siège et ferma les yeux :

— Dis-lui que tu lui raconteras tout en personne.

J'eus un sourire de madone.

— Je vais chaque jour mieux, Warren, merci de t'en inquiéter. Le Montana est très joli, mais je ne le recommande pas en dehors du ski en cette saison.

— Ça fait vingt ans que je n'ai pas mis un pied sur une planche, maugréa Warren, mais il semblait un peu plus détendu. Adam s'est-il mis au ski lors de ce petit séjour ?

— Il a des skis, répondis-je, mais il n'était pas en état cette fois-ci. Je ramène un médecin avec moi, mais nous devons sortir ce soir, et nous nous demandions si tu pouvais jouer les infirmiers pour lui.

— Avec plaisir, répondit Warren. Je ne devais de toute façon pas travailler ce soir. C'est donc vrai, Jesse a bien été enlevée ?

— Oui. Et pour le moment, tu dois aussi garder cela pour toi.

— Je suis passé par chez vous en rentrant du travail ce matin, fit Warren d'un ton hésitant. Il y a pas mal d'activité là-bas. Je crois que c'est juste la meute qui garde un œil sur la situation, mais si tu veux les éviter, ce serait peut-être une bonne idée que vous dormiez tous chez moi.

— Tu crois vraiment que la meute est derrière tout ça ? demanda Adam.

Warren eut un rire désenchanté :

— Qui, crois-tu, me dirait ce genre de choses ? Darryl ? Auriele m'a bien appelé pour me dire que tu avais disparu, mais sans toi, les femmes aussi sont un peu hors du coup. Le reste de la meute est censé vous rechercher, tous les trois, mais c'est tout ce que je sais. Combien de temps doit-on garder le secret ?

— Un jour ou deux, répondit Adam d'un ton neutre, mais son message en disait bien assez long à Warren.

— Venez chez moi, reprit ce dernier. Je ne pense même pas qu'à part toi et Mercy qui que ce soit sache où je vis. J'ai assez de place pour tout le monde – enfin, à moins que je n'en aie pas entendu certains de ton côté de la ligne.

Chacune des Tri-Cities a sa personnalité, et c'est à Richland que la fièvre de l'âge atomique déclinant est la plus sensible. Quand le gouvernement a décidé de fabriquer du plutonium à usage militaire à cet endroit, il a bien fallu construire une ville autour. Cette ville est donc composée de vingt-six types différents de bâtiments parsemés sur toute sa surface et destinés à loger les travailleurs de l'industrie du nucléaire. Chacun de ces types de maison portait une lettre de l'alphabet en guise de nom, de A à Z.

Je ne suis pas capable de tous les identifier, mais les grands duplex A et B sont faciles à reconnaître. Les maisons A ressemblent vaguement aux corps de ferme que l'on trouve à l'est du pays : deux étages rectangulaires et sans fioritures. Les maisons B sont des rectangles, mais sur un seul niveau. La plupart ont subi quelques modifications : un porche ajouté, un duplex transformé en maison individuelle ou l'inverse. Mais qu'importent leurs rénovations, elles dégagent un air de simplicité brute qui ressort même à travers toutes les façades en brique, les terrasses et les boiseries de cèdre.

Warren partageait un duplex A, et sa moitié de pelouse était envahie par un énorme érable. Je le vis attendre sous le porche alors que j'arrivais dans sa rue. La première fois que je l'avais rencontré, il avait une sorte de look miteux du genre « revenu de tout ». Son copain du moment l'avait convaincu de se couper les cheveux et de mettre plus de soin dans ses vêtements. Son jean n'était pas troué et sa chemise avait été repassée dans un passé assez récent.

Je réussis à me garer juste devant chez lui. Dès que je coupai le contact, il descendit les marches du porche et ouvrit la porte coulissante du van.

Il évalua l'état d'Adam d'un rapide coup d'œil.

— Tu m'as dit que cela s'était passé la nuit d'avant-hier ?

— Ouaip.

Son accent était si prononcé qu'il m'arrivait de l'attraper – bien que je n'aie jamais mis les pieds au Texas.

Warren glissa ses pouces dans les poches de son jean et se balança nonchalamment sur les talons de ses santiags.

— Bah dis donc, patron, reprit-il d'une voix traînante, on va s'estimer heureux que tu sois vivant, on dirait…

— Je m'estimerais heureux si tu trouvais un moyen de m'aider à m'extraire de là, gronda Adam. Je me sentais à peu près bien ce matin, mais le confort de cette banquette laisse beaucoup à désirer…

— Tout le monde ne peut pas avoir une Mercedes, répliquai-je d'un ton léger, étant à présent bien au-delà de tout ça. Warren, je te présente le docteur Samuel Cornick, le fils de Bran, qui est descendu nous donner un coup de main.

Warren et Samuel s'évaluèrent comme deux cow-boys dans un western des années 1950. Puis, en réponse à un signal invisible à mes yeux, Samuel tendit la main en souriant :

— Ravi de te rencontrer, dit-il.

Warren ne répondit rien, mais il serra fermement la main de Samuel et tout en lui indiquait qu'il appréciait la cordialité de l'accueil.

Puis, s'adressant à Adam, il dit :

— Je crains qu'il soit plus simple de te porter, patron. On a l'escalier du porche, et tous ceux pour arriver à la chambre au premier étage.

Adam se renfrogna, mais accepta de mauvaise grâce :

— D'accord.

Cela semblait étrange de voir Warren porter Adam car ce dernier, bien que pas très grand, était plutôt large d'épaules, alors que Warren avait plus un physique de marathonien.

C'était le genre de choses que les loups-garous évitaient de faire en public.

Je leur tins la porte ouverte, mais restai avec Samuel dans le salon pendant que Warren transportait Adam jusque dans sa chambre.

La partie de duplex qu'occupait Warren était plus vaste que mon mobil-home, mais, entre l'escalier et l'exiguïté des pièces, ma maison me semblait toujours plus spacieuse. Il avait confortablement meublé la maison dans des brocantes avec des bibliothèques remplies de toutes sortes de livres, des essais scientifiques aux romans de deuxième main portant encore l'étiquette du bouquiniste sur leur tranche.

Samuel s'installa sur le côté le plus moelleux du canapé et étira ses jambes. Je lui tournai le dos et examinai le contenu de la bibliothèque la plus proche. Je sentais ses yeux dans mon dos, mais je n'avais aucune idée de ce qu'il pouvait penser.

— Oh Mercy, susurra une voix douce, il est mignon, celui-là. Pourquoi ne flirtes-tu pas avec lui ?

C'était Kyle, le petit ami du moment de Warren, appuyé au chambranle de la porte de la cuisine, dans une pose typique qui lui permettait de montrer à quel point son corps était musclé et ses vêtements bien coupés.

Cette pose était un leurre, comme l'étaient ses paupières à demi baissées et sa moue à la Marilyn Monroe : elles servaient à dissimuler la vive intelligence qui avait fait de lui l'avocat spécialisé dans les divorces le mieux payé du coin. Il m'avait dit, un jour, qu'être ouvertement gay lui apportait autant dans son métier que sa réputation de requin. Un grand nombre de femmes en pleine tourmente conjugale préféraient même lui confier leurs intérêts qu'à une avocate.

Je vis Samuel se raidir et m'envoyer un regard lourd de signification. Je comprenais le message : il ne voulait pas qu'un humain soit mêlé aux affaires de loups-garous. Malheureusement, Kyle ne le comprit point, lui : il vit la désapprobation, mais se trompa sur sa cause.

— Heureuse de te voir, dis-je. Je te présente un vieil ami, qui est descendu du Montana nous rendre visite. (Je ne voulais pas en dire trop, je pensais que c'était plutôt à Warren de décider ce qui le regardait ou pas.) Samuel, je te présente Kyle Brooks. Kyle, voici le docteur Samuel Cornick.

Kyle se décolla du chambranle d'un coup d'épaule et traversa le salon d'un air nonchalant. Sur le chemin, il déposa un baiser sur ma joue, puis il s'assit sur le canapé, aussi près de Samuel que possible.

Il n'était pas le moins du monde intéressé par Samuel. Il avait juste vu sa désapprobation et décidé de la lui faire payer. Warren, lui, restait souvent sur son quant-à-soi devant les critiques des autres, ou n'en tenait pas du tout compte. Kyle, lui, c'était une tout autre paire de manches. Pour lui, les salauds devaient être mis au supplice.

J'aimerais pouvoir dire qu'il avait l'indignation facile, mais il n'avait aucun moyen de savoir que ce n'était pas son orientation sexuelle qui posait problème à Samuel. Warren ne lui avait pas dit qu'il était un loup-garou. Il était fortement déconseillé d'aborder le sujet avec qui que ce soit d'autre qu'un compagnon permanent – et dans l'esprit des loups-garous, cela impliquait des compagnons de sexe différent – et en cas de désobéissance, la punition pouvait être sévère. Les loups-garous n'ont pas de prisons. Ceux qui violent leurs lois sont soit physiquement punis, soit tués.

À mon grand soulagement, Samuel sembla plus amusé qu'offensé par la drague peu subtile de Kyle. Quand Warren descendit l'escalier, il marqua un temps d'arrêt en voyant la main de Kyle sur la cuisse de Samuel. Il reprit sa descente d'une démarche détendue, mais je pouvais sentir la tension monter dans l'air. Il n'était pas content. Je ne savais pas si c'était par jalousie, ou par peur pour son compagnon. Il ne connaissait pas Samuel, mais, plus que tout le monde, il savait comment la plupart des loups-garous réagissaient.

— Kyle, je pense que ce serait une bonne idée si tu allais vérifier l'état de ta maison pendant quelques jours.

Le ton de Warren était égal, mais son accent avait disparu.

Kyle avait son propre domicile, une riche demeure sur les collines de West Richland, mais il avait emménagé chez Warren lorsque ce dernier avait refusé de venir habiter chez lui. Il se figea en entendant les paroles de Warren.

— Je cache quelqu'un pendant quelques jours, expliqua Warren. Ce n'est pas illégal, mais cela pourrait être dangereux.

On aurait pu croire que Samuel était soudain devenu invisible si l'on s'était fié à l'attention que Kyle lui prêtait à présent.

— Chéri, si tu as besoin que je ne sois pas dans tes pattes, tu peux me considérer déjà parti. Je pense que je vais accepter l'invitation de Geordi pour Thanksgiving, n'est-ce pas ?

— C'est juste pour quelques jours, renchérit Warren d'un air implorant.

— Cela a-t-il à voir avec ce qui semblait tant te tracasser ces deux derniers jours ?

Warren jeta un regard à Samuel, puis acquiesça d'un mouvement rapide de la tête.

Kyle le considéra un instant puis acquiesça à son tour :

— Bon, d'accord. Deux ou trois jours. Je laisse mes affaires ici.

— Je t'appelle.

— Je compte sur toi.

Kyle s'en fut, fermant doucement la porte derrière lui.

— Il faut absolument que tu lui dises, le suppliai-je. Dis-lui tout ou tu vas le perdre !

J'appréciais énormément Kyle, mais surtout, un aveugle aurait pu voir que Warren l'aimait réellement. Il rit d'un air douloureux :

— Tu crois vraiment qu'il serait fou de joie d'apprendre qu'il couche depuis des mois avec un monstre ? Tu penses que la vérité permettrait de tout arranger ? (Il haussa les épaules, comme si cela n'avait pas la moindre importance.) De toute façon, il finira bien par me larguer. Il est diplômé de Cornell et, moi, je fais les nocturnes dans une station-service. Pas vraiment le couple le plus assorti du monde.

— Je n'ai jamais eu l'impression que ça le dérangeait, répliquai-je. Il fait tout pour que tu sois heureux. Lui rendre un peu de tout cela ne me semblerait pas une mauvaise idée.

— C'est interdit, intervint Samuel, avec un peu de tristesse dans la voix. Il n'a pas le droit de le lui dire.

— Mais qu'est-ce que tu crois que Kyle fera ? dis-je d'un air indigné. Qu'il dira à tout le monde que Warren est un loup-garou ? Non, pas Kyle. Il n'est pas arrivé là où il en est en ouvrant sa bouche à tort et à travers – et ce n'est pas un traître. Il est avocat. Il est doué pour garder les secrets. Et en plus il a bien trop d'ego pour envisager de terminer à la une d'un journal à scandales.

— Ça va, Mercy, intervint Warren en me tapotant la tête. Il ne m'a pas encore quitté.

— Ça viendra si tu continues à lui mentir, dis-je.

Les deux loups-garous me considérèrent sans mot dire. Warren aimait Kyle, et il allait le perdre parce que quelqu'un avait décidé qu'on devait être marié avant de révéler sa vraie nature à son conjoint – comme si ça n'était pas le chemin direct vers la catastrophe.

J'étais assez certaine que Kyle aimait aussi Warren. Pourquoi aurait-il accepté de vivre chez lui alors qu'il avait une gigantesque maison climatisée et équipée d'une piscine ? Et Warren allait gâcher tout ça…

— Je vais faire un tour, annonçai-je, ayant eu ma dose de loups-garous pour la journée. Je reviendrai quand Zee appellera.

Je n'étais pas aussi civilisée que Kyle : je claquai la porte en partant et courus comme une furie le long du trottoir. Je dépassai presque Kyle sans le voir, assis dans sa Jaguar, regardant droit devant lui.

Avant de me raisonner, j'ouvris la portière et me glissai sur le siège passager.

— Emmène-nous au parc Howard-Amon.

Il me jeta un regard impénétrable, grâce à son masque d'avocat, mais mon odorat m'en disait beaucoup sur ce qu'il pensait : il était blessé, en colère et découragé.

Ce que je m'apprêtais à faire était dangereux, c'était évident. Si Warren ne disait rien à Kyle, ça n'était pas seulement à cause de la règle d'obéissance à l'Alpha, mais aussi parce que, si Kyle commençait à parler de loups-garous à n'importe qui, il serait réduit au silence. Et autant qu'ils aient pu m'apprécier, si Bran ou Adam apprenait que c'était moi qui le lui avais dit, ils me feraient taire aussi.

Faisais-je assez confiance à Kyle pour lui confier nos deux vies ?

La Jaguar glissait à travers la circulation clairsemée de la fin d'après-midi comme un tigre dans la jungle. Ni la conduite de Kyle, ni son expression ne trahissaient la colère qui accélérait son pouls, ou la douleur qui alimentait cette colère – mais moi, je les sentais.

Il entra dans le parc par l'entrée sud et se gara sur l'un des parkings disponibles. Il y en avait beaucoup : les gens n'ont pas tendance à se promener dans un parc au bord d'un fleuve en novembre.

— Il fait froid, dit-il. Si on parlait dans la voiture ?

— Non, dis-je en sortant du véhicule. Il avait raison, il faisait froid. Le vent n'était pas glacial ce soir-là, mais le Columbia rendait l'air humide. Je frissonnai dans mon tee-shirt taché de chocolat – peut-être était-ce de nervosité. J'allais faire ce que j'avais décidé et espérerais ne pas m'être trompée à propos de Kyle.

Il ouvrit le coffre de sa voiture et en sortit une veste légère qu'il enfila. Il sortit aussi un trench-coat qu'il me tendit :

— Mets ça avant de devenir toute bleue, dit-il.

Je m'enveloppai dans son manteau qui sentait l'eau de Cologne de luxe. Nous avions à peu près la même taille, et le trench-coat m'allait comme un gant.

— J'aime bien, dis-je. Il faut que je m'en achète un.

Il sourit, mais ses yeux trahissaient sa fatigue.

— Viens, marchons, lui dis-je en glissant mon bras sous le sien et en l'emmenant au-delà des balançoires du terrain de jeu, sur le chemin qui longeait le fleuve.

Warren avait raison, me disais-je. Le fait que Kyle sache qu'il était un monstre pouvait bien ne rien arranger à leurs problèmes. Mais j'avais le sentiment que ce dernier accroc serait la goutte qui ferait déborder le vase si personne ne jugeait utile de dire quoi que ce soit à Kyle.

— Est-ce que tu aimes Warren ? lui demandai-je. Pas comme dans « oui, le sexe est génial et c'est un supercompagnon », plus dans le sens « je te suivrais n'importe où, même dans la mort » ?

J'eus une pointe de satisfaction en le voyant un peu hésiter avant de répondre :

— Ma sœur Ally est la seule de la famille avec qui je suis toujours en contact. Je lui ai parlé de Warren il y a quelques mois. Je ne m'étais pas rendu compte, jusqu'à ce qu'elle me le fasse remarquer, que je n'avais jamais mentionné aucun de mes amants auparavant.

Il posa sa main sur celle que j'avais glissée sous son bras et la réchauffa :

— Mes parents ont refusé de voir ce que j'étais des années durant. Quand je les ai enfin affrontés après que ma mère m'eut encore organisé un rendez-vous avec une jeune héritière au pedigree impeccable, mon père m'a déshérité. Ma sœur Ally m'a appelé dès qu'elle a appris cela – mais après cette première conversation, nous n'avions plus jamais abordé le sujet de mon homosexualité. Quand je lui parle, j'ai l'impression d'avoir une lettre écarlate cousue sur la poitrine, et que nous essayons tous deux de faire comme si elle n'y était pas.

Il eut un rire amer, mais pas totalement dénué d'affection. Quand il reprit la parole, il semblait apaisé :

— Ally m'a dit que nous devrions aller lui rendre visite ensemble.

Je vis dans son regard combien cette invitation comptait pour lui.

Nous marchions vite, et le parc s'était réduit à une simple bande d'herbe de chaque côté du fleuve. Les rives avaient abandonné leur apparence méticuleuse et reprenaient une allure plus naturelle, avec des buissons et une herbe jaunie par l'automne qui montait jusqu'aux genoux. Une petite balancelle métallique, du type qu'on pouvait trouver sous un porche, se trouvait en haut d'une petite élévation. Je la lui indiquai d'un mouvement et nous nous y assîmes.

Il était d'une importance cruciale que tout cela soit fait de la bonne manière. Maintenant que le moment était venu, je craignais de tout ficher en l'air.

Bercés par le balancement paresseux, nous regardâmes le fleuve couler en contrebas, presque noirci par les nuages qui s'accumulaient dans le ciel. Au bout d'un moment, Kyle se frotta le visage brusquement, pour chasser le froid – et d'éventuelles larmes.

— Bon Dieu !

Je grimaçai. Je ne suis pas un vampire, qui ne peut supporter d'entendre son nom, mais je n'aime pas qu'on l'invoque en vain. En l'entendant continuer, pourtant, je me rendis compte que ce n'était pas le cas.

— Je l'aime. (On aurait cru qu'il avait fallu lui arracher les mots de la gorge.) Mais il ne veut pas s'ouvrir à moi. On l'appelle au milieu de la nuit, et il refuse même de me dire où il va.

Un cycliste solitaire, vêtu de la tenue moulante qui trahit le mordu absolu, apparut par où nous étions arrivés. Il nous dépassa dans un tourbillon de rayons et de Lycra bleu Superman.

— Belles gambettes, commenta Kyle.

C'était l'un de nos petits jeux, à Kyle et à moi : nous commentions les jolis garçons et Warren faisait semblant d'en être exaspéré.

Je posai la tête sur son épaule et répondis :

— Trop petit. Je n'aime pas peser plus lourd que mes mecs.

Kyle se pencha en arrière, jusqu'à regarder le ciel et non plus le fleuve.

— Le mois dernier, à Seattle, il a chassé un groupe de ploucs homophobes complètement bourrés, il les a effrayés en disant juste quelques mots. Mais ce Darryl le traite comme… comme de la merde, et Warren ne voit rien à y redire. Je n'y comprends rien. Et ce qui s'est passé ce soir…

(Il inspira un grand coup avant de se lancer :) Est-il impliqué dans des affaires de drogue ?

Je fis un rapide signe de dénégation :

— Non, rien d'illégal.

Pas encore, en tout cas.

— C'est un fae, alors ? demanda-t-il, comme si ça ne le dérangerait pas tant que ça.

— Les faes ont tous fait leur *coming-out* il y a des années.

Il eut un rire désabusé.

— Ne joue pas les idiotes. Je connais pas mal de médecins ou de professeurs qui ne sont toujours pas sortis du placard en tant que gays, et eux n'auraient que leur travail à perdre, pas le risque de voir leur maison brûlée par une bande de crétins.

Je vis qu'il se faisait à l'idée que Warren fût un fae à son attitude plus détendue.

— Cela expliquerait plein de choses, comme sa force et comment il devine toujours qui a sonné avant même d'ouvrir la porte.

Bon, me dis-je, prête à trouver de l'espoir partout, certes, un loup-garou n'était pas tout à fait la même chose qu'un fae. Mais s'il était prêt à accepter l'un, ça ne serait peut-être pas trop difficile d'accepter l'autre.

— Ce n'est pas un fae, dis-je.

J'essayai de continuer, de lui dire ce qu'était vraiment Warren, mais les mots ne voulaient pas sortir de ma bouche.

— Ce serait plutôt à Warren de me dire ça, dit Kyle.

— En effet, répondis-je. Mais il ne peut pas.

— Il ne *veut* pas, plutôt, non ?

— Non, il ne *peut* pas, vraiment. (Je secouai la tête tristement.) Je n'ai pas beaucoup d'amis, repris-je. Pas du genre avec qui je peux partager une soirée pop-corn et film débile au débotté, quoi. Toi et Warren êtes ce qui s'en approche le plus.

Je n'ai pas beaucoup d'amies femmes. Mon métier m'amène rarement à en rencontrer.

— C'est triste, répondit Kyle. (Puis il reprit :) Toi et Warren êtes aussi les seuls avec qui je mange du pop-corn.

— Pathétique. (Le badinage aidait un peu à me détendre. J'inspirai un grand coup et lâchai le morceau :) Warren est un loup-garou.

— Un quoi ? fit Kyle en stoppant le mouvement de la balancelle.

— Un loup-garou. Tu sais bien. Les loups-garous qui courent à quatre pattes, tous crocs dehors, à la pleine lune.

Il me considéra d'un air abasourdi :

— Tu ne plaisantes pas.

J'acquiesçai :

— Et tu ne vas le dire à personne.

— Ah bon ?

— Et c'est pour ça que Warren ne pouvait pas t'en parler. Pour ça et parce que Adam – l'Alpha de la meute – le lui a interdit. Si tu as dans l'intention de prévenir la police ou les médias, la meute te tuera.

J'avais conscience de parler trop vite, mais je n'arrivais pas à ralentir mon débit. Dans la maison de Warren, avec juste ce dernier et Samuel, ça semblait moins dangereux. Samuel et Warren étaient certes attachés à moi, mais je connaissais une bonne poignée de loups-garous qui seraient ravis d'apprendre ma mort – et celle de Kyle – pour ce que je venais de lui dire.

— Warren les en empêchera, repris-je, mais ils seront trop nombreux. Il mourra, et toi aussi.

Kyle leva la main :

— Holà ! C'est peut-être un peu tôt pour nous voir déjà morts, Warren et moi, non ?

Je poussai un profond soupir :

— J'espère que oui. Il faut que tu me fasses entièrement confiance là-dessus : ils prennent leurs secrets très au sérieux. Comment crois-tu qu'ils aient pu rester cachés aussi longtemps ?

— Mercy. (Il m'attrapa la main – la sienne était froide, mais c'était peut-être à cause du vent.) Un loup-garou ?

Il ne me croyait pas vraiment – et cela pouvait se révéler encore plus dangereux.

— Il y a vingt ans, personne ne croyait aux faes. Écoute, je peux te le prouver.

J'aperçus un buisson un peu dégarni, pas assez épais pour me dissimuler quand je me déshabillerais et me transformerais, mais il n'y avait aucune barque sur le fleuve, et tant qu'un autre cycliste ne déboulait pas au mauvais moment… J'aurais pu tout simplement me métamorphoser dans mes vêtements – je rapetisse, et non l'inverse – mais je préférais encore risquer un PV pour exhibitionnisme. Un coyote empêtré dans des vêtements humains a l'air trop ridicule.

— Attends ici, lui dis-je en lui confiant le trench-coat afin de ne pas le salir. Je sautai de la balancelle et traversai les herbes sauvages jusqu'au buisson. Là, j'enlevai mes vêtements aussi vite que possible et me transformai en même temps que je retirais ma dernière chaussette.

Je revins sur le chemin et m'assis sur mon séant, tentant d'avoir l'air le moins dangereux possible.

— Mercy ?

Il avait de nouveau son masque d'avocat, ce qui m'en dit long sur son choc. Il ne m'avait vraiment pas crue.

Je remuai la queue et couinai gentiment. Il descendit de la balancelle tel un très vieil homme et s'approcha de moi.

— Un coyote ? demanda-t-il.

Alors que je redescendais chercher mes vêtements, il me suivit. Je me métamorphosai sous ses yeux et sautai dans mes habits en entendant un autre cycliste arriver.

— Je ne suis pas un loup-garou, lui dis-je, en me recoiffant avec mes doigts. Mais c'est le plus proche que tu auras tant que tu n'auras pas convaincu Warren de se transformer devant toi.

Kyle manifesta bruyamment son impatience et enleva mes mains, me recoiffant lui-même.

— Les loups-garous sont plus gros, lui dis-je, comme si je me sentais le devoir de l'avertir. Bien plus gros. Ils ne ressemblent pas vraiment à des loups. Plutôt à des très, très gros loups qui voudraient plus que tout te manger.

— Bien, dit-il en reculant d'un pas, et je crus qu'il parlait de ma coiffure. Warren est un loup-garou.

Je contemplai son masque d'avocat et soupirai :

— Il ne pouvait pas t'en parler. Si, moi, je t'en parle, et que tu ne fais rien de stupide, lui et toi êtes en sécurité. Mais si c'était lui qui t'avait parlé, il aurait désobéi à un ordre direct. Et pour ça, la punition est brutale.

Il refusait toujours de laisser filtrer ses pensées. Il était tellement fermé que je ne réussissais pas à ressentir ses émotions. Peu d'humains ont autant de contrôle sur eux-mêmes.

— Sa meute… (Il trébucha sur le terme.) Ils ne vont pas penser que c'est lui qui me l'a dit ?

— Les loups-garous peuvent sentir les mensonges, le rassurai-je. Ils sauront comment tu l'as su.

Il revint vers la balancelle, récupéra le trench-coat et me le tendit :

— Dis-m'en plus sur les loups-garous.

J'étais en train de lui expliquer à quel point les loups-garous pouvaient être dangereux et pourquoi ça n'était pas nécessairement une bonne idée de flirter avec Samuel – ou Darryl, d'ailleurs – quand mon téléphone portable sonna.

C'était Zee.

— Les affaires ? demanda Kyle quand je raccrochai.

— Oui, répondis-je en me mordant la lèvre.

— C'est bon, répondit-il en souriant. J'ai assez entendu de secrets pour la journée. J'imagine qu'il faut que tu retournes chez Warren ?

— Attends avant de lui parler. Pense bien à toutes les implications. Appelle-moi si tu as des questions.

— Merci, Mercy. (Il m'entoura les épaules de son bras.) Mais je pense que j'aurai surtout à en discuter avec Warren – une fois ses affaires réglées.

Chapitre 9

Samuel et Warren étaient chacun assis d'un côté du salon quand je revins, et l'air était lourd de colère rentrée. Je ne réussis pas à déterminer, en les voyant, s'ils étaient furieux l'un contre l'autre, ou contre quelque chose d'autre. En même temps, c'est vrai que les loups-garous sont prompts à la colère, j'avais juste oublié à quel point.

Bien sûr, je n'étais pas la seule équipée d'un nez. Warren, le plus proche de la porte, prit une grande respiration et dit d'une voix sans expression :

— Elle était avec Kyle. Elle sent l'eau de Cologne que je lui ai offerte. Tu lui as tout dit.

Il m'insulta, mais on sentait plus de douleur que de colère dans l'injure. Je ressentis une pointe de culpabilité.

— Tu ne l'aurais pas fait, répondis-je. (Je ne m'excusais *pas*.) Et il méritait de savoir que tout ce qu'il doit supporter ne vient pas seulement de toi.

Warren secoua la tête d'un air désespéré :

— Tu en as assez de la vie, ou quoi ? Adam pourrait ordonner que Kyle et toi soyez exécutés. J'ai déjà vu faire cela.

— Seulement moi. Pas Kyle, rétorquai-je.

— Si, bon sang ! Kyle aussi !

— Seulement si ton amant décide d'en parler à la police ou aux médias, intervint Samuel d'une voix douce, mais il s'attira tout de même un regard furieux de Warren.

— Tu as pris un trop grand risque, Mercy, dit-il en se tournant de nouveau vers moi. Comment penses-tu que je me sentirais si je devais vous perdre tous les deux ? (Toute colère le quitta soudain, ne laissant que le chagrin apparent.) Peut-être avais-tu raison. C'était à moi de le lui dire. J'aurais dû prendre le risque.

— Non. Toi, tu fais partie de la meute, et tu as juré obéissance.

C'était Adam, oscillant en haut de l'escalier, vêtu d'une chemise blanche et d'un jean à sa taille.

— Si c'était toi qui le lui avais dit, j'aurais été contraint d'appliquer la loi, sinon j'aurais dû faire face à une rébellion.

Il s'assit sur la marche du haut plus rapidement qu'il l'avait prévu, à mon sens, et m'envoya un sourire :

— Samuel et moi pouvons tous deux témoigner que Warren n'a rien dit à Kyle, et que c'est toi qui l'as fait. Malgré les objections de Warren, d'ailleurs. Et comme tu le dis si souvent, tu ne fais pas partie de la meute. (Il tourna son regard vers Warren.) Si ça n'avait tenu qu'à moi, cela ferait longtemps que tu aurais eu la permission. Mais j'obéis à des ordres, moi aussi.

Je le considérai d'un air surpris :

— Tu savais que j'allais en parler à Kyle.

Il sourit.

— Disons juste que j'ai bien cru à un moment que j'allais devoir descendre t'ordonner de ne pas dire un mot à Kyle pour que tu te décides, enfin, à le suivre avant qu'il s'en aille.

— Salaud de manipulateur ! dis-je, à moitié admirative.

C'était décidé, la Golf allait perdre ses trois roues.

— Merci, répondit-il avec un sourire modeste.

Et *quand* nous récupérerions Jesse, elle pourrait me donner un coup de main pour les graffitis.

— Comment l'a-t-il pris ? demanda Warren. Il s'était levé du canapé et posté devant sa fenêtre, le regard tourné vers l'extérieur. Les mains pendant, détendues, de chaque côté de son corps ne donnaient aucun indice quant au tourment qui l'agitait.

— Il n'a pas couru prévenir la police, dis-je à Adam et à Samuel.

Je cherchai quelque chose de plus optimiste à ajouter pour Warren, mais je ne voulais pas qu'il ait de trop grandes attentes, des fois que je me sois trompée sur Kyle.

— Il m'a dit que vous parleriez de tout ça ensemble, lui dis-je enfin, quand cette affaire sera réglée.

Il porta les mains à son visage dans un geste semblable à celui qu'avait eu Kyle plus tôt :

— Au moins, ce n'est pas encore terminé.

Il ne parlait à aucun d'entre nous, mais je ne pus supporter le ton funèbre de sa voix. Je lui touchai l'épaule et dis :

— Arrête de déconner et je pense qu'il va s'y faire.

Samuel et moi roulions vers notre rendez-vous avec Zee et son informatrice, et je n'arrivais toujours pas à décider si je devais être furieuse contre Adam pour m'avoir ainsi manipulée. Sauf qu'en fait il ne m'avait pas vraiment manipulée, n'est-ce pas ? Tout ce qu'il avait fait, c'était prétendre être derrière chacune de mes actions *après* qu'elles se furent produites.

Le feu passa au rouge et je m'arrêtai derrière un autre van un peu plus près que j'en avais l'habitude. Samuel se prépara au choc en s'arc-boutant contre le tableau de bord et en prenant une soudaine inspiration. Je fis une grimace au gamin sur la banquette arrière du van, qui s'était enroulé dans sa ceinture de sécurité pour nous regarder. Il tira sur ses paupières inférieures et sortit la langue.

— Je n'ai rien contre le fait d'avoir un accident, dit Samuel. Je préfère juste y comprendre quelque chose.

— Hein ?

Je le regardai, puis vis le spectacle qui s'offrait à nous. L'arrière du van nous précédant formait un mur infranchissable à moins de cinquante centimètres de notre pare-brise. J'eus un sourire réjoui en comprenant soudain le problème.

— Les combis VW n'ont pas de nez, lui dis-je gentiment. Le pare-chocs est à peu près à vingt centimètres de tes pieds. Un piéton pourrait passer entre nos deux véhicules.

— Je pourrais quasiment toucher ce gamin devant en tendant le bras, dit-il.

Le garçon nous avait décoché une autre grimace, alors Samuel répliqua en plantant ses pouces dans ses oreilles et en étendant ses doigts comme des bois d'élan.

— Tu sais, l'une des tâches d'Adam était précisément que tu évites de parler à tout le monde de loups-garous.

Le feu passa au vert et nous vîmes le petit garçon nous saluer tristement de la main alors que son van accélérait sur la bretelle d'accès à l'autoroute. Nous accélérions aussi, mais notre rampe à nous tournait sur elle-même dans la montée, et il nous faudrait un peu plus de temps pour atteindre notre vitesse de croisière.

J'eus un rire désabusé :

— Kyle n'est pas tout le monde. (Je le regardai.) De plus, tu savais parfaitement ce que j'allais faire, aussi bien qu'Adam. Si cela t'avait vraiment posé un problème, tu aurais pu m'arrêter.

— Peut-être que je juge Kyle digne de confiance.

Je ricanai :

— Et peut-être que la lune est faite de fromage vert. Tu te fiches éperdument de cela. Tu penses que les loups-garous doivent se révéler, comme les faes.

Samuel n'avait jamais eu peur du changement.

— Nous n'allons plus pouvoir rester cachés bien longtemps, dit Samuel, confirmant mon intuition. Quand je suis retourné à l'école de médecine, j'ai vu quels progrès avaient été faits par la médecine légale. Il y a dix ans, quand les seuls problèmes c'étaient l'armée et le FBI, il suffisait d'y infiltrer quelques loups. Mais il n'y en a pas assez pour infiltrer tous les labos de police du pays. Depuis le *coming-out* des faes, les scientifiques prêtent plus d'attention aux anomalies qu'ils mettaient auparavant sur le compte d'une défaillance du matériel ou d'une contamination entre les échantillons. Si Papa ne choisit pas le moment très bientôt, c'est le moment qui nous choisira.

— Tu es la seule raison qui lui fasse envisager cela.

Cela semblait logique. Bran avait toujours prêté la plus grande attention aux conseils de Samuel.

— Papa n'est pas idiot. Une fois qu'il a compris ce qui nous attendait, il est arrivé à la même conclusion. Il a organisé une réunion entre tous les Alphas au printemps prochain. (Il eut une hésitation.) Il a pensé à utiliser Adam – le beau héros de guerre du Vietnam.

— Pourquoi pas toi ? Le beau docteur altruiste qui soigne les gens depuis des siècles ?

— Voilà pourquoi c'est Papa qui commande et pourquoi tu n'es qu'un larbin, dit-il. Réfléchis-y : la culture populaire veut qu'une simple morsure suffise pour devenir un loup-garou, un peu comme le sida. Cela prendra un moment avant que les humains se sentent à l'aise avec le concept de loups-garous trop proches d'eux. Il vaut mieux leur laisser croire que les loups sont tous militaires ou policiers. Tu sais, *« protéger et servir »*, quoi.

— Je ne suis pas un larbin, dis-je furieuse. Pour être un larbin, il faut se reconnaître un maître !

Il rit, ravi d'avoir réussi à me faire une fois de plus sortir de mes gonds.

— Tu ne regrettes pas que j'en aie parlé à Kyle avant ce moment-là ?

— Non, tu avais raison. Ce n'est pas le genre à courir voir les journaux à scandales, et nous avons besoin de ce genre de personnes – pour garder le contrôle sur les foules.

— Un avocat bien éduqué, éloquent et de bonne famille ? tentai-je. (Oui, cela correspondait tout à fait à Kyle.) Mais il n'est pas précisément dans la norme.

Samuel haussa les épaules :

— L'homosexualité a un certain cachet, de nos jours.

Je me rappelai l'histoire que m'avait racontée Kyle et pensai que Samuel avait tort, au moins dans certains milieux. Mais tout ce que je trouvai le moyen de dire, ce fut :

— Je dirai à Kyle que tu trouves qu'il a un certain cachet.

Samuel sourit de manière totalement inattendue :

— Je ne préférerais pas. Sinon il va continuer à me draguer.

— Puisqu'on parle de sentiment de malaise, c'était quoi, cette ambiance entre toi et Warren, tout à l'heure ?

— C'était surtout Warren. Moi, l'étranger, un dominant qui envahit son territoire, ajouté au fait qu'il était persuadé d'être en train de perdre l'amour de sa vie. Si j'avais su à quel point il était dominant, j'aurais trouvé un autre endroit pour passer la nuit. On se débrouillera, mais ça sera loin d'être confortable.

— C'est le second lieutenant d'Adam.

— Il eût été utile que quelqu'un me dise cela, ronchonna Samuel pour rire. Avec Adam blessé et le premier lieutenant absent, cela le met *de facto* dans le rôle de l'Alpha – pas besoin de se creuser la tête pour comprendre sa réaction. J'étais sur le point de sortir faire un tour, moi aussi, quand tu es revenue. (Il me décocha un regard perçant.) Marrant, d'ailleurs, comme ton apparition l'a calmé. Comme si le second d'Adam était là. Ou sa compagne.

— Je ne fais pas partie de la meute, répondis-je rapidement. Je ne sors pas avec Adam. Je n'ai aucun statut dans la meute. Tout ce que j'ai eu, c'est la présence d'esprit d'aborder une discussion trop longtemps repoussée avec Kyle – c'est ça qui a distrait Warren.

Samuel continua à m'examiner. Sa bouche formait un sourire, mais ses yeux étaient remplis de messages contradictoires, et il répondit :

— Adam a officiellement déclaré que tu étais à lui devant sa meute. Le savais-tu ?

Je ne le savais pas. J'eus une soudaine bouffée de colère avant de deviner pour quelle raison il avait pu faire cela.

— Il fallait qu'il empêche la meute de me tuer, par quelque moyen que ce soit. Les loups tuent les coyotes qui violent leur territoire. Une telle proclamation officielle m'a protégée. J'imagine que c'est Bran qui lui a demandé de faire ça. Ça ne fait de moi ni un membre de sa meute, ni sa compagne. D'une, parce que je suis un coyote et de deux, parce qu'il faut me consulter avant de pouvoir se déclarer mon compagnon.

Samuel rit, mais tout amusement était absent de sa voix.

— Tu penses ce que tu veux. Encore combien de temps avant le bar ?

— C'est à l'autre bout de Pasco, dis-je. On devrait arriver d'ici dix minutes.

— Pourquoi ne m'en dirais-tu pas plus sur Zee et cette fae que nous devons rencontrer, alors ? dit-il.

— Je n'en sais pas beaucoup, lui répondis-je. Sur la fae, je veux dire. Seulement qu'elle a peut-être des informations importantes pour nous. Quant à Zee, c'est un gremlin. C'est lui qui m'a donné mon premier boulot à ma sortie de la fac, et c'est à lui que j'ai acheté le garage quand il a pris sa retraite. Il continue à me donner un coup de main quand j'en ai besoin – ou quand il s'ennuie. Il aime bien désassembler des trucs pour voir ce qui cloche, mais en général, il me laisse les réassembler.

— Il y a une réserve de faes, pas loin.

J'acquiesçai :

— À une soixantaine de kilomètres. Juste après Walla Walla.

— Adam dit que la présence de tant de faes inférieurs attirent les faes les plus puissants.

— Je n'en sais rien, répondis-je. Je sens leur magie, mais je n'ai aucune idée de leur puissance.

— Il dit aussi qu'il y a plus de vampires, de fantômes et autres autour des Tri-Cities que, par exemple, dans la zone de Spokane, qui est pourtant une ville plus importante.

— J'essaie de ne pas me mêler des affaires des autres espèces, répliquai-je. Je ne peux éviter les loups-garous, pas avec Adam sur le pas de ma porte, mais je fais de mon mieux. Les seuls faes que je fréquente sont Zee et son fils Tad.

— Visiblement, les faes veulent communiquer avec toi, eux, fit Samuel en s'étirant les jambes, les mains croisées derrière la nuque, les coudes saillant comme des ailes. Adam dit aussi que ton ancien patron fait partie des faes les plus anciens – et, juste pour te prévenir, les forgerons, les gremlins, ne font pas partie des faes inférieurs. Warren m'a aussi dit que Stefan, le vampire, venait souvent te voir.

Sans compter ce policier. Attirer l'attention des autorités est toujours dangereux.

Il m'avait vraiment pris la main dans un certain nombre de sacs.

— Les Seigneurs Gris ont forcé Zee à se révéler, dis-je. C'est pourquoi il est considéré comme un fae inférieur. Stefan adore son minibus, et je le laisse m'aider à le réparer.

— Tu *quoi*?

J'avais oublié qu'il n'avait jamais rencontré Stefan.

— Ça n'est pas vraiment un vampire comme les autres, tentai-je d'expliquer.

Même si Stefan était le seul vampire de ma connaissance, je savais comment ceux de son espèce étaient censés se comporter : j'allais au cinéma, comme tout le monde.

— Ils sont *tous* comme les autres, maugréa Samuel. Certains sont juste meilleurs pour le cacher.

Cela n'apporterait rien de se disputer avec lui à ce propos – surtout que j'étais, sur le principe, parfaitement d'accord avec lui.

— Et pour le policier, ça n'était pas ma faute, grommelai-je en prenant la sortie vers Pasco. (Cela semblait le moment idéal pour changer de sujet, alors je dis :) Le Tertre aux Fées, à Walla Walla, est l'endroit où les touristes viennent voir les faes. La plupart de ceux qui n'aiment pas qu'on les regarde niaisement se retrouvent *Chez Oncle Mike*, ici, à Pasco. Zee dit qu'un charme a été jeté dessus, qui décourage les humains de s'y intéresser. Il n'a aucun effet sur moi, mais je ne sais pas ce qu'il en est pour les loups-garous.

— Tu n'iras pas sans moi, dit-il d'un ton sans réplique.

— Bien.

Ne te dispute pas avec un loup-garou tant que tu n'y es pas obligée, me rappelai-je.

Chez Oncle Mike se trouvait de l'autre côté du Columbia par rapport à mon garage, non loin de la zone industrielle de Pasco. Le bar se trouvait dans un vieux bâtiment qui avait autrefois été un entrepôt, entouré de deux autres entrepôts recouverts de tags par les mômes du coin. Je ne sais si le charme agissait aussi sur ces derniers, mais la façade du bar était toujours impeccable.

Je me garai sur le parking et éteignis mes phares. Il était à peine 19 heures, un peu tôt pour la foule des habitués, et il n'y avait que quatre voitures garées, dont la camionnette de Zee.

À l'intérieur, l'obscurité était telle qu'un humain aurait pu trébucher dans l'escalier qui menait au bar. Samuel eut un moment d'hésitation en entrant, mais je pense que c'était plus un choix tactique qu'une réaction au charme. Le bar occupait tout le mur de droite. Une petite piste de danse se trouvait au centre de la pièce, entourée de grappes de tables.

— Ils sont là-bas, dis-je à Samuel en me dirigeant vers le coin le plus éloigné où Zee était assis, l'air détendu, aux côtés d'une femme moyennement attirante en tenue stricte de bureau.

Je n'avais jamais vu Zee sans son glamour. Il me disait que ça faisait tellement longtemps qu'il le portait qu'il se sentait plus à son aise sous forme humaine. Il avait choisi d'apparaître pas très grand, dégarni, avec un petit ventre et un visage buriné, mais d'une manière agréable, qui lui donnait ce qu'il fallait de caractère.

Il sourit en nous voyant arriver. Comme la femme et lui avaient pris les sièges de défense, dos au mur, Samuel et moi nous assîmes en face d'eux. Si le fait d'avoir toute la pièce, même quasiment vide, dans son dos dérangeait Samuel, il ne le montra pas. Pour ma part, j'opérai un léger mouvement de rotation sur ma chaise afin de pouvoir avoir une partie du bar dans mon champ de vision.

— Salut, Zee, dis-je. Voici le docteur Samuel Cornick. Samuel, je te présente Zee.

Zee inclina la tête, mais n'essaya même pas de présenter sa compagne. Il se contenta de se tourner vers elle et de dire :

— Voici ceux dont je t'ai parlé.

Elle se renfrogna et tapota la table de ses longs ongles faits. La manière dont elle maniait ces derniers me faisait penser que sous le glamour, il y avait probablement des griffes. J'essayais d'identifier son odeur, mais fus bien obligée d'admettre que soit elle n'en avait aucune, soit c'était la même que Zee, une odeur de terre et de fer.

Quand elle se décida à quitter ses ongles des yeux, c'est à moi qu'elle parla et non à Samuel.

— Zee me dit qu'un enfant a disparu.

— Elle a quinze ans, répondis-je, en voulant être aussi claire que possible. (Les faes détestent qu'on leur mente.) C'est la fille de l'Alpha du coin.

— Cela pourrait me causer des ennuis, dit-elle. Mais j'en ai parlé à Zee, et ce que j'ai à vous dire n'a rien à voir avec les faes, j'ai donc toute liberté pour m'exprimer. Habituellement, je ne lèverais pas le petit doigt pour des loups, mais je déteste que les innocents souffrent des guerres des autres.

J'attendis.

— Je travaille dans une banque, dit-elle enfin. Je ne vous dirai pas laquelle, mais c'est celle que l'essaim de vampires de la région utilise. Leurs dépôts sont toujours très réguliers. (Ce qu'elle voulait dire, c'est que les victimes de leur racket payaient un écot mensuel. Elle continua en sirotant sa boisson :) Mais il y a six jours, ils en ont fait un qui n'était pas prévu.

— Des visiteurs payant leur droit de passage, devinai-je, en me redressant sur ma chaise.

Cela semblait prometteur. Un loup ou un fae solitaire n'aurait pas payé un écot assez important pour qu'il puisse être remarquable.

— Je me suis permis d'aborder le sujet avec oncle Mike, intervint calmement Zee. Il n'a entendu parler d'aucun étranger en ville, ce qui signifie que ces gens gardent un profil ultrabas.

— Nous devons parler aux vampires, dit Samuel. Adam devrait pouvoir nous aider.

— Ce sera trop long, dis-je en sortant mon portable et en composant le numéro de Stefan.

Il était encore un peu tôt pour qu'il soit debout, mais il lui était déjà arrivé de m'appeler à cette heure-là.

— Hé, Mercy, déjà de retour de ton petit voyage ? répondit-il chaleureusement.

— Oui. Stefan, j'ai besoin de ton aide.

— Que puis-je faire pour toi ?

Je sentis un changement dans le ton de sa voix, mais ce n'était pas le moment de m'en inquiéter.

— Dans la nuit de mardi à mercredi, un groupe de personnes, parmi lesquelles des loups-garous venus d'ailleurs, ont enlevé la fille de l'Alpha. C'est une amie à moi, Stefan. On m'a dit que ton essaim pouvait avoir des renseignements quant à la visite d'une meute extérieure.

— Ah, dit-il. Cela ne fait pas partie de mes responsabilités. Veux-tu que je me renseigne ?

J'eus un instant d'hésitation. Je n'en savais pas des masses sur les vampires, sinon que les gens intelligents les évitaient. Quelque chose dans le ton formel dont il avait usé pour sa question me faisait subodorer que cette dernière avait des implications que je n'imaginais même pas.

— Qu'est-ce que cela veut dire exactement, te renseigner ? répondis-je d'un ton suspicieux.

Il rit, d'un rire joyeux et totalement pas vampirique :

— Excellente question. Cela signifie que tu me désignes comme ton représentant officiel, ce qui me donne des droits que je n'aurais pas autrement.

— Des droits sur moi ?

— Aucun dont je ne tirerai avantage, répondit-il, je t'en donne ma parole d'honneur, Mercedes Thompson. Je ne te forcerai à rien contre ta volonté.

— Très bien, dis-je. Alors oui, j'aimerais que tu te renseignes pour moi.

— Dis-moi ce que tu sais.

Je jetai un coup d'œil à la femme à l'expression neutre qui se trouvait de l'autre côté de la table.

— Je ne peux pas tout te dire, juste qu'on m'a dit que ton essaim avait eu vent de la présence de visiteurs dans les Tri-Cities, visiteurs qui sont peut-être ce groupe de personnes dont je t'ai parlé. Si dans ce groupe il n'y a pas de loups-garous, alors ce n'est pas le bon. Il se peut qu'ils fassent des expérimentations avec des médicaments ou des drogues.

— Je vais me renseigner, répliqua-t-il. Garde ton téléphone à portée de main.

— Je ne suis pas sûr que c'était très sage, dit Zee alors que je raccrochais.

— Tu m'avais dit qu'elle fréquentait les loups-garous, intervint la femme avec une moue dégoûtée, pas qu'elle batifolait avec les morts-vivants.

— Je suis garagiste, lui répondis-je. Je ne gagne pas assez pour payer les vampires, alors j'entretiens leurs voitures. Stefan a un vieux minibus qu'il fait restaurer. C'est le seul avec qui j'ai à faire personnellement.

Elle ne semblait pas réjouie, mais sa moue de dégoût s'effaça.

— Je vous suis reconnaissante de nous consacrer de votre temps, dis-je, évitant de justesse le simple « merci » qui aurait pu me mettre dans une situation délicate.

Les faes pas très fréquentables prendront vos remerciements comme une sorte de reconnaissance de dette envers eux. Ce qui signifie que vous devez faire tout ce qu'ils vous demandent. Zee avait fait beaucoup d'efforts pour me débarrasser de ce réflexe.

— L'Alpha sera très heureux quand il retrouvera sa fille, repris-je.

— Le bonheur de l'Alpha est toujours une bonne chose, dit-elle.

Je ne sus dire si elle était sarcastique ou sincère. Elle se leva brusquement et lissa sa jupe du plat de la main pour me laisser le temps de pousser ma chaise afin qu'elle puisse sortir. Elle s'arrêta au bar et échangea quelques mots avec le barman avant de partir.

— Elle a la même odeur que vous, dit Samuel à Zee. C'est aussi une forgeronne ?

— Une gremlin, s'il vous plaît, corrigea Zee. C'est peut-être un nom récent pour une si vieille chose, mais, au moins, c'est une bonne traduction. Non, c'est un troll – de la même famille, mais lointaine. Les trolls aiment l'argent et l'extorsion, alors beaucoup travaillent dans la banque. (Il me considéra soudain d'un air contrarié.) Il est hors de question que tu ailles dans ce nid de vampires toute seule, Mercy, même si Stefan t'accompagne. Il semble mieux que les autres, mais cela fait assez de temps que je roule ma bosse. Je sais qu'on ne peut pas faire confiance à un vampire. Plus ils semblent charmants, plus ils sont dangereux.

— Je n'ai l'intention d'aller nulle part, le rassurai-je. Samuel a raison : ces loups-garous ne paieraient sûrement pas leur écot ici. Ces gens n'ont probablement rien à voir avec ceux qui ont enlevé Jesse.

Mon téléphone sonna.

— Mercy ?

C'était Stefan, mais quelque chose dans sa voix me dérangeait. Il y avait autre chose, mais le bar s'était rempli, et quelqu'un avait monté le volume de la musique.

— Attends une seconde, mentis-je en criant, je suis désolée, je ne t'entends pas du tout ! Je vais à l'extérieur.

Je fis un signe de la main à Samuel et à Zee et me dirigeai vers le parking, plus calme.

Samuel me suivit et commença à parler, mais je le fis taire en barrant mes lèvres de mon index. Je ne savais rien sur l'ouïe des vampires, mais je ne voulais prendre aucun risque.

— Mercy, tu m'entends, maintenant ?

Son ton était calme et un peu trop acerbe.

— Oui, répondis-je, et j'entendis aussi une voix féminine qui dit doucement :

— Demande-lui, Stefan.

Ce dernier eut une brusque inspiration, comme si l'inconnue lui avait fait quelque chose de douloureux.

— Y a-t-il un loup-garou inconnu avec toi *Chez Oncle Mike* ?

— En effet, dis-je, en regardant autour de moi.

Je ne sentais rien qui me rappelât Stefan, et j'étais persuadée que je l'aurais remarqué avant. Les vampires devaient avoir un espion *Chez Oncle Mike*, quelqu'un qui pouvait détecter Samuel et qui connaissait les loups d'Adam.

— Ma maîtresse demande pourquoi elle n'a pas été informée de la présence d'un visiteur.

— Les loups ne demandent pas la permission de voyager, en tout cas pas à votre essaim, lui dis-je. Adam le sait.

— Adam a disparu, et sa meute est sans chef.

Ils avaient parlé ensemble ou presque, sa voix à lui résonnant juste après celle de la femme, comme un écho.

J'étais à peu près persuadée qu'elle ne savait pas que je pouvais l'entendre – mais Stefan, lui, le savait. Il savait ce que j'étais parce que je le lui avais montré. Il n'avait apparemment pas jugé utile d'en informer son essaim. Évidemment, quelqu'un aux pouvoirs aussi faibles que les miens ne devait avoir que peu d'intérêt pour les vampires.

— La meute n'est pas exactement dépourvue de chef, intervins-je.

— Elle est faible, répliquèrent-ils. Et des loups ont créé un précédent : ils ont payé pour avoir la permission d'entrer dans notre territoire, car notre essaim est plus puissant que la petite meute d'Adam.

Je vis les yeux de Samuel rétrécir, et sa bouche se tendre en un rictus. Les loups dont il venait d'être fait mention étaient sans aucun doute ceux qui avaient tué Mac et enlevé Jesse.

— Ces nouveaux visiteurs ont donc bien des loups parmi eux, dis-je d'un ton triomphant. Ce ne sont pas les loups de Bran. Ils ne font pas partie d'une meute. Ce sont des hors-la-loi. Des hors-la-loi qui n'ont aucun statut. J'en ai tué deux de mes mains, et Adam en a tué deux autres. Comme tu le sais, je ne suis pas très puissante. De vrais loups, des loups en meute, n'auraient jamais succombé à quelqu'un d'aussi faible que moi.

C'était la pure vérité, et j'espérais que tous deux pouvaient l'entendre.

Il y eut une longue pause, j'entendais murmurer mais ne réussis pas à comprendre ce qui se disait.

— Peut-être est-ce vrai, soupira enfin Stefan, l'air las. Amène ton loup et viens nous voir. Nous déciderons alors s'il a besoin d'un permis de passage. Si ce n'est pas le cas, nous ne voyons aucune raison qui nous empêche de vous en dire plus sur ces hors-la-loi indignes de la meute.

— Je ne sais même pas où se trouve ton essaim.

— Je viens vous chercher, dit Stefan, parlant apparemment tout seul, cette fois-ci, avant de raccrocher.

— Apparemment, nous allons rendre visite aux vampires, ce soir, dis-je.

Durant la conversation et sans que je le remarque, Zee nous avait rejoints et se trouvait à présent aux côtés de Samuel.

— Tu connais les vampires ? demandai-je.

Samuel haussa les épaules :

— Un peu. Il m'est arrivé d'en rencontrer un ou deux.

— Je viens avec vous, intervint doucement le vieux mécanicien en avalant la dernière gorgée de bourbon au fond du verre qu'il avait apporté avec lui. Aucun de mes pouvoirs ne vous aidera – les vampires ne craignent pas le métal. Mais je les connais.

— Non. J'ai besoin de toi pour autre chose. Si je ne t'ai pas appelé demain matin, je veux que tu joignes ce numéro. (Je gribouillai le numéro de Warren sur un vieux ticket de caisse.) C'est celui de Warren, le second lieutenant d'Adam. Dis-lui tout ce que tu sais.

Il prit le numéro.

— Je n'aime pas ça, grommela-t-il, mais il empocha le papier en guise d'accord tacite. Je préférerais que tu aies un peu plus de temps pour te préparer. As-tu un symbole de ta foi quelque part, Mercy ? Ce n'est pas aussi efficace que M. Stoker le disait dans son *Dracula*, mais c'est utile.

— J'ai une croix, intervint Samuel. Bran en fait porter une à chacun d'entre nous. Il n'y a pas de vampires dans notre coin du Montana, mais les croix sont utiles contre bien d'autres choses.

Comme les faes les plus vicieux, mais Samuel ne dirait pas cela devant Zee, ce serait grossier. Comme il serait grossier de la part de Zee de dire que les troisième et quatrième balles de son revolver étaient en argent – c'était moi qui les avais fondues pour lui. Non parce que je le pensais incapable de le faire lui-même, mais plutôt parce que s'il devait se retrouver dans une embrouille avec un loup-garou, ce serait probablement ma faute.

— Mercy ? demanda Samuel.

Je n'aime pas les croix. Rien de métaphysique dans mon dégoût, contrairement aux vampires. Quand je vivais dans la meute de Bran, je portais ma croix, comme tout le monde. C'est juste que j'ai tout un raisonnement sur le problème qu'il y a à me balader avec l'instrument de la torture du Christ en guise de symbole pour ce Prince de la Paix qui nous disait qu'il fallait aimer son prochain. C'est un bon raisonnement, et j'y crois sincèrement.

Mais en fait, c'est surtout que les croix me fichent la trouille ; j'ai ce souvenir très net d'une église où ma mère m'avait emmenée, lors de l'une de ses rares visites, lorsque j'avais quatre ou cinq ans. Elle n'avait pas un sou et vivait à Portland ; elle n'avait simplement pas les moyens de venir me voir plus souvent. Alors, quand elle venait, elle aimait m'emmener dans des endroits spéciaux. Nous allâmes donc un jour à Missoula pour l'un de ces week-ends mère-fille, et, le dimanche, nous choisîmes une église au hasard. Je pense que c'était plus parce que maman se sentait obligée de m'emmener à la messe que parce qu'elle était particulièrement croyante.

Elle était en train de discuter avec le pasteur, ou le prêtre, je ne sais plus, pendant que je me promenais dans l'église de mon côté. J'étais donc seule en arrivant dans la nef, où se trouvait une statue grandeur nature représentant le Christ agonisant sur la croix. Mes yeux étaient pile au niveau de ses pieds transpercés par un énorme clou. Cela n'aurait pas été si terrible si l'artiste n'avait pas été aussi talentueux et le sang aussi réaliste. Nous n'allâmes pas à la messe ce jour-là – ni depuis. Je ne pouvais plus voir une croix sans visualiser le fils de Dieu mourant dessus.

Pas de croix pour moi, donc. Mais ayant été élevée par la meute de Bran, j'avais autre chose. À contrecœur, je tirai la petite chaîne pour leur montrer mon pendentif.

Samuel eut l'air perplexe. Le motif était très stylisé, et j'imagine qu'il ne reconnut pas ce dont il s'agissait au premier coup d'œil.

— Un chien ? demanda Zee, examinant mon collier.

— Un agneau, rectifiai-je d'un air courroucé en remettant le pendentif en sécurité sous mon tee-shirt. Parce que l'un des noms du Christ est l'« Agneau de Dieu ».

Les épaules de Samuel s'animèrent d'un rire contenu :

— Je m'y vois déjà : Mercy repoussant une horde de vampires avec son mouton d'argent étincelant.

Je lui envoyai une bourrade, consciente de la chaleur qui envahissait mes joues, mais rien n'y fit. Il se mit à chanter d'une voix terriblement agaçante :

— Mercy avait un petit agneau…

— On m'a toujours dit que c'était la foi de celui qui le portait qui comptait, intervint Zee, d'un air tout de même un peu dubitatif. J'imagine que tu n'as jamais testé ton agneau sur un vampire ?

— Non, répondis-je vivement, encore scandalisée par la chanson. Mais si l'étoile de David fonctionne, et Bran le certifie, alors je ne vois pas pourquoi ça ne marcherait pas.

Une voiture arrivant sur le parking nous fit nous retourner tous d'un coup, mais ses occupants en sortirent et pénétrèrent dans le bar, le conducteur saluant Zee d'un coup de chapeau imaginaire. Aucun vampire parmi eux.

— Y a-t-il autre chose que nous devons savoir ? demandai-je à Zee, qui semblait être le mieux informé d'entre nous. Tout ce que je savais de manière certaine des vampires se résumait à tout faire pour en rester éloigné.

— La prière ne marche pas, dit-il, bien qu'elle semble avoir un effet sur les démons et certains vieux faes maléfiques. L'ail ne sert à rien…

— À part comme antimouches, dit Stefan, apparaissant soudain derrière Zee d'entre deux voitures. Ça ne fait pas mal, mais ça sent mauvais et ça a un goût immonde. Si vous ne faites rien pour irriter l'un d'entre nous, et si vous prenez soin d'amener un ami qui n'en a pas mangé, cela pourra simplement faire de vous la toute dernière ligne du menu.

Je ne l'avais ni vu, ni senti, ni entendu avant qu'il prenne la parole. Zee sortit d'on ne sait où une épée à la longue lame faite d'un métal sombre et s'interposa entre moi et le vampire. Samuel gronda.

— Veuillez m'excuser, s'empressa de dire Stefan, remarquant combien il nous avait surpris. Je n'ai pas tendance à utiliser ma capacité à me mouvoir sans un son avec mes amis, mais je viens de vivre une expérience déplaisante, et je suis toujours sur les nerfs.

Stefan était assez grand, mais il semblait toujours occuper moins d'espace que dans la réalité. Je pensais rarement à lui comme à un homme grand, sauf quand il se retrouvait à côté de quelqu'un d'autre. Je remarquai qu'il était pratiquement de la même taille que Samuel et que ses épaules étaient presque aussi larges, bien qu'il n'eût pas le côté trapu du loup-garou.

Il avait des traits réguliers, et j'imagine qu'au repos il aurait été un bel homme. Mais il était tellement expressif que j'oubliais toujours la forme de son visage au profit de son grand sourire cordial.

Mais juste à cet instant, ce fameux sourire s'effaça :

— Si je dois vous envoyer voir ma maîtresse, j'aurais préféré que vous vous habilliez un peu mieux.

Je baissai les yeux et me rendis compte que je portais toujours les vêtements dans lesquels j'étais allée faire un tour chez Adam. Cela semblait remonter à une semaine plus qu'à deux jours. Le tee-shirt m'avait d'ailleurs été offert par Stefan quand je lui avais appris à régler l'heure sur son bus. Sur le devant, il était écrit « Le bonheur, c'est l'ingénierie allemande, la cuisine italienne et le chocolat belge », le tout orné d'une belle tache de chocolat chaud. Le fait de me remémorer depuis combien de temps je le portais me fit m'apercevoir qu'il sentait un peu plus fort que d'habitude – et pas la lessive ou l'adoucissant.

— Nous venons à peine d'arriver en ville, m'excusai-je, je n'ai pas eu le temps de passer chez moi me changer. Mais tu n'es pas beaucoup plus élégant.

Il baissa à son tour les yeux sur sa tenue et écarta les bras en un mouvement comique de dépit. Il portait une surchemise noire à manches longues par-dessus un tee-shirt blanc et un jean troué au genou. Je ne l'avais jamais vu porter quoi que ce soit de plus raffiné, mais, pour une raison quelconque, ces vêtements « sport » m'avaient toujours dérangée, comme s'il s'était agi d'un déguisement.

— Quoi ? protesta-t-il. C'est mon superlook de vampire miteux. J'aurais peut-être dû choisir le noir pour le tee-shirt et le jean, mais je déteste en faire trop, tu le sais.

— Je croyais que tu passais nous prendre, dis-je en regardant autour de moi. Où est ta voiture ?

— J'ai pris le chemin le plus rapide, dit-il sans développer. Mais je vois que tu as ton van. Il y aura bien assez de place pour nous quatre.

— Zee reste ici, dis-je.

Stefan sourit :

— Pour appeler la cavalerie.

— Sais-tu où se trouvent ceux qui ont attaqué Adam ? demandai-je, au lieu de faire le moindre commentaire sur sa remarque.

Il secoua la tête d'un air de regret :

— La maîtresse n'a pas jugé utile de m'en dire plus que ce que je t'ai transmis. (Il eut une expression pensive.) Je ne suis même pas certain que tout ce que je t'ai dit soit vrai. Peut-être ne sait-elle rien. Peut-être serait-ce plus prudent de trouver une excuse pour ne pas y aller, Mercy.

— Ces visiteurs ont déjà tué quelqu'un et presque tout détruit dans la maison d'Adam, répliquai-je. Si ta maîtresse a une idée de l'endroit où ils peuvent être, je dois le lui demander.

Il s'inclina en une révérence bizarrement formelle, puis se tourna vers Samuel avec un large sourire qui réussissait à ne pas laisser entrevoir ses crocs.

— Nous ne nous connaissons pas. J'imagine que vous êtes le nouveau loup du coin ?

Je fis les présentations, mais il était clair que Stefan et Samuel ne seraient pas amis au premier regard – et ce n'était pas la faute de Stefan.

J'étais un peu surprise. Les deux hommes étaient un peu semblables dans leur manière détendue et charmeuse de faire sourire les gens. Mais l'attitude de Samuel était inhabituellement sombre. Visiblement, il n'aimait pas les vampires.

Je sautai dans mon combi VW et patientai pendant qu'ils se chamaillaient tous les deux poliment sur qui allait s'asseoir où. Les deux voulaient la banquette arrière. J'étais prête à croire que Stefan voulait simplement être courtois, mais Samuel ne voulait simplement pas avoir de vampire dans son dos.

Avant qu'il laisse tomber toute apparence de politesse et dise franchement ce qu'il pensait, j'intervins :

— J'ai de toute façon besoin de Stefan devant pour qu'il m'indique le chemin.

Zee toqua à ma vitre, et quand je la baissai, il me glissa la dague qu'il avait sortie lorsque Stefan était sorti de l'ombre, assortie d'un objet en cuir qui semblait être une ceinture équipée d'un fourreau.

— Prends-ça, dit-il. La ceinture se noue, tu peux donc l'ajuster à ta taille.

— Puis-je ? demanda timidement Stefan en s'asseyant sur le siège avant.

Voyant Zee faire signe que oui, je la lui tendis.

Le vampire tint la lame sous le plafonnier et l'examina sous toutes ses coutures. Samuel l'attrapa à son tour alors que Stefan me la rendait. Il testa son tranchant avec son pouce. Avec une exclamation de douleur, il retira sa main et se mit le pouce dans la bouche.

Rien ne se passa tout d'abord. Puis une vague de puissance envahit le van, pas la même que celle des Alphas, ni celle qu'utilise Elizaveta Arkadyevna. Cela ressemblait d'une certaine manière au glamour des faes et me laissa un goût de métal et de sang dans la bouche. Cela ne dura qu'un instant, et la nuit reprit son calme.

—Je dirais que donner du sang à une vieille lame n'est peut-être pas la meilleure idée du monde, observa Stefan.

Zee éclata d'un rire de stentor qui lui fit jeter la tête en arrière.

—Ce vampire est de bon conseil, Samuel fils de Bran. Ma fille semble un petit peu trop aimer ton goût.

Samuel me redonna la dague et ses accessoires.

—Zee, dit-il, et comme s'il venait de se rendre compte de quelque chose, il continua en allemand. *Siebold Adelbertkrieger aus dem Schwarzenwald.*

—Siebold Adelbertkrieger de la réserve de Walla Walla, corrigea aimablement Zee.

—Siebold Adelbert, le guerrier de la Forêt-Noire, traduisis-je en utilisant pour la première fois mes deux années obligatoires d'apprentissage d'une langue étrangère. Cela n'avait aucune importance : que ce soit en allemand ou en anglais, les mots que Sam avait fait sonner comme un titre honorifique n'avaient aucune signification pour moi.

Si vous allez dans n'importe quel village irlandais, tout le monde sera capable de vous donner le nom des faes qui interagissaient avec leurs ancêtres. Les rochers et les mares portent le nom des brownies et des kelpies qui y vivent. Les légendes allemandes, elles, avaient tendance à se focaliser sur les héros. Seuls quelques faes allemands, comme Lorelei ou Rumpelstiltskin, ont fait l'objet d'histoires leur donnant un nom et avertissant de leur pouvoir.

Pourtant, Samuel semblait en savoir plus que cela sur Zee.

Zee vit mon expression de curiosité et rit encore :

—Ne commence pas, jeune fille. Nous vivons dans le présent, laissons donc le passé à sa place.

J'ai un diplôme d'histoire, ce qui est l'une des raisons pour lesquelles je suis mécanicienne auto. La plupart du temps, je satisfais ma soif de passé en lisant des romans historiques ou historico-romantiques. J'avais déjà essayé de convaincre Zee de me raconter des histoires, mais, comme les loups-garous, il n'en disait pas des masses. Le passé recèle bien trop d'ombres. Mais avec ce nom dans ma besace, je me réjouissais déjà des recherches sur Internet que j'allais lancer quand je pourrais enfin rentrer chez moi.

Zee regarda Stefan et son sourire s'évanouit :

— La dague ne servira probablement pas à grand-chose contre des vampires, mais je me sentirai mieux en sachant qu'elle a une arme pour se défendre.

Stefan acquiesça :

— On lui permettra de la garder.

La dague reposait sur mes cuisses, l'air innocent, mais le souvenir caressant de la vague de puissance me fit l'enfourner précautionneusement dans son fourreau.

— Ne les regarde jamais dans les yeux, me dit soudain Zee. Et vous non plus, docteur Cornick.

— Il ne faut pas jouer au plus dominant avec les vampires, répondit Samuel. Je me souviens.

La fin de ce proverbe loup étant *« Il faut juste les tuer »*, je fus soulagée qu'il le laisse incomplet.

— As-tu d'autres conseils, vampire ami de Mercy ? demanda Zee à Stefan.

Ce dernier haussa les épaules :

— Je n'aurais jamais donné mon accord à tout cela si j'avais pensé que la maîtresse avait de mauvaises intentions. C'est surtout qu'elle s'ennuie. Mercy est très douée pour les réponses courtoises qui n'engagent à rien. Si le loup fait de même, nous devrions tous être de retour dans notre lit avant l'aube.

Chapitre 10

Je ne sais pas exactement où je m'attendais que les vampires vivent. Je pense que l'influence des vieux films avait son rôle dans la grande demeure victorienne que j'imaginais rencognée au fond d'un quartier malfamé. Il y en avait quelques-unes à Kennewick, pour la plupart retapées et peinturlurées comme des divas sur le retour. Et, s'il y avait bien des quartiers malfamés dans le coin, ils avaient tendance à plutôt abriter des maisons bien trop exiguës pour recéler un essaim, même petit, en leur sein.

Je n'aurais pas dû être surprise quand nous prîmes une rue aux allées élégamment pavées et occupées par des Mercedes, des Porsche et des BMW. La route avait été creusée au flanc d'une colline dominant la ville et, pendant trente ans, médecins, avocats et dirigeants d'entreprise avaient fait construire leurs villas de trois cent cinquante mètres carrés le long de ces pentes abruptes. Mais, comme nous le précisa Stefan, c'étaient les vampires qui étaient arrivés en premier.

Au bout de la rue principale, une allée de graviers bifurquait entre deux édifices de briques à un étage. On aurait presque pu croire qu'il s'agissait juste d'une allée de garage, mais elle continuait au-delà des maisons, dans la zone dépourvue de constructions derrière elles.

Nous traversâmes à peu près cinq cents mètres dans la végétation habituelle de l'État de Washington : brome des toits, armoise et croix de Malte principalement. Puis nous passâmes une crête juste suffisante pour dissimuler une hacienda tentaculaire entourée d'un mur de deux mètres cinquante de haut. La route redescendant le long de la colline, notre vue fut bientôt limitée à ce qui transparaissait à travers le large portail à double battant en fer forgé. Je me fis la réflexion que les superbes arches d'inspiration espagnole qui ornaient les façades de la maison étaient particulièrement efficaces pour dissimuler la cruelle absence de fenêtres.

Suivant les instructions de Stefan, je me garai à l'extérieur du mur d'enceinte, à un endroit où le sol avait été nivelé. Le vampire était sorti et tenait ma porte ouverte avant même que Samuel ait eu le temps de s'extraire du van.

— Vaut-il mieux que je laisse ça ici ? demandai-je à Stefan en désignant la dague que Zee m'avait prêtée. Sur la route, je m'étais rendu compte qu'elle était trop grande pour pouvoir être dissimulée par un glamour – de toute façon, je n'avais pas ça en stock – et qu'il valait donc peut-être mieux ne pas la prendre du tout.

Stefan eut un haussement d'épaules, ses mains tapotant ses cuisses comme sur une musique que j'étais incapable d'entendre. C'était habituel, chez lui : il n'était jamais totalement immobile.

— Porter un artefact si ancien pourrait forcer leur respect, dit Samuel en nous rejoignant de notre côté du van. Prends-la.

— Je n'ai pas envie de faire passer le mauvais message, expliquai-je.

— L'ambiance n'est pas à la violence, ce soir, dit Stefan. Ce n'est pas ta dague qui risque de déclencher quoi que ce soit. (Il me sourit de toutes ses dents.) Cela dit, ce type d'armes est interdit par les lois de notre État. Pense à l'enlever en partant.

J'enroulai donc la ceinture de cuir plusieurs fois autour de mes hanches. Il y avait une boucle faite à la main, sans aiguillon, et j'y entortillai l'autre extrémité avant d'y faire un nœud.

— C'est trop lâche, dit Stefan en tendant les mains vers la ceinture – mais Samuel fut plus rapide.

— Serre-la autour de ta taille, dit-il en me montrant par l'exemple. Après, seulement, descends-la sur tes hanches, ainsi le poids de la lame ne l'entraînera pas autour de tes chevilles.

Satisfait, il fit un pas en arrière pour m'examiner.

— Je ne suis pas votre ennemi, dit gentiment Stefan.

— Nous le savons, répondis-je.

Stefan me tapota l'épaule, mais continua à parler :

— Je ne suis pas ton ennemi, Loup. J'ai risqué plus que vous pouvez l'imaginer en vous prenant tous les deux sous ma protection. La maîtresse voulait en envoyer d'autres que moi pour vous chercher – et je ne pense pas que vous auriez aimé cela.

— Mais pourquoi prendre ce risque ? demanda Samuel. Pourquoi nous prendre sous ta protection ? J'ai une vague idée de ce que cela signifie exactement. Tu ne me connais pas – et Mercy est ton mécano.

Stefan rit, son bras toujours autour de mes épaules.

— Mercy est mon amie, docteur Cornick. Ma mère m'a appris à bien m'occuper de mes amis, pas la tienne ?

Il mentait. Je ne sais comment je pouvais en être aussi certaine, mais je l'étais.

Certains loups-garous peuvent deviner quand une personne ment. Moi aussi, mais seulement si c'est quelqu'un que je connais vraiment bien, et si je fais un effort particulier d'observation. Cela a à voir avec les sons que fait une personne ordinairement – la respiration, le pouls, ce genre de choses. D'habitude, je ne fais pas si attention. Je n'ai jamais été capable de sentir quoi que ce soit chez Stefan, même pas les odeurs caractéristiques des sentiments les plus répandus. De plus, son pouls et sa respiration sont une affaire totalement irrégulière. J'avais souvent l'impression qu'il ne respirait que parce qu'il savait que ne pas le faire mettait les gens extrêmement mal à l'aise.

Néanmoins, je savais qu'il avait menti.

— Tu viens juste de nous mentir, observai-je. Pourquoi nous aides-tu, *en réalité* ?

Je me dégageai de sous son bras, et l'affrontai face à face, Samuel dans mon dos.

— Nous n'avons pas le temps, répondit Stefan, et un peu de vivacité sembla quitter son visage.

— Je dois savoir si on peut te faire confiance, protestai-je. Ou tout au moins, jusqu'où l'on peut te faire confiance.

Il fit l'un de ses gestes de prestidigitateur, les mains volant en l'air et la tête renversée, mais je sentis un réel voile de magie nous entourer. Celui-ci, comme pour Zee, avait un goût de terre, mais il y avait des choses plus obscures dans ce sort que dans tous ceux que le gremlin avait pu jeter devant moi.

— D'accord, dit-il. Mais ce ne sera pas ma faute si elle est d'une humeur exécrable parce qu'on a trop tardé. Tu m'as appelé ce soir avec une question.

— Qu'est-ce que tu viens de faire ? demanda calmement Samuel.

Stefan laissa échapper un soupir exaspéré.

— Je me suis assuré que seuls nous trois participons à cette conversation, car il y a dans la nuit des choses qui ont l'ouïe fine.

Il se tourna vers moi :

— Quand j'ai appelé notre comptable, elle m'a tout de suite passé notre maîtresse – ce qui n'est pas la procédure standard. Notre maîtresse semblait infiniment plus intéressée par le docteur Cornick que par ta question. Elle est venue chez moi et m'a ordonné de te rappeler – son intention n'était pas que je vous escorte. Elle ne voulait pas que vous ayez autant de protection, mais une fois que je l'avais proposé, elle ne pouvait pas revenir dessus. Je suis ici, Mercy, parce que je veux savoir ce qui a tiré notre maîtresse de la léthargie qui est son état habituel depuis qu'elle s'est exilée ici. Je veux savoir si c'est une bonne chose, ou un mauvais présage pour moi et pour tous ceux de mon espèce.

J'acquiesçai :

— Ça me va.

— Mais je l'aurais fait par amitié, ajouta-t-il.

Je fus surprise par le petit rire amer de Samuel.

— Mais bien sûr. On fait tous plein de choses par pure amitié pour notre petite Mercy, dit-il.

Stefan ne nous fit pas entrer par le grand portail, qui l'était assez pour pouvoir laisser passer un semi-remorque. Il choisit plutôt de nous faire passer par une petite porte creusée dans le mur sur le côté.

En comparaison avec les herbes sauvages qui régnaient à l'extérieur des murs, le jardin était particulièrement sophistiqué. Même en ce mois de novembre, le gazon d'un vert sombre sous la lumière blafarde de la lune semblait luxuriant. Quelques roses pointaient leur tête dans les plates-bandes protégées par les murs de la maison et il restait même quelques fleurs sur les chrysanthèmes. C'était un jardin à la française dans la plus stricte acception du terme, avec ses plates-bandes manucurées et l'entretien maniaque qui allait avec.

Le mur était recouvert de vigne vierge dépourvue de feuilles en cette saison. Au clair de lune, ses plants ressemblaient à une rangée d'hommes morts crucifiés, les bras étendus, sur leurs tuteurs.

Je frissonnai et me rapprochai de Samuel pour profiter de sa chaleur. Il me regarda bizarrement, sentant probablement mon malaise, mais m'attira plus près de lui d'un grand bras passé autour de mes épaules.

Le sentier pavé de galets que nous avions emprunté serpenta le long d'une piscine fermée pour l'hiver, tourna au coin d'une maison et aboutit sur une grande pelouse dégagée. Une maison d'amis d'un étage, trois fois plus petite que le bâtiment principal, se trouvait à son extrémité. C'est là que Stefan nous amena.

Il frappa deux fois à la porte, puis l'ouvrit et nous fit entrer dans un hall décoré de manière peu subtile dans les tons et les matières du Sud-Ouest américain, poteries d'argile et poupées kachinas comprises. Mais ce décor tape-à-l'œil était presque discret comparé aux senteurs d'herbes et de fleurs inconnues qui régnaient dans cette pièce au lieu de celles du désert qui auraient semblé plus à leur place.

J'éternuai et Samuel fronça son nez. Peut-être le pot-pourri avait-il été fabriqué afin de mettre nos nez dans la confusion – mais le parfum n'était que fort, pas caustique. Je n'aimais pas ce que je sentais, mais cela ne m'empêchait pas de détecter aussi des odeurs de vieux cuir et de tissu moisi. Regardant discrètement autour de moi, je ne vis rien qui aurait pu justifier cette odeur de pourriture : tout semblait neuf.

— Nous allons attendre qu'elle nous reçoive dans le petit salon, dit Stefan, en nous menant à travers un autre salon aux plafonds hauts puis un deuxième hall.

La pièce où nous nous installâmes faisait la moitié de la plus grande des pièces de mon mobil-home. De ce que j'avais vu de la demeure, elle semblait néanmoins confortable. Le thème du Sud-Ouest avait été presque entièrement abandonné, même si les tons étaient encore chauds et naturels.

Les sièges étaient confortables, si l'on aime le genre moelleux et duveteux en matière d'ameublement. Stefan se laissa tomber sur un fauteuil, l'air détendu, et celui-ci donna l'impression de l'avaler. Je me redressai sur le bord du sofa, un peu plus ferme, mais la quantité de coussins présente me ralentirait tout de même si je devais bouger vite.

Samuel s'installa d'abord sur le même siège que Stefan, mais se releva d'un bond dès qu'il sentit les coussins l'engloutir. Il se posta derrière mon sofa et regarda par la grande fenêtre qui dominait la pièce. C'était la première que je remarquais dans cette demeure.

Le clair de lune envoya ses rayons aimants sur son visage. Il ferma les yeux et savoura la lumière argentée, et je sentais qu'il entendait l'appel de la lune, bien que cette dernière ne fût même pas pleine. Elle ne me parlait pas, à moi, mais Samuel m'avait un jour décrit sa chanson dans les termes d'un poète. L'expression de béatitude qu'il avait à l'écoute de sa musique le rendait beau.

Et je n'étais pas la seule à le penser.

— Oh, n'est-il pas adorable ? dit une voix.

C'était une voix de gorge, au léger accent européen. Elle précédait une femme vêtue d'une robe habillée de soie dorée, au décolleté discret, qui contrastait étrangement avec ses chaussures de course et ses chaussettes de sport à mi-mollet.

Ses boucles d'un blond tirant sur le roux étaient rassemblées en un chignon élégamment négligé qui avait probablement nécessité des tonnes d'épingles et qui révélait des boucles d'oreilles en diamant assorties au collier raffiné qui ceignait sa gorge. Elle avait de fines rides autour des yeux et de la bouche.

Elle avait une odeur semblable à celle de Stefan, j'en concluais donc qu'il s'agissait d'un vampire, même si ces rides me surprenaient. Stefan n'avait pas l'air d'avoir dépassé vingt ans, et j'avais bêtement cru que, comme les loups-garous, les vampires bénéficiaient d'un renouvellement cellulaire qui effaçait les traces de l'âge, de la maladie et des expériences.

D'un pas feutré, elle se dirigea droit sur Samuel qui s'était retourné en la regardant d'un air solennel. Quand, inclinée contre lui, elle se dressa sur la pointe des pieds et lui lécha le cou, il la saisit par la base du crâne et jeta un regard à Stefan.

Je me redressai encore plus vers le bord du sofa et me tortillai afin de mieux voir ce qui se passait derrière moi. Je ne m'inquiétais pas trop pour Samuel : il pouvait effectivement lui faire craquer la nuque comme à un lapin. Un humain ne l'aurait pas pu, mais il n'était pas humain.

— Lilly, ma petite fée, soupira Stefan, soulageant la tension qui régnait dans la pièce par ses paroles. On ne lèche pas les invités, ma chérie. Ce n'est pas poli.

Elle eut un temps d'arrêt, son nez collé à Samuel. Je saisis le pommeau de la dague de Zee en espérant ne pas avoir à l'utiliser. Samuel pouvait parfaitement s'occuper de lui-même, je l'espérais, mais il n'aimait pas frapper les femmes – et celle que Stefan avait appelée Lilly était très féminine.

— Elle a dit qu'elle avait des visiteurs pour nous distraire.

Elle avait tout de la gamine capricieuse qui voit le magasin de jouets qu'on lui avait promis de visiter s'éloigner sans espoir de retour.

— Je suis certain qu'elle a plutôt dit qu'elle avait des visiteurs que *tu devais* distraire, ma belle.

Stefan n'avait pas bougé de sa chaise, mais son poids s'était déplacé vers l'avant et ses épaules s'étaient tendues.

— Mais il sent si bon, murmura-t-elle.

J'eus l'impression que sa tête avait bougé, mais ce n'était visiblement pas le cas, Samuel n'ayant pas bronché.

— Il est tout chaud…

— C'est un loup-garou, ma petite Lilly adorée. Il serait trop coriace à ton goût.

Se levant de son fauteuil, Stefan passa précautionneusement derrière le sofa. Il prit une des mains de la femme entre les siennes et la baisa :

— Distrais-nous, ma dame.

Il l'arracha gentiment à Samuel et l'escorta d'une manière très formelle au piano droit qui occupait l'un des coins de la pièce. Il lui tira son banc et l'aida à s'installer.

— Que voulez-vous que je joue ? demanda-t-elle. Pas Mozart en tout cas. Il était trop grossier.

Stefan lui caressa la joue du bout des doigts :

— Ma foi, joue ce que tu veux, et nous t'écouterons.

Elle soupira de manière exagérée, en laissant ses épaules retomber, puis, telle une marionnette, elle se redressa complètement et laissa ses mains reposer légèrement sur les touches du piano.

Je n'aime pas le piano. La seule prof de musique d'Aspen Creek ne jouait que du piano. Pendant quatre ans, j'avais martelé des airs une demi-heure par jour, et appris à haïr cet instrument. Il me le rendait bien.

Il ne me fallut que quelques mesures pour me rendre compte à quel point je m'étais trompée sur le piano – tout au moins quand c'était Lilly qui en jouait. Il semblait incroyable que tous ces sons ne sortent que de ce petit piano droit et de cette femme fragile qui y était assise.

— Liszt, murmura Samuel, se détournant de la fenêtre pour venir s'asseoir sur le dossier de mon sofa. Il ferma les yeux et *écouta*, comme il écoutait le chant de la lune.

Stefan s'éloigna du piano quand il fut certain que Lilly ne pensait plus qu'à la musique. Il revint se poster à côté de moi et tendit la main.

Je regardai vers Samuel, mais il était toujours perdu dans la musique. J'attrapai la main de Stefan et me levai. Il m'amena à l'autre bout de la pièce et me dit :

— Ce n'est pas parce que c'est un vampire qu'elle est ainsi, me dit-il pas tout à fait en chuchotant, mais d'une voix assez basse pour ne pas dominer la musique. Son sire l'a découverte jouant du piano dans un bordel de luxe. Il a décidé qu'il voulait qu'elle rejoigne son essaim, alors il l'a prise sans s'apercevoir qu'elle avait un problème. Normalement, elle aurait dû être impitoyablement éliminée : les vampires incapables de se maîtriser sont trop dangereux. Je sais que les loups-garous font de même. Mais personne ne pouvait supporter l'idée de ne plus entendre sa musique. On la garde donc au cœur de l'essaim aussi précieusement que le trésor qu'elle est.

Il hésita.

— Cela dit, d'habitude, on ne lui permet pas de se promener là où elle le désire. Il y a toujours deux personnes avec elle pour la protéger – et protéger d'elle nos invités. Peut-être est-ce notre maîtresse qui s'amuse.

Je regardai les mains de Lilly voler sur le clavier, produisant une musique d'une puissance et d'un raffinement intellectuel dont elle était pourtant dépourvue. Je repensai à ce qui s'était passé avant qu'elle se mette au piano.

— Et si Samuel avait réagi de la mauvaise manière ?

— Elle n'avait aucune chance, dit Stefan d'un air malheureux. Elle n'a pas la moindre expérience des proies non consentantes, et Samuel est vieux. Lilly est précieuse à nos yeux. L'essaim aurait demandé une compensation.

— Chut, dit Samuel.

Pendant un long moment, elle joua du Liszt. Pas les études très lyriques de ses débuts, mais celles qu'il avait écrites après sa rencontre avec le violoniste radical Paganini. Cependant, en plein milieu de l'une de ces folles cavalcades de notes typiques, elle se lança dans un air de blues que je ne reconnus pas, au rythme doux et paresseux comme un gros chat. Elle ajouta un peu de Beatles, du Chopin, et quelque chose de vaguement oriental avant de se lancer dans les premiers accords si familiers de *La Petite Musique de nuit*.

— Je croyais que tu refusais de jouer du Mozart, s'étonna Stefan à la fin du morceau, alors qu'elle commençait déjà à pianoter une nouvelle mélodie de la main droite.

— Sa musique, je l'aime, répondit-elle, l'attention toujours absorbée par son clavier. Lui c'était un porc. (Elle abattit brutalement ses deux mains sur les touches deux fois.) Mais il est mort et moi pas. Pas morte.

Je n'allais pas la contredire. Surtout que l'un de ces doigts délicats avait cassé l'une des touches du piano en s'abattant dessus. Personne ne fit d'ailleurs aucun commentaire.

Elle se leva soudain du banc et traversa la pièce. Elle eut un instant d'hésitation en arrivant au niveau de Samuel, mais quand Stefan toussota, elle trotta jusqu'à lui et lui planta un baiser sur la joue.

— Je vais manger, dit-elle. J'ai faim.

— Très bien, fit Stefan en la serrant dans ses bras puis en la poussant gentiment hors de la pièce.

Elle ne m'avait même pas adressé un seul regard.

— Tu crois donc qu'on essaie de nous piéger ? demanda Samuel d'un air exagérément détendu qui semblait un peu déplacé.

Stefan eut un geste d'ignorance :

— Vous, moi, ou Lilly. Au choix.

— Cela me semble bien compliqué, comme plan, intervins-je. Si Samuel n'en sort pas vivant, Bran détruira cet endroit. Il n'y aura plus un seul vampire debout dans l'État. (Je regardai Stefan.) Ta dame est peut-être puissante, mais la quantité a aussi son importance. C'est pas si grand, les Tri-Cities. S'il y avait des centaines de vampires dans le coin, je m'en serais rendu compte. Bran, lui, peut compter sur le soutien de tous les Alphas d'Amérique du Nord.

— C'est bon de savoir combien les loups nous estiment. Je m'assurerai que notre maîtresse reste bien consciente qu'il faut laisser le loup tranquille et craindre ses semblables, dit une voix féminine, juste derrière moi.

Je me retournai dans sa direction d'un sursaut, et Stefan se retrouva soudain entre le nouveau vampire et moi. Celui-ci n'était ni éthéré ni séduisant. Si cela n'avait pas été un vampire, je lui aurais donné dans les soixante ans, avec son visage marqué par de profondes rides d'aigreur.

— Estelle, dit Stefan, et je ne pus déterminer s'il s'agissait d'un salut, d'une présentation ou d'un avertissement.

— Elle a changé d'avis. Elle ne veut plus monter pour voir le loup. Mais ils peuvent venir à elle, à la place.

Elle semblait ne pas prêter la moindre attention à Stefan.

— Ils sont sous ma protection, dit ce dernier d'un ton sombre que je ne lui avais jamais entendu.

— Elle a dit que tu pouvais venir aussi, si tu le désirais. (Elle tourna son attention vers Samuel.) Il va falloir que vous me donniez toute croix ou autre objet sacré que vous pourriez avoir sur vous, s'il vous plaît. Nous interdisons aux gens de porter des armes en présence de notre maîtresse.

Elle tendit une bourse en cuir orné d'or et Samuel défit son collier. Quand il le dégagea de son col, il n'eut aucun éclat particulier. C'était juste un bout de métal. Pourtant, je la vis très distinctement avoir un mouvement de recul quand il effleura sa main.

Elle me regarda et je tirai mon médaillon de sous mon tee-shirt :

— Pas de croix, dis-je d'un ton neutre. Je ne m'attendais pas à rendre visite à votre maîtresse ce soir.

Elle n'eut même pas un regard pour la dague de Zee, ne la considérant visiblement pas comme une arme. Elle tira les ficelles de la bourse et la balança du bout des doigts avant de dire :

— Venez avec moi.

— Je les amène dans une minute. Va la prévenir qu'ils arrivent.

L'autre vampire leva un sourcil, mais ne dit rien et partit en emportant le sac contenant la croix de Samuel.

— Il y a encore quelque chose que je ne sais pas, dit rapidement Stefan. Je peux vous protéger contre la plupart des vampires qui peuplent ces lieux, mais pas contre la maîtresse elle-même. Si vous préférez, je vous fais sortir d'ici et irai voir si je peux obtenir des informations sans vous.

— Non, décida Samuel. Nous sommes ici, maintenant. Autant aller jusqu'au bout.

Il trébucha un peu sur ses mots, et je vis Stefan lui jeter un regard surpris.

— Une fois encore, je vous offre mon escorte jusqu'à l'extérieur. (Cette fois-ci, Stefan me regardait.) Je ne tolérerais pas que toi ou tes proches aient le moindre ennui ici.

— Peux-tu découvrir où se cachent les autres loups si elle ne veut pas que tu le saches ? lui demandai-je.

Son hésitation me donna la réponse à ma question.

— Nous irons lui parler, alors.

Il acquiesça, mais n'avait pas l'air heureux, loin de là.

— Alors je ne peux que répéter les conseils de ton gremlin. Ne la regardez pas dans les yeux. Elle sera probablement entourée d'autres vampires, même si elle ne vous permet pas de les voir. N'en regardez aucun dans les yeux. Il y en a quatre ou cinq dans l'essaim qui pourraient même hypnotiser ton loup.

Il se dirigea vers une alcôve qui abritait un escalier en fer forgé. Nous commençâmes à descendre les marches vers ce que je crus d'abord être le sous-sol, mais l'escalier allait plus loin que cela. Des petites appliques sur les murs de ciment s'allumèrent au passage de Stefan. Elles nous permirent de mieux voir les marches – et de nous apercevoir que nous descendions le long d'un tube de béton, mais c'est à peu près tout ce qu'elles éclairaient. Des petites aérations laissaient entrer un air frais qui m'empêchait de sentir ce qui nous attendait en bas.

— On va encore loin, comme ça ? demandai-je, en luttant contre la claustrophobie qui m'incitait à repartir en courant vers la surface.

— À peu près à six mètres de profondeur.

La voix de Stefan sembla rebondir sur les murs, ou peut-être était-ce le son émis par quelqu'un, plus bas.

Ou bien j'étais juste vraiment très nerveuse.

Au bout d'un moment, l'escalier aboutit à un petit palier de béton. Mais même avec ma vision nocturne, je n'arrivai pas à pénétrer l'obscurité de mon regard sur plus de quelques mètres. Une odeur d'eau de Javel dominait une infinité d'autres odeurs que je n'avais jamais senties de ma vie.

Stefan bougea, et plusieurs lampes fluorescentes s'allumèrent. Nous nous trouvions dans une pièce nue, aux murs, au plafond et au sol enduits de ciment. L'impression générale était celle de stérilité et de vide.

Stefan ne s'y arrêta pas et continua son chemin vers un étroit tunnel qui remontait doucement. Ce tunnel était régulièrement parsemé de portes métalliques sans poignée. J'entendis des choses se mouvoir derrière elles et me réfugiai sous la protection de Samuel. Quelque chose s'abattit sur une porte alors que je passais devant, créant un écho qui s'éloigna derrière nous. Derrière une autre porte, quelqu'un – ou quelque chose – éclata d'un long rire aigu et désespéré qui cascada jusqu'à se transformer en hurlements.

En arrivant au bout du couloir, c'était tout juste si je n'avais pas complètement escaladé Samuel, mais lui était toujours détendu, et ni son pouls ni sa respiration n'avaient semblé réagir aux événements. Salaud ! Je décidai de me priver d'une trop longue respiration tant que nous n'aurions pas atteint la dernière porte.

Le tunnel tourna brusquement et se transforma en un escalier abrupt de douze marches qui menait à une pièce aux murs incurvés, au sol recouvert de parquet, délicatement éclairée. À l'autre bout de cette pièce, juste en face de l'entrée, il y avait un canapé somptueux en cuir moka dont les courbes reflétaient celles des murs.

Une femme reposait contre deux oreillers en tapisserie trop remplis, posés contre le bras du canapé. Elle était vêtue de soie. Je reniflai l'odeur des résidus de vers à soie, ainsi que celle, plus faible, que j'avais appris à attribuer aux vampires.

Sa robe était d'une coupe simple, mais de qualité, et étreignait sa silhouette d'un tourbillon de couleurs allant du rouge au pourpre. Ses fins pieds étaient nus à part les ongles peints eux aussi en rouge et en pourpre. Elle se tenait les genoux pliés de manière à apporter un support au livre de poche qu'elle était en train de lire.

Elle finit sa page, la corna et posa négligemment le livre sur le sol. Puis elle posa les pieds par terre et tourna son visage dans notre direction avant de faire de même avec son regard. C'était fait avec tant de grâce que j'eus à peine le temps de baisser le mien.

— Stefano, charge-toi des présentations, dit-elle d'une voix de contralto rendue encore plus riche par la pointe d'accent italien.

Stefan s'inclina, un geste qui aurait dû sembler étrange dans son jean déchiré, mais qui parut plutôt délicieusement suranné.

— *Signora* Marsilia, dit-il. Permettez-moi de vous présenter Mercedes Thompson, mécanicienne auto extraordinaire, et son ami, le docteur Samuel Cornick, le fils du Marrok. Mercy, docteur Cornick, voici la *Signora* Marsilia, maîtresse de l'Essaim du Mid-Columbia.

— Bienvenue, dit-elle.

L'apparence si humaine des deux femmes que nous avions rencontrées en haut, avec leurs rides et leurs imperfections, m'avait profondément dérangée. Stefan lui-même avait un côté étrange que je pouvais détecter. Je l'avais identifié comme non-humain à la minute où je l'avais rencontré, mais, à part leur odeur distinctive de vampire, les deux autres auraient parfaitement pu passer pour des humaines.

Celle-ci en aurait été incapable.

Je l'examinai, cherchant à déterminer ce qui, en elle, me faisait dresser l'échine. Elle avait l'apparence d'une femme d'une vingtaine d'années, ayant probablement subi la vampirisation avant que l'âge ait eu le temps de laisser ses marques sur elle. Elle avait les cheveux blonds, une couleur que je n'associais pas à l'Italie. Ses yeux étaient bruns, en revanche, aussi foncés que les miens.

Je m'arrachai à la contemplation de son visage en toute hâte, prenant conscience, le temps d'un soupir à quel point il était facile de se laisser aller. Elle n'était pourtant pas en train de me regarder. Comme tous les autres vampires, elle avait focalisé son attention sur Samuel, ce qui était bien compréhensible. C'était le fils de Bran, le Marrok, une personne nettement plus influente qu'une simple mécanicienne Volkswagen. En règle générale, d'ailleurs, les femmes avaient toujours plus tendance à le regarder lui que moi.

— Ai-je dit quelque chose qui vous amuse, Mercedes ? demanda Marsilia. Sa voix était douce, mais résonnait en arrière-plan d'une puissance semblable à celle que pouvaient déployer les Alphas.

Je décidai de lui dire la vérité, et de voir ce qu'elle en ferait :

— Vous êtes la troisième femme ce soir à me snober complètement, *Signora* Marsalia. Cela dit, c'est compréhensible, j'ai moi-même le plus grand mal à détourner mon attention du docteur Cornick.

— Vous avez toujours cet effet sur les femmes, docteur Cornick ? demanda-t-elle malicieusement.

Ce qui prouve combien son attention était effectivement fixée sur lui.

Samuel, l'inexorable Samuel, se mit à bégayer :

— J… je n'… n'ai…

Il s'interrompit et prit une inspiration avant de continuer d'un ton plus fidèle à lui-même :

— Je pense que vous avez plus de succès avec le sexe opposé que j'en ai moi-même.

Elle rit, et je sus ce qui me dérangeait : quelque chose n'allait pas avec ses expressions et ses gestes, comme si elle se contentait d'imiter les humains. Comme si, si nous n'étions pas ici pour lui servir de public, elle ne prendrait même pas la peine de paraître humaine.

Zee m'avait dit que les avancées en matière d'effets spéciaux au cinéma permettaient de créer des êtres totalement virtuels qui semblaient réels. Mais l'on s'était rendu compte qu'au-delà d'un certain stade, plus ces êtres étaient réalistes, plus le public les rejetait.

Je voyais maintenant exactement ce qu'il voulait dire.

Elle maîtrisait tout *presque* à la perfection. Le battement de son cœur, sa respiration. La peau légèrement rosie, comme quelqu'un qui reviendrait d'une balade dans le froid. Mais ses sourires clochaient : ils intervenaient à contretemps, soit trop tard, soit trop tôt. C'était une excellente imitation d'humain, mais pas assez parfaite – et c'était cela qui me fichait les jetons.

En général, je n'ai pas les mêmes problèmes de contrôle qu'affrontent les loups-garous. Les coyotes sont des animaux adaptables et pacifiques. Mais à cet instant, si j'avais été sous forme de coyote, je me serais enfuie aussi vite que je le pouvais.

— Mon Stefano m'a dit que vous désireriez en savoir plus sur ces visiteurs qui m'ont si généreusement payée pour que je les laisse en paix.

Elle s'était de nouveau complètement désintéressée de moi, ce qui ne me dérangeait absolument pas.

— Oui, dit Samuel d'une voix douce et presque rêveuse. Nous finirions par les trouver par nous-mêmes, mais vos informations nous y aideront.

— Quand je vous aurai donné cette information, ronronna-t-elle, nous discuterons un peu du Marrok, et de ce qu'il pourra me donner pour ma coopération.

Samuel fit un signe de dénégation :

— Désolé, *Signora*. Je n'ai pas autorité pour discuter de ce genre de détails. Je serai néanmoins heureux d'apporter un message de votre part à mon père.

Elle lui adressa une moue et je sentis la puissance de ses desseins le concernant. Je sentis aussi Samuel commencer à être excité. Si son pouls n'avait pas déraillé en entendant le vacarme des terrifiantes créatures qui étaient enfermées derrière les portes, dans le couloir, il commençait à s'accélérer au contact de la maîtresse de l'essaim. Elle se pencha en avant, et je le vis s'avancer, jusqu'à ce que le visage de la femme se retrouve à quelques centimètres de sa braguette.

— Samuel, dit Stefan d'un air faussement insouciant, tu as du sang dans le cou. Est-ce que Lilly t'a coupé ?

— Laisse-moi examiner cela, intervint la *Signora*. (Elle inspira profondément et produisit un grondement affamé qui ressemblait au frottement de vieux os fossilisés.) Je vais m'occuper de tout.

Cela semblait étrangement une très mauvaise idée. Et je n'étais pas la seule à le penser.

— Ils se trouvent sous ma protection, maîtresse, intervint Stefan d'un ton excessivement formel. Je les ai amenés ici afin que tu puisses parler au fils du Marrok. Mon honneur réside dans leur sécurité, et j'ai déjà risqué de le perdre quand Lilly est venue nous rendre visite sans escorte. Cela me hérisse de penser que vos volontés puissent aller à l'encontre de mon honneur.

Elle ferma les yeux et baissa la tête, laissant son front reposer contre le bas-ventre de Samuel. Je l'entendis encore inhaler profondément, et l'excitation de Samuel augmenter, comme si elle l'appelait en inspirant ainsi.

— Cela fait si longtemps, murmura-t-elle. Sa puissance m'attire comme un verre de cognac par une nuit d'hiver.

Il m'est difficile de réfléchir. Qui était censé s'occuper de Lilly quand elle est venue vous rendre visite ?

— Je vais me renseigner, répondit Stefan. Ce sera avec plaisir que j'amènerai ces scélérats devant toi afin que tu les châties comme ils le méritent, maîtresse.

Elle acquiesça et Samuel gémit. Elle ouvrit les yeux, et ceux-ci n'étaient plus sombres. Dans la semi-obscurité de la pièce, ils brillaient d'un feu rouge et or.

— Je ne me contrôle plus aussi bien qu'avant, dit-elle.

Je m'attendais vaguement que son ton se durcisse en voyant le feu qui brillait dans ses yeux, mais au contraire, elle parlait d'une voix encore plus profonde et séductrice qui faisait même réagir mon corps – et je n'ai aucune attirance envers les femmes en général.

— C'est le moment de sortir ton mouton, Mercy.

L'attention de Stefan semblait tellement fixée sur l'autre vampire que j'eus un moment de doute avant de comprendre qu'il s'adressait à moi.

Je m'étais déjà rapprochée discrètement de Samuel. Cinq ans d'étude des arts martiaux m'avaient procuré une ceinture violette, assez de force musculaire pour manier des pièces détachées presque aussi facilement qu'un homme, et la conscience aiguë que mes capacités limitées étaient aussi inutiles qu'un fichu lance-pierres contre des vampires.

J'avais d'abord pensé à le pousser violemment hors de sa portée, mais mes sens avaient fini par réussir à me transmettre une information capitale : il y avait d'autres vampires aux alentours, des vampires que je ne pouvais ni voir ni entendre, mais que je pouvais sentir.

Le conseil de Stefan me donna donc une idée de ce que j'allais faire : je tirai sur ma chaîne. Celle-ci était assez longue pour que je puisse l'enlever sans l'ouvrir et je la laissai se balancer au bout de ma main alors que Marsilia attaquait.

J'ai grandi avec des loups-garous qui sont plus rapides que des lévriers de course, et je suis moi-même encore plus rapide, mais je ne la vis même pas bouger. L'instant d'avant, elle était appuyée sur le ventre de Samuel, l'instant suivant, elle avait noué ses jambes autour de la taille de ce dernier et collé la bouche à sa gorge. Tout ce qui suivit sembla se dérouler comme au ralenti, même si je suppose que tout ne prit que quelques secondes.

Le sort qui dissimulait les autres vampires se dissipa dans la frénésie avec laquelle Marsilia se nourrissait, et je les vis, six vampires adossés à l'un des murs de la pièce. Ils ne faisaient aucun effort pour paraître humains, et j'eus une impression générale de peau grise, de joues creuses et d'yeux étincelant comme des pierres précieuses animées d'un feu intérieur. Ils étaient parfaitement immobiles, bien que Stefan se soit jeté sur Marsilia pour essayer de l'arracher à Samuel. Ils ne bronchèrent pas plus lorsque je m'approchai de Samuel, mon dérisoire collier enroulé autour du poignet. J'imagine qu'ils ne nous considéraient ni l'un ni l'autre comme une menace.

Samuel avait les yeux clos, la tête rejetée en arrière pour faciliter l'accès à Marsilia. Le souffle court de terreur, j'appliquai le pendentif sur le front de Marsilia et fis une rapide, mais fervente prière pour que l'agneau fonctionne de la même manière qu'une croix.

Il s'enfonça dans la peau du front de Marsilia, mais celle-ci, aussi absorbée que Samuel dans sa tâche, ne le remarqua même pas. Puis plusieurs événements intervinrent simultanément – ce fut seulement ensuite que je réussis à les remettre dans leur ordre probable.

Dans ma main, le mouton se mit à luire de l'étrange lumière bleutée d'un bec Bunsen bien réglé. Marsilia se jeta derrière le canapé, aussi loin du pendentif – et de

Samuel – qu'elle le pouvait. Elle poussa un cri perçant, à la limite de l'audible pour moi, et ses mains firent un geste.

Tout le monde s'effondra au sol, Samuel, Stefan et les gardes de Marsilia, me laissant, avec mon petit agneau qui brillait absurdement comme une minuscule enseigne au néon, face à la maîtresse du nid. Je pensai d'abord que les autres s'étaient jetés au sol de leur propre gré, à un signal secret que je n'avais pas vu. Mais Marsilia releva le menton d'un geste rapide qui n'avait rien d'humain et cria encore. Les corps à terre tressautèrent un peu, comme s'ils avaient mal mais ne pouvaient bouger pour soulager la douleur – et je m'aperçus enfin que c'était non seulement ma peur, mais aussi la magie qui m'empêchait de respirer normalement. Marsilia était en train de tous les torturer.

— Arrêtez, dis-je en tentant de sembler investie d'une grande autorité.

La voix qui sortit était tremblante et étouffée. Effet raté.

Je m'éclaircis la voix et essayai encore. Si j'étais capable de faire face à Bran après avoir plié sa Porsche autour d'un arbre, le tout sans sa permission et sans permis de conduire, je pouvais parfaitement faire en sorte de ne pas couiner.

— Assez. Personne ne vous a fait de mal.

— Personne ? siffla-t-elle en rejetant sa crinière en arrière, révélant sur son front une sale brûlure qui avait vaguement la forme de mon médaillon.

— Vous vous nourrissiez de Samuel sans sa permission, répliquai-je, comme si je savais parfaitement que cela me donnait le droit de le défendre – je n'en étais pas certaine, mais le bluff fonctionnait avec les loups-garous. De plus, les vampires semblaient assez maniaques du protocole.

Elle leva le menton mais ne répondit rien. Elle inspira profondément, et je me rendis compte qu'elle n'avait pas respiré depuis que je l'avais séparée de Samuel. Ses paupières papillotèrent en sentant l'odeur de la pièce – je la sentais aussi : peur, douleur, sang, et quelque chose de sucré et d'obsédant qui se mariait aux odeurs des personnes présentes.

— Cela faisait longtemps que je n'avais pas eu un tel présent, dit-elle. Il saignait et était déjà à moitié ensorcelé.

Elle ne s'excusait pas, mais je me contenterais de simples explications si cela nous permettait de sortir d'ici vivants.

Stefan trouva le moyen de prononcer un mot :

— Piège.

Elle dessina rapidement un cercle en l'air, à travers lequel sa main fit un rapide aller-retour. En réponse à cela, tous les corps sur le sol se détendirent. Je vis avec soulagement que Samuel respirait encore.

— Explique, Stefan, dit-elle, et je soupirai de soulagement à l'idée d'avoir son attention ailleurs que sur moi.

— Un piège pour vous, maîtresse, répondit Stefan de la voix rauque d'un homme qui aurait trop hurlé. On saigne le loup et on vous le présente emballé comme un gros cadeau. C'est du beau travail. Je n'ai même pas remarqué qu'il était ensorcelé avant de voir le sang.

— Tu as probablement raison, dit-elle. (Elle me regarda d'un air agacé.) Rangez-moi cette chose. Vous n'en aurez plus besoin.

— C'est bon, Mercy, dit Stefan, toujours enroué.

Il ne s'était pas levé et restait allongé, les yeux fermés, comme s'il n'avait plus la moindre force.

Je remis le collier autour de mon cou et la pièce parut d'autant plus sombre sans sa lumière.

— Parle-moi de ce piège, Stefano, dit-elle en enjambant le dossier du canapé pour revenir s'y asseoir.

Si son regard s'attarda un peu trop sur Samuel, toujours immobile, au moins ses yeux n'étaient plus animés que par les braises de ce feu inhumain.

Les vampires montraient tous des signes de vie, mais seul Stefan bougeait. Il s'assit, poussa un gémissement et se toucha le front, comme s'il avait mal. Ses mouvements étaient saccadés, inhumains.

— Lilly nous a été envoyée sans son escorte. J'ai d'abord cru que c'était pour créer un incident. Si Samuel l'avait tuée, les relations entre l'essaim et le Marrok se seraient dégradées. Mais peut-être était-ce encore plus vicieux que cela. Je pensais que nous avions réussi à le tirer de ses griffes avant qu'elle puisse faire quoi que ce soit, mais *a posteriori*, je me rends compte qu'il était déjà ensorcelé à ce moment-là. Ils l'ont envoyé à vous saignant comme une entrecôte bleue… Si vous aviez tué Samuel, ce que je crois probable vu l'état de semi-famine dans lequel vous vous entretenez… (On entendit une nette note de désapprobation dans sa voix.) Si vous aviez tué Samuel…

Elle se lécha les lèvres comme pour savourer les dernières traces de sang et jeta un regard de regret vers Samuel, comme si elle aurait préféré que personne ne l'arrête.

— Si je l'avais tué, ça aurait été la guerre.

Quittant Samuel du regard, elle tourna son attention vers moi et nos regards se rencontrèrent. Rien ne se passa. Elle eut l'air perplexe, mais sembla moins surprise que je l'étais. Peut-être était-ce mon mouton qui continuait à me protéger de sa magie. Elle fit cliqueter ses ongles les uns contre les autres, réfléchissant à ce que signifiait tout cela.

— Notre infériorité numérique serait fatale, ajouta Stefan, en voyant qu'elle ne disait rien.

Il fit un effort visible pour se relever :

— Si la guerre éclatait, nous serions obligés de quitter le pays.

Elle s'immobilisa en entendant ces paroles, comme si elles avaient une grande importance :

— Quitter ce maudit désert et retourner *chez nous* (elle ferma les yeux), nombreux seraient ceux prêts à risquer ma colère pour cela.

Les autres vampires avaient commencé à s'étirer. Je m'interposai entre eux et Samuel, comptant sur Stefan pour nous protéger de sa maîtresse. Alors qu'ils se relevaient, ils semblèrent plus intéressés par Samuel que par Marsilia. Et comme à peu près tout le monde ce soir-là, ils ne me prêtèrent aucune attention alors qu'ils s'approchaient de nous.

— Réveille-toi, Sam, dis-je en lui chatouillant les côtes de mon talon.

Stefan prononça quelques mots qui coulaient comme une rivière, avec le rythme typique de l'italien. Comme dans une variante bizarre de « 1, 2, 3, soleil », les autres vampires se figèrent, parfois dans des postures malcommodes.

— Qu'est-ce qui ne va pas avec Samuel ?

Ma question s'adressait à Stefan, mais ce fut Marsilia qui me répondit.

— Il est ensorcelé par ma morsure, dit-elle. Il y en a beaucoup qui meurent des suites du Baiser, mais cela n'aura probablement pas d'effet permanent sur un loup-garou. Si j'avais été plus faible, il n'aurait jamais succombé.

Elle avait l'air contente d'elle.

— Alors comment Lilly s'est-elle débrouillée ? demanda Stefan. Elle n'est pas arrivée au stade du Baiser, mais il était tout de même ensorcelé.

Elle fut soudain accroupie à mes pieds, les doigts effleurant la gorge de Samuel. Je détestais cette manière qu'elle avait d'apparaître n'importe où, en particulier quand c'était à côté d'un Samuel sans défense.

— Bonne question, murmura-t-elle. C'est un dominant, ce fils de Bran ?

— Oui, lui répondis-je.

Je savais que les humains avaient du mal à reconnaître les loups dominants des soumis, mais ça ne m'était jamais venu à l'idée que les vampires puissent aussi avoir des difficultés.

— Alors Lilly n'aurait jamais dû pouvoir l'ensorceler. Mais… peut-être que quelqu'un lui a prêté ce pouvoir.

Elle porta ses doigts à sa bouche et lécha le sang de Samuel. Ses yeux s'étaient remis à luire.

Je recommençai à tirer mon pendentif de sous mon tee-shirt, mais une main pâle me saisit le poignet et je me retrouvai pressée contre un corps froid, osseux et nerveux.

Avant même d'avoir compris que l'on m'avait immobilisée, j'avais fait passer mon adversaire par-dessus mon épaule. Si j'avais pris le temps de la réflexion, je n'aurais jamais tenté de faire cela à un vampire, mais des centaines d'heures dans le dojo m'avaient donné certains réflexes.

Il atterrit pile sur Samuel, Marsilia s'étant extraite de la bagarre. La créature se tordit, et je pensai qu'il allait de nouveau m'attaquer, mais en fait il en avait après Samuel. Il se jeta sur la gorge ensanglantée de ce dernier.

Marsilia arracha son vampire de Samuel, écorchant la peau de celui-ci là où les crocs du prédateur s'étaient refermés. Avec indifférence, et sans le moindre effort apparent, elle l'envoya dans le mur. Le plâtre s'effrita, mais il se releva aussitôt, les lèvres retroussées sur ses crocs dans un rictus qui s'effaça aussitôt qu'il vit qui l'avait fait voler cette fois-ci.

— Dehors, mes chers amis. (Je remarquai que la marque sur son front commençait déjà à cicatriser.) Dehors, avant que nous perdions tout honneur, tentés au-delà du tolérable par tant de douceur offerte à nous comme un festin.

J'avais fini par réussir à sortir mon mouton, mais avant même qu'il eût recommencé à briller, Stefan, Samuel et moi nous retrouvâmes seuls.

Chapitre 11

Un ascenseur se cachait derrière l'une des portes du couloir. Stefan, effondré contre la paroi, portait un Samuel couvert de sang, inanimé, mais qui respirait toujours.

— Tu es sûr qu'il va bien ? lui demandai-je pour la énième fois.

— Il n'en mourra pas, répondit-il.

Ce qui n'était pas tout à fait pareil.

L'ascenseur s'arrêta en douceur et ses portes s'ouvrirent sur une cuisine aux placards de loupe d'érable et aux plans de travail en pierre blanc crème, vivement éclairés. Il n'y avait pas de fenêtres, mais l'association astucieuse de miroirs et de panneaux de verre dépoli rétroéclairés faisait illusion. À côté du réfrigérateur se trouvait quelque chose qui m'intéressait nettement plus : une porte vers l'extérieur. Je n'attendis pas Stefan pour l'ouvrir et m'élançai en courant sur la pelouse parfaitement entretenue. En prenant une longue inspiration saccadée, je me rendis compte que j'étais sortie de la demeure principale.

— Les maisons sont reliées par des tunnels, observai-je alors que Stefan me rejoignait.

— Pas le temps de parler, grogna-t-il.

Je vis qu'il avait un peu de mal avec le poids de Samuel.

— Je pensais que les vampires avaient assez de force pour déraciner un arbre.

— Pas après que Marsilia en a fini avec eux, répliqua Stefan, en tentant d'avoir une meilleure prise sur Samuel.

— Pourquoi ne le prends-tu pas sur ton épaule ?

— Parce que je ne veux pas l'avoir sur mon épaule quand il se réveillera. Il sera probablement très énervé. Dans cette position, je peux le poser à terre et m'éloigner au premier signe de réveil.

— Je vais le porter, intervint une autre voix.

Stefan se tourna brusquement, les lèvres retroussées, et, pour la première fois, je vis nettement ses crocs étincelants dans la nuit.

Un autre vampire nous avait rejoints. Il portait un jean et l'une de ces chemises blanches de pirate échancrées jusqu'à la taille que l'on ne voyait que dans les films d'Errol Flynn ou les conventions moyenâgeuses. Ça ne lui allait pas du tout. Il avait les épaules trop étroites, et son ventre plat semblait cadavérique plus que sexy sous la chemise bouffante – ou peut-être était-ce juste que j'avais eu mon compte de vampires ce soir-là.

— Je viens en paix, Stefan, dit le vampire en levant la main. Marsilia a pensé que vous auriez peut-être besoin d'aide.

— Tu veux surtout dire qu'elle souhaite éviter que le docteur Cornick soit encore ici quand il se réveillera du sort du Baiser. (Stefan se détendit légèrement.) D'accord.

Ils transférèrent Samuel d'un vampire à l'autre – le nouveau venu, ne craignant visiblement pas le réveil de Samuel, le balança par-dessus son épaule.

Le calme régnait, mais la nuit semblait suspendue dans une attente que je reconnus comme étant celle de la chasse. On nous surveillait. Comme c'était surprenant. Nous ne prononçâmes pas un mot en traversant le jardin jusqu'au grand portail que quelqu'un avait ouvert alors que nous nous trouvions à l'intérieur.

J'ouvris la porte du van et désignai la banquette du milieu. Le vampire enleva Samuel de son épaule et le mit sur la banquette arrière. Je me rendis compte que je trouvais la force des vampires encore plus dérangeante que celle des loups-garous : ces derniers, au moins, avaient l'air de personnes puissantes.

Lorsque Samuel fut bien installé, le vampire se tourna vers moi :

— Mercedes Thompson, dit-il. Ma maîtresse vous remercie de votre visite, qui lui a permis de découvrir quelque chose qu'elle n'aurait pas su autrement. Elle vous remercie aussi de lui avoir permis de garder son honneur ainsi que celui de son vassal, Stefano Uccello. (Il sourit en voyant mon air dubitatif.) Elle a dit qu'elle n'avait jamais été repoussée par un mouton. Des croix, les Écritures, de l'eau bénite, oui, mais ça, c'était une grande première.

— L'agneau de Dieu, expliqua Stefan. (Il avait de nouveau l'air presque normal, accoudé négligemment au van.) Je ne pensais pas que ça fonctionnerait. Sinon, bien sûr, je lui aurais dit de le donner à Estelle.

— Bien sûr. (Le vampire m'adressa un autre sourire furtif.) Quoi qu'il en soit, je vous transmets les excuses de la *Signora* Marsilia pour tout problème rencontré cette nuit par vous et les vôtres, et nous espérons que vous les transmettrez aussi au docteur Cornick. Expliquez-lui que la maîtresse ne lui voulait aucun mal, mais que certains ont profité de sa récente indisposition pour se rebeller. Ils seront châtiés.

— Dites à votre maîtresse que j'accepte bien volontiers ses excuses, et que je regrette aussi tout désagrément qu'elle a pu subir ce soir, mentis-je.

Mais au moins le fis-je de manière convaincante, puisque Stefan m'adressa un signe d'approbation.

Le vampire s'inclina, puis me tendit la croix de Samuel, la tenant avec précaution par la chaîne, ainsi qu'un morceau de papier épais, du genre fait main. Il embaumait les mêmes herbes qui parfumaient la maison, et portait, écrite d'une main qui avait appris à calligraphier à la plume, une adresse à Kennewick.

— Elle voulait vous donner cela elle-même, mais m'a demandé de vous en dire un peu plus. Les loups nous ont donné dix mille dollars pour le droit d'occuper cette adresse deux mois durant.

Stefan se raidit de surprise :

— Mais c'est beaucoup trop ! Pourquoi leur a-t-elle demandé autant ?

— Elle n'a rien demandé. Ils nous ont payés directement, sans la moindre négociation. J'ai partagé avec la maîtresse mes doutes quant à la régularité de la transaction, mais…

Il regarda Stefan et haussa les épaules en un geste d'impuissance.

— Marsilia n'est plus elle-même depuis qu'elle a été bannie de Milan et forcée de s'installer ici, m'expliqua Stefan.

Il s'adressa encore à l'autre vampire :

— C'est une bonne chose qui s'est passée ce soir. Cela fait un bien fou de voir notre maîtresse de nouveau affamée, André.

« Un bien fou » n'est pas exactement l'expression que j'aurais utilisée.

— Espérons-le, dit l'autre d'un air critique. Cela fait deux cents ans qu'elle était endormie. Qui sait ce qui va se passer à son réveil ? Tu t'es peut-être cru trop malin…

— Je n'ai rien fait, protesta Stefan. C'est quelqu'un d'autre qui a causé ce désordre. Notre maîtresse m'a chargé d'enquêter.

Les deux vampires s'affrontèrent du regard, aucun ne prenant la peine de respirer.

Finalement, Stefan dit :

— Quoi qu'il en soit de leurs intentions, ils ont enfin réussi à La réveiller. S'ils n'avaient pas mis mes hôtes en danger, je ne ferais rien pour les pourchasser.

De la politique de vampires, pensai-je. *Humains, loups-garous ou, apparemment, vampires, ils sont tous pareils : mettez-en plus de trois au même endroit, et les luttes de pouvoir commencent.*

Je comprenais une partie de l'histoire. Les très vieux loups se retiraient souvent d'un monde qui changeait trop vite à leur goût et vivaient en ermites dans leur grotte, sortant juste pour se nourrir, et finissant même par ne plus s'intéresser à cela. Il semblait que Marsilia souffrît d'un mal similaire. Il semblait aussi que certains vampires fussent satisfaits de la léthargie de leur maîtresse, mais ce n'était pas le cas de Stefan. André, lui, ne paraissait pas savoir quel camp choisir. Quant à moi, j'étais dans le camp qui me permettrait d'avoir la paix.

— La maîtresse m'a aussi dit de te donner quelque chose, ajouta André à l'attention de Stefan.

Un claquement aussi brutal qu'un coup de feu retentit et je vis Stefan tituber vers le van, la main sur la joue. Ce fut seulement quand la trace d'une main apparut sur sa peau rougie que je compris ce qui venait de se passer.

— C'est un avant-goût, précisa André. Elle a trop à faire aujourd'hui, mais tu devras te présenter au rapport demain au crépuscule. Tu aurais dû lui dire qui était Mercedes Thompson depuis le début. Tu aurais dû la prévenir, plutôt que d'attendre qu'elle le découvre quand la changeuse a résisté à sa magie. Et tu n'aurais jamais dû l'amener ici.

— Elle n'avait ni pieu ni eau bénite, protesta Stefan, ne semblant pas plus dérangé que cela par la gifle. Elle ne représente aucun danger pour nous. Elle a à peine conscience de ce qu'elle est, et personne pour le lui apprendre. Elle ne chasse pas les vampires, et n'agresse pas ceux qui la laissent tranquille.

D'un mouvement de tête plus rapide que celui de n'importe quel humain, André posa ses yeux sur moi :

— Est-ce vrai, Mercedes Thompson ? Tu ne pourchasses pas ceux qui se contentent de te faire peur ?

J'étais fatiguée, inquiète pour Samuel, et encore surprise d'être sortie vivante de la rencontre avec *Signora* Marsilia et les siens.

— Je ne chasse personne, à part quelques lapins, souris ou faisans, dis-je. Jusqu'à récemment, en tout cas.

Si je n'avais pas été aussi fatiguée, je n'aurais jamais prononcé cette dernière phrase à haute voix.

— Comment ça, jusqu'à récemment ?

C'était Stefan qui avait posé la question.

— Ces derniers jours, j'ai tué deux loups-garous.

— Vous avez tué deux loups-garous ? répéta André d'un air critique. Je suppose que vous ne faisiez que vous défendre et que vous aviez une arme à portée de main.

Je secouai la tête :

— Pas vraiment. L'un était perdu dans l'influence de la lune et aurait tué quiconque l'approchait. Je lui ai sauté à la gorge et il s'est vidé de son sang. L'autre, je l'ai abattu avant qu'il tue l'Alpha.

— Sauté à la gorge ? murmura Stefan, alors qu'André ne savait visiblement pas sur quel pied danser.

— J'étais en forme de coyote, et j'essayais simplement de détourner son attention pour qu'il se lance à ma poursuite.

— C'est rapide, un loup-garou, objecta Stefan en fronçant les sourcils.

— Je sais, lui répondis-je avec irritation. Et je le suis encore plus. (Je repensai à la traque que m'avait fait subir la compagne de Bran et ajoutai :) La plupart du temps, en tout cas. Je n'avais pas l'intention de tuer…

Quelqu'un hurla, m'interrompant dans mon élan. Nous attendîmes un instant, mais plus aucun son ne nous parvint.

— Il vaut mieux que je revienne auprès de la *Signora*, dit André, et il disparut comme il était apparu : en un clin d'œil.

— Je vais conduire, dit Stefan. Il vaut mieux que tu sois à l'arrière, pour que le docteur Cornick voie une personne de confiance quand il se réveillera.

Je lui confiai les clés et montai à l'arrière.

— Que va-t-il se passer quand il se réveillera ? demandai-je en m'installant sur la banquette et en plaçant la tête de Samuel sur mes genoux. Je lissai ses cheveux du plat de la main et effleurai son cou. Les morsures des vampires s'étaient déjà refermées et je sentis une croûte sous mes doigts.

— Rien, peut-être, dit Stefan en s'asseyant sur le siège conducteur et en mettant le contact. Mais, parfois, leur réaction au Baiser peut être dangereuse. La *Signora* Marsilia a toujours préféré les loups à des proies plus faciles. C'est la raison pour laquelle on l'a bannie d'Italie, d'ailleurs.

— Se nourrir de loups-garous est tabou ? m'étonnai-je.

— Non. (Il fit demi-tour et commença à remonter l'allée.) En revanche, se nourrir de la maîtresse loup-garou du Seigneur de la Nuit est tabou.

Il prononça les mots « Seigneur de la Nuit » comme si j'étais censée savoir de qui il s'agissait, alors je demandai :

— Qui est le Seigneur de la Nuit ?

— Le Maître de l'essaim de Milan. Ou tout au moins l'était-il la dernière fois que j'en ai entendu parler.

— Et c'était quand ?

— Il y a deux cents ans, je dirais. Il a forcé la *Signora* Marsilia à s'exiler ici en compagnie de ceux qui lui devaient existence ou obéissance.

— Il n'y avait rien, ici, il y a deux cents ans.

— Il paraît qu'il a juste planté une épingle sur une carte. Tu as parfaitement raison : il n'y avait rien ici. Seulement le désert, la poussière et des Indiens. (Il avait réglé le rétroviseur de façon à me regarder et poursuivit :) Des Indiens, et des créatures que nous n'avions jamais rencontrées auparavant : les métamorphes, qui ne dépendaient pas de la lune. Des hommes et des femmes qui pouvaient se transformer en coyote à leur guise. Et la magie que nous utilisions pour vivre cachés parmi les humains ne leur faisait presque aucun effet.

Je le considérai d'un air perplexe :

— Je ne suis pas immunisée contre la magie.

— Je n'ai jamais dit que tu l'étais, dit-il. Mais une partie de notre magie n'a pas l'effet attendu sur toi. Pourquoi crois-tu que tu es restée debout face à la fureur de Marsilia, alors que nous nous sommes tous effondrés ?

— C'est à cause du mouton.

— Non, ce n'était pas le mouton. Il y eut une époque, Mercedes, où ta simple nature aurait signé ton arrêt de mort. Nous tuions tes semblables dès que nous en trouvions un, et ils nous rendaient la politesse. (Il eut un sourire et mon sang se glaça à la vue de ses yeux si calmes.) Il y a des vampires partout, Mercedes, et tu es la seule changeuse de la région.

J'avais toujours considéré Stefan comme un ami, même au cœur de l'essaim de vampires. Je n'avais jamais réellement mis en doute son amitié. J'étais une sacrée idiote.

— Je peux nous ramener à la maison, dis-je froidement.

Il reporta son regard sur la rue devant lui et rit doucement en se garant. Il sortit du van d'un bond. Je cessai d'agripper l'épaule de Samuel et me forçai à quitter la toute relative sécurité de la banquette arrière.

Je ne vis pas Stefan, ni ne sentis son odeur en prenant le volant, mais je sentais ses yeux transpercer mon dos. Je démarrai avant de lever le pied et de freiner brusquement. Descendant la vitre, je parlai à l'obscurité :

— Je sais que tu n'habites pas là-bas – tu sens toujours le feu de bois et le pop-corn. Tu veux que je te ramène ?

Il eut un rire qui me fit bondir, et je sursautai encore lorsqu'il se pencha par ma fenêtre et me tapota l'épaule :

— Rentre chez toi, Mercy, répondit-il.

Et il disparut, définitivement, cette fois-ci.

Coincée derrière une file de semi-remorques et de Suburban, je réfléchissais à tout ce que je venais d'apprendre.

Je savais que les vampires, comme les faes, les loups-garous et leurs cousins étaient tous des créatures surnaturelles venues de l'Ancien Monde. Ils étaient venus ici pour les mêmes raisons que les humains : pour amasser des richesses, du pouvoir ou des terres *et* pour échapper aux persécutions.

Pendant la Renaissance, les vampires étaient un secret de polichinelle. Se faire passer pour l'un d'entre eux amenait même un surcroît de puissance et de prestige. Les grandes cités d'Italie et de France étaient des havres de paix pour eux. Mais même dans ces conditions, ils n'étaient pas nombreux. Comme chez les loups-garous, les humains qui voulaient devenir vampires mouraient plus souvent qu'ils atteignaient leur but. La plupart des nobles et des princes qu'on disait vampires étaient juste des hommes intelligents qui avaient trouvé un bon moyen de décourager leurs rivaux.

L'Église, elle, ne voyait pas les choses de la même manière. Quand les Espagnols envahirent le Nouveau Monde, les coffres de l'Église se remplirent et elle n'eut plus à dépendre des largesses de la noblesse ; du coup, les vampires furent pourchassés au même titre que les autres créatures surnaturelles.

Des centaines de personnes, sinon des milliers, furent exécutées sur des accusations de vampirisme, de sorcellerie ou de lycanthropie. Seule une infime fraction de ceux qui périrent étaient effectivement des vampires, mais les pertes furent tout de même cruelles : les humains se reproduisent – et c'est heureux pour eux – bien plus rapidement que les morts-vivants.

Les vampires s'enfuirent donc vers le Nouveau Monde pour échapper aux persécutions religieuses, au même titre que les quakers et les puritains – mais pour des raisons différentes. Les loups-garous et autres métamorphes luno-dépendants sont venus trouver de nouveaux territoires de chasse. Les faes ont fui l'acier glacé de la Révolution industrielle, sans succès puisque celle-ci les a suivis, de toute façon. Ensemble, ces créatures exterminèrent la plupart des êtres surnaturels indigènes aux Amériques au point d'effacer même les traces de leur existence.

Et les miens, apparemment, faisaient partie du massacre.

Alors que j'empruntais la voie d'accès à l'autoroute de Richland, je me souvins de ce que m'avait une fois dit ma mère. Elle n'avait pas eu le temps de connaître très bien mon père. Dans ma boîte à bijoux quasiment vide, il y avait une boucle de ceinture en argent qu'il avait gagnée lors d'un rodéo et qu'il lui avait offerte. Elle m'avait dit qu'il avait les yeux d'une couleur rappelant la *root beer* illuminée par un rayon de soleil, et qu'il ronflait quand il dormait sur le dos. La seule autre chose que je savais, c'est qu'il aurait pu survivre si on avait trouvé son camion accidenté plus tôt. Le choc ne l'avait pas tué sur le coup, mais un objet tranchant avait sectionné l'une de ses veines et il s'était vidé de son sang.

Quelque chose fit un bruit à l'arrière et j'orientai le rétroviseur dans la direction de la banquette. Samuel avait les yeux ouverts et était agité de forts tremblements.

Stefan ne m'avait pas dit quelle pouvait être une mauvaise réaction au Baiser, mais j'étais probablement sur le point de le découvrir. J'avais quasiment dépassé la sortie vers Columbia Park, mais je réussis à la prendre *in extremis* et sans me faire rentrer dedans.

Je roulai jusqu'à ce que j'aperçoive un petit parking à côté d'un abri de jardin. Je m'y garai, éteignis les phares et passai par-dessus la banquette pour me rapprocher prudemment de Samuel.

—Sam? dis-je.

Et, l'espace d'un instant, il cessa de se débattre.

Ses yeux luisaient dans l'obscurité du van. L'air était lourd de l'odeur de l'adrénaline, de la terreur, de la sueur et du sang.

Je devais me faire violence pour ne pas m'enfuir en courant. Une partie de moi avait bien conscience qu'une telle terreur devait avoir une cause. Le reste avait réussi à comprendre pourquoi certains loups-garous réagissaient si mal au Baiser: se réveiller incapable d'un seul mouvement, avec comme dernier souvenir quelqu'un qui vous suçait le sang… Il y avait de quoi déclencher tous les signaux d'alarme du moindre loup-garou.

—Chut, dis-je en m'accroupissant entre le siège du milieu et la porte coulissante. Les vampires sont partis. Ce que tu ressens actuellement est dû à leur morsure. Cela rend leur victime passive, ce qui leur permet de rester discrets.

Cela va s'estomper – Stefan m'a assuré qu'il n'y aurait aucun effet secondaire.

Il semblait m'écouter, je le voyais à ses épaules, plus détendues. Mais soudain, mon téléphone sonna.

Je répondis, mais ce bruit inattendu en était trop pour lui. Le van se balança d'avant en arrière alors que Samuel escaladait maladroitement la banquette arrière pour se rencogner dans le compartiment à bagages.

— Allô, dis-je d'une voix que je gardai la plus égale possible.

— Mercy (c'était Warren, il avait l'air affolé), il faut absolument que tu reviennes aussi vite que possible, et Samuel aussi.

Ce dernier poussait des cris de douleur. Le Changement était déjà douloureux quand les conditions étaient réunies, qu'ils étaient détendus et impatients de chasser. Changer dans une ambiance lourde de peur et de sang n'allait pas être une partie de plaisir, assurément.

— Samuel est indisposé, dis-je alors qu'il poussait un hurlement rempli de douleur et de désespoir.

Il luttait contre le Changement.

Warren jura.

— Dis-moi, alors. Est-ce qu'Adam pense que quelqu'un de la meute l'a trahi ?

— C'est à cause de ce que j'ai dit, répondis-je. Warren, est-ce que la meute est en route vers chez toi ?

Il grogna. Je pris ça pour un oui.

— Préviens Adam.

— J'ai cuit quelques steaks, je l'ai nourri il y a environ une heure et il dort pour digérer. J'ai tenté de le réveiller avant de t'appeler, mais il était profondément enfoncé dans son sommeil réparateur. Je ne sais que faire pour le réveiller.

— Le docteur Cornick saurait, lui, grommelai-je et je grimaçai en entendant les bruits que ce dernier faisait. Mais, malheureusement, il n'est pas en état de parler au téléphone à l'instant.

— Tout va bien, Mercy, dit Warren, soudain très calme. Je vais m'en occuper. S'il est en plein milieu d'un Changement involontaire, la première chose à faire pour toi, c'est de t'en éloigner pour lui laisser le temps de se calmer.

— Quoi ? Et le laisser partir à la chasse en plein milieu de Kennewick ? Je ne pense pas, non…

— Il ne va pas te reconnaître, pas en Changeant ainsi. Il n'y aura plus une trace de Samuel, le fils de Bran, ce sera juste le loup.

Les sons qui me parvenaient de derrière la banquette étaient de plus en plus canins, et de moins en moins humains.

— Mercy, sors de là ! ordonna Warren.

— Ça va aller, Warren, lui dis-je, en espérant ne pas me tromper.

Les loups, les vrais, ne sont habituellement pas des animaux méchants, à moins d'avoir peur, mal ou de se sentir piégés. Les loups-garous sont toujours vicieux et prêts à tuer.

— Si ça ne marche pas… raconte-lui que les vampires m'ont eue, lui dis-je. Je ne pense pas qu'il se souviendra de quoi que ce soit et, en un sens, ce serait assez vrai. Ce sont bien les vampires qui ont causé ce Changement. Dis-lui bien ça.

Je raccrochai.

Il était déjà trop tard pour m'enfuir, mais je n'en avais jamais eu l'intention. Laisser Samuel assumer les conséquences d'une expédition de chasse imprévue ? C'était un guérisseur, il défendait la veuve et l'orphelin. Je n'étais pas certaine qu'il aurait pu survivre au fait d'avoir du sang innocent sur les mains.

Je l'avais abandonné, longtemps auparavant. Je ne commettrai pas la même erreur deux fois.

Les bruits se calmèrent jusqu'à ce que le seul son audible fût son souffle haletant, mais je sentais sa colère. Je ne pris pas le temps de me déshabiller avant de me transformer – pas de temps à perdre. Quand la tête argentée de Samuel apparut au-dessus du dossier, j'étais en train de m'extraire de mon tee-shirt et de mon soutien-gorge à reculons.

Je m'interrompis et m'accroupis sur le sol du van, la queue entre les pattes et la tête baissée. J'entendis les ressorts de la banquette grincer sous le poids du loup escaladant le dossier et atterrissant sur le siège.

J'avais si peur qu'il m'était difficile de respirer. Je savais ce qu'il me restait à faire, mais je n'étais pas certaine d'y arriver. Si une partie de moi avait douté du fait que Sam, mon Sam, était incapable de me faire du mal, je n'aurais jamais pu faire ce que je fis alors.

Il n'émettait pas un son. Dans le Montana, pendant la chasse, les loups hurlent et aboient, mais en ville, la chasse se doit d'être discrète. Les grondements, les couinements et autres jappements sont du bluff – c'est le loup silencieux qui est le plus dangereux.

Devant Samuel perché, muet, sur sa banquette, je me mis sur le dos, et exposai mon ventre à ses crocs. Je tendis le cou de manière à dégager aussi ma gorge. C'était l'une des choses les plus difficiles que j'aie jamais eu à faire. Certes, il n'avait pas besoin de cela pour me tuer, même avec mon ventre bien caché, mais je supportais particulièrement mal d'ainsi exhiber mes flancs sans protection. La soumission, ça pue.

Le van tangua encore lorsqu'il sauta de la banquette et m'atterrit presque dessus. Je sentais sa colère – l'odeur amère de la peur s'était évaporée en même temps que son humanité, ne laissant que le loup. Son souffle chaud traça un sillon dans ma fourrure alors que sa truffe remontait le long de mon ventre. Progressivement, sa colère s'atténua, ainsi que l'intensité instinctive qui m'avait permis de deviner ses pensées.

Je penchai la tête et risquai un regard. Samuel occupait tout l'espace entre le siège du milieu et la porte coulissante. Coincée entre ses pattes antérieures, j'eus une soudaine bouffée de claustrophobie et tentai instinctivement de me remettre sur mes pattes.

Je m'interrompis aussitôt, mais Samuel fit tout de même claquer ses mâchoires non loin de mon museau en grondant. Je tentai de me rassurer en me disant que s'il grognait, c'était bon signe, d'après la théorie du loup silencieux – mais j'avais trop conscience de la nature peu fiable des loups-garous.

Il attrapa soudain ma gorge entre ses mâchoires, mais celles-ci n'étaient pas assez serrées pour abîmer la jugulaire. Je sentis ses dents traverser ma fourrure, mais elles cessèrent leur trajectoire en touchant la peau.

J'eus une petite prière pour que Bran ait eu raison, et que le loup de Samuel me considérât effectivement comme sa compagne. S'il s'était trompé, Samuel et moi paierions le prix de son erreur.

Je restai parfaitement immobile bien que mon cœur manifestât l'envie pressante de s'échapper de ma cage thoracique. Il me lâcha, pinça gentiment ma truffe entre ses dents puis s'enleva de moi sans un son.

Je me remis sur mes pattes et me débarrassai enfin de mon soutien-gorge. Samuel était étendu sur la banquette arrière, m'observant de ses beaux yeux blancs. Il cligna des paupières, puis posa son museau sur ses pattes avant et ferma les yeux, me disant, aussi clairement qu'il le pouvait sans parler, que les deux moitiés de son âme étaient de nouveau en harmonie.

J'entendis le ronronnement d'un gros moteur approcher sur la route. Je revins en toute hâte sous ma forme humaine et tâtonnai à la recherche de mes vêtements. Mes dessous vert clair furent les plus faciles à trouver. Il me fut plus aisé de mettre le soutien-gorge de sport que de l'enlever, et je localisai mon tee-shirt du bout du pied.

La voiture ralentit en approchant, la lumière de ses phares éclairant l'intérieur du van.

— Pantalon, pantalon, pantalon, chantonnai-je en passant aveuglément mes mains sur le sol.

Je le trouvai juste au moment où le véhicule se gara derrière nous, faisant crisser le gravier. Je trouvai en même temps la dague de Zee, que je cachai sous le tapis de sol le plus éloigné de la porte coulissante.

J'enfilai fiévreusement mon pantalon, remontai la fermeture Éclair et boutonnai la braguette, en entendant la porte de l'autre véhicule claquer. Mes chaussures. Dieu merci, elles étaient blanches, et je les enfilai sur mes pieds nus sans prendre le temps de les dénouer.

Je jetai un regard paniqué au gros balourd étendu de tout son long sur la banquette arrière du van. Samuel ne serait pas en mesure de se métamorphoser avant un bon moment, quelques heures au moins. Il fallait un peu de temps pour se remettre d'un Changement forcé, même à un puissant loup tel que Samuel, et il était trop tard pour essayer de le cacher.

— Tu es un gentil chien, Samuel, lui dis-je d'un ton sérieux. N'effraie pas le gentil policier. Nous n'avons pas le temps pour une visite au poste.

Le rayon d'une lampe-torche m'éclaira, et je fis un signe de la main, avant d'ouvrir lentement la porte coulissante.

— Je me préparais juste à un petit jogging, monsieur l'agent, dis-je.

La torche m'empêchait de distinguer son visage.

Il y eut un long silence.

— Il est une heure du matin, madame.

— Je n'arrivais pas à dormir, dis-je sur un ton d'excuse.

— Courir seule la nuit n'est pas très sûr.

Il finit par baisser la torche et je clignai des yeux, espérant que les images résiduelles ne mettraient pas trop de temps à s'atténuer.

— C'est la raison pour laquelle je l'emmène toujours avec moi, répondis-je en désignant l'arrière du van du pouce.

Le policier laissa échapper un juron.

— Désolée, madame. C'est juste qu'il s'agit du plus gros chien que j'aie jamais vu, et j'ai grandi avec des saint-bernard !

— Ne me demandez pas quelle est sa race, dis-je en sortant du van, me retrouvant aux côtés de l'agent et non à ses pieds. Je l'ai recueilli tout chiot, mon vétérinaire me dit qu'il s'agit peut-être d'un croisement entre un lévrier irlandais et un chien-loup du style husky ou samoyède.

— Ou un tigre de Sibérie, marmonna-t-il en pensant que je ne l'entendais pas. (Puis il reprit, plus haut :) Puis-je voir vos papiers, permis, assurance et carte grise, madame ?

Il s'était détendu, ne s'attendant pas à rencontrer le moindre ennui.

J'ouvris la porte du côté passager et attrapai mon sac dans la boîte à gants, où je l'avais dissimulé avant d'aller *Chez Oncle Mike*, juste à côté des papiers de la voiture et de mon SIG.

J'avais conscience que ma vie serait infiniment plus simple si le policier ne voyait pas mon arme – ou le Marlin .444 qui se trouvait à l'arrière. J'avais un permis de port d'armes dissimulé, mais je préférais que cela ne se sache pas trop. De plus, selon Stefan, la dague de Zee, elle, n'était pas vraiment des plus légales.

J'attrapai le certificat d'assurance et la carte grise et fermai la boîte à gants – avec précaution, pour éviter que le SIG se balade bruyamment à l'intérieur. Mais je m'inquiétais pour rien : quand je me retournai, le policier était assis sur le sol du van, en train de caresser Samuel.

Si cela avait été n'importe quel autre loup-garou, je n'aurais pas été rassurée. Ce ne sont pas des animaux domestiques, et la plupart détestent qu'on les traite ainsi. Samuel, lui, inclina la tête de manière que les doigts de l'agent trouvent juste le bon endroit à gratter derrière l'oreille, et poussa un gémissement d'aise.

Samuel aimait les humains. Je me rappelle qu'il venait jouer avec les gamins de l'école primaire – tous humains – lors des récréations. La plupart des loups-garous évitent les enfants, mais pas Samuel. Ils savaient tous qui il était, bien entendu, et lorsqu'ils le voyaient sous sa forme humaine, ils l'appelaient « docteur Cornick » et le traitaient comme n'importe quel autre adulte. Mais quand il venait nous rendre visite à l'école sous sa forme de loup, ils s'amusaient avec lui comme avec tout gros chien, le chevauchant, batifolant avec lui, et prétendant qu'il s'agissait d'un loup féroce, mais loyal. Lui s'amusait au moins autant qu'eux dans ces moments-là.

— Il est superbe, dit le policier en s'extrayant du van et en me prenant mes papiers. Il est grand comment, debout ?

Je claquai des doigts et dis :

— Au pied, Samuel.

Il se leva sur la banquette, touchant presque le toit du van. Puis il s'étira, et sauta sur la route sans même toucher le sol du van. Il faisait exprès de se déplacer comme un gros chien pataud. Sa fourrure d'hiver était assez épaisse et la lumière assez faible pour camoufler les caractéristiques qu'aucun croisement ne pouvait justifier.

Les pattes avant du loup-garou ressemblent plus à celles d'un ours ou d'un lion qu'à celles d'un loup gris ordinaire. Comme les fauves, les loups-garous utilisent leurs griffes pour déchiqueter la chair, ce qui explique que leur musculature soit similaire.

Le policier siffla entre ses dents et l'examina sous toutes les coutures. Il prenait soin de ne pas l'aveugler avec sa torche.

— Regarde-moi ça, murmura-t-il. Pas un gramme de graisse, il doit faire une bonne centaine de kilos.

— Sérieusement ? Je ne l'ai jamais pesé, dis-je. Je sais qu'il est plus lourd que moi, et ça me suffit.

L'agent me redonna mes papiers, sans même avoir pris la peine de les examiner.

— Néanmoins, je me sentirais plus rassuré si vous couriez en plein jour, ma petite dame. De toute façon, ce parc est fermé la nuit, c'est plus sûr pour tout le monde.

— Merci de vous inquiéter de ma sécurité, monsieur l'agent, dis-je sincèrement, en caressant la tête du loup-garou.

Le policier revint à sa voiture, mais attendit que j'aie fait monter Samuel dans le van pour démarrer, avant de m'escorter jusqu'à l'entrée du parc et même jusqu'à la bretelle d'accès à l'autoroute – m'empêchant de m'arrêter pour remettre mes chaussettes. Je détestais être pieds nus dans mes baskets.

Samuel se hissa sur le siège passager et sortit la tête par la fenêtre, laissant l'air aplatir ses oreilles sur son crâne.

— Arrête, le grondai-je. Ne laisse rien dépasser du van.

Il ne m'écouta pas et ouvrit la gueule, laissant sa langue rouler dans le vent. Puis, satisfait, il rentra la tête et m'adressa un grand sourire.

— Moi aussi j'ai toujours voulu faire ça, dis-je. Peut-être que quand tout ça sera fini, tu pourras prendre le volant pendant que je m'amuse, aussi.

Il se tourna vers moi, ses pattes avant posées sur le sol entre nos sièges. Puis il fourra son museau dans mon entrejambe et gémit.

— Arrête ! hurlai-je en lui donnant une tape sur la truffe. C'est très mal élevé !

Il recula la tête et m'examina d'un air perplexe. J'en profitai pour vérifier sur le tableau de bord que je n'allais pas trop vite.

— Tu vas provoquer un accident si tu continues, Samuel Llewellyn Cornick. Garde ton nez en dehors de mes affaires.

Il renifla bruyamment et posa sa patte sur mon genou, le tapotant deux fois – avant de recoller sa truffe sur mon nombril. Il fut plus rapide que ma main, cette fois-ci, et se remit sur son siège avant que je le touche.

— C'est mon tatouage qui t'intrigue ? demandai-je.

Il jappa – un jappement grave. Juste sous mon nombril, j'avais fait tatouer une empreinte de patte. Il devait l'avoir vue quand je me rhabillais. J'ai aussi quelques tatouages sur les bras.

— Karen, ma coloc' à la fac, était étudiante en arts. Elle gagnait sa vie en faisant des tatouages. Je l'ai aidée pour un examen de chimie, et elle m'a proposé un tatouage gratuit pour me remercier.

J'avais passé les deux années précédentes chez ma mère, essayant d'être parfaite, craignant, si je ne l'étais pas, de perdre ma deuxième maison aussi brusquement que la première. Cela ne me serait même pas venu à l'idée de me faire quelque chose d'aussi scandaleux qu'un tatouage.

Maman en veut toujours à Karen, qu'elle tient pour responsable de mon changement d'orientation, des études d'ingénieur à celles d'histoire – la rendant directement coupable de mon métier actuel, qui consiste à réparer des vieilles voitures. Elle avait probablement raison, mais je sais que je suis bien plus heureuse maintenant que je l'aurais été en tant qu'ingénieure en mécanique.

—Elle m'a montré des exemples de tatouages qu'elle avait faits et, parmi eux, il y avait ce mec qui s'était fait tatouer des empreintes de loup tout le long du dos, de la hanche droite à l'épaule gauche. Je voulais quelque chose de plus discret, alors on s'est mis d'accord sur une seule empreinte.

Ma mère et sa famille savaient ce que j'étais, mais personne n'en parlait, et j'avais caché ma personnalité de coyote afin de mieux m'adapter à leur vie. C'était un choix conscient de ma part. Les coyotes ont une grande capacité d'adaptation.

Je me souviens avoir contemplé longuement le dos de cet homme et compris que, même si je devais me cacher des autres, il n'était plus possible que je me mente à moi-même. Je demandai donc à Karen de disposer le tatouage en plein milieu de mon corps, à un endroit qui me permettrait de dissimuler mon secret sans me perdre moi-même. J'avais enfin réussi à aimer qui j'étais, alors que, jusque-là, j'avais toujours voulu être un loup-garou ou un humain, comme les autres.

—C'est une empreinte de coyote, précisai-je. Pas de loup.

Il sourit et passa de nouveau la tête – et les épaules – par la fenêtre.

—Tu vas tomber, l'avertis-je.

Chapitre 12

— La meute arrive, dis-je à Samuel alors que nous tournions autour de chez Warren pour faire un repérage. Je ne sais pas de quoi tu te souviens concernant ton Changement, mais Warren a appelé à l'aide. Adam dormait, et il n'arrivait pas à le réveiller. (Avec Samuel en sécurité, je pouvais de nouveau m'inquiéter pour Adam.) C'est normal ?

Samuel acquiesça, et une vague de soulagement m'envahit. M'éclaircissant la voix, je continuai :

— Puisqu'on ne peut pas faire confiance à la meute, je pense que Warren va faire son possible pour les garder loin d'Adam, ce qui serait facile si Darryl n'était pas son premier lieutenant.

Cela voulait dire qu'il y aurait un combat entre eux.

Samuel m'avait dit que, malgré toutes les améliorations physiques qu'apportait le Changement, l'espérance de vie des loups-garous ne dépassait pas les dix ans. Ceux qui, comme mon cher docteur Wallace, devaient être éliminés dès le début faisaient évidemment baisser la moyenne, mais la plupart mouraient dans ce type de combats de dominance contre d'autres loups-garous.

Je ne voulais pas que Warren ou Darryl meure ce soir – et si cela arrivait, ce serait ma faute. Sans mon éclair d'intuition (ou de paranoïa) sur le fait que quelque chose clochait dans la meute, Warren ne serait pas obligé d'empêcher Darryl de voir Adam.

Tout était calme dans Richland, sauf dans les environs de chez Warren, où un nombre impressionnant de voitures étaient garées des deux côtés de la route. Je reconnus la Mustang de 67 de Darryl en la dépassant : la meute était déjà arrivée. Je me garai plus loin et me dirigeai à petites foulées vers chez Warren, Samuel à mes côtés.

Une femme montait la garde sous le porche. Ses cheveux d'un noir d'ébène étaient attachée en queue-de-cheval qui lui descendait jusqu'à la taille. Elle croisa ses bras finement musclés et exagéra sa carrure en me voyant arriver. Elle enseignait la chimie au lycée de Richland et partageait la vie de Darryl.

— Auriele, la saluai-je en la rejoignant sous le porche.

Elle me regarda d'un air contrarié :

— Je lui ai assuré que tu ne ferais aucun mal à Adam, et il m'a crue. Je lui ai aussi dit que tu ne ferais rien contre les intérêts de la meute. Mais tu as bien des choses à expliquer.

En tant que compagne de Darryl, son statut dans la meute était très important. Normalement, j'aurais pris le temps de discuter raisonnablement avec elle, mais le temps manquait, et je voulais entrer avant que quoi que ce soit de définitif se passe.

— D'accord. Mais je dois m'expliquer auprès de Darryl, pas auprès de *toi*, et surtout pas *maintenant*.

— Darryl est occupé, dit-elle, ne se laissant pas convaincre par mes arguments.

J'avais déjà remarqué que le bluff ne fonctionnait pas vraiment avec cette femme habituée à gérer des classes entières d'adolescents.

Je voulus néanmoins encore essayer de plaider ma cause, quand elle m'interrompit :

— Nous gardons le Silence.

Les loups-garous pratiquent peu la magie telle que les gens la comprennent. Exceptionnellement, l'un d'entre eux sera doté de capacités extraordinaires, comme Charles, mais la majorité n'est capable que de se métamorphoser et de deux ou trois petits trucs qui les aident à rester dissimulés. L'un de ces trucs est le Silence.

Je regardai autour de moi et vis quatre personnes (ils étaient sans doute plus nombreux que cela) entourant le duplex de Warren, les yeux fermés, les lèvres bougeant au rythme du chant qui permettait au Silence de recouvrir toute la zone qu'ils délimitaient.

Le but était d'éviter que les bruits de combat à l'intérieur attirent l'attention du voisinage. Cela signifiait que le combat avait déjà commencé. La meute ne romprait pas volontiers le Silence pour me laisser entrer.

— Ce combat n'a aucun mérite, m'écriai-je en hâte. Il n'est absolument pas nécessaire !

Ses yeux s'arrondirent de surprise :

— Bien entendu que si, Mercy. Darryl est deuxième dans la hiérarchie, et Warren le défie. Cela ne peut rester sans réponse. Tu pourras parler après qu'il aura été puni.

Elle fronça les sourcils, qu'elle avait très mobiles, en apercevant Samuel. Sa voix était toute différente quand elle demanda :

— Qui est-ce ? Il y avait plein de cadavres de loups inconnus quand nous sommes arrivés chez Adam.

— C'est Samuel, dis-je avec une certaine impatience en montant l'escalier. Je vais rentrer.

Elle était sur le point de m'en empêcher quand la couleur peu répandue du pelage de Samuel la fit hésiter :

— Samuel qui ?

Deux fois par an, les Alphas rendaient visite à Bran dans les locaux de son QG dans le Colorado. Il leur arrivait parfois d'y emmener leurs lieutenants, mais jamais les femmes. En partie pour des raisons pratiques : les Alphas sont déjà assez mal à l'aise hors de leur territoire, et ils ne s'entendent pas à merveille entre eux. Ajouter à cela la présence des compagnes serait le meilleur moyen pour que le malaise et les instincts territoriaux se transforment en violence pure et simple.

Cela signifiait qu'Auriele n'avait jamais rencontré Samuel, mais elle avait entendu parler de lui. Les loups blancs nommés Samuel ne couraient pas précisément les rues.

— C'est le docteur Samuel Cornick, lui dis-je sèchement. Laisse-nous entrer. J'ai des informations sur ceux qui ont attaqué Adam.

J'étais épuisée et inquiète, aussi bien pour Warren que pour Darryl. Sinon, je n'aurais pas commis l'erreur fatale de lui donner un ordre, et je pense qu'elle n'entendit rien en dehors de cela.

Elle n'était pas idiote. Elle savait parfaitement que je n'étais pas la compagne d'Adam, malgré ce qu'il en avait dit à la meute. Je n'étais ni un loup-garou ni un membre de la meute, et encore moins dominante, il lui était impossible d'accepter mes ordres sans broncher.

Toute hésitation s'évapora, et elle s'approcha vivement de moi. J'étais bien plus grande qu'elle, mais ça ne l'arrêta pas. C'était un loup-garou, et quand elle posa ses mains sur mes épaules et me poussa, je reculai de trois ou quatre marches.

— Ce n'est pas toi qui donnes les ordres ici, dit-elle d'un ton qui était probablement très efficace en classe.

Elle tenta de me repousser encore, une erreur de sa part. Elle était bien plus forte que moi, mais n'avait aucune expérience du combat sous forme humaine. Je fis un pas de côté, laissant l'inertie faire son travail : je n'eus besoin que d'une légère poussée pour lui faire perdre l'équilibre et tomber au pied de l'escalier. La chute sur le trottoir fut brutale et sa tête cogna sur le coin d'une marche.

Je ne pouvais m'attarder pour vérifier qu'elle allait bien, et, de toute façon, il fallait plus qu'un simple coup sur la tête pour ralentir un loup-garou. L'un des autres loups fit un mouvement dans ma direction, mais dut s'immobiliser pour éviter que le sort de Silence soit levé.

La porte n'était pas verrouillée, alors je l'ouvris. Samuel me bouscula pour entrer, et je le suivis précipitamment en entendant Auriele rugir derrière moi.

Le salon de Warren était un immense champ de bataille, avec des livres et des morceaux de meubles partout, mais Warren et Darryl étaient tous deux sous forme humaine. Cela me rassura sur le fait que Darryl voulait éviter un combat à mort, ainsi que Warren. Les loups-garous sont peut-être très forts sous leur forme d'humain, mais ce n'est rien comparé à la puissance fatale des loups.

Warren attrapa une chaise et la brisa sur le crâne de Darryl. Le bruit du choc fut assourdi par le sort de Silence et je ne pus juger de la force du coup qu'en voyant les bouts de bois voler et le sang jaillir.

En un seul mouvement presque trop rapide pour mes yeux, Darryl fut sur Warren, la main serrée sur sa gorge. Samuel se précipita et attrapa le poignet de Darryl, puis recula vivement hors de sa portée. C'était tellement inattendu – Darryl ne nous ayant pas entendu entrer – que Darryl relâcha sa prise et Warren se dégagea, reculant pour avoir un peu d'air.

Samuel en profita pour s'interposer entre eux deux. Warren, à bout de souffle, s'effondra contre le mur et essuya ses yeux pleins de sang. Darryl avait déjà lancé une nouvelle attaque quand il reconnut Samuel. Il se jeta en arrière, perdant presque l'équilibre pour éviter de le toucher, et son expression d'ahurissement total valait le détour.

Dès que je fus certaine que ni Darryl ni Warren n'allaient reprendre le combat, je tapai sur l'épaule de Samuel pour attirer son attention. Il me regarda et j'indiquai du doigt ma bouche et mes oreilles. Il n'y avait pas la moindre chance que les loups-garous dehors acceptent de lever le sort si je le leur demandais, et nous devions absolument parler.

Je m'attendais que Samuel ressorte, mais il fit quelque chose d'autre. Une vague de puissance traversa la pièce avec la force d'un incendie qui aurait été ravivé après qu'un imbécile aurait ouvert la porte. L'air se remplit de Samuel, de sa puissance et de son odeur. J'eus la même impression qu'en sentant les pétards que les gamins lançaient lors des célébrations du Quatre Juillet. L'électricité statique était telle que ma peau semblait à vif et que je ne sentais plus mes extrémités. Je tombai à genoux en voyant mille chandelles. Je luttai pour garder conscience face aux tourbillons obscurs et aux éclairs de lumière qui avaient envahi mon champ de vision et me recroquevillai sur moi-même.

— Ça suffit, Samuel, fit une voix que je reconnus à peine comme appartenant à Adam. Je pense que ton message est passé, quel qu'il soit.

Je restai la tête entre les genoux. Si Adam était là, la situation pouvait attendre que je reprenne mon souffle.

J'entendis la démarche vive typique d'Adam lorsqu'il descendit – il s'était vite remis. Je levai la tête, un peu trop tôt, et dus la rebaisser. Adam posa sa main au sommet de mon crâne, puis s'éloigna.

— Qu'est-ce qui se passe ici ? demanda-t-il.

— Cela fait deux jours qu'on te cherche, Adam, dit Darryl d'une voix un peu distordue. Les seuls indices que nous avions étaient un message sur la messagerie vocale d'Elizaveta Arkadyevna que cette dernière nous assurait venir de Mercy, et ta maison dévastée avec trois cadavres de loups-garous inconnus. Toi, Jesse et Mercy aviez disparu. Nous avons mis ta maison sous surveillance, mais c'est par le plus pur des hasards que l'un de nous a vu Mercy dans la voiture de Kyle, tout à l'heure. J'ai donc appelé Warren, qui n'a pas voulu me dire si tu étais là, mais ne m'a pas affirmé le contraire non plus, alors j'ai appelé la meute et nous voilà.

Je levai encore la tête et, cette fois-ci, n'eus aucun vertige. Darryl et Warren étaient tous deux agenouillés, non loin de là où ils se battaient quelques minutes plus tôt. Je vis la raison pour laquelle la voix de Darryl me semblait étrange : il avait la lèvre salement éclatée, mais elle était déjà en train de cicatriser.

— J'étais incapable de mentir à Darryl, expliqua Warren. Tu étais plongé dans un sommeil profond, et je n'arrivais pas à te réveiller. Je ne pouvais pas laisser savoir à qui que ce soit dans la meute que tu étais vulnérable.

Samuel s'assit à côté de moi et lécha mon visage.

— Berk, dis-je en le repoussant brusquement, c'est ignoble. Arrête ça, Samuel. Bran ne t'a-t-il donc pas appris les bonnes manières ?

Il s'agissait pour nous de détourner l'attention assez longtemps pour nous donner la possibilité de décider de la suite des événements sans violence.

— Warren obéissait à mes ordres, dit lentement Adam.

— Je vois, répondit Darryl d'une manière aussi neutre que possible.

— Pas contre toi, reprit Adam avec un geste de la main devant le torse qui signifiait « Ne le prends pas mal, ça n'était pas personnel ».

— Contre qui, alors ?

— Nous n'en avons pas la moindre idée, intervins-je. Il y a juste eu un détail qui me dérangeait.

— Dis-leur ce qui s'est passé cette nuit-là, m'ordonna Adam.

Je m'exécutai. À ma grande surprise, Darryl se contenta d'acquiescer quand je racontai le mauvais pressentiment qui m'avait fait renoncer à appeler la meute. Il dit juste :

— Comment savaient-ils où habitait Adam ? Ou quand se terminerait la réunion ? Comment pouvaient-ils savoir qu'Adam n'avait pas une véritable armée à disposition chez lui, comme d'autres Alphas ? Jesse n'est pas idiote, elle n'aurait pas fait un bruit en entendant le fusil tranquillisant, mais ils savaient tout de même où elle était.

Je repensai à ce détail :

— Ils ont juste envoyé leur humain la chercher, et il est allé droit vers sa chambre.

Darryl balaya mes explications :

— Je ne dis pas qu'il ne puisse pas y avoir d'autres explications à tout cela qu'un espion dans la meute, mais tu as fait le bon choix.

Cela n'aurait pas dû me satisfaire autant, mais j'apprécie autant que n'importe qui que mes actions soient validées.

— Continue, Mercy, dit Adam.

Je poursuivis donc mon récit aussi succinctement que possible – je laissai dans l'ombre certains détails qui ne les regardaient pas, comme ma relation passée avec Samuel.

Le reste de la meute nous rejoignit peu à peu pendant que je parlais, s'asseyant sur le sol, poussant les morceaux de meubles quand c'était nécessaire. Elle n'était pas à son complet, mais il y avait tout de même une petite quinzaine d'entre eux.

Auriele s'assit près de Darryl, son genou effleurant le sien. Elle avait un sale bleu sur le front, et je me demandai si elle continuerait de me traiter avec la même courtoisie un peu froide qui avait toujours été la sienne ou si, comme les autres femmes de la meute de Bran, elle allait dorénavant me considérer comme une ennemie.

Warren, lui, pensai-je, avait, avec l'aide d'Adam, sérieusement consolidé son statut dans la meute – tout au moins avec Darryl, dont le langage corporel disait très clairement que Warren n'était plus en disgrâce. Darryl accordait une grande importance à la loyauté, me rappelai-je, soudain certaine qu'il n'était pas à l'origine de la trahison.

Qui, alors ? me demandai-je en examinant les loups présents. Certains me semblaient familiers, d'autres moins. Mais Adam était un Alpha compétent et, à part Darryl, aucun n'était assez dominant pour prétendre le remplacer.

J'en arrivais au moment où nous avions décidé d'emmener Adam chez Warren, me contentant d'expliquer que cela nous semblait un endroit plus sûr que sa maison ou la mienne et m'interrompis en voyant Darryl brûlant d'impatience de me poser quelques questions.

— Pourquoi ont-ils emmené Jesse ? demanda-t-il à peine avais-je fermé la bouche.

— Warren m'a dit qu'il n'y avait eu aucune demande de rançon, intervint Adam. (Il avait commencé à aller et venir dans la pièce pendant que je parlais. Je ne voyais aucun signe de blessure, mais je soupçonnais qu'il jouait en partie la comédie : un Alpha ne doit montrer aucun signe de faiblesse à la meute.) J'y réfléchis depuis un moment, mais je ne vois vraiment pas. Je connais l'un des loups qui a attaqué la maison – on s'est rencontrés il y a trente ans. Nous avons tous les deux été transformés en même temps. Son Changement fut des plus éprouvants car personne ne put l'aider. (Je vis plusieurs des loups grimacer de compassion.) Il en a peut-être gardé rancune, mais attendre trente ans me semblent trop long si la vengeance est la seule raison derrière l'enlèvement de Jesse.

— Appartient-il à une meute ? demanda Mary-Jo du fond de la pièce.

Mary-Jo travaillait comme pompier à la brigade de Kennewick. C'était une petite femme à l'air costaud, qui se plaignait beaucoup de devoir toujours faire semblant d'être plus faible que ses collègues masculins. Je l'aimais bien.

Adam secoua la tête en signe de dénégation :

— John a toujours été un loup solitaire par choix. Il n'aime pas les loups-garous.

— Tu as dit qu'il y avait des humains et des loups nouveaux parmi eux, remarqua Warren.

Adam acquiesça, mais je ne pouvais m'empêcher de trouver étrange qu'un loup solitaire depuis trente ans se mette soudain à traîner avec une meute de jeunes loups. Était-il responsable de leur Changement ? Ou étaient-ce des victimes comme Mac ?

Samuel posa son museau sur mon genou, et je le caressai, l'esprit ailleurs.

— Tu as dit qu'ils utilisaient du nitrate d'argent, du DMSO et de la kétamine, intervint Auriele, en bonne prof de chimie. Cela signifie-t-il qu'ils travaillent main dans la main avec un médecin ? Ou peut-être un dealer ? La kétamine n'est pas aussi répandue que les amphets ou le crack, mais il nous arrive d'en avoir au lycée.

Je me raidis :

— Un docteur… ou un vétérinaire, dis-je, sentant Samuel réagir aussi à mes mots. (Je le regardai :) Un véto aurait accès à toutes ces substances, n'est-ce pas ?

Samuel grogna. Il n'aimait pas l'endroit où m'amenaient mes pensées.

— Où veux-tu en venir ? demanda Adam en regardant Samuel, mais en s'adressant à moi.

— Le docteur Wallace, dis-je simplement.

— Carter est dans une situation délicate parce qu'il refuse d'être un loup-garou. C'est bien trop violent pour lui, et il préférerait mourir plutôt que de se livrer à ses instincts. Essaies-tu de dire qu'il serait impliqué dans un complot où des gens se livrent à des expériences sur des jeunes loups enfermés dans des cages ? Tu l'as déjà entendu parler d'expérimentations animales et de ce qu'il pensait de l'industrie cosmétique ?

Je fus surprise de voir combien Adam semblait connaître le docteur Wallace, mais je me souvins des réactions de reconnaissance de la part des habitants d'Aspen Creek en le voyant. Je supposai qu'il avait passé pas mal de temps là-bas. C'était donc logique qu'il en sache autant sur son épreuve actuelle. Mais à en juger par les murmures de la meute, j'étais la seule à en avoir conscience.

Adam s'interrompit dans son plaidoyer pour expliquer à tout le monde qui était le docteur Wallace. J'en profitai pour réfléchir à ce qu'il venait de dire.

— Écoutez, dis-je quand il eut fini. Tous les produits qui ont servi à fabriquer la drogue avec laquelle ils t'ont immobilisé peuvent se trouver facilement. Mais qui pourrait avoir l'idée de les combiner ? Et pourquoi ? Qui peut donc bien vouloir être en mesure de calmer un loup-garou ? Le docteur Wallace est sur le point de perdre tout contrôle, je l'ai bien vu moi-même. Il est inquiet pour sa famille. Il n'aurait sûrement pas développé un tel produit dans l'intention de neutraliser des loups-garous et d'enlever Jesse, mais pourquoi ne l'aurait-il pas fait pour qu'on puisse le neutraliser, lui, par exemple s'il perdait tout contrôle sur lui-même et attaquait quelqu'un ?

— Possible, dit lentement Adam. J'appellerai Bran à la première heure demain et lui demanderai de poser la question au docteur Wallace. Personne ne peut mentir à Bran.

— Mais qu'est-ce que l'enlèvement de Jesse peut leur rapporter ? intervint Darryl. Ce n'est sûrement pas pour l'argent. L'attaque était visiblement plus dirigée contre l'Alpha de la meute du bassin du Columbia que contre l'homme d'affaires Adam Hauptman.

— C'est évident, dit Adam en fronçant les sourcils. Peut-être quelqu'un veut-il avoir le contrôle de la meute ? Je ferais tout ou presque pour ma fille.

Le contrôle de la meute, ou le contrôle d'Adam ? me demandai-je. *Et est-ce que cela fait une si grande différence ?*

— Qui que cela soit, et quelles que soient leurs intentions, nous devrions en savoir plus avant l'aube. Nous savons où ils se trouvent, dis-je en enfonçant la main dans ma poche et en en sortant le bout de papier que m'avaient donné les vampires.

Je le tendis à Adam.

— Selon nos informateurs, ces loups ont payé près de dix mille dollars pour qu'on leur fiche la paix, ajoutai-je.

Les sourcils d'Adam remontèrent en signe de surprise, détournant son attention du précieux papier :

— C'est beaucoup trop ! Mais pourquoi ont-ils fait cela ?

Il lut l'adresse et promena le regard autour de la pièce :

— Darryl ? Warren ? Vous êtes prêts pour une nouvelle aventure, ce soir ?

— Rien de cassé, répondit Darryl.

— En tout cas, plus maintenant, renchérit Warren. Je suis prêt.

— Samuel ?

Le loup blanc lui décocha un grand sourire.

— On peut prendre mon van, proposai-je.

— Merci, répliqua Adam, mais toi, tu restes ici.

Je relevai le menton d'un air de défi, et il me tapota la joue, ce salaud condescendant. Mon expression le fit rire, pas pour se moquer, mais comme s'il appréciait énormément quelque chose, qui devait être moi.

— Tu n'es pas « mobilisable », Mercedes, et surtout, tu n'as pas ce qu'il faut pour une guerre de meutes.

Son sourire s'évanouit et il parcourut la pièce du regard.

— Écoute, mon pote, protestai-je. J'ai tué deux loups-garous, ce qui m'en fait autant que toi pour la semaine, et je ne me suis pas trop mal débrouillée pour extorquer cette adresse aux vampires, non plus.

— C'est *toi* qui as obtenu l'adresse des *vampires* ? dit-il d'un ton dangereusement aimable.

— Salaud condescendant, marmonnai-je en parcourant les rues vides de Kennewick dans mon van. Je ne fais *pas* partie de la meute. Il n'a *pas* le droit de m'ordonner quoi que ce soit. Ni celui de m'engueuler parce que je suis allée voir les vampires. Ce n'est *pas* mon tuteur !

Cela dit, je devais avouer qu'il n'avait pas tort quand il disait que je ne servirais pas à grand-chose dans une bataille contre une autre meute. Warren avait promis de m'appeler quand tout serait terminé.

Je bâillai et pris soudain conscience que j'étais debout depuis presque vingt heures, et que ma nuit au motel s'était réduite à une suite de cauchemars à propos de la mort de Mac parce que je n'avais pas pu l'aider ou de la pauvre Jesse, terrifiée et appelant à l'aide.

Je m'arrêtai dans mon allée et ne pris même pas la peine de garer la voiture à son endroit habituel sous son abri. J'attendrai le lendemain pour récupérer les papiers d'emballage et mes chaussettes. La dague de Zee, que j'avais de nouveau nouée autour de ma taille en sortant de chez Warren pour ne pas l'oublier dans le van, se coinça dans ma ceinture de sécurité. J'étais si fatiguée que j'éclatai en sanglots en bataillant pour me dégager.

Mais peut-être mes larmes étaient-elles celles du gamin qui est toujours le dernier choisi pour faire partie de l'équipe de softball à l'école, et à qui l'on demande de se mettre dans un coin tranquille et de laisser les gens sérieux jouer.

Je pensai à sortir les armes du van, ainsi que mon sac. En montant les marches, je m'aperçus qu'Elizaveta Arkadyevna n'avait pas eu le temps de nettoyer mon porche : je pouvais encore sentir l'odeur de Mac, ainsi que les vapeurs si reconnaissables de la mort.

Non, décidément, pensai-je alors en montrant les dents, *si je pleure, c'est bien parce que je ne peux pas participer à la tuerie. Ces mecs ont violé mon territoire et agressé les gens que j'aime. C'est mon droit et mon devoir de les punir.*

Comme si j'avais le moindre pouvoir face à un loup-garou, j'abattis le tranchant de ma main sur la rambarde, faisant voler le bois sec comme s'il s'était trouvé en équilibre sur des blocs de parpaings au dojo. Une petite créature douce se frotta contre mes chevilles et me souhaita la bienvenue d'un miaulement quémandeur.

—Coucou, Médée, fis-je en m'essuyant les yeux avant de la caler sous mon bras libre. J'ouvris la porte et, négligeant de mettre la lumière, rangeai mes armes. Je mis mon téléphone portable à charger à côté du téléphone fixe, m'allongeai sur le canapé, Médée ronronnant dans mes bras, et attendis le coup de fil de Warren.

Ce fut le soleil qui me réveilla. Pendant quelques secondes, je me demandai ce que je faisais sur le canapé. L'horloge de la platine DVD indiquait 9 heures, ce qui signifiait qu'il était en fait 10 heures. Je ne prenais jamais la peine de la régler à l'heure d'été.

Je vérifiai mes messages sur le répondeur et sur la boîte vocale. Il n'y avait qu'un seul appel, de Zee, me demandant de lui donner de mes nouvelles. Je le rappelai, et laissai un message sur son répondeur à lui.

J'appelai ensuite Adam chez lui, sur son portable et sur son pager. Puis je tentai chez Warren. Je cherchai même le numéro de Darryl dans l'annuaire et l'appelai, notant les autres numéros qu'il énonçait dans son message d'accueil. Mais son portable ne répondit pas non plus.

Après un moment de réflexion, j'allumai la télé et mis la chaîne locale, mais il n'y avait aucune édition spéciale à propos d'un bain de sang à l'ouest de Richland la nuit passée. Peut-être que personne n'avait encore découvert les cadavres.

J'attrapai mon téléphone, montai dans la Golf et me rendis à l'adresse que m'avaient donnée les vampires. J'avais peut-être donné le papier à Adam, mais j'avais mémorisé ce qui était écrit dessus. La maison était complètement vide, avec un panneau « À vendre » planté dans la pelouse. Je détectai l'odeur de la meute aux alentours, mais aucun signe de sang ou de violence.

Si l'adresse était fausse, où se trouvait tout le monde ?

Je me dirigeai vers mon garage avant de me rappeler que c'était le jour de Thanksgiving et qu'aucun client ne m'apporterait la moindre voiture à réparer. Cela dit, c'était mieux que de rester chez moi à me ronger les sangs. Je remontai donc l'une des grandes portes du garage et me mis au travail sur l'un de mes projets.

Je m'aperçus rapidement que j'étais incapable de me concentrer sur ma tâche. J'avais dû enlever le téléphone de ma poche pour éviter de l'abîmer et je ne cessais de l'entendre sonner dans mon imagination. Mais personne n'appela, pas même ma mère.

Une voiture inconnue s'arrêta devant le garage, et j'en vis descendre une minuscule femme, vêtue d'un tee-shirt rouge et de tennis blanches. Elle croisa mon regard, me salua d'un signe de tête et, ayant visiblement trouvé la personne qu'elle cherchait, s'approcha de moi.

— Je suis Sylvia Sandoval, dit-elle en tendant la main.

— Je vous déconseille de me serrer la main maintenant, lui dis-je avec un sourire très pro. Moi, c'est Mercedes Thompson. Que puis-je faire pour vous ?

— Vous en avez déjà bien assez fait, dit-elle en baissant la main et en montrant sa voiture d'un mouvement de tête.

C'était une Buick bien amortie, parfaitement propre malgré les taches de rouille et une bosse sur le pare-chocs avant droit.

— Depuis que votre ami, M. Adelbertsmiter, s'en est occupé, elle est comme neuve. Je désirerais savoir combien je vous dois, s'il vous plaît. M. Adelbertsmiter m'a dit que vous seriez peut-être intéressée par un coup de main de mon fils en échange de votre temps.

Je saisis un chiffon propre et tentai d'essuyer mes mains pleines de cambouis pour me laisser le temps de la réflexion. J'appréciais le fait qu'elle ait tenu à mémoriser le nom de Zee. Ce n'était pas le nom le plus facile à prononcer, surtout quand l'espagnol était votre langue maternelle.

— Vous devez être l'amie de Tony, dis-je enfin. Je n'ai pas eu le temps d'examiner la facture de Zee, mais j'ai effectivement besoin d'aide. Votre fils a-t-il la moindre expérience en matière de réparation de voitures ?

— Il peut changer l'huile et faire tourner les roues, répliqua-t-elle. Il apprendra le reste. Il travaille dur et apprend vite.

Comme Zee, j'admirai sa franchise et sa détermination. Je hochai la tête :

— D'accord. On va faire comme ça. Vous allez demander à votre fils de venir… (Quand ? Je n'avais pas la moindre idée de mon programme pour les deux prochains jours.) Lundi, après l'école. Il m'aidera sur les réparations, et si ça marche, il aura le boulot. Pour les horaires, ce sera après l'école, et le samedi toute la journée.

— Rien ne doit l'empêcher de travailler à l'école.

Je fis signe que je comprenais :

— Cela me convient parfaitement. On va voir comment ça marche.

— Merci, dit-elle. Il sera là lundi.

Je la suivis du regard alors qu'elle retournait vers sa voiture et je me fis la réflexion qu'il était heureux pour Bran qu'elle ne soit pas un loup-garou, car il aurait alors peut-être eu du mal à garder son statut d'Alpha.

Une pensée m'effleura alors que je contemplais mes mains sales. Hier soir, quelqu'un s'était demandé ce que les kidnappeurs pouvaient bien vouloir. Ce n'était pas la place d'Adam, puisqu'ils avaient leur propre meute. Si c'était de l'argent, il y avait sûrement des cibles plus faciles que la fille de l'Alpha. C'est donc qu'Adam représentait quelque chose de spécial. Parmi les loups-garous, le fait de connaître son rang précis dans la hiérarchie était une question de survie. Dans la hiérarchie du Marrok, ça n'était pas si utile que cela – il suffisait que tout le monde se rappelle que le chef, c'était Bran – mais tout le monde gardait tout de même la liste parfaitement actualisée.

Je me souvenais parfaitement de mon père adoptif, accroupi devant ma chaise et comptant les noms sur mes doigts, alors que j'avais quatre ans. Il chantait : « En un, c'est Bran. En deux, c'est Charles, et en trois, Samuel. En quatre, c'est Adam, de la meute de Los Alamos, et en cinq c'est Everett, de la meute de Houston. »

En un c'est Bran. En deux et trois, ses fils. En quatre, c'est Adam, maintenant Alpha de la meute du bassin du Columbia.

S'il y avait quelque chose de spécial à propos d'Adam, c'était cela. En dehors des fils de Bran, il était le principal challenger à pouvoir prétendre au titre de Marrok.

Je n'y crus d'abord pas. S'ils voulaient qu'Adam les rejoigne et défie Bran, ça n'était pas en enlevant sa fille qu'ils y arriveraient. Mais peut-être n'était-ce pas dans cet objectif qu'ils étaient venus.

Je m'installai sur le siège de la Golf et le vieux vinyle crissa sous mon poids. Peut-être avaient-ils eu l'intention de simplement lui parler, pas de l'attaquer ? Je fermai les yeux. Supposons que cela soit quelqu'un qui le connaisse bien, comme un ancien collègue d'armée, par exemple. Adam avait certes un sacré tempérament, explosif, même, mais il savait aussi écouter, une fois calmé.

Étant donné qu'il s'agissait d'un loup-garou, l'ennemi craindrait Adam ou, du moins, serait très prudent. C'était ainsi que ça se passait, dans ces jeux de domination. Aller voir un Alpha sur son territoire le mettait en position de supériorité. Hors de question d'apporter un revolver chargé de balles d'argent, ça reviendrait à une véritable déclaration de guerre – cela ne pourrait se terminer que par la mort d'Adam ou celle de l'ennemi. Supposons que ce dernier ait à disposition une substance qui permettait de calmer un loup-garou. Une substance qui empêcherait Adam de tuer qui que ce soit si les négociations ne se passaient pas comme prévu...

Mais rien ne se passe comme prévu. Quelqu'un panique et tire sur celui qui ouvre la porte – les loups moins dominants ont tendance à être tendus quand ils envahissent le territoire d'un Alpha. Supposons qu'il tire plusieurs fois. Une erreur, mais pas fatale.

Sauf qu'à ce moment-là Adam attaque. Alors, ils lui tirent dessus, puis l'enchaînent jusqu'à ce qu'il soit prêt à les écouter. Sauf que Mac meurt des suites de l'attaque, et qu'Adam n'est pas vraiment d'humeur à écouter quoi que ce soit. Alors, il essaie de se libérer de ses entraves, mais une fois calmé à l'aide d'une nouvelle dose de cette substance, il n'est plus en état de parler.

C'est la panique. Il leur faut un nouveau plan. Comment peuvent-ils convaincre Adam de coopérer ?

— Jesse est en haut, dis-je à haute voix, mes doigts claquant au rythme effréné de ma réflexion.

Prendre Jesse, et forcer Adam à les écouter. Et s'il refuse, menacer de la tuer.

C'était plus cohérent que toutes les autres explications, mais je ne voyais pas la place de Mac et des expérimentations médicales là-dedans.

Je sortis de la Golf et courus à mon bureau pour y prendre un carnet de notes. Je n'avais aucune preuve de ce que j'avançais, juste une intuition – mais mes intuitions étaient généralement justes.

J'ouvris le carnet et écrivis : *Expériences médicales / acquisition de nouveaux loups*, puis, sur une autre page : *Pourquoi remplacer Bran par Adam ?*

Je posai la fesse sur un tabouret à trois pieds et tapotai mon stylo sur le carnet. À part les sédatifs que nous avions découverts dans le sang de Mac, il n'y avait aucune trace d'autres substances, mais durant les expériences qu'il avait mentionnées, il semblait qu'il y en ait eu plusieurs. Au bout d'un moment, j'écrivis : *kétamine/nitrate d'argent/DMSO : les seules substances ?* Puis je notai le nom de ceux qui étaient susceptibles de connaître toutes ces drogues : *Samuel, docteur Wallace* puis, après un moment d'hésitation, *Auriele.* À contrecœur, je dus l'admettre : *Cela pourrait être n'importe qui.* Puis, obstinément, j'encerclai le nom du docteur Wallace.

Il avait les connaissances scientifiques, ainsi qu'un motif pour fabriquer un sédatif qui le rendrait inoffensif pour ceux qu'il aimait. J'arrêtai de jouer avec mon stylo. *Mais est-ce que ça marcherait vraiment ?*

Le Baiser du vampire n'était-il pas un sédatif, lui aussi ? Peut-être qu'un loup soumis en sortait comme tout animal anesthésié, calme et un peu assommé. Stefan avait bien dit que seuls quelques loups posaient problème. Samuel, lui, s'était réveillé furieux, son loup prêt à l'attaque, comme s'il avait été pris au piège.

Je repensai aux menottes brisées qu'Adam avait laissées derrière lui. S'il avait mis cette réaction sur le compte de l'enlèvement de Jesse, il était possible que ce ne fût qu'une partie de la vraie raison. Mais cela n'avait pas grande importance pour le moment.

Je tournai la page et contemplai la question qui s'y trouvait : *Pourquoi remplacer Bran par Adam ?*

Je passai mon doigt sur les mots écrits. Je n'étais pas sûre qu'il s'agît de la véritable raison, mais c'était le genre de raison qui faisait que les coupables ne seraient pas déstabilisés par quelques victimes collatérales. Ils avaient laissé la vie sauve à Adam alors qu'ils auraient facilement pu le tuer, c'est donc qu'ils voulaient quelque chose de lui.

Cela faisait presque deux siècles que Bran était le Marrok. Quelle raison pouvait justifier qu'on tente si désespérément de changer l'ordre des choses ?

J'écrivis : *On veut du changement.*

Bran pouvait être un vrai salaud. C'était un dirigeant dans le style des bons vieux despotes – mais il semblait que c'était ce que les loups-garous voulaient. Sous son règne, les loups-garous d'Amérique du Nord avaient crû et prospéré, aussi bien en nombre qu'en pouvoir, alors qu'en Europe le déclin était sensible.

Adam serait-il différent ? Indéniablement, mais je ne voyais pas en quoi cela apporterait un bénéfice à quiconque. Il serait probablement plus despotique que Bran. Samuel m'avait dit qu'ils avaient bien pensé à l'utiliser comme représentant des loups-garous, mais cela n'aurait jamais fonctionné. Adam était trop impulsif. Il aurait suffi qu'un journaliste l'agace avec sa caméra pour qu'il perde son calme et le mette KO.

La voilà, la raison.

J'eus une brusque inspiration. Ce n'était pas le changement que l'ennemi recherchait – c'était justement que *tout reste tel quel*. Bran avait l'intention de révéler l'existence des loups-garous.

Du coup, il ne me sembla plus si étrange qu'un des loups d'Adam ait pu le trahir. (Si tout le monde semblait se fier aveuglément à mon instinct, ça n'était pas mon cas.) Je comprenais en quoi il pouvait ne pas considérer son aide à l'ennemi comme une trahison. Il ne faisait que faciliter l'accession au pouvoir de son Alpha. L'attaque de la maison d'Adam n'était pas supposée avoir des conséquences dramatiques – mais ce n'était pas quelques dommages collatéraux qui auraient pu décourager le traître. Les loups-garous meurent – et ces loups-là étaient morts pour une bonne cause. Un loup comme Mac, qui n'appartenait à aucune meute, était une perte bien négligeable au regard des objectifs recherchés.

N'importe qui aurait pu être le traître. Personne dans la meute d'Adam ne devait loyauté personnelle à Bran.

Je sortis la carte de visite que ce dernier m'avait donnée et appelai le premier numéro. Il décrocha à la deuxième sonnerie.

— Bran, ici Mercy. (Maintenant que je l'avais au bout du fil, je n'étais pas sûre de savoir quoi lui dire exactement – une bien trop grande partie de mes conclusions n'étant que pure spéculation. Finalement, je demandai :) Tu as eu des nouvelles d'Adam ?

— Aucune.

Je tapotai mon orteil du bout du doigt.

— Est-ce que le docteur Wallace est… encore parmi nous ?

Bran soupira :

— Oui.

— Peux-tu lui demander s'il a développé un sédatif qui agit sur les loups-garous ?

Son ton devint plus impérieux :

— Qu'as-tu appris ?

— Rien. Vraiment rien de rien, même pas où se trouvent ton fils et Adam à l'heure actuelle. Juste par curiosité, quand planifiais-tu de révéler l'existence des loups-garous ?

— Samuel a disparu ?

— Je n'irais pas jusque-là. Ils sont avec la meute. C'est juste que personne n'a jugé utile de me faire un rapport.

— Bien. (Il ne semblait absolument pas surpris que je sois sans nouvelles.) Pour répondre à ta question, je pense qu'il s'agit de quelque chose qui doit être fait aussi vite que possible. Pas cette semaine ni celle d'après, mais pas dans un an non plus. Mes contacts dans les laboratoires du FBI me disent que les loups-garous sont actuellement un secret de polichinelle. De même que les Seigneurs Gris, j'en suis arrivé à la conclusion que, le *coming-out* étant inévitable, il était absolument nécessaire d'en contrôler les conditions.

Comme je l'ai déjà dit, les loups-garous sont de vrais maniaques du contrôle.

— Combien de gens… de *loups* le savent ?

Il eut un instant de réflexion :

— Cela a-t-il quelque chose à voir avec l'agression d'Adam ?

— Je crois, oui.

— La plupart des loups d'ici sont au courant, répondit-il. Ce n'est pas un secret. Je ferai une annonce officielle au Conclave du mois prochain.

Il se tut, attendant simplement que je lui en dise plus sur mes réflexions. C'était de la pure spéculation et je me rendrais peut-être totalement ridicule en lui en faisant part. Je réfléchis un moment, assise sur mon tabouret et me rendis compte que, moi aussi, je devais la loyauté à quelqu'un. Je ne faisais peut-être pas partie de la meute, mais Bran était mon Marrok, et je devais l'avertir.

— Je n'ai aucune preuve, le prévins-je, juste une théorie.

Et je lui fis part de mes idées sur ce qui s'était passé et sur les raisons de ces événements.

— Je n'ai aucune idée de qui il peut s'agir, conclus-je, répondant à sa question muette. Ou même si j'ai raison.

— Si c'est un loup-garou qui ne veut pas se révéler au monde, cela semble étrange qu'il travaille avec des humains, remarqua Bran, mais il ne dit pas que mon idée était totalement idiote.

J'avais presque oublié les humains.

— Exact. Et je n'ai pas trop d'explications pour les expérimentations dont Mac nous a parlé – à moins qu'ils aient voulu affiner les dosages et les effets secondaires. Payer pour des loups nouveaux me semble être un gros risque pour un tel but.

— Dans un combat entre deux loups, si l'un d'eux est drogué, cela peut avoir une influence énorme sur le résultat, dit Bran. J'aime bien ta théorie, Mercedes. Il y a des trucs qui ne collent pas, mais il me semble que tu es sur la bonne piste.

Je réfléchis tout haut :

— Il n'aurait, cela dit, pas à s'inquiéter de la loyauté des humains.

— Qui ça ?

— Adam m'a dit qu'il connaissait l'un des loups qui l'a attaqué et qu'ils avaient été transformés en même temps.

— David Christiansen.

— Voilà.

Je n'étais pas surprise que le Marrok sache de qui je parlais. Bran trouvait toujours le moyen de donner l'impression qu'il connaissait chaque loup personnellement. Et peut-être était-ce le cas.

— David travaille avec des humains, dit Bran en réfléchissant, mais jamais avec des loups-garous. Je n'aurais jamais cru qu'il puisse faire partie d'une conspiration impliquant des viols – c'est ainsi qu'on appelle les Changements tels que celui expérimenté par ton ami, Alan Mackenzie Frazier. Mais cela n'est pas impossible non plus. Je vais appeler Charles et voir ce qu'il a à en dire.

— Il est toujours à Chicago ?

— Oui. Tu avais raison : il s'agissait bien de Leo. Il semblerait que son salaire ne lui ait pas paru suffisant pour maintenir son niveau de vie. (Bran parlait sans la moindre émotion apparente.) Il ne connaissait pas le loup à qui il vendait ses jeunes victimes, parmi lesquelles ton Alan Mackenzie Frasier. Il y en a eu six en tout. Il ne savait pas pour quelle raison ce loup en avait besoin non plus. Quel imbécile ! Son premier lieutenant s'était chargé des détails pratiques de l'échange, mais Charles semble avoir du mal à en savoir plus parce que celui-ci a quitté la ville. On va probablement mettre un certain temps à le retrouver. Le reste de la meute semble n'être au courant de rien, mais nous travaillons dessus.

— Bran ? Si Samuel ou Adam t'appellent, tu peux leur dire de me passer un coup de fil ?

— Pas de problème, dit-il gentiment, et il raccrocha.

Chapitre 13

Je n'étais plus d'humeur à travailler sur la Coccinelle après ma conversation avec Bran, alors je fermai le garage et retournai chez moi. Bran avait jugé mes idées intéressantes, ce qui était très bien, mais ne soulageait pas la boule que j'avais dans l'estomac parce que personne n'avait appelé. Mon odorat m'avait appris qu'Adam et les autres n'avaient pas trouvé Jesse dans cette maison vide de l'ouest de Richland, mais il ne m'avait pas dit l'endroit où ils s'étaient ensuite rendus.

J'eus encore un mouvement de recul en sentant l'odeur sous mon porche. J'imaginais qu'Elizaveta Arkadyevna me punissait de ne pas lui en avoir dit plus. Il allait falloir que je nettoie ce porche moi-même si je ne voulais pas me souvenir de la mort de Mac chaque fois que je rentrerai chez moi dans les mois à venir.

J'ouvris la porte, l'esprit occupé par Mac, et ne compris que trop tard ce que mes sens tentaient de faire passer comme autre message. Je n'eus que le temps de baisser le menton afin d'éviter que l'homme caché derrière la porte ne puisse enrouler son garrot autour de mon cou, mais il réussit néanmoins à me bloquer la tête dans une solide clé de bras.

Je me retournai vivement pour lui faire face et mis toute ma force dans un direct brutal et rapide qui atterrit sur le centre nerveux se trouvant à l'extérieur du gros muscle de la cuisse. Il jura, son étreinte se relâcha, je me libérai et commençai le combat.

Mon style de karaté, le *shi sei kai kan*, avait été conçu pour les soldats risquant de se retrouver confrontés à plusieurs ennemis – ce qui était une bonne chose vu qu'ils étaient trois dans mon salon. L'un d'eux était un loup-garou sous forme humaine. Je n'avais pas le temps de réfléchir, juste de réagir. Je réussis à donner quelques bons coups, mais me rendis rapidement compte que ces hommes avaient une bien plus grande pratique de la violence que moi.

Au moment même où je commençais à comprendre que si j'étais toujours debout en train de combattre, c'était parce qu'ils faisaient très attention à ne pas me faire de mal, le loup-garou me donna un grand coup en plein dans le diaphragme, puis, alors que je luttais pour reprendre ma respiration, me fit tomber par terre et m'y immobilisa.

— Elle m'a cassé mon p…

— Il y a des dames dans le coin, gronda l'homme qui m'avait bloquée dans une prise inflexible, mais aussi douce que celle d'une mère sur son bébé. (Il avait le même soupçon d'accent qu'Adam parfois.) Pas de gros mots.

— Elle m'a cassé mon *fichu* nez, alors, reprit sèchement la première voix légèrement étouffée, à cause du nez cassé, j'imagine.

— Ça guérira. (Il ne semblait pas prêter la moindre attention à mes tentatives de me dégager de sa poigne.) Y a-t-il d'autres blessés ?

— Elle a mordu John-Julian, reprit le premier homme.

— Juste un suçon, chef. Tout va bien, dit l'homme en question en s'éclaircissant la voix. Désolé, chef. Il ne m'était pas venu à l'idée qu'elle pouvait être entraînée au combat. Je n'étais pas prêt.

— C'est bon, c'est du passé. Souviens-toi de la leçon, jeune homme, dit mon ravisseur. (Puis, se penchant vers moi, il dit, d'une voix vibrant d'un tel pouvoir que j'en eus des frissons dans l'échine :) Discutons un peu, hmm ? Le but n'est pas de vous faire du mal. Si vous ne vous étiez pas défendue, vous n'auriez même pas les bleus que vous avez maintenant. Nous aurions pu vous faire bien plus mal si nous l'avions voulu.

Je savais qu'il avait raison – mais ça n'est pas pour cela que ça en faisait mon meilleur ami.

— Qu'est-ce que vous voulez ? dis-je d'un ton aussi raisonnable que possible dans la situation où j'étais, c'est-à-dire aplatie au sol par un loup-garou inconnu.

— Voilà une gentille fille, répondit-il d'un ton approbateur, alors que je regardais l'espace entre le divan et la table où la dague de Zee avait dû se glisser lorsque je m'étais endormie la veille.

— Nous ne vous voulons aucun mal, répéta-t-il. Ça, c'est la première chose à savoir. La deuxième, c'est qu'on a rappelé les loups qui surveillaient votre maison et celle du Sergent, donc vous n'avez aucune aide à espérer de ce côté. La troisième… (Il s'interrompit et inspira profondément.) Vous êtes un garou ? Pas un loup. Ce n'est pas la bonne odeur. Je pensais que c'était le chat – je n'ai jamais eu de chat – mais c'est bien vous qui sentez la chasse et la fourrure.

— Grand-père ?

— Tout va bien, répondit le loup-garou. Elle ne me fera aucun mal. Alors, qu'êtes-vous exactement, jeune fille ?

— Cela a-t-il la moindre importance ? demandai-je.

Il avait appelé Adam « Sergent » – comme dans l'armée ?

— Non, admit-il en me libérant de son emprise. Pas la moindre.

Je roulai vers le canapé et attrapai la dague, la dégageant de sa ceinture-fourreau. Un des intrus fit un pas vers moi, mais le loup-garou l'arrêta de la main.

Je continuai à reculer jusqu'à me retrouver dos au mur, accroupie sur le dossier du canapé.

La peau du loup-garou était si sombre qu'elle avait des reflets bleus et violets au lieu de marron. Il s'agenouilla par terre. Il était vêtu d'un pantalon kaki large et d'une chemise bleu pâle. D'un geste, il ordonna aux deux hommes de reculer encore, me laissant autant d'espace que possible. Ils étaient maigres, avec l'air de gros durs, et se ressemblaient comme des jumeaux. Comme le loup-garou, ils étaient noirs de peau. Entre leur couleur, leur allure générale et ce « grand-père » qui avait été prononcé, j'aurais pu parier qu'ils étaient de la même famille.

— Vous êtes le compagnon d'armes d'Adam, dis-je d'un air faussement détendu, comme si ce fait le mettait de mon côté et comme si j'ignorais qu'il avait été impliqué dans la débâcle chez Adam. Celui qui a été Changé en même temps que lui.

— Oui, m'dame, dit-il. David Christiansen pour vous servir. Et ce sont mes hommes : mes deux petits-fils, Connor et John-Julian. (Ils me saluèrent de la tête. John-Julian frottait l'épaule que je lui avais mordue avec enthousiasme, et Connor pressait un tas de mouchoirs en papier d'une main sur son nez, l'autre tenant ma boîte de Kleenex.)

— Mercedes Thompson, me présentai-je à mon tour. Qu'est-ce que vous voulez ?

David Christiansen s'assit sur le sol, se rendant ainsi aussi vulnérable qu'un loup-garou pouvait le tolérer.

— Eh bien voilà, m'dame, dit-il. Il semble qu'on se soit tous mis dans un sacré pétrin, et nous espérions que vous pourriez nous aider à en sortir. Si vous savez qui je suis, vous devez aussi savoir que j'ai toujours été un loup solitaire par choix depuis le Changement.

— En effet.

— Je n'ai jamais fini l'école. L'armée, c'était toute ma vie. Quand j'ai été recruté par un vieil ami dans une troupe de mercenaires, j'ai sauté sur l'occasion. Mais au bout d'un moment, j'en ai eu assez de recevoir des ordres, et j'ai formé mon propre bataillon. (Il me sourit.) Quand mes petits-fils ont démissionné de l'armée, j'ai décidé d'arrêter de combattre dans les guerres des autres. Nous nous sommes spécialisés dans le sauvetage de victimes d'enlèvement, m'dame. Que cela soit des hommes d'affaires, des membres de la Croix-Rouge, des missionnaires, ou qui que ce soit, notre boulot est de les sortir des griffes des terroristes.

J'avais des fourmis dans les jambes, alors je m'installai plus confortablement sur le dossier du canapé.

— Et qu'est-ce que j'ai à voir là-dedans ?

— Nous sommes dans une situation… disons délicate, dit le loup-garou.

— Nous sommes du mauvais côté, intervint celui qui se faisait appeler John-Julian.

— Gerry Wallace a fait appel à vous, soufflai-je, comme si parler trop fort pouvait détruire mon soudain éclair de compréhension.

C'était l'allusion de David aux loups solitaires qui avait provoqué cela. Loups solitaires plus docteur Wallace égalaient Gerry, celui qui était chargé de maintenir le lien entre le Marrok et les loups sans meute.

— Il vous a dit que Bran avait l'intention de révéler l'existence des loups-garous.

— Pas étonnant que Gerry n'ait pas le temps de revenir voir son père.

— Absolument, m'dame, confirma David. (Il me considéra d'un air contrarié :) Vous n'êtes pas un loup-garou, ça j'en jurerais, alors comment se fait-il que vous en sachiez tant sur…

Il s'interrompit soudain, et son visage s'illumina de compréhension :

— Un coyote. Vous êtes la fille qui se transforme en coyote, celle qui a été élevée par le Marrok.

— C'est bien moi, acquiesçai-je. Donc, Gerry vous a parlé de l'intention de Bran de révéler l'existence des loups-garous ?

— Bran veut abandonner son peuple à la merci des humains, comme les Seigneurs Gris l'ont fait en leur temps, intervint Connor, celui au nez ensanglanté. Il est supposé protéger ses sujets. Il fallait que *quelqu'un* le défie avant qu'il commette cet acte stupide.

— Alors vous avez pensé à Adam ?

— Non, m'dame, répondit David d'une voix faussement calme. (J'étais certaine qu'en loup il aurait eu les oreilles aplaties sur le crâne.) C'est Gerry. Il voulait que j'aille lui parler, d'ami à ami.

— Bran n'est pas un Seigneur Gris. Il n'abandonnerait jamais ses loups. J'imagine que ça ne vous est jamais venu à l'idée de prendre votre téléphone et d'appeler Adam – ou même Bran, tant qu'à faire ?

— Nous étions entre deux missions, répondit David. Nous avions du temps libre. Certaines choses ne peuvent se faire que face à face.

— Comme les enlèvements ? demandai-je d'un ton sévère.

— Ça n'était pas prévu, protesta Connor avec une certaine vigueur.

— En sommes-nous certains ? murmura David. Je me pose la question. Tout s'est si mal passé, avec quatre morts chez les loups de Gerry, que, d'une certaine manière, je me demande si ce n'était pas prévu depuis le début.

— Trois morts chez les loups de Gerry, dis-je. Mac était à nous.

David sourit, plus avec ses yeux qu'avec sa bouche :

— Oui, m'dame. Trois loups de Gerry et un d'Adam.

— Mais pourquoi voudrait-il donc tuer ses propres loups ? demanda Connor.

— Il faudrait en savoir plus sur les loups qui ont péri, dit David d'un ton songeur. Je me demande si c'était des dominants. Je n'en connaissais aucun vraiment bien, à part pour Kara. Et je sais que celle-ci n'aurait pas supporté bien longtemps d'obéir aux ordres de Gerry. Quant à ce garçon, Mac, il l'avait trahi en allant demander de l'aide à Adam.

— En t'entendant, on croirait que Gerry est un vrai psychopathe, observa John-Julian. Il ne m'a pourtant pas donné cette impression.

— C'est un loup-garou, lui dit David. Nous avons une conscience un poil plus aiguë des questions de hiérarchie que les humains. S'il veut garder le pouvoir, il doit se débarrasser des loups plus dominants que lui et, bien entendu, des traîtres.

Je considérai David d'un œil curieux et dis :

— Je ne connais pas très bien Gerry, mais je dirais que, vous aussi, vous êtes plus dominant que lui.

Il grimaça et répondit :

— J'ai déjà mes hommes. Je ne veux pas ceux de Gerry, et il le sait mieux que personne : après tout, c'est lui qui m'a suivi durant toutes ces années.

— Alors, il savait en vous appelant qu'il ne risquait rien, suggérai-je, et que vous ne le combattriez pas pour le pouvoir.

— Gerry a dit à grand-père qu'Adam ne voudrait pas défier Bran, mais qu'il pourrait se laisser convaincre par un vieil ami, dit doucement John-Julian. Il nous a proposé de nous y amener en avion, et nous avons accepté. Il ne nous a pas fallu bien longtemps pour nous rendre compte que les choses étaient très différentes de ce qu'on nous avait dit.

— J'avais mené mon enquête, reprit David. J'ai passé quelques coups de fil, et on m'a confirmé que Bran avait effectivement l'intention de dire aux Alphas lors de la réunion de décembre qu'il allait révéler notre existence au monde. Alors, nous sommes venus discuter avec Adam. Ce n'est pas que j'aie pensé que cela servirait à quelque chose : Adam aime bien trop le Marrok pour avoir envie de le défier.

— Mais on ne nous avait pas réellement dit la vérité sur ce qui se passait, intervint Connor. Gerry ne nous avait jamais dit qu'il était en train de rassembler une armée de mercenaires et de loups-garous.

— Une armée ? m'exclamai-je.

— Une petite armée. Deux ou trois loups solitaires, comme Kara, qui ne pouvaient trouver une meute, expliqua John-Julian. Et un petit groupe de mercenaires, des mecs sans aucune famille à qui il a apparemment proposé de devenir des loups-garous.

— J'aurais dû mettre mon holà lorsque ce satané imbécile a mis des fusils tranquillisants dans les mains d'un groupe d'idiots morts de trouille. (David secoua la tête.) Si j'avais su qu'il avait mis au point une substance capable de faire du mal à un loup-garou… Enfin, dès cet instant, ça a été le boxon, comme on pouvait s'y attendre.

— Adam m'a dit qu'ils avaient tiré sur Mac dès que celui-ci avait ouvert la porte.

— Gerry leur avait tellement monté le bourrichon à propos du danger représenté par Adam qu'ils ont tiré avant même de savoir de qui il s'agissait.

John-Julian ne semblait que modérément regretter cette histoire, et je soupçonnai que c'était surtout à cause de la bêtise de l'accident et non pour la mort de Mac.

— Vous connaissiez Mac ? demandai-je, en baissant mon regard sur la dague de Zee.

Je ne voulais pas qu'ils voient à quel point j'étais furieuse. Évidemment, c'était totalement inutile avec le loup-garou.

— Non, ils ne le connaissaient pas, dit David. Nous ne sommes arrivés que lundi dernier dans l'après-midi. (Il me regarda d'un air inquisiteur.) Nous étions là lorsque l'un des mercenaires de Gerry, un humain, est revenu d'une expédition complètement terrorisé.

— Il disait que quelqu'un avait tué son partenaire, ajouta John-Julian en me regardant aussi. Un démon.

— Pas besoin de démon pour tuer un loup-garou tout jeune, jamais entraîné et trop stupide pour survivre, répliquai-je en haussant les épaules.

Je ravalai ma colère – ça n'était pas leur faute s'ils ne connaissaient pas Mac. Je les considérais en hésitant. Peut-être aurait-ce été mieux s'ils l'avaient connu…

Mon intuition me disait de leur faire confiance. Tout d'abord, parce que leur récit avait la couleur de la vérité, même si je ne les connaissais pas assez pour en être certaine. Et ensuite, parce que je me souvenais de l'expression d'Adam lorsqu'il avait raconté l'histoire de David Christiansen.

— Permettez-moi de vous parler de Mac, ce garçon qui est mort sur le pas de ma porte, dis-je avant de me lancer dans le récit de son Changement, de l'Alpha de Chicago qui l'avait vendu à Gerry et des expérimentations médicales auquel il avait été soumis.

— Tout ce que nous avons vu, c'étaient des fusils tranquillisants, dit John-Julian en réfléchissant. Or, deux doses ont suffi à le tuer, alors qu'il nous en a fallu cinq pour réussir à droguer assez Adam pour pouvoir l'attacher.

— Vous avez bien dit que le nitrate d'argent met notre organisme HS et que le DMSO permet d'accélérer la circulation de la drogue dans le système sanguin ? demanda David. Est-ce à dire qu'on pourrait remplacer la kétamine par n'importe quelle autre substance ?

— Je ne suis pas médecin, répondis-je, mais ça me semble effectivement cohérent.

— Peut-être que Gerry aussi trouvait cela cohérent, et qu'il était en train de tester cette théorie, dit David. Avec une meute digne de ce nom, ça n'aurait jamais été possible, mais avec ce mélange explosif de loups solitaires déviants et de jeunes loups issus de mercenaires, eux aussi habitués à travailler seuls, personne n'a jugé nécessaire de protéger les prisonniers.

C'était le pendant naturel du rôle de dominant. L'instinct qui poussait les loups soumis à accepter l'autorité des dominants était aussi fort que celui qui poussait les dominants à protéger les plus faibles qu'eux.

— Tous les loups solitaires ne sont pas déviants, protesta Connor.

David sourit.

— Merci bien. Mais les loups-garous ont besoin d'une meute. Il faut un instinct encore plus puissant pour qu'ils n'en rejoignent pas une. Il y en a, comme moi, qui détestent tellement ce qu'ils sont qu'ils ne pourraient jamais supporter de vivre en meute. Mais la majorité sont des proscrits, parce que aucune meute ne veut d'eux.

Son sourire prit une tonalité plus sombre :

— J'ai ma meute, moi, Connor. C'est juste qu'il ne s'agit pas de loups-garous. (Il s'adressa à moi :) J'ai laissé les autres membres de l'équipe à Chicago, avec Gerry, pour garder un œil sur ce qui se passe là-bas. Nous sommes six. Pas une grosse meute, mais cela me suffit. Les loups qui vivent hors de la meute finissent souvent par devenir un peu cinglés. C'est la même chose pour les mercenaires. Ceux qui travaillent seuls, c'est souvent parce que personne ne veut travailler avec eux, parce qu'ils sont trop bêtes ou trop fous. Et ceux qui sont trop bêtes sont souvent ceux qui sont morts.

— Voilà le genre de personne que je n'aimerais pas rencontrer sous forme de loup-garou, dis-je alors que mon téléphone se mettait à sonner. Excusez-moi un instant.

Je fouillai dans mes poches et en sortis mon portable, miraculeusement intact après la bagarre.

— Joyeux Thanksgiving, Mercy !

— Joyeux Thanksgiving, maman, dis-je. Écoute, est-ce que je peux te rappeler ? Je suis un peu occupée, en ce moment.

— Ta sœur vient de nous annoncer ses fiançailles…, continua ma mère sans m'écouter.

Alors, je m'assis en l'écoutant papoter de mes sœurs, de mon beau-père, tandis que trois mercenaires étaient assis dans mon salon et attendaient que j'en aie terminé.

— Maman, m'écriai-je au premier signe de ralentissement de son débit, j'ai de la compagnie.

— Oh très bien ! Je m'inquiétais que tu sois toute seule pour Thanksgiving. Est-ce Warren et son charmant petit ami ? J'espère que cela va durer entre ces deux-là ! Tu te souviens de celui d'avant ? Un beau garçon, ça, pas de problème, mais franchement, impossible d'avoir une conversation cohérente avec lui…

— Non maman, lui répondis-je. Ce sont des amis récents. Et d'ailleurs, il faut vraiment que j'y aille, ou ils vont croire que je les snobe !

Je réussis enfin à raccrocher après quelques minutes.

— J'avais totalement oublié que c'était Thanksgiving, remarqua David, mais je ne pus deviner au ton de sa voix si cela le dérangeait vraiment.

— Je repensais aux expériences médicales, chef, reprit Connor. La plupart des hommes qui ont l'intention d'assassiner un dirigeant ont l'intention d'occuper le trône.

— Ce sont des loups-garous, pas des humains, corrigea son grand-père. Gerry ne pourrait jamais être Marrok. Oh, c'est un dominant, mais je doute qu'il le soit assez pour devenir Alpha de quelque meute que ce soit, sans parler de toutes les meutes. Et il le sait.

— Mais est-ce qu'il accepte la situation ? demanda Connor. Tu l'as vu, parmi ses loups ? As-tu remarqué que ceux de ses mercenaires qui sont encore humains sont ceux qui manifestent des signes de dominance ? Il a beau dire que c'est parce qu'il ne veut pas prendre le risque de les perdre maintenant, mais je pense qu'il prend juste ses précautions. Et il déteste quand tu donnes des ordres à ses loups et qu'ils y obéissent.

— Il ne peut aller à l'encontre de ce qu'il est, dit David, sans que cela soit une contradiction.

— Non, chef. Mais maintenant, il contrôle Adam, n'est-ce pas ? Avec une bonne dose de médicaments et en gardant sa fille en otage, il pourrait le garder sous son contrôle à jamais.

David pencha la tête sur le côté, puis fit un signe de dénégation.

— Ça ne marcherait pas. Enfin, pas longtemps. Un Alpha préférerait mourir au combat que de se soumettre trop longtemps. Il finirait par maîtriser les effets de la drogue, ou alors il mourrait.

Je n'en étais pas si sûre. Qui savait comment fonctionnaient ces cocktails de substances ? Pas même Gerry, qui ne les avait expérimentés que sur de jeunes loups, jamais sur des loups puissants tels qu'Adam.

— Ce que nous pensons n'a aucune importance. Gerry aurait-il pu croire que cela aurait un effet sur Adam ?

Ils me regardèrent tous pour je ne sais quelle raison, mais tout ce que je pus faire, c'est hausser les épaules :

— Je ne connais pas Gerry. Il ne passait pas beaucoup de temps dans la meute et voyageait beaucoup à cause de son travail. (J'hésitai.) Bran ne nommerait jamais un idiot à un tel poste.

David acquiesça :

— Je n'ai jamais pensé qu'il pût être idiot avant toute cette histoire. Mais ce bain de sang me fait revoir mes positions.

— Écoutez, ajoutai-je, j'adorerais discuter de Gerry, mais j'aimerais déjà savoir pourquoi vous êtes ici, et ce que vous voulez.

— Je n'aime toujours pas les intentions de Bran, grommela David. Mais j'aime encore moins celles de Gerry.

— C'est lui qui nous a demandé de déposer le corps de Mac sur le pas de votre porte, expliqua John-Julian. En guise d'avertissement, pour que vous ne fourriez plus votre nez dans les affaires de loups-garous, a-t-il dit. Ensuite, nous sommes revenus à la maison qu'il utilisait comme quartier général, et c'est là que nous nous sommes rendu compte qu'il avait enlevé la fille d'Adam et sacrifié trois de ses loups.

— On ne sacrifie pas ses hommes, dit Connor.

— Et on ne s'en prend pas aux innocents, continua John-Julian.

Ils avaient fait sonner ça comme un véritable credo.

David eut un petit sourire :

— Et, bien que je pense qu'il faille arrêter Bran, seul un imbécile penserait pouvoir forcer Adam à agir contre son gré. Je laisserais bien Gerry apprendre tout seul sa leçon, mais notre honneur est en jeu. On ne touche pas aux innocents, alors nous avons l'intention de libérer Adam et sa fille dès ce soir.

— Ils ont Adam ? demandai-je, pas vraiment surprise.

En effet, quoi d'autre aurait pu empêcher la meute de répondre au téléphone aujourd'hui ? C'était même un soulagement pour moi, car j'avais imaginé une bonne dizaine de scénarios encore plus sanglants.

Ce qui fut une surprise, en revanche, ce fut de voir ma porte s'ouvrir alors que je n'avais senti aucune présence sur le seuil. C'était Samuel, de nouveau humain. Il n'était vêtu que d'un jean, même ses pieds étaient nus, et il boitait un peu :

— Ils ont Adam, confirma-t-il.

Si je ne l'avais absolument pas détecté, David, lui, ne semblait pas surpris. Il fit un geste imperceptible en direction de ses hommes pour les retenir, même si je me rendais bien compte qu'ils étaient prêts à l'attaque.

— David Christiansen, je vous présente le docteur Samuel Cornick, dis-je. Samuel, voici David, le compagnon d'armes d'Adam. Il est venu ici dans l'intention de libérer Adam et Jesse.

— C'est ce que j'ai entendu, dit Samuel en s'asseyant à mes pieds sur le canapé.

— Que vous est-il arrivé ? lui demandai-je.

— Nous nous sommes rendus à l'adresse censée être celles des autres loups, où nous avons trouvé des indices, mais rien de déterminant. Nous avons erré durant quelque temps dans les environs avant que Darryl comprenne que si

Adam n'avait pas rappelé la meute, c'était parce qu'il avait disparu, ainsi que sa voiture. Quelqu'un a dit l'avoir vu en possession d'un téléphone portable, alors qu'il n'en avait pas en quittant la maison de Warren. Plusieurs loups l'ont vu s'éloigner en voiture, mais personne n'a eu l'idée de lui demander où il allait.

—Attendez deux secondes, dis-je, envahie d'un terrible pressentiment. Deux secondes. Les vampires ont sûrement vérifié l'adresse – Bran dit toujours qu'il n'y a pas plus paranoïaque qu'un vampire. Ils se seraient assurés que les loups se trouvaient bien là où ils disaient être, non ? Rien que pour avoir confirmation que c'étaient bien des loups, déjà. Mais la meute n'a trouvé là-bas aucune piste permettant de les traquer ? (Je me tournai vers David.) Et lorsque j'ai retrouvé le corps de Mac sous mon porche, je n'ai pu détecter l'odeur de personne d'autre – vos odeurs. (J'enfonçai la tête dans mes épaules.) J'aurais dû m'en rendre compte plus tôt, n'est-ce pas ? Gerry n'est pas le seul impliqué. (Je vis Samuel se raidir et me souvins qu'il n'était pas au courant.) Gerry Wallace travaille avec notre sorcière.

Il y avait quantité de sorcières capables de stériliser un corps de manière que même l'odorat le plus fin, ou l'équipe de médecine légale la mieux formée et équipée, ne puisse en tirer le moindre indice. Mais Elizaveta Arkadyevna était l'une des seules en mesure d'effacer l'odeur de David et de ses hommes sans enlever celle de la maison d'Adam.

—Il y a effectivement une sorcière russe, confirma David.

—Si les loups-garous font leur *coming-out*, nombre de sorcières vont perdre leur boulot, dis-je. Le secret coûte cher – et les sorcières font partie de ceux qui bénéficient de la situation. Je ne suis même pas certaine qu'il s'agisse d'une rupture de contrat vu que Gerry veut faire d'Adam le nouveau Marrok.

— Pardon ? dit Samuel d'une voix si calme qu'elle en était inquiétante.

— Gerry ne veut pas que l'existence des loups soit révélée au monde, expliquai-je. Il a donc décidé qu'Adam était le seul à pouvoir empêcher cela – en tuant Bran.

Il leva la main et considéra les hommes présents :

— Il serait utile que M. Christiansen me raconte lui-même ce qui se passe.

Ainsi, il pourrait savoir s'il mentait ou pas. Samuel était l'un de ceux qui en étaient capables.

David en avait conscience, lui aussi, je le vis à son petit sourire.

— Gerry Wallace m'a dit que Bran abandonnait ses sujets. Il m'a demandé si je pouvais en parler à Adam et le convaincre de s'y opposer.

— Ce qui signifie défier l'autorité du Marrok, et l'affronter pour le renverser, reformula Samuel.

— En effet. Il m'a donc envoyé ici avec mes garçons. J'ai été assez surpris de voir les méthodes employées. Personnellement, il ne me serait pas venu à l'idée d'amener une troupe d'hommes armés pour affronter un Alpha sur son territoire. Mais je ne pouvais rien dire – sinon, il nous aurait fallu nous battre, et je me serais retrouvé responsable des hommes de Gerry – et ce n'est pas le genre de loups que tout le monde se dispute. Sachant qu'Adam saurait se défendre, j'ai donc accepté de faire partie de l'expédition.

Il haussa les épaules :

— En en discutant avec Mlle Thompson, nous nous sommes rendu compte que Gerry avait, dès le début, l'intention que le sang coule. Les loups qui ne s'en sont pas sortis vivants étaient effectivement ceux qui auraient pu lui poser problème. Je suis presque sûr qu'il a toujours eu l'intention d'utiliser le chantage plutôt que la discussion.

La tête inclinée, Samuel dit :

— Il connaît Adam. Celui-ci ne défierait jamais mon père, même s'il n'était pas d'accord avec lui. Adam ne veut pas être Marrok.

— Il ne le connaît pas si bien s'il pense qu'il peut obliger Adam à obéir en menaçant sa fille, dit David.

— Sur ce point précis, je n'en suis pas sûre, objectai-je. Adam serait prêt à tout pour Jesse.

— Vous avez tous l'air de penser qu'Adam accepterait de tuer mon père.

Je réfléchis à ce que Samuel venait de dire.

— C'est Gerry qui le croit dur comme fer. Peut-être a-t-il l'intention de tout faire pour que ce soit Bran qui ne sorte pas vivant d'un combat. Après tout, il croit toujours être le seul au courant de l'existence des sédatifs.

Samuel grogna, et je lui tapotai le sommet du crâne. Le dossier du canapé n'était pas des plus confortables, mais il me permettait d'être plus haute que les loups-garous, ce que j'appréciais. Samuel prit ma main et la maintint sur son épaule.

— Pourquoi êtes-vous venus ici ? demanda Samuel à David. Vous n'avez pas réussi à trouver quelqu'un de la meute ?

— Ce n'était pas la meute que nous cherchions, répondit David. Gerry a drogué Adam jusqu'à la moelle. Je suis allé lui parler, et c'est tout juste s'il n'a pas arraché ses chaînes. De ce qu'il en a dit, il y aurait un traître dans la meute, et il a probablement raison. C'est d'ailleurs vraisemblablement ainsi qu'ils ont pu réussir à le capturer. Cela dit, j'ai l'impression que la drogue le rend complètement paranoïaque.

Le sortir de là avec son humaine de fille va nécessiter sa coopération.

» Or, il ne me fait pas confiance – et je suis navré de dire qu'il a de bonnes raisons pour cela. (Il considéra Samuel.) Je ne pense pas qu'il vous fera plus confiance – pas à un autre mâle avec sa fille dans le coin. (S'adressant à moi :) Mais son odeur remplit votre van, et il a une photo de vous dans sa chambre.

Samuel me regarda d'un air soupçonneux :

— Dans sa chambre ?

C'était aussi un scoop pour moi. Mais le sort d'Adam et de Jesse m'inquiétait plus que cette photo.

— Très bien, dis-je. Où sont-ils retenus ?

À deux exceptions près, Samuel sembla n'avoir aucun problème à laisser David décider de notre tactique. Tout d'abord, il insista pour que nous appelions la meute – mais convint qu'elle ne devrait intervenir qu'en cas de problème. Seul Darryl serait au courant de nos intentions jusqu'à la dernière minute.

Il tint aussi à appeler son père pour lui dire ce que nous savions.

— Adam ne le défiera pas, dit-il à un David qui semblait peu convaincu. Je sais qu'il n'aime pas l'idée du *coming-out*, mais il comprend les motivations de mon père. (Il soupira.) Vous savez, personne n'est ravi de cette situation, pas même le Marrok. Plusieurs loups ont rapporté à mon père que s'ils ne coopéraient pas avec une des agences gouvernementales, celle-ci menaçait de révéler leur existence.

David fit une grimace trop rapide pour que je puisse la déchiffrer, mais Samuel sembla la comprendre :

— Je me demandais si quelqu'un vous avait parlé aussi. Les autres victimes de ce chantage faisaient tous partie de l'armée. Nous sommes un secret de polichinelle – et ce n'est pas une bonne chose pour notre sécurité. Franchement, je suis surpris que Bran ait réussi à garder le secret à notre sujet aussi longtemps. J'étais persuadé qu'une fois l'existence des faes révélée la nôtre suivrait de près.

— Ils ne veulent pas le savoir, dis-je. La plupart des humains préfèrent imaginer que leur petit monde est tranquille.

— Qu'est-ce que ton père va faire à grand-père ?

Samuel haussa les sourcils :

— Il n'a rien fait de mal. Il n'a jamais juré obéissance à Bran ou à qui que ce soit d'autre, ni fait quoi que ce soit pour trahir nos secrets. Tout le contraire, en fait.

Mon portable sonna encore : c'était Bran. Ce loup-garou me fichait les jetons.

— Mercedes, passe-moi Samuel.

Je regardai ce dernier et répondis :

— Il n'est pas là. Je t'ai déjà dit que je n'avais aucune nouvelle depuis hier soir.

— Oui, assez rigolé, dit Bran. Donne-lui le téléphone.

Je lançai un regard étonné à David et à ses hommes et passai le téléphone à Samuel, le laissant expliquer la situation à son père. Bran avait probablement deviné que je mentais quand je lui avais dit que Samuel n'était pas là. Probablement. Mais David, qui avait entendu les deux côtés de la conversation, serait à jamais persuadé que le Marrok *savait* que Samuel était à côté de moi.

Je tentai de cacher combien cela me satisfaisait. Si les loups pensaient que Bran était si puissant, il était en sécurité.

Chapitre 14

Nous prîmes la voiture de David et de ses petits-fils sur la plus grande partie du chemin, moi sous forme humaine et Samuel en loup. Il s'était métamorphosé chez moi pour éviter que d'autres loups puissent sentir sa transformation à notre arrivée.

David nous déposa à un kilomètre de l'endroit, avec des instructions pour trouver celui-ci. Notre plan était que Samuel et moi approchions seuls, et que je cherche un passage où je pourrais me glisser dans l'entrepôt dans lequel Adam et Jesse étaient retenus, tandis que Samuel appellerait les loups d'Adam et attendrait qu'ils débarquent.

Adam et Jesse étaient retenus dans une exploitation forestière nichée dans les collines au sud de Benton City, une petite ville à vingt minutes de Richland.

Bien que l'exploitation ait dû fermer, il y avait encore des hectares d'arbres non coupés. J'identifiai des érables, des chênes et quelques pins en passant.

Un énorme bâtiment en tôle, vraisemblablement l'entrepôt dont David nous avait parlé, se trouvait très à l'arrière de la maison principale. Celle-ci avait les fenêtres condamnées par des planches en bois et une pancarte d'agence immobilière annonçait fièrement qu'elle avait été vendue.

Je m'accroupis dans un fossé dissimulé par un bosquet d'oliviers de Bohème, Samuel à mes côtés, et examinai attentivement les environs. D'où je me trouvais, aucun véhicule n'était visible, ils étaient probablement tous garés de l'autre côté de l'entrepôt.

Christiansen nous avait dit que l'exploitation avait été rachetée par un viticulteur du coin qui avait l'intention d'y faire pousser de la vigne. Vu qu'ils ne se mettraient pas à planter avant le printemps prochain, tout était encore censé être vide, aussi bien la maison que l'entrepôt.

La pancarte de l'agence immobilière m'avait révélé qu'un des loups d'Adam l'avait effectivement trahi, et j'avais même son nom.

Je sortis mon téléphone et appelai Darryl. Je connaissais maintenant son numéro par cœur.

— Tu as eu des nouvelles de John Cavanaugh ? lui demandai-je.

John Cavanaugh était l'un de ces loups que je connaissais à peine. Il était chez Warren lorsque nous y avions tenu notre conseil de guerre.

— Nous ne savons pas où il est.

J'eus un soupir de soulagement que Darryl n'entendit pas, perdu dans sa colère de ne pas avoir été tenu au courant de nos intentions. Le fait de devoir obéir à Samuel ne l'enchantait pas non plus.

— Comme on me l'a *ordonné*, je n'ai laissé aucun message sur les répondeurs. Ce qui signifie que pas mal de loups vont manquer à l'appel.

— J'ai devant moi une pancarte d'agence immobilière portant le nom de John Cavanaugh, juste devant l'exploitation forestière où est retenu Adam, lui expliquai-je.

Il y eut un long silence.

— Je vois, dit-il d'un air pensif avant de raccrocher.

Darryl n'était pas du genre à s'éterniser dans ses adieux, mais c'était un homme intelligent. Il n'appellerait pas John

Cavanaugh pour ce sauvetage – ou pour quoi que ce soit d'autre. Peut-être cela aurait-il dû me déranger un peu plus d'avoir ainsi signé l'arrêt de mort de quelqu'un, mais j'attendrais de voir dans quel état sortiraient Adam et Jesse de cette histoire avant de ressentir la moindre culpabilité.

Samuel gémit doucement.

— Oui, d'accord, lui dis-je en commençant à me déshabiller.

Il faisait froid. Pas autant que dans le Montana, mais assez pour que je veuille me déshabiller aussi vite que possible sans m'accrocher aux branches des oliviers. Je pliai hâtivement mes vêtements et éteignis mon téléphone portable.

— Pas besoin de m'attendre si tu veux entrer.

Il me jeta juste un regard sans expression.

J'eus un soupir de lassitude et me métamorphosai. Je savourai le fait d'avoir de nouveau chaud, m'étirai, remuai la queue à l'adresse de Samuel et commençai à me diriger vers l'entrepôt. Il faisait encore jour, alors je pris des chemins détournés pour ne pas me faire repérer. J'avais conscience que Samuel me suivait, mais je ne pouvais l'apercevoir, ce qui était assez impressionnant vu la couleur de son pelage – le blanc, c'est très bien pour les hivers du Montana, mais dans l'État de Washington, on est plus dans des tons de gris et de brun.

L'un des angles de l'entrepôt offrait une toute petite ouverture, pile là où Christiansen me l'avait dit. Je dus l'élargir, mais réussis à entrer en ne m'arrachant que quelques touffes de poils. Mon odorat m'apprit qu'un autre coyote s'était déjà glissé par là ces derniers mois, ainsi que d'autres bestioles plus petites. Si Gerry ou un autre loup détectait mon odeur, j'avais peut-être une chance qu'ils croient à la visite d'un autre coyote.

L'ambiance à l'intérieur de l'entrepôt était caverneuse, et il y faisait aussi froid que dehors. Je ne sais pourquoi, et malgré le fait que Christiansen m'avait assuré que je trouverais aisément à me cacher, je m'attendais à un endroit vide. Au lieu de cela, il était rempli de centaines, peut-être de milliers de caisses en contreplaqué endommagées par l'humidité et l'usure. Elles étaient entassées par trois sur des étagères qui montaient jusqu'au plafond, à six mètres au-dessus de ma tête.

Il y avait une odeur de renfermé. En regardant autour de moi, je remarquai un système d'arrosage et des conduites d'évacuation creusées dans le sol. C'était logique, j'imagine. Lorsque cet entrepôt était rempli d'arbres coupés, il fallait bien les garder humides jusqu'à leur expédition.

Je remarquai aussi une pile de caisses dont la plus basse portait l'inscription *« Hamamelis virginiana – 7,5 / 10 cm »*. Elle était vide, mais l'odeur astringente de l'hamamélis était encore très présente. J'aurais pu me cacher dans la caisse du haut, mais cela m'aurait rendue par trop visible au moment d'en sauter. Je décidai donc de me glisser entre la caisse du bas et la paroi métallique, aussi en sécurité que je pouvais l'être.

Notre plan était d'attendre que l'un des petits-fils de David vienne me chercher. Ils avaient l'intention de « procéder à l'extraction » (selon les mots de David) de nuit, ce qui me laissait encore plusieurs heures devant moi.

Gerry semblait avoir du mal avec Adam. Même sous calmants, il ne supportait pas la présence de gardes dans la pièce où il était retenu, ce qui le rendait très agité. Le souvenir de la facilité avec laquelle il avait brisé ses chaînes lors de l'attaque avait convaincu ses ravisseurs qu'il valait mieux qu'il soit le plus calme possible. Du coup, Adam et Jesse étaient seuls dans leur prison, et il y avait juste un garde devant la porte. Quant à Gerry, son odeur semblait tellement énerver Adam qu'il avait dû se poster complètement à l'extérieur de l'entrepôt.

Bien que nous n'ayons pas l'intention de les libérer avant plusieurs heures, rien ne m'empêchait d'aller rejoindre Jesse et Adam dans leur prison et de faire mon possible pour préparer ce dernier à son sauvetage.

Cela avait donné lieu à une dispute : David pensait plus sage que j'attende que ce soit l'un de ses hommes qui monte la garde, ce qui serait le cas au crépuscule. Mais je refusais de laisser Adam et Jesse seuls plus longtemps que nécessaire. David, lui, craignait que le risque que je sois découverte soit trop important.

Samuel avait réglé le désaccord :

— Qu'elle y aille. De toute façon, elle va le faire, autant que nous agissions en conséquence.

David n'avait pas sauté de joie, mais s'était plié à l'autorité supérieure – et à un meilleur jugement. Samuel avait raison. Je n'étais absolument pas prête à laisser Adam et Jesse sans protection alors que j'étais à quelques mètres d'eux. Gerry était le seul loup qui aurait pu reconnaître mon odeur, et il se trouvait dehors. Tous les autres penseraient que j'étais un coyote ordinaire comme il y en avait tant dans la région.

Il fallait néanmoins que j'attende mon escorte, ce qui pouvait prendre un certain temps, mais cela valait mieux que de partir à découvert à la recherche de l'endroit où ils gardaient Adam et Jesse.

Il est impossible de rester alerte quand on ne peut faire aucun mouvement. Du coup, je finis par m'assoupir légèrement, peut-être une heure avant que l'odeur nouvellement familière de John-Julian me réveille.

Je jetai un coup d'œil pour m'assurer qu'il était bien seul. Il portait mes affaires en bandoulière. Il ne m'adressa pas un mot et se contenta de faire demi-tour et de se diriger à travers les caisses vers une zone qui semblait être occupée par des bureaux. Comme les caisses, ces bureaux étaient entassés trois par trois.

Il monta l'escalier vers le niveau intermédiaire. À l'autre bout, l'une des portes était très remarquable de par le verrou étincelant et visiblement neuf qui y avait été installé. Il tourna le verrou et je me glissai rapidement par la porte entrebâillée.

Pas étonnant que Gerry n'ait pas jugé nécessaire de laisser un garde dans la pièce. Ni Jesse ni Adam n'auraient pu se libérer par eux-mêmes.

Jesse était allongée sur un matelas dépourvu de draps. Quelqu'un avait entouré la partie inférieure de son visage de ruban adhésif, recouvrant sa bouche, son cou et ses cheveux. Retirer tout cela n'allait sûrement pas être une partie de plaisir. Ses poignets étaient attachés avec des menottes, elles-mêmes reliées à la tête de lit en bois par une corde d'alpiniste. Ses chevilles aussi étaient ligotées ensemble et au pied du lit, ce qui lui laissait tout juste une marge de manœuvre pour vaguement se tortiller.

Elle regarda John-Julian d'un air inexpressif et ne sembla pas du tout remarquer ma présence. Elle était vêtue d'un pyjama, probablement celui dans lequel on l'avait enlevée, l'un de ces pantalons en flanelle à carreaux toute douce avec un simple tee-shirt. L'intérieur de son bras portait un bleu si sombre qu'il en était noir.

Adam était assis sur un fauteuil visiblement construit par le même menuisier peu soucieux de style qui avait conçu le lit. Il était en bois brut, fait de planches reliées par de gros boulons, et le design n'avait pas été la considération la plus importante lors de sa conception. Les poignets d'Adam étaient retenus aux bras du fauteuil par une paire de menottes qu'on aurait mieux imaginées dans un musée de cire ou dans une chambre de torture, et une autre paire reliait ses chevilles aux pieds du fauteuil. Même si l'on détruisait le siège, il ne serait pas plus libre de ses mouvements pour autant : en effet, on l'avait enroulé dans une longueur de chaîne d'argent qui aurait été suffisante pour assurer le budget de l'ensemble du système scolaire du comté pendant un an.

— Gerry ne montera pas ici, me dit John-Julian. (Adam ouvrit les yeux, juste un instant, et je vis ses iris d'un jaune doré brûler de rage.) Sa présence a le même effet sur Adam que celle de mon grand-père. Même la drogue ne réussit pas à le calmer, alors Gerry préfère ne pas s'approcher. Le tour de garde de notre homme prend fin dans cinq minutes, puis ce sera un ennemi. Mais après cela, ce sera Shawn, l'un des nôtres, qui prendra le relais.

John-Julian continua à me donner des informations que je connaissais déjà, les répétant pour s'assurer que j'avais bien compris.

— Shawn viendra vous aider autant que possible. Les gardes sont supposés rester en bas, sauf quand ils prennent leur tour de garde, pour vérifier. Mais il faut que tu les laisses attachés jusqu'à l'arrivée de Shawn, des fois qu'ils viennent voir. Un homme est chargé de la surveillance des prisonniers et quatre autres font des rondes dans la propriété. L'un d'eux est juste chargé de surveiller les alentours de l'entrepôt. Il y a l'électricité et la télé par satellite dans la maison, la plupart des gardes y traînent donc lorsqu'ils ne sont pas de permanence. Personne ne s'attend à ce que la meute d'Adam les trouve aussi rapidement, donc le niveau d'alerte n'est pas très haut.

C'étaient les hommes de David qui avaient principalement été chargés de la surveillance de Jesse parce que Gerry n'avait pas beaucoup de soldats à qui il aurait confié volontiers une jeune fille de quinze ans sans défense – ça n'était pas le genre de compétence très demandée dans le monde des mercenaires fous et des loups solitaires. David avait dit que Gerry les payait pour monter la garde. Il semblait penser que David ne s'opposerait pas à lui tant qu'il le rémunérait.

Pendant que John-Julian parlait, j'examinai la chambre qui ne regorgeait pas vraiment d'endroits où me cacher. Tant qu'ils ne rentreraient pas complètement dans la pièce, je pourrais toujours me dissimuler derrière la porte ou dans le grand placard à porte coulissante – c'est cliché, mais ça marche. Il n'y avait aucune raison pour que les gardes fouillent la pièce tant qu'Adam et Jesse étaient toujours là.

Jesse se rendit enfin compte que John-Julian ne s'adressait pas à elle et se tortilla pour mieux me voir. Elle poussa une exclamation étouffée par le bâillon.

— Chut, lui dit-il. Tu as à peu près quatre heures. Nous ferons diversion – ce n'est pas moi qui m'en chargerai, mais tu le sauras quand tu l'entendras. Tu dois faire descendre les deux prisonniers et les amener dans la pièce la plus proche de la porte du garage. Tu y retrouveras grand-père, et il vous escortera tous hors d'ici.

J'acquiesçai, et il posa le sac qu'il portait à terre.

— Bonne chance, dit-il en fermant la porte à clé derrière lui.

Je me transformai à peine la porte close et sortis mes vêtements de mon sac, un tee-shirt sombre et un vieux sweat-shirt. Je m'habillai, enfilai mon holster et y glissai mon SIG. Le cran de sécurité était levé et une balle se trouvait déjà dans le canon, prête à l'usage. J'avais aussi apporté le Smith & Wesson de mon père adoptif. Il était trop gros pour le holster et ne tirait pas aussi vite mais ses munitions de calibre .44 Magnum étaient infiniment plus puissantes que mon petit 9 mm. De toute façon, si tout se passait bien, je n'aurais besoin d'aucune des armes.

J'entendis quelqu'un monter l'escalier et m'aperçus que je n'avais même pas entendu John-Julian descendre – ce qui était impressionnant, pour un humain. Je supposai qu'il s'agissait de l'autre garde et attrapai mon sac avant de me glisser dans le placard, le SIG à la main. Je laissai la porte coulissante ouverte comme elle l'était précédemment.

Je vis Jesse se débattre dans ses liens en entendant le verrou tourner et la porte s'ouvrir à la volée.

— Hello, ma mignonne, dit le garde. (Je sentais l'odeur de l'ail qu'il avait avalé récemment, ainsi qu'une autre odeur, aigre et malsaine. Ce n'était pas un loup-garou, mais ce n'était pas non plus le genre de personne que j'avais envie d'avoir autour de Jesse.) Je suis venu t'accompagner aux toilettes. Et si tu es gentille, peut-être même que je te donnerai quelque chose à manger. Je parie que tu dois avoir sacrément faim, à l'heure qu'il est.

Il s'avança vers Jesse, et j'eus un angle de tir parfait sur son dos. J'étais encore plus tentée de tirer en voyant l'air de panique de Jesse et en sentant la peur qui se dégageait d'elle.

Adam rugit, et le garde sortit son arme avant de se tourner vers lui. Il appuya sur la détente, faisant couiner Jesse d'un air incrédule. J'étais prête à tirer aussi quand je m'aperçus que son arme n'avait pas fait un bruit de balle – c'était un pistolet tranquillisant à air comprimé. C'était heureux qu'il n'eût pas l'ouïe d'un loup-garou, ou j'aurais été obligée de tirer, vu le petit cri que j'avais poussé quand il avait tiré sur Adam.

— Voilà qui va te calmer un petit moment, dit-il, probablement à Adam.

Il remit le pistolet dans son étui et commença à défaire les nœuds qui entravaient les pieds de Jesse. S'il s'était retourné, il m'aurait aussi bien vue qu'elle.

Je la regardai en secouant la tête, puis en montrant mes yeux et le garde. Elle comprit le message et cessa de me regarder, fixant le plafond à la place.

Il ne semblait pas l'entendre, mais quelqu'un était en train de monter l'escalier en courant – peut-être attiré par le bruit du pistolet, aussi faible qu'il ait pu être. La porte était ouverte alors l'autre homme entra directement. Celui-ci était un loup-garou. Je ne pouvais le voir, mais je le sentais parfaitement.

— Ça sent le fauve, là-dedans, dit-il d'une voix si grave qu'elle en semblait étouffée.

Je fus d'abord persuadée qu'il parlait de moi.

L'autre garde se retourna, visiblement pris par surprise. Si son angle de vision s'était décalé de dix degrés, j'aurais été en plein dedans, mais son attention était captivée par le deuxième homme.

— Tu es un fauve, Jones ? demanda celui-ci d'un ton doucereux. Parce que moi, oui.

Le dénommé Jones eut un mouvement de recul, et il se retrouva assis sur le lit, à moitié sur Jesse. J'aurais pu lui dire que c'était idiot. On ne recule pas devant un prédateur – ça leur donne de mauvaises idées.

Voyant que Jones ne répondait pas, le loup-garou éclata de rire :

— Je croyais que le boss t'avait dit de ne pas approcher de la gamine. Pas vrai ?

Je ne savais pas ce que le loup-garou était en train de faire, mais visiblement, cela faisait peur, vu que Jones poussait de petits gémissements de terreur. Je vis enfin le loup : un rouquin costaud, avec une courte barbe sombre. Il agrippa

Jones par les deux épaules de sa chemise et le souleva du lit avec un grognement d'effort. Se tournant vers la porte, il lança l'homme à travers la pièce. Je ne vis pas Jones atterrir, mais j'entendis son cri de douleur.

— Va-t'en, dit le loup-garou.

J'entendis Jones descendre les marches quatre à quatre, mais je n'étais pas certaine que ce fût un progrès. Celui qui restait était bien plus dangereux. Quand il avait fait la remarque sur l'odeur de fauve, était-ce parce qu'il m'avait sentie, ou était-ce juste pour taquiner Jones ?

Je restai parfaitement immobile, à part un léger tremblement que je ne réussissais pas à maîtriser, et me forçai à avoir des pensées positives. La peur sent très fort, et même si celle de Jesse pouvait couvrir la mienne, je préférais rester la plus discrète possible.

— OK, mon ange, on va te détacher, dit le loup-garou d'une voix douce qui m'aurait plus rassurée si je n'avais pas été en mesure de sentir son désir sexuel.

Jesse, elle, en était incapable, et je la vis donc se détendre un peu.

Ses grandes mains dénouèrent rapidement ses liens et il l'aida à s'asseoir comme un gentleman, en lui laissant le temps d'étirer ses épaules et son dos. La petite maligne s'assit de manière que le regard du loup n'approche pas du placard.

Il la fit doucement se lever et la soutint légèrement en l'accompagnant hors de la pièce. Je m'appuyai contre le mur en priant pour que ce soit la bonne décision : j'espérais qu'il se contenterait effectivement de l'emmener aux toilettes.

En attendant, je devais voir comment allait Adam.

La fléchette était toujours plantée dans son cou. Je l'enlevai et la laissai tomber à terre. Il ouvrit les yeux à mon contact, mais je n'avais pas l'impression qu'il vît quoi que ce soit.

— Tout va bien, lui dis-je en essuyant doucement la trace de sang dans son cou. Je suis là, et nous allons vous faire sortir d'ici, Jesse et toi. Nous savons au moins qui est l'un des traîtres, et s'il y en a d'autres, ils ne pourront pas nous faire de mal.

Je ne lui expliquai pas qui recouvrait ce « nous ». Je n'étais même pas sûre qu'il fût en état de m'entendre, de toute façon, mais je cherchais à le calmer, pas à l'agacer. Il y avait une autre fléchette accrochée à sa manche droite, et je l'enlevai, m'allongeant à moitié sur lui pour ce faire. Sa tête tomba en avant, se nichant dans mon cou. Je ne pus déterminer s'il l'avait fait exprès ou si c'était moi qui l'avais fait bouger, mais j'entendis son souffle devenir plus rapide.

— Bien, lui dis-je. Dors encore un peu, et élimine tout ce poison.

Je restai ainsi, le tenant dans mes bras, jusqu'à ce que j'entende de nouveau quelqu'un monter l'escalier. Je remis Adam dans la position où il était auparavant, à part les fléchettes, et me précipitai dans ma cachette.

Je me demandais pourquoi il n'y avait le son que d'une personne, et en compris la raison en voyant Jesse, tendue et les yeux obstinément fixés au mur, dans les bras du loup-garou.

— Je suis désolé, mon ange, roucoula-t-il en la rattachant fermement. Si ça n'avait tenu qu'à moi, je t'aurais laissé un peu d'intimité, mais cela aurait été un trop grand risque, pas vrai ?

C'est un homme mort, me dis-je en mémorisant son apparence et son allure pour le reconnaître, même si Gerry avait deux géants roux à son service. J'avais entendu son air satisfait, et j'étais certaine que Jesse aussi. Il voulait lui faire peur.

Adam se débattit dans ses liens. Je pouvais l'entendre mais pas le voir.

— Mercy, dit-il d'une voix rauque.

Le garde rit :

— Merci ? Il n'y a vraiment pas de quoi, je t'assure… (Il se pencha en avant et tapota le visage de Jesse :) À la prochaine, mon ange.

Adam l'appelait mon ange, me souvins-je, un peu nauséeuse. Il ferma la porte et tira le verrou derrière lui. J'attendis qu'il soit descendu avant de ressortir du placard. Jesse fixait toujours obstinément le mur.

La tête d'Adam était retombée en avant, et je ne pus m'empêcher de vérifier qu'il respirait encore avant de me tourner vers sa fille.

Elle n'avait pas bougé d'un pouce depuis que le garde l'avait de nouveau ligotée. Encore deux heures avant que je puisse les libérer en toute sécurité, pensai-je, mais, en même temps, j'étais déjà en train de fouiller mon sac à la recherche d'une lame pour couper ses liens. Il était hors de question que je la laisse ainsi encore deux longues heures.

Je ne sais pourquoi j'avais emporté la dague de Zee, ni pourquoi je pris celle-ci plutôt que le canif que j'avais aussi apporté avec moi, mais elle se glissa naturellement au creux de ma main.

Jesse sursauta quand je m'agenouillai sur le lit, et je lui touchai l'épaule :

— Ne t'inquiète pas, c'est juste moi, Mercy. Plus personne ne va te faire de mal. Nous devons encore attendre un peu, mais on va te sortir d'ici. Ne fais aucun bruit. Si tu peux rester tranquille, je vais t'enlever ces cordes et voir ce qu'on peut faire avec l'adhésif.

Elle s'était mise à trembler comme une feuille en entendant ma voix. Il faisait glacial dans cette pièce, et elle n'était pas couverte, ce qui pouvait expliquer en partie sa réaction. Mais sa respiration s'était accélérée et elle tentait d'aspirer autant d'air que possible, ce qui n'était pas une mince tâche vu qu'elle ne pouvait respirer que par le nez.

Je tâtai le tranchant de la dague. Elle était coupante, mais pas assez pour couper facilement des cordes en Nylon, me sembla-t-il. Je glissai la lame entre une corde et la tête du lit et faillis me poignarder moi-même lorsque je ne rencontrai absolument aucune résistance. Je crus d'abord que la lame avait glissé mais non : la corde avait été coupée net.

Je jetai un regard de respect à la dague. J'aurais dû savoir que si Zee l'utilisait pour se protéger, c'est qu'elle réservait quelques surprises. Je coupai la corde qui entravait les pieds de Jesse, et elle se recroquevilla, s'étreignant elle-même de ses bras libérés. Des larmes coulaient sur ses joues et je lui frottai le dos pendant un instant. Quand elle sembla se calmer un peu, je fouillai mon sac à la recherche d'une bombe de WD-40[1].

— Comme le vinaigre et le bicarbonate de soude, le WD-40 est l'une des inventions miraculeuses de notre ère, lui dis-je. Nous allons l'utiliser pour assouplir le Scotch.

Je n'étais pas certaine que cela fonctionnerait, bien que j'aie souvent utilisé ce produit pour ôter des traces de colle laissée par du ruban adhésif sur mes voitures. L'huile commença néanmoins à s'insinuer sous la bande collante, et je réussis à la décoller peu à peu de son visage. Quand j'eus la place d'y glisser un doigt, j'opérai une incision au niveau de l'oreille avec la dague de Zee. On s'occuperait de lui enlever cela des cheveux plus tard, pour le moment, il suffisait que son visage soit dégagé.

---

1. Marque commerciale d'une huile lubrifiante en spray dont les capacités de pénétration et de protection contre l'humidité sont légendaires aux États-Unis.

L'adhésif s'enleva aussi facilement que sur une voiture, et cela ne prit pas bien longtemps pour que sa bouche soit libérée. Je découpai le reste du Scotch de manière qu'il n'en reste qu'une bande collée sur ses cheveux.

— Berk, c'est immonde, dit-elle d'une voix rauque en s'essuyant la bouche avec son tee-shirt.

— Je ne suis pas fan non plus, acquiesçai-je. (J'avais eu l'occasion d'y goûter une fois ou deux en oubliant que j'en avais sur les mains et en les portant à ma bouche.) Depuis combien de temps n'as-tu rien eu à boire ?

— Depuis qu'ils ont amené papa, chuchota-t-elle en regardant fixement ses genoux. Dès que je parlais, ça le réveillait de son sommeil de drogué, alors ils m'ont bâillonnée. Je croyais que les loups-garous étaient insensibles aux drogues.

— Pas à celle-ci, lui répondis-je en sortant un Thermos de café du sac. Même si je la pense moins efficace qu'ils aiment à le penser.

» J'aurais dû penser à apporter de l'eau, m'excusai-je.

Je lui tendis un gobelet rempli de liquide noir aux vapeurs délétères sous le nez. Je sais bien que nombreux sont ceux qui adorent l'odeur du café, mais, pour une raison inconnue, elle me dégoûte.

Voyant qu'elle ne réagissait pas, je la secouai :

— Allez, maintenant, on n'a pas le temps de faire dans la délectation morose. Ce soir, quand tu seras chez toi, tu pourras tomber dans toute la catatonie que tu voudras, mais, pour le moment, il faut que tu m'aides à sortir ton père d'ici.

Cela me donna vaguement l'impression de maltraiter un pauvre chien couinant, mais elle finit par s'asseoir et prendre le gobelet de café dans ses mains tremblantes. J'avais prévu le coup en ne le remplissant qu'à moitié. Elle fit la grimace en avalant une gorgée.

— Bois, lui ordonnai-je. C'est bon pour ce que tu as. De la caféine et du sucre. Moi, je n'en bois pas, alors j'ai dû aller en chercher chez vous. J'ai pris celui qui est cher, dans votre congélateur. Ça ne doit donc pas être si mauvais que ça. Samuel m'a dit de le faire bien noir, et d'y ajouter beaucoup de sucre. C'est probablement comme un sirop très amer.

Elle me sourit faiblement, puis de manière plus affirmée, et se pinça le nez avant d'avaler le contenu du gobelet cul sec, avant de dire, d'une voix enrouée :

— La prochaine fois, c'est moi qui fais le café.

Je lui souris en retour :

— Ça marche.

— Y a-t-il un moyen de m'enlever ces menottes ? demanda-t-elle.

— Nous avons un complice qui doit arriver d'ici une ou deux heures, lui dis-je. Il a les clés.

— D'accord, dit-elle, mais je pus voir sa bouche trembler. Mais tu pourrais peut-être essayer d'y jeter un coup d'œil. Il me semble que ce ne sont pas des menottes comme celles de la police, plutôt le genre qu'on trouve dans les boutiques SM.

— Jessica Tamarind Hauptman ! dis-je d'un air choqué. Comment sais-tu ce genre de choses ?

Son rire cascada dans la pièce :

— Un de mes copains en avait trouvé une paire dans une brocante. Il s'était attaché lui-même et ne retrouvait plus les clés. Je te raconte pas la panique jusqu'à ce que sa mère le libère en tripatouillant la serrure !

Je regardai plus attentivement le trou de celle-ci, qui me sembla en effet peu solide. Je n'avais ni épingle à cheveux ni cintre à portée de main, mais la dague de Zee avait le bout pointu.

Je pris l'un des bracelets et tentai d'y introduire la pointe de la lame. Je crus tout d'abord qu'elle ne rentrerait pas, mais en appuyant un peu, elle glissa comme dans du beurre.

— Aïe, fit Jesse en retirant vivement ses poignets.

J'enlevai aussitôt la dague et vis sur son bras une petite égratignure. Puis je m'aperçus que le bracelet avait été coupé net par la lame, presque aussi facilement que la corde.

— Voilà ce qu'on appelle un magicien du métal, murmurai-je.

— C'est *quoi*, ce couteau ? demanda Jesse.

— Une dague. Que j'ai empruntée. (Je la posai sur la chaîne des menottes et admirai la manière dont le métal fondait au contact de la lame d'un gris sombre.) J'imagine qu'il faudra que je me renseigne un peu plus la prochaine fois que j'emprunterai quelque chose aux faes.

— Tu crois qu'elle peut couper le bracelet ? dit Jesse en montrant celui, à moitié rongé, que la lame avait touché.

En la gardant aussi éloignée que possible de sa peau pleine d'ecchymoses, je glissai la lame entre le bracelet et son poignet. La manière dont le métal s'écartait du fil de la lame donnait l'impression d'un mauvais trucage. Un bon réalisateur aurait ajouté des étincelles ou au moins un halo rouge. Là, il n'y avait qu'une faible odeur d'ozone.

— À qui l'as-tu empruntée ? demanda Jesse alors que je coupais le second bracelet. À Zee ? (Je vis le statut de celui-ci évoluer en un clin de « vieil ami bourru » à « mystère fascinant » dans son esprit.) Trop cool.

Elle avait l'air d'être de nouveau elle-même et le contraste avec l'ecchymose sur sa joue et ses poignets bleuis était d'autant plus déchirant.

Je ne me souvenais pas avoir vu ce bleu sur son visage avant que le loup-garou l'emmène en bas.

— C'est le loup que j'ai vu qui t'a frappée ? lui demandai-je en touchant l'hématome, me remémorant son air terrifié alors qu'elle tentait de se faire aussi petite que possible dans les bras du loup-garou.

Son sourire disparut et elle se recroquevilla, les yeux absents :

— Je ne veux pas penser à lui.

— D'accord, la rassurai-je. Tu n'auras plus jamais à t'en inquiéter.

Je m'en chargerai moi-même, complétai-je silencieusement. Mon côté civilisé avait tendance à s'effacer facilement, ces temps-ci, me dis-je en revissant le gobelet sur la bouteille Thermos. Tout ce qu'il m'avait fallu, c'était apercevoir ce bleu, et j'étais prête à commettre un meurtre.

— Tu devrais vraiment boire encore un peu de ce truc, lui dis-je, mais j'ai aussi besoin de la caféine pour ton père. Avec un peu de chance, Shawn apportera quelque chose.

— Shawn ?

Je lui expliquai brièvement ma rencontre avec David Christiansen et sa proposition de nous aider à sortir d'ici en un seul morceau.

— Tu leur fais confiance ? demanda-t-elle et, me voyant acquiescer : D'accord.

— Allons voir comment va ton père.

Maintenant que j'avais libéré Jesse, il ne valait pas le coup que je laisse Adam attaché. De plus, tout cet argent ne devait pas lui faire grand bien. Je brandis ma dague, mais Jesse m'attrapa le bras :

— Mercy ? dit-elle d'une toute petite voix. Tu sais, quand il se réveille, il est…

— Plutôt effrayant ?

Je lui tapotai la main. Je m'étais souvent fait la réflexion que son expérience des loups-garous l'avait amenée à les voir plus comme des animaux domestiques que comme de dangereux prédateurs. J'imaginai que ce ne serait plus le cas. Je me souvins de David racontant comment Adam avait pété les plombs quand il était entré dans la pièce, et de l'état du salon d'Adam. Peut-être cette mise au point avait-elle été un petit peu brutale pour Jesse.

— Ce n'est pas étonnant quand on est sans défense aux mains de ses ennemis, lui dis-je gentiment. Il tente de te défendre dans la mesure de ses moyens. Tu sais, il faut une sacrée dose de volonté pour lutter contre les effets de ce produit qu'ils lui injectent. On ne peut pas s'attendre à ce que le résultat soit joli à voir.

Je m'étais inclinée vers les chaînes, mais l'inquiétude de Jesse me fit prendre conscience que, moi non plus, je n'étais pas tout à fait tranquille à l'idée de libérer Adam. Or c'était un sentiment dangereux. Si je le libérais de ses mouvements et que je manifestais de la peur, cela réveillerait le prédateur en lui.

Je pressai résolument le couteau contre le lourd bracelet qui enserrait son poignet gauche. Je devais faire attention, parce que les menottes étaient bien plus serrées que celles de Jesse, et je ne pouvais glisser la lame entre celles-ci et son poignet sans risquer de le couper. Or, le souvenir de la réaction de la lame au sang de Samuel me disait que ce n'était pas une bonne idée. Je laissai donc le fil de la lame reposer sur le métal sans appuyer dessus, afin de pouvoir la relever dès que cela serait nécessaire.

Je crus d'abord que c'était la chaleur de mes mains qui se transférait au pommeau, mais lorsque la lame eut traversé toute l'épaisseur d'argent, je fus forcée de le lâcher : la dague était devenue brûlante. La main d'Adam glissa du bras du fauteuil pour se retrouver sur ses cuisses.

Cela me prit encore presque une heure pour découper le reste des menottes et les chaînes. Chaque fois, le couteau chauffait, gagnant en température de plus en plus rapidement et mettant de plus en plus de temps à refroidir ensuite. Quand j'en eus terminé, le lino portait des traces de brûlures et ma main arborait de charmantes cloques.

Jesse m'aida à rassembler les chaînes et à les poser sur le lit. Nous devions éviter de les traîner par terre, ce genre de son métallique ayant tendance à porter loin.

Nous étions justement en train de poser précautionneusement les dernières longueurs de chaîne quand j'entendis quelqu'un monter l'escalier. Je laissai tomber la dague de Zee en même temps que les maillons d'argent, poussai Jesse dans le placard et dégainai mon arme. Je visai la porte à une hauteur approximative d'un mètre quatre-vingts et me tins en arrêt, attendant que la porte s'ouvre.

Quelqu'un tourna la clé en sifflotant alors que j'assurais ma prise sur l'arme. J'avais l'intention de lui tirer d'abord dans la poitrine, puis de l'achever de deux balles dans la tête. Si ça ne l'achevait pas, ça le rendrait au moins incapable de se défendre alors que j'en finirais avec lui. Cela attirerait l'attention de tous les autres, mais je n'avais pas le choix : je n'avais ni l'envie ni le temps de religoter les prisonniers.

Je pris une profonde inspiration en entendant la voix d'un homme, mais la porte entre nous et la distance m'empêcha de vraiment comprendre ce qu'il disait. En revanche, j'entendis parfaitement l'homme qui se trouvait juste derrière la porte. C'était celui qui avait frappé Jesse et j'en étais ravie.

—Je jette un coup d'œil aux prisonniers, dit-il. Il va bientôt falloir refaire une petite piqûre à Hauptman.

Le deuxième homme dit autre chose.

—Je n'ai pas besoin qu'on m'ordonne de surveiller l'heure, dit-il. Hauptman a besoin d'une autre piqûre. Il ne va pas nous faire faux bond à cause de quelques grammes d'argent. Attendons de voir ce qu'en dit Wallace.

J'eus un sursaut en sentant une onde de puissance venir de l'escalier. Ce n'était pas le même calibre que celle d'Adam ou de Samuel, mais elle était indéniable, et je devinai que la personne qui parlait avec notre gardien était David Christiansen.

L'homme gronda, mais il sortit la clé de la serrure et redescendit l'escalier. J'entendis une vive dispute et, comme personne ne remontait les marches, j'en conclus que David avait convaincu l'autre. Je remis mon arme dans son holster.

— Eh bien, dis-je à Jesse en tentant de reprendre mon souffle, voilà qui était follement amusant.

Elle s'était pelotonnée au fond du placard et, un instant, je crus qu'elle allait rester ainsi. Mais elle était bien plus forte que ça. Elle rassembla son courage et se releva.

— On fait quoi, maintenant ?

Je jetai un coup d'œil à Adam. Il n'avait pas bougé.

Je le rejoignis et posai la main sur sa joue. Sa peau était froide au toucher, ce qui était mauvais signe. Avec leur métabolisme plus puissant, les loups-garous ont plutôt tendance à avoir une température plus chaude que la normale. Je me demandai combien d'argent ils avaient injecté dans ses veines.

— Il faut que je lui fasse avaler un peu de ce café, dis-je à Jesse. J'ai aussi de quoi manger, ce qui devrait aider.

Elle regarda son père, puis moi, et finit par dire :

— OK. Je vais poser la question. On fait comment pour lui faire boire du café ?

Nous finîmes par le traîner au bas de son siège et par installer sa tête en travers de la cuisse de Jesse, avant de verser le café encore chaud dans sa bouche béante. Nous ne savions pas comment le faire avaler, mais, après quelques gouttes, il le fit de lui-même.

Ses yeux s'ouvrirent à la troisième gorgée. Ils étaient d'un noir aussi velouté que la nuit. Il saisit la main de Jesse sur son épaule, mais c'était moi qu'il regardait.

— Mercy, dit-il d'une voix hésitante. Qu'est-ce que tu as fait à mon *French Roast*[1] ?

Je crus presque que je m'étais inquiétée pour rien, mais il laissa soudain tomber la main de Jesse et son dos s'arqua, envoyant sa tête en arrière. Sa peau tourna au gris, puis se parsema de taches alors que ses mains se tordaient. On ne voyait plus que le blanc de ses yeux.

Je laissai tomber la Thermos, attrapai Jesse par les épaules et la dégageai de sous son père aussi vite que possible.

— Il va se cogner la tête, protesta-t-elle en se débattant et en prenant conscience, comme moi, qu'il avait une attaque.

— Ne t'en fais pas, chez lui, ça guérira plus vite que chez toi, lui dis-je. C'est un loup-garou, Jesse. Il ne faut pas l'approcher quand il est comme ça. S'il te touche, il te casse quelque chose.

Comme si les mêmes démons qui provoquaient ses convulsions l'avaient réveillée, je sentis la puissance d'Adam envahir l'air – comme le sentiraient tous les autres loups-garous dans les environs. Qui, si je devais me fier à Christiansen, étaient douze.

— Tu sais tirer ? demandai-je à Jesse.

— Oui, répondit-elle en ne quittant pas son père des yeux.

Je dégainai le SIG et le lui donnai.

— Vise la porte, dis-je en fouillant le sac à la recherche du .44. N'appuie sur la détente que si je te dis de le faire. Ce

1. Variété de café vendue par Starbuck et réputée pour son goût corsé.

sera un peu dur la première fois : elle est chargée pour un loup-garou. Nous avons des alliés dans le coin, alors attends que je te dise s'il faut tirer.

Je trouvai le revolver. Je n'avais pas le temps de vérifier, mais je l'avais rechargé juste avant de l'emballer, et je devrais me contenter de cette certitude. Le Smith&Wesson était bien plus gros que le SIG et faisait bien plus de dégâts.

— Qu'est-ce qui se passe ? demanda Jesse, et je me souvins qu'en tant qu'humaine elle ne pouvait sentir le chant de puissance du loup-garou.

Celui-ci sembla soudain doubler de volume, bien que rien ne fût audible, et son origine en devint floue, comme s'il n'était plus émis seulement par Adam. Des pas rapides retentirent sur les marches et l'on ouvrit la porte.

— Ne tire pas, dis-je en levant mon arme et en baissant la sienne vers le sol de mon autre main. C'est l'un des nôtres.

L'homme qui se tenait devant nous avait le teint chocolat, un tee-shirt vert proclamant que « LES DRAGONS ONT TUÉ LES DINOSAURES » et les yeux noisette. C'est grâce au tee-shirt que j'avais eu la confirmation que c'était l'un des hommes de David. Il resta immobile, nous laissant le temps de bien comprendre qu'il était de notre côté.

— Je suis Shawn, dit-il avant de voir Adam et d'ajouter : Bon sang, que se passe-t-il ?

Il ferma la porte derrière lui puis contempla Adam dont les membres étaient parcourus de convulsions.

— Je crois qu'il est en train de Changer, dit Jesse.

— Il a des convulsions, corrigeai-je. Je crois qu'il y a trop d'argent dans son organisme, et que cela a abîmé son système nerveux.

— Il va s'en sortir ? demanda Jesse d'une voix tremblante.

— Il est costaud, répliquai-je.

J'espérais qu'elle ne remarquerait pas que je n'avais pas répondu à la question. Combien fallait-il d'argent pour tuer un loup-garou ? C'était en général proportionnel à leur puissance, mais certains loups y étaient plus sensibles que d'autres.

—J'étais en train d'échanger mon tour de garde avec Hamilton quand le capitaine s'est mis à se disputer avec Connor et m'a fait signe de foncer ici, expliqua Shawn. Je n'avais pas monté trois marches que tous les loups-garous aux alentours se dirigeaient vers le capitaine. J'imagine que leur attention a été attirée par quelque chose qui se dégage de cette crise.

J'acquiesçai et tentai de leur expliquer aussi clairement que je le pouvais :

—Je ne sais pas comment il le fait, mais Christiansen est en train de détourner la puissance émise par Adam et il semble réussir à la camoufler, pour faire croire à tout le monde qu'elle vient de lui.

—À cause de sa dispute, dit Shawn de la voix de celui qui comprenait tout.

Mais je perdis tout intérêt envers la méthode étonnante de Christiansen pour détourner les soupçons quand je vis Adam se calmer soudain et devenir tout mou. Jesse voulut le rejoindre, mais je l'en empêchai.

—Un instant, dis-je en lui reprenant le pistolet afin qu'elle ne tire pas par accident. Attendons de voir si c'est effectivement terminé.

—Il n'est pas mort, dis ? demanda-t-elle.

—Non, je l'entends respirer.

Son souffle était faible, mais régulier.

Je posai le Smith & Wesson sur le dessus de mon sac et remis le SIG dans mon holster. Grâce à Christiansen, la meute n'allait pas nous fondre dessus, mais cela pouvait toujours changer.

Toujours immobile, Adam commença à respirer de manière un peu plus rassurante. J'allais tranquilliser Jesse quand, brusquement, il roula sur le côté et se recroquevilla en position fœtale avec un gémissement sourd.

Chapitre 15

— Là, il se transforme, non ? demanda Jesse.

— Ce n'est pas une bonne idée, dit Shawn. Il faut que les effets de la drogue s'atténuent avant qu'il se métamorphose. J'ai entendu les hommes qui étaient présents quand il s'est réveillé, lors de l'attaque. Il était sous tranquillisants, à ce moment-là, aussi…

— Pas la peine de s'affoler, répliquai-je. Il va s'en sortir. Accessoirement, je ne crois pas qu'il soit en train de se transformer.

Et en effet, la sensation de puissance lycanthrope s'était complètement évaporée. Je n'avais néanmoins pas la moindre idée de ce qu'il faisait.

La chemise d'Adam était déchiquetée, sale, maculée de taches de sang. Elle avait l'air plus grise que blanche. Et en y regardant de plus près, elle était *vraiment* grise. Il était inondé de sueur et le tissu collait à sa peau, soulignant les muscles de ses épaules tendus par l'effort. J'apercevais même ses vertèbres qui pointaient. La chemise étincela doucement dans la lumière froide des néons lorsqu'il fut agité d'un frisson. Je ne réussissais pas à déterminer s'il était conscient.

Je m'avançai lentement vers lui.

— Adam, l'interpellai-je parce qu'il me tournait le dos et qu'il n'est jamais bon de surprendre un loup-garou. Ça va ?

Je ne fus que peu étonnée par l'absence de réponse.

Je m'accroupis et touchai le tissu trempé. Il attrapa mon poignet d'un mouvement si rapide qu'il donna l'impression de s'être retourné en un clin d'œil, sans que j'aie vu le moindre mouvement. Une lumière froide brillait dans ses yeux jaunes, mais sa prise était douce.

— Tout va bien, lui dis-je en essayant de garder mon calme. Jesse est ici, elle va bien, elle aussi. On va te remettre sur pied et on se tire d'ici.

— C'est l'argent, dit Shawn, fasciné. C'est lui qui rend sa chemise grise. Bordel… pardon… Bon sang! *Bon sang!* Il transpire de l'argent. Bon sang!

Adam ne me quitta pas des yeux, même si la voix de Shawn le fit légèrement sursauter. Des flammes d'or brillaient dans son regard, à la fois brûlantes et glacées. J'aurais dû baisser les yeux – mais cela ne semblait pas être un concours de dominance. On aurait dit qu'il utilisait mes yeux comme une ancre qui lui permettrait de ne plus être ballotté par les effets de la drogue. Je fis de mon mieux pour ne pas cligner des yeux et rompre le lien.

— Mercy? chuchota-t-il d'une voix rauque.

— *C'est moi, c'est moi*[1], chantonnai-je.

La citation semblait juste mélodramatique comme il fallait, mais je ne savais s'il comprendrait la référence. J'avais tort d'en douter.

Il rit, d'une manière totalement inattendue:

— C'est bien de toi, ça. Citer Lancelot au lieu de Guenièvre.

— Les deux étaient des imbéciles, lui répondis-je. Arthur aurait dû leur permettre de se marier ensemble, il aurait

1. En français dans le texte. (*NdT*)

vécu très heureux de son côté. Le seul truc que j'aime, dans *Camelot*[1], c'est la musique.

J'en fredonnai quelques mesures.

Cette conversation futile semblait faire son effet. Son pouls était moins rapide, et il respirait de plus en plus régulièrement et de manière moins précipitée. Nous serions sortis d'affaire quand ses yeux auraient repris leur couleur normale. À part évidemment que nous nous trouvions dans un entrepôt rempli d'ennemis, bien sûr. Mais une chose après l'autre, comme je disais souvent.

Les paupières de ses yeux jaunes s'abaissèrent et je me sentis soudain comme à la dérive, abandonnée, avant de m'apercevoir qu'il tenait toujours mon poignet, comme s'il croyait que j'allais m'en aller s'il le lâchait.

— J'ai une migraine du genre monumental, dit-il, et l'impression qu'on m'a passé au rouleau-compresseur. Comment va Jesse ?

— Ça va, papa, dit-elle, en obéissant à mon geste impérieux qui lui ordonnait de rester où elle était.

Il semblait peut-être calme, mais son odeur et la manière compulsive dont il s'accrochait à mon poignet contredisaient son contrôle apparent.

— Quelques bleus et une bonne frousse, dis-je, mais rien de grave.

Mais je n'en étais pas certaine et regardai Jesse d'un air interrogatif.

Elle sourit faiblement, en une pâle imitation de sa gaieté habituelle, et dit :

— Je vais bien.

À mon adresse, cette fois-ci.

1. Célèbre comédie musicale inspirée de la légende des chevaliers de la Table Ronde. (*NdT*)

Adam eut un soupir de soulagement.

— Dis-moi ce qui se passe, me demanda-t-il.

Je lui résumai rapidement les événements – aussi rapidement que possible, ce qui fut déjà bien long. Il garda les yeux fermés tout le long de mon histoire, comme si cela lui était douloureux de les garder ouverts, à part quand je racontai comment David Christiansen et ses hommes avaient envahi mon mobil-home. Il se mit à se tortiller inconfortablement.

— J'ai l'impression que des trucs rampent sous ma peau, dit-il.

— C'est l'argent qui doit irriter tes terminaisons nerveuses.

J'aurais dû y penser plus tôt. Effleurant sa chemise du bout de l'index, je lui montrai la fine pellicule de métal précieux qui s'y était formée.

— J'avais déjà entendu parler de gens qui transpiraient sang et eau, mais de l'argent, ça, jamais. (Je l'aidai à enlever sa chemise, avant de prendre conscience qu'on ne pouvait pas le laisser galoper à poil avec Jesse dans les environs.) Je suppose que tu n'as pas de vêtements de rechange avec toi, Shawn ? S'il garde ces fringues imprégnées d'argent, ça va le brûler.

— Qu'il prenne mon tee-shirt, dit-il. Mais je ne peux rien aller chercher d'autre, je suis censé monter la garde.

Je soupirai.

— Je vais lui donner mon pantalon de survêtement.

De toute façon, le tee-shirt que je portais me descendait à mi-cuisses.

Shawn et moi déshabillâmes Adam aussi rapidement que possible, essuyant la sueur argentée avec la chemise avant de l'emmitoufler dans mon bas de jogging et dans le tee-shirt vert de Shawn. Il grelottait lorsque nous en eûmes fini avec lui.

La tasse de la Thermos avait répandu son contenu sirupeux sur le plancher lorsque je l'avais laissé tomber, mais elle et la bouteille étaient intactes. Je demandai à Jesse de mettre son père sous perfusion de café, ce qui lui permit de se ressaisir, aidée par son sentiment d'avoir une mission. Quand il n'y eut plus de café, sans barguigner, elle lui donna du rôti cru sorti d'un sac de congélation qui se trouvait dans mes affaires.

J'étais tracassée par l'état complètement passif d'Adam, dans lequel je ne l'avais jamais vu. Samuel avait dit qu'une exposition prolongée à l'argent augmentait la sensibilité. Je repensai à sa migraine, à ses convulsions, et espérai que la lycanthropie serait suffisante pour lui permettre de guérir.

— Vous savez, dit pensivement Shawn, pour quelqu'un qui veut que ce loup affronte l'Alpha de tous les Alphas dans moins d'un mois, je trouve que Gerry ne s'en occupe pas très bien.

Je lui jetai un regard interrogateur et entendis la porte s'ouvrir.

— Hé, Morris ! dit le nouveau venu en ouvrant la porte, le patron veut te voir et…

Ses yeux regardèrent alternativement Adam et Jesse et il s'interrompit en dégainant son arme.

S'il n'y avait eu que moi, on serait tous morts. Je ne pensai même pas à prendre mon arme, regardant simplement d'un air vide l'homme, me rappelant, mais un peu tard, que Shawn n'avait pas tiré le verrou derrière lui. Le pistolet de ce dernier fit se succéder rapidement trois « pop » étouffés, dessinant un triangle rouge au niveau du cœur de l'inconnu avec à peine plus de bruit que l'ouverture d'une bouteille de soda. Il avait un petit calibre automatique équipé d'un silencieux.

L'homme s'effondra lentement, d'abord à genoux, puis face contre terre. Je me décidai enfin à dégainer et pointai mon arme sur lui.

— Non, attends, intervint Adam. (Il regarda sa fille :) Tu m'as dit qu'on ne t'avait fait aucun mal. Est-ce vrai ?

Jesse acquiesça fermement :

— Juste quelques bleus.

— D'accord, dit-il. Mercy, je veux que nous laissions la vie à autant d'hommes que possible. Les morts ne parlent pas, et je tiens à savoir exactement ce qui s'est passé. Quand celui-là se relèvera de ses blessures, on sera déjà loin. Laisse-le vivre.

— Il n'est pas mort ? s'étonna Shawn. Le capitaine dit pourtant qu'on peut tuer des loups-garous avec du plomb.

Peu habitués à combattre des loups-garous, les hommes de Christiansen n'avaient pas de balles d'argent, et je n'en avais moi-même qu'en quantité limitée. Elles coûtaient cher, et je ne partais pas à la chasse au loup-garou toutes les semaines. Comme seul Connor avait une arme compatible avec les balles que j'avais en ma possession, je lui donnerais une poignée de 9 mm.

— Oui. Mais il faut aussi leur arracher la colonne vertébrale, à ce moment-là, lui dis-je. L'argent est indispensable pour tuer un loup-garou. Et même, c'est simplement parce que l'argent ralentit leur cicatrisation, et qu'il y a une chance qu'ils se vident de leur sang.

— Bon sang ! dit Shawn en jetant un dernier regard au loup-garou couvert de sang sur lequel il avait tiré.

Il sortit un téléphone portable et composa rapidement plusieurs numéros.

— Je préviens tout le monde que nous sommes sur le point de sortir, me dit-il quand il eut terminé. Nous devons y aller maintenant. Avec un peu de chance, ils pensent que quelqu'un est allé s'entraîner au tir et mes coups de feu sont passés inaperçus. Mais quelqu'un va s'apercevoir de la disparition de Smitty, et nous devons avoir quitté les lieux avant que cela arrive.

Il se mit au travail et commença à organiser notre retraite.

Je remis le SIG dans mon holster et pris le .44 Magnum. Je n'avais pas d'étui pour lui, il faudrait donc que je le porte à la main. Je fourrai un chargeur de rechange pour le SIG dans mon soutien-gorge, à défaut d'autre endroit où le mettre.

Nous traînâmes le loup-garou blessé à l'intérieur de la chambre, puis Shawn et Jesse aidèrent Adam à se mettre debout. Shawn, parce qu'il était costaud, et Jesse, parce qu'elle savait moins bien manier une arme que moi. Je passai la porte la première.

Cette partie de bureaux était séparée du reste de l'entrepôt. Elle occupait la moitié de la largeur du bâtiment et surplombait une bande de béton nu où auraient pu passer deux semi-remorques côte à côte. Je regardai par-dessus la rampe, à travers l'escalier, et ne vis personne, mais les grandes caisses entassées m'empêchaient de voir au-delà.

Dès qu'ils furent sortis de la pièce, je descendis en courant jusqu'au palier d'en dessous, d'où je surveillerais leur descente. Le plan de Shawn était d'amener Adam jusqu'aux voitures. L'un des hommes de Gerry avait une vieille camionnette de marque Chevrolet que Shawn disait pouvoir faire démarrer sans clé encore plus rapidement qu'avec.

Je tentai de calmer ma respiration afin de détecter tout bruit éventuel, mais l'entrepôt était complètement silencieux, à part le bruit des pas de mes camarades descendant l'escalier et celui du sang grondant dans mes oreilles qui aurait pu couvrir les manœuvres d'une petite armée.

Il y avait, à côté des bureaux, une porte de garage aux dimensions conçues pour laisser passer un camion. Shawn m'avait dit qu'elle était cadenassée de l'extérieur et que Gerry avait détruit le mécanisme qui permettait de l'ouvrir en tirant dessus lorsqu'il avait mis Jesse dans l'un des bureaux, pour empêcher que quiconque en dehors de lui entre en contact avec elle. Nous allions devoir traverser tout l'entrepôt pour atteindre une porte de taille normale qui était la seule ouverte dans le bâtiment.

Arrivée au pied de l'escalier, je scrutai l'obscurité et ce labyrinthe de caisses parmi lesquelles une bonne dizaine de loups-garous auraient pu se cacher tout à leur aise. Je repensai enfin à ce qu'avait dit Shawn. Il avait raison. Si Gerry voulait qu'Adam tue Bran, il faudrait qu'il soit dans une bien meilleure forme. En l'état actuel des choses, Bran mettrait environ trois secondes à le tuer.

Or, Gerry n'était pas stupide, m'avait assuré Samuel. Peut-être était-ce le résultat qu'il recherchait vraiment.

Plein d'autres détails ne tenaient pas debout, si Gerry n'était pas un idiot – or, Samuel était bon juge en ce qui concernait les gens. David semblait penser que le bain de sang chez Adam avait servi à débarrasser Gerry de la compétition qu'il voulait éviter – mais il avait surtout servi à attirer l'attention du Marrok. Et cela aurait été le cas, que je choisisse ou non d'amener Adam à Bran. L'attaque du territoire d'un Alpha était un événement important. Et il y avait aussi cette histoire de paiement ridicule aux vampires. Il était possible que j'eusse découvert le pot aux roses plus tôt que prévu, mais, tôt ou tard, l'enquête de Bran lui aurait révélé tout cela.

Si j'essayais de convaincre quelqu'un de défier le Marrok, je m'arrangerais pour ne pas me l'aliéner en enlevant sa fille. Aussi, si je tentais par des moyens détournés de provoquer un combat que mon poulain n'était pas sûr de remporter, j'essaierais de faire en sorte que la vérité ne puisse être découverte par Bran – et ce dernier avait la réputation de pouvoir tout découvrir.

C'était tout juste si Gerry ne s'était pas amené en brandissant une grande pancarte disant : « Hé ! Regardez ce que je suis en train de faire ! » et, s'il n'était effectivement pas stupide, il avait fait tout cela exprès. Mais pourquoi ?

—Mercy !

Le chuchotement de Shawn me fit revenir sur terre. Ils étaient arrivés en bas et je les empêchais d'avancer.

—Pardon, articulai-je silencieusement.

Je continuai en éclaireur, à quelques pas en avant du reste du peloton, prenant le temps de m'assurer que personne ne se cachait à chaque coin de caisse. Notre progression était ralentie par Adam dont la jambe avait été blessée lors de la première attaque, Jesse et Shawn formant une mauvaise paire de béquilles de par leur différence de taille.

J'entendis, ou crus entendre un bruit, et m'immobilisai. J'étais presque convaincue que c'était seulement le bourdonnement de mes oreilles et reprenais ma progression quand je sentis une vague de puissance me frapper le visage comme une rafale d'un vent doux et chaud.

—Voilà la meute, dit Adam.

Jamais je ne les avais sentis de telle manière, probablement parce que je ne les avais jamais vus se rassembler avec le même but. Ou bien c'était parce que je me trouvais tout à côté de leur Alpha.

Adam s'arrêta, ferma les yeux et inspira profondément. C'était tout juste si je ne voyais pas la force s'insinuer en lui par tous ses pores. Il se redressa, n'ayant plus besoin d'aide pour tenir debout.

Jesse contemplait elle aussi son père. Shawn, lui, gardait son attention sur notre but, et c'est parce que ses yeux s'écarquillèrent soudain que je me retournai brusquement.

Si le loup-garou en avait eu après moi, je ne serais plus ici pour vous raconter tout cela. Mais, ayant repéré l'adversaire le plus dangereux, il ne fit que me déséquilibrer en passant, m'envoyant voler parmi les caisses. Le Smith & Wesson m'échappa des mains, mais ne se déclencha pas en tombant par terre. Je sentis l'os de mon bras craquer et m'effondrai, assaillie par une douleur aiguë, alors que le loup bondissait sur Adam.

Jesse hurla. Shawn avait vidé son arme sur le loup sans même réussir à le ralentir. Il tira une lame à l'air dangereux de son fourreau et s'approcha, mais le loup-garou le frappa avec l'un de ces mouvements latéraux de félin qu'aucun canidé n'aurait dû pouvoir faire. À son tour, Shawn vola dans une caisse et s'effondra.

Je me remis sur mes pieds à grand-peine et dégainai la dague de Zee. Je ne sais pourquoi l'idée de prendre mon SIG ne me vint même pas à l'esprit, à part que j'étais encore étourdie par la violence et la rapidité de l'attaque. N'oublions pas qu'en règle générale, et si l'on exceptait cette semaine, ma fréquentation de la violence se limitait aux murs du dojo.

Je m'élançai vers la bagarre quand un éclair roux me dépassa. Un autre loup-garou ! Je nous voyais déjà fichus, mais il saisit le premier loup-garou par la peau du cou et l'envoya valser loin d'Adam.

Le loup roux attaqua de nouveau le beige et gris à peine ce dernier eut-il atterri. Adam était couvert de sang, mais avant que j'aie pu le rejoindre, je vis ses blessures se fermer dans un rugissement d'énergie qui portait la marque de la meute. Il se releva, apparemment en meilleure santé qu'il l'avait été depuis le lundi précédent.

Je me souvins enfin que j'avais une deuxième arme et laissai choir la lame de Zee pour pouvoir dégainer le SIG. J'attendis que les loups se séparent afin de pouvoir bien viser. Je pus remarquer que le loup roux était plus grand et plus maigre que la moyenne, comme s'il avait été plus conçu pour courir que pour se battre.

— Je les préférerais vivants, s'il y a le choix, dit Adam, sans néanmoins tenter de m'enlever mon arme.

— Celui-ci mérite la mort, lui dis-je, parce que j'avais reconnu son odeur.

C'était celui qui avait giflé Jesse.

Adam n'eut pas le temps d'en discuter plus, car le loup beige et gris avait pris le dessus dans la lutte, et je pressai la détente trois fois. Ce n'était peut-être pas le .44, mais même un 9 mm fait de sacrés dégâts quand il traverse un crâne à une distance de moins de cinq mètres.

Adam était en train de parler, mais, à cause du rugissement de mer tempétueuse qui avait envahi mes oreilles, je pouvais seulement voir ses lèvres bouger. L'un des mauvais côtés d'une ouïe extrafine, c'était qu'on avait les oreilles extrasensibles aussi – quelque chose dont les loups-garous se fichaient, avec leurs capacités de guérison accélérée.

Il finit par se rendre compte que je ne l'entendais pas et désigna mon arme en levant le sourcil d'un air interrogateur. Je regardai le loup-garou mort, puis Jesse. Adam suivit mon regard, et son expression sembla se figer. Il tendit la main et je lui donnai le SIG.

Il parcourut la distance qui le séparait des loups-garous sans la moindre trace de boitement. Il saisit la fourrure du loup mort et le souleva, libérant son adversaire qui roula sur le côté puis se remit sur ses pattes, la tête penchée, l'air complètement ahuri. Adam prit sa mâchoire au creux de la main, pour vérifier d'éventuelles blessures. Apparemment satisfait, il se retourna vers l'autre loup et vida le chargeur dans son cadavre.

Il claqua des doigts, et je vis l'autre loup se secouer comme s'il venait de sortir d'une piscine et aller s'asseoir aux pieds d'Adam, comme un chien bien dressé. Jesse ramassa la dague et la glissa dans mon fourreau et Shawn se remit précautionneusement debout à son tour. Il plaça un nouveau chargeur dans son arme et posa la main sur mon bras cassé.

J'imagine que je criai. Tout ce que je sais, c'est que je me retrouvai soudain à genoux, la tête touchant presque le sol, une grande main tiède posée sur ma nuque. L'odeur d'Adam emplissait mes poumons, chaude et exotique, me donnant la force de ne pas vomir le contenu de mon estomac. Je ne perdis pas conscience, mais ce fut tout juste.

Quand je relevai la tête, le loup roux fourra sa truffe dans mon cou et me lécha la joue, mais Adam le repoussa et m'aida à me relever. Je réussis à tenir debout toute seule.

Adam rechargea l'arme quand je lui donnai le chargeur de rechange – ses lèvres s'étirèrent en un énorme sourire en me voyant le tirer de mon soutien-gorge. Je ne regrette pas de n'avoir pu entendre son commentaire à ce propos. Il remit le SIG dans son holster, ramassa mon revolver et me le tendit. Puis il se tourna vers Shawn, qui lui indiqua que tout allait bien d'un signe de la main.

Je me sentais plus protégée par le loup-garou qui nous escortait que par mon arme chargée en marchant vers la porte. Pas tant parce qu'il était plus efficace que le .44 que parce que sa présence signifiait que la meute était toute proche.

Je jetai un coup d'œil à Adam. On aurait pu croire qu'il n'avait jamais été blessé. J'avais entendu dire que les

Alphas savaient puiser de la force dans leurs loups, mais je ne comprenais pas pourquoi cela avait marché seulement maintenant alors que cela n'avait pas été le cas chez Warren.

Shawn fut le premier à passer la porte, le loup roux sur ses talons. Il faisait nuit et la lune brillait d'une lueur cireuse haut dans le ciel. Adam nous tint la porte, à Jesse et moi, puis avança parmi les voitures garées dans le champ avec la même insouciance que s'il s'était trouvé dans son salon.

Au début, je ne vis personne. Puis une ombre se glissa entre deux voitures, suivie d'une deuxième, d'une troisième. La meute d'Adam se rassembla en silence autour de lui. La plupart étaient sous forme de loup, sauf Darryl et Warren. Ils étaient vêtus de couleurs sombres et armés.

Warren leva un sourcil d'un air interrogatif en voyant le loup roux qui s'était rué à notre secours, mais ne fit rien pour rompre le silence. Il examina Adam, puis la joue abîmée de Jesse.

— Warren, dit Adam d'une voix étouffée, peux-tu emmener ma fille et Mercedes à l'abri, s'il te plaît ?

En d'autres temps, j'aurais protesté. Après tout, qui était venu secourir l'autre ? Mais mon bras m'élançait fortement et j'avais eu ma dose de tueries pour la journée. Le seul truc qui me réjouissait, c'est que mes acouphènes s'étaient arrêtés. Qu'Adam et les siens finissent de régler cette histoire, moi, je rentrais chez moi.

— Je ne veux pas te laisser seul, dit Jesse en agrippant la manche du tee-shirt de son père.

— Je vais la ramener à la maison, dit Warren en adressant un sourire rassurant à Jesse. Tu pourras la récupérer en retournant chez toi. (D'une voix plus douce, il s'adressa à Jesse :) Je resterai avec toi jusqu'à ce qu'il vienne te chercher. Tu n'as rien à craindre avec moi.

— D'accord, dit Jesse avec un mouvement de tête soudain.

Je pense qu'elle venait de se rendre compte que son père essayait de l'éloigner avant qu'il s'occupe de ceux qui l'avaient enlevée.

— Par contre, je n'ai pas de voiture, dit Warren. Nous avons dû parcourir au moins quatre kilomètres pour arriver ici.

— Shawn ? dis-je en essayant de parler aussi bas que tout le monde jusqu'à présent. Tu m'as bien dit qu'il y avait dans le coin une camionnette facile à démarrer sans clé ? Si tu me dis où elle est, j'irai m'en occuper, et Warren pourra nous ramener.

— Elle se trouve à l'autre bout de l'entrepôt, loin de toutes les autres voitures, répondit-il.

Je me dirigeai dans cette direction, bientôt suivie par Warren et Jesse. La camionnette était effectivement le seul véhicule de ce côté du bâtiment. Garée en plein dans le cône de lumière qui s'échappait d'un des lampadaires, la peinture de la Chevrolet millésime 69 brillait d'un éclat sombre. Quelqu'un allait être furieux de la disparition de son bébé – enfin, s'il survivait à la colère d'Adam.

Ça n'était pas mon problème. Mon problème, c'était de tripatouiller les câbles de cette voiture avec un bras cassé. Je l'avais gardé bien calé contre le flanc, mais ça ne suffirait pas bien longtemps. La douleur empirait sans cesse au point de me faire tourner la tête.

— Est-ce que tu sais démarrer une voiture sans la clé ? demandai-je, pleine d'espoir, à Warren.

— Je crains que non.

— Et toi, Jesse ?

Elle leva les yeux :

— Quoi ?

— Sais-tu faire démarrer une voiture sans les clés ? répétai-je, et elle secoua la tête en signe de dénégation. Elle dégageait une odeur de peur et je repensai à la manière dont elle s'était accrochée à son père.

— Ce gardien, tout à l'heure, dis-je.

Elle eut l'air confus, puis rougit en enfonçant sa tête dans ses épaules.

— Il n'embêtera plus personne, continuai-je.

— C'est lui, le loup mort ? dit-elle. C'est pour ça que tu l'as tué ? (Elle fronça les sourcils.) C'est donc pour ça que papa lui a tiré dessus avec tant de haine. Mais comment le savait-il ? Il était inconscient – et tu ne lui as rien dit.

— Pas besoin, répliquai-je en tentant d'expliquer ce moment de compréhension parfaite où un geste avait suffi à dire à Adam tout ce qu'il avait besoin de savoir. J'imagine qu'il l'a vu à mon expression.

Je tendis le .44 à Warren pour avoir mes deux mains libres.

Réussir un court-circuit dans les câbles de la camionnette avec une seule main fut bien plus lent qu'avec la clé, et dans la position malcommode où je me trouvais pour pouvoir enlever la protection sous le volant et accéder aux fils, je me cognai bien évidemment le bras. Mais le moteur finit par rugir – l'original ayant visiblement été remplacé par un plus puissant – et je me rendis compte que mon ouïe avait retrouvé son état normal.

— C'est la première fois que je t'entends jurer, dit Jesse d'un air amusé. En tout cas à ce point-là.

— Ce sont des mots de pouvoir. Sans eux, tous les mécaniciens du monde seraient impuissants, dit Warren d'un ton léger.

Mais je sentis son inquiétude dans la délicatesse avec laquelle il m'aida à m'extraire de sous le volant. Il me tendit mon arme et, me voyant la manier avec maladresse, la reprit et s'assura que le cran de sécurité était mis avant de me la redonner.

Il ouvrit la porte du côté passager et aida Jesse à grimper, puis me tendit la main. Je m'avançai vers lui quand, soudain, quelque chose attira mon attention.

Je crus d'abord qu'il s'agissait d'un son, à cause de la fatigue. Mais c'était de la magie. Et pas de la magie de loup-garou ou de fae.

Je repensai soudain à Elizaveta.

Samuel était au courant pour elle, me dis-je. Mais je savais que je ne pouvais pas m'en aller. Aucun des loups-garous n'était en mesure de sentir sa magie, et il était possible que Samuel ne se rende pas compte à quel point il était important qu'Adam sache qu'Elizaveta était la complice de Gerry.

Elizaveta Arkadyevna Vyshnevetskaya n'était pas n'importe quelle sorcière. C'était la plus puissante des sorcières du Nord-Ouest Pacifique.

Il fallait que je prévienne Adam.

— Ramène Jesse chez toi, dis-je à Warren. Donne-lui à manger, fais-lui boire des litres de jus d'orange et emmitoufle -la dans une couverture. Moi, je dois rester.

— Pourquoi ?

— Parce que si Bran révèle l'existence des loups, la sorcière attitrée d'Adam va perdre une sacrée source de revenus.

— Elizaveta ?

Un coup de feu retentit, suivi de deux autres.

— Éloigne Jesse d'ici, il faut que je prévienne Adam. Elizaveta est ici, et elle a lancé une espèce de sort.

Il me lança un regard sombre :

— Comment je fais pour éteindre le moteur ?

J'eus envie de l'embrasser : il n'allait pas m'en empêcher.

— Tire juste sur les fils.

Quatre nouveaux coups de feu retentirent à l'autre bout de l'entrepôt. Ils semblaient venir de la maison aux fenêtres condamnées.

— Sois prudent, lui dis-je.

Il m'embrassa sur le front en évitant de toucher mon pauvre corps douloureux et sauta sur le siège conducteur.

Je le regardai manœuvrer, mettre les phares et s'éloigner. Jesse était en sécurité.

J'ai toujours été capable de détecter la magie, qu'elle vienne des loups-garous, des sorcières ou des faes, et je sais que ça n'est pas habituel. Quand Charles l'avait découvert, il m'avait conseillé de garder le secret à ce propos. À la lumière de la réaction des vampires lorsqu'ils avaient découvert ce que j'étais, je me rendais compte que son conseil était peut-être plus important que je le pensais.

D'après ce que Stefan m'avait dit, je semblais immunisée au moins en partie contre la magie des vampires, mais je n'étais pas assez stupide pour penser qu'il en était de même pour la sorcellerie. Je ne savais pas ce que je ferais quand je trouverais Elizaveta – mais j'ai tendance à ne m'inquiéter d'une mission impossible qu'après avoir accompli la précédente.

Tournant lentement sur moi-même, je sentis la direction que je devais prendre. Le courant de magie faisait comme une légère brise tiède qui me caressait le visage. Je fis deux pas vers l'origine de cette sensation, et elle s'évapora comme si elle n'avait jamais existé. Tout ce dont j'étais certaine, c'était qu'Elizaveta était ici, et qu'elle se trouvait quelque part devant moi. Le mieux, c'était que je prévienne Adam, alors je retournai vers l'entrepôt.

Les choses avaient évolué depuis mon départ. Adam n'avait plus qu'une poignée de loups avec lui, dont le roux, toujours allongé à ses pieds. Shawn, les petits-fils de David ainsi que d'autres humains que je n'avais jamais vus tenaient en joue un groupe d'hommes étendus face contre terre, les bras écartés.

Alors que j'approchais, je vis David et Darryl en escorter un autre hors du bâtiment et l'envoyer rejoindre ses compagnons.

— Nous avons tous les humains, Sergent, dit David. Il y en a quelques-uns morts à l'intérieur. Mais les loups se sont dispersés, et je n'ai pas réussi à suivre la piste de Gerry, même en partant du dernier endroit où je l'avais vu. On dirait qu'elle s'est évaporée.

— Adam, dis-je.

Il se retourna vers moi, et le loup roux bondit soudain en l'air en entendant un coup de feu. Ce n'était même pas un son particulièrement fort. On aurait dit un petit calibre.

— Tous à terre, aboya David en montrant l'exemple.

Ses hommes s'accroupirent, non sans continuer à tenir les prisonniers en respect.

Le loup à côté d'Adam resta debout un moment de plus, puis s'effondra, comme s'il obéissait à l'ordre de David – mais en voyant la fléchette qui pendait de son flanc, je me rendis compte qu'il avait été touché par l'un des pistolets tranquillisants.

Adam ne se jeta pas au sol. Au contraire, il ferma les yeux et tendit le visage vers le ciel. Je me demandai d'abord ce qu'il faisait avant de prendre conscience que la lumière qui inondait ses traits venait de la lune à demi pleine qui flottait juste au-dessus de nous.

Darryl parcourut en rampant la distance qui le séparait d'Adam. Il s'accroupit à côté du loup endormi et enleva la fléchette.

— Ben va bien, dit-il à Adam en levant son arme et en regardant autour de lui, prêt à tirer en cas de nécessité.

Le loup roux, c'était Ben. Et c'était donc Ben, le tueur maniaque londonien, qui nous avait sauvés. Qui avait sauvé Adam deux fois, même.

Un autre tir retentit. Adam leva la main et la nouvelle fléchette roula, inoffensive, à ses pieds. Il avait toujours les yeux fermés.

— Sergent, Mercy ! Couchez-vous ! siffla David.

Ce ne fut qu'à ce moment-là que je m'aperçus que j'étais toujours debout, inclinée en direction d'Adam invoquant la puissance de la lune. Je me serais probablement agenouillée, ne serait-ce que parce que David l'avait ordonné, si Adam n'avait rejeté sa tête en arrière et laissé échapper un hurlement, sa gorge d'humain vibrant avec le chant du loup.

Le cri étrange devint de plus en plus fort, rebondissant sur toutes les surfaces, avant de s'éteindre, mais le silence qui lui succéda était loin d'être absolu. Il ressemblait plutôt au calme mortel qui précédait la traque. Quand il hurla de nouveau, tous les loups-garous alentour répondirent à son appel.

L'envie de me joindre à ce chant me chatouillait la gorge, mais, comme mes frères sauvages, je savais qu'il était dangereux de hurler avec les loups.

Quand Adam poussa un troisième hurlement, je vis David et Darryl lâcher leurs armes, et commencer à se métamorphoser. Le chant de la lune courait à travers la forêt et je le sentais saisir en son pouvoir le reste des loups, les forçant à opérer leur transformation. J'entendais les gémissements de douleur de ceux qui résistaient et les grognements de ceux qui se laissaient aller.

Adam était toujours debout dans le rayon de lune qui semblait étrangement plus intense qu'auparavant. Il ouvrit les yeux et regarda le satellite en face. Cette fois-ci, il utilisa la parole :

— Venez, dit-il.

Il ne parla pas très fort, mais, d'une manière ou d'une autre, ce simple mot, comme son chant, roula à travers les plantations d'arbres avec la puissance et l'inéxorabilité du tonnerre. Et les loups vinrent.

Ils arrivèrent seuls, ou à deux. Les uns vinrent d'un pas dansant et allègre, les autres en traînant la patte, la queue basse. Certains étaient encore en pleine transformation, leurs corps tordus de manière totalement monstrueuse.

La porte de l'entrepôt s'ouvrit à grand fracas, et le garde qu'avait blessé Shawn en sortit, la main sur le cœur. Il était trop faible pour Changer, mais ne pouvait résister au pouvoir de l'appel d'Adam.

Moi-même, je n'y étais pas insensible. Je fis un pas en avant et trébuchai aveuglément sur une racine. La douleur fulgurante qui traversa mon bras alors que je retrouvais mon équilibre à grand-peine me fit revenir sur terre, l'esprit comme éclairci par une bouffée d'ammoniac. J'essuyai mes yeux emplis de larmes du dos de la main et sentis une indéniable éruption de sorcellerie.

Sans tenir compte de la magie d'Adam et de la douleur dans mon bras, je me mis à courir, parce que, dans l'air nocturne chargé de magie, j'avais senti un sort mortel rassembler de la puissance et je l'avais entendu murmurer le nom d'Adam.

Je n'avais pas le temps de trouver la sorcière : le sort avait déjà été lancé. Tout ce que je pouvais faire, c'était me jeter sur sa trajectoire, comme Ben s'était jeté sur celle de la fléchette.

Je ne sais pourquoi cela fonctionna. On m'a dit, plus tard, que cela n'aurait jamais dû marcher. Quand on donne un nom à un sort, il s'apparente plus à un missile à tête chercheuse qu'à un rayon laser. Il aurait dû me contourner et aller frapper Adam.

Il me frappa donc, me traversant comme une rivière de plumes, me faisant frissonner et chercher mon souffle. Puis, le courant se ralentit et, comme si j'avais été un aimant et lui une rivière de métal liquide, il revint en moi, m'envahissant de sa magie mortelle en murmurant *Adam Hauptman*.

Je prêtai une attention particulière à sa voix. Ce n'était pas celle d'Elizaveta, mais celle de quelqu'un que je connaissais. Un homme. Leur sorcière n'était pas Elizaveta, en définitive : c'était Robert, son petit-fils.

Mes genoux cédèrent sous le poids de la voix de Robert et sous le stress causé par mon détournement du sort de mort destiné à Adam. Mes poumons étaient en feu, et j'avais bien conscience que mon intervention allait bientôt atteindre ses limites.

— Sam, murmurai-je.

Il apparut à mes côtés comme un esprit dans une séance de spiritisme. Je m'attendais qu'il fût comme les autres en forme de loup, mais il était toujours humain.

Il prit mon visage brûlant entre ses mains et demanda :

— Qu'est-ce qui se passe, Mercy ?

— Sorcellerie, dis-je, et je vis une lueur de compréhension illuminer son regard

— Où est-elle ?

Je secouai la tête et haletai :

— Robert. C'est Robert.

— Où ça ? demanda-t-il encore.

J'étais persuadée que j'allais lui répondre que je n'en savais rien, mais mon bras se leva, désignant le toit de la maison aux fenêtres condamnées.

— Là-bas.

Il avait déjà disparu.

Comme si mon mouvement avait fait céder un barrage quelconque, la magie sembla quintupler. Je m'effondrai complètement, pressant mon visage brûlant sur le sol glacé, espérant empêcher que ma peau se consume à cause du feu intérieur qui me tourmentait. Je fermai les yeux et pus voir Robert accroupi sur le toit.

Il n'était pas aussi joli garçon que d'habitude, avec ses traits tordus par l'effort et sa peau tavelée de taches rougeâtres.

— Mercedes, souffla-t-il à son sort et je sentis celui-ci changer de direction, comme un chien de chasse à qui on faisait sentir une nouvelle piste. Mercedes Thompson.

Mercedes, répéta le sort d'un air satisfait. Il avait donné mon nom à la mort.

Je hurlai, déchirée par une douleur aiguë qui me fit regretter celle infligée plus tôt par mon bras. Mais même au cœur des flammes de l'agonie, je réussis à entendre une chanson. Le sort de Robert avait son propre rythme, compris-je, et je me surpris à me mettre en phase avec lui, en chantonnant doucement. Cette musique remplit mes poumons, puis ma tête, circonscrivant l'incendie un court instant.

Juste assez longtemps pour que Samuel arrête la magie à la source.

Je pense que je m'évanouis alors brièvement puisque, quand je rouvris les yeux, Samuel me tenait dans ses bras.

— Tous sont là, sauf un, dit-il.

— Oui, dit Adam, sa voix encore lourde du pouvoir de la lune.

Je me débattis et Samuel me posa. Je dus m'appuyer contre lui, mais au moins j'étais sur mes deux jambes. D'ailleurs, seuls Samuel, Adam et moi étions sur deux jambes.

Il y en avait probablement moins en réalité qu'il semblait y en avoir. La meute du bassin du Columbia n'est pas si importante, et celle de Gerry était bien plus petite. Mais tous, sans exception, étaient assis comme un peloton de sphinx attendant les ordres d'Adam.

— Deux loups solitaires, des dominants plus expérimentés, se sont enfuis lors de ton premier appel. Les autres sont tous venus. Ils sont à toi maintenant ! Il ne te reste plus qu'à appeler Gerry.

— Il ne viendra pas, dit Adam. Je peux l'empêcher de s'enfuir, c'est tout ce que je peux faire. Ce n'est pas un loup solitaire. Il appartient au Marrok.

— Acceptes-tu mon aide ?

La lune fit briller les yeux d'Adam, et je vis que, bien qu'il ait conservé forme humaine, ses iris étaient ceux d'un loup. Je sentis sa réaction à la question de Samuel. Les autres loups-garous aussi, et un grondement bas s'éleva de la troupe. Les loups sont très territoriaux.

Adam étira son cou, le faisant craquer d'une manière audible :

— Je l'apprécierais grandement, dit-il courtoisement.

Samuel tendit la main et Adam la serra. Puis il se raidit et tourna encore le visage vers la lune :

— Gerry Wallace, de la meute du Marrok, je t'ordonne de venir faire face à tes accusateurs.

Il ne devait pas être bien loin, car son apparition fut presque immédiate. À l'instar de Samuel, il avait gardé forme humaine. Il s'arrêta à la limite du cercle de loups.

— Gerry, mon vieil ami, dit Samuel. Le moment est venu. Viens ici.

Le ton agréable ne cherchait même pas à dissimuler la puissance qui le sous-tendait, que cela soit à mes oreilles ou à celles de Gerry. Il tomba à quatre pattes et rampa parmi les loups immobiles, la tête baissée en signe de soumission. Il avait cessé de résister.

Il s'immobilisa près de nous. Je m'attendais qu'il soit furieux – comme je l'aurais été si l'on m'avait forcée à faire quoi que ce soit contre mon gré. Ou alors effrayé. Mais je ne suis pas un loup-garou. La seule émotion que je devinai était la résignation. Il avait perdu et il le savait.

Adam s'accroupit jusqu'à être assis sur ses talons et posa la main sur l'épaule de Gerry :

— Pourquoi ?

— Pour mon père, répondit Gerry. (Son expression était calme et sa voix flottait sous l'influence de la lune.) Il était mourant. Cancer. Je lui ai parlé des heures et des heures durant. J'ai supplié, menacé, négocié. « Je t'assure, papa, être un loup est une chose merveilleuse. » Je pense qu'il a juste accepté par lassitude. Bran s'en est chargé – je ne pouvais m'y résoudre. Et au début, c'était formidable. Le cancer avait guéri, et il pouvait courir.

— J'ai entendu parler de cette histoire, dit Adam. Il ne pouvait pas contrôler le loup.

— Il ne *voulait* pas le contrôler. (C'était étrange d'entendre son ton rêveur alors qu'au même moment ses joues étaient inondées de larmes.) Il ne voulait pas. Il était végétarien et voilà qu'il rêvait de viande crue. Alors qu'il essayait de remettre l'aile d'un oiseau en place, la pauvre créature mourait de peur face au monstre qu'il était devenu. Bran m'a dit qu'être loup-garou avait brisé le cœur de mon père. Il ne pouvait… ne voulait accepter sa nature parce qu'il refusait d'être un prédateur. Il ne voulait pas être comme moi.

Adam fronça les sourcils :

— Je croyais que tu voulais empêcher Bran de révéler notre existence.

Gerry essuya les larmes sur son visage :

— Bran disait que si mon père avait été moins dominant, il n'aurait pu résister au loup. Mais plus il résiste, plus il devient dangereux. Il a failli tuer ma sœur.

— Mais qu'est-ce que cela a à voir avec Adam, Gerry ? demanda Samuel d'une voix ferme.

Gerry leva la tête. Il ne pouvait affronter ni le regard de Samuel, ni celui d'Adam, alors il me regarda, moi.

— Pendant le combat, l'homme et le loup ne font qu'un, dit-il. Il aurait suffi d'une seule fois. Un seul combat, et mon père se serait retrouvé en harmonie.

— Ce n'était pas Bran qu'il voulait faire affronter à Adam, dis-je soudain. Pas vrai, Gerry ? C'est pour ça que tu te fichais de la quantité d'argent qu'on lui injectait. Tu voulais le tuer ?

— Adam devait mourir, me dit-il avec les yeux de son père.

— Tu n'as rien à faire de la décision de Bran de nous exposer, pas vrai ? demanda Samuel.

Gerry lui sourit :

— J'ai même plaidé pour depuis le *coming-out* des faes. Mais j'avais besoin d'argent pour mon plan, et nombreux sont les loups qui sont prêts à payer très cher pour ne pas avoir à révéler leur vraie nature.

Tout devenait clair. Et Samuel avait raison : Gerry n'était pas stupide. Il était suprêmement intelligent.

— L'achat de jeunes loups-garous à Leo, les expériences médicales, l'attaque de la maison d'Adam avaient deux buts différents, continuai-je. Dire à Bran que tu étais derrière tout cela, et convaincre ton père du contraire.

Il acquiesça.

— Adam devait mourir, dis-je. Mais tu ne devais pas le tuer. C'est pourquoi tu l'as laissé à la merci de tes loups-garous quand il était drogué. Et c'est pourquoi tu refusais de mettre le pied dans l'entrepôt, en espérant que tes hommes lui injecteraient assez d'argent dans les veines pour qu'il en meure.

— Oui. Il devait mourir, mais pas de ma main. Je devais pouvoir dire les yeux dans les yeux à mon père que je n'avais pas tué Adam.

Je réprimai un frisson. Il faisait froid et mon bras, qui m'avait jusqu'ici laissée étonnamment tranquille, commençait à être parcouru de nouvelles ondes de douleur.

— Ce n'était pas Adam que tu voulais voir combattre Bran. C'était ton père. Tu comptais que Bran lui rende visite dès qu'il aurait vent de tes manigances.

— Mon père m'a appelé cet après-midi, dit Gerry. Bran est venu lui parler du sédatif et lui a dit qu'il pensait que j'étais responsable de l'attaque chez Adam. Mon père sait que je veux que les loups-garous existent au grand jour. Il connaît mon opinion sur les expérimentations animales et sur la manière qu'ont certains Alphas d'exploiter les jeunes loups. Il sait que je n'essaierais jamais de tuer Adam.

— Si Adam était mort, mon père serait allé prévenir le tien avant de descendre te punir, intervint Samuel.

Gerry eut un rire triste :

— Non, je ne pense pas. Je crois que Bran serait directement venu me mettre à mort pour tous mes crimes. J'espérais que ce serait le cas. J'ai causé la mort de bien trop d'innocents. Mais quand il aurait dit ce que j'avais fait à mon père, celui-ci ne l'aurait pas cru.

— Croyant que le Marrok t'avait injustement exécuté, Carter l'aurait défié, compléta Samuel sur un ton presque admiratif. Et mon père n'aurait pu se soustraire au défi.

— Et si Bran était allé lui en parler d'abord ? demandai-je.

— Aucune importance, répondit Gerry avec une certitude inébranlable. Que cela soit pour me protéger ou pour me venger, mon père aurait défié Bran. Même avant de devenir loup-garou, mon père a toujours été l'homme de confiance du Marrok. Il le respecte et a en lui une confiance aveugle. Une trahison de Bran, et c'est ainsi que mon père le verrait, ne pourrait avoir qu'une seule issue. Seul Bran pouvait faire en sorte que son loup et son humain s'unissent contre lui – papa l'aime tellement. En affrontant Bran, papa et son loup ne feraient qu'un. Bran m'a confirmé qu'une fois suffirait pour que mon père soit guéri.

— Si le docteur Wallace défiait Bran en duel, celui-ci le tuerait, dit Adam.

— Les sorcières sont chères, chuchota Gerry. Mais nombreux sont les loups qui veulent rester cachés, et ils m'ont donné beaucoup d'argent dans cette intention.

— Tu employais Robert, le petit-fils d'Elizaveta. Il se serait assuré de la victoire de ton père.

J'avais deviné que Robert faisait cela pour l'argent, mais ne me doutais pas qu'il en bénéficiait aussi directement.

— Ils auraient cherché des traces de drogues, dit Gerry. Mais seule une autre sorcière peut détecter la magie.

— Faux, je le peux aussi, lui dis-je. On s'est occupé de Robert. Si ton père défie Bran, il en mourra.

Il sembla se replier sur lui-même :

— Alors, puis-je vous demander une dernière faveur, Samuel ? Pouvez-vous demander à Bran de s'assurer que mon père ne découvre rien de mes actions ? Je ne veux pas lui causer encore plus de chagrin que je l'ai déjà fait.

— As-tu d'autres questions ? demanda Samuel à Adam.

Adam secoua la tête et se releva :

— Est-il ton loup ou le mien, ce soir ?

— Le mien, dit Samuel en s'avançant.

Gerry contempla la lune par-dessus nos têtes.

— S'il vous plaît, souffla-t-il. Faites ça rapidement.

Samuel fit courir ses doigts dans les cheveux de Gerry en une caresse de réconfort. Sa bouche était étirée en un rictus de chagrin. Si l'instinct du loup soumis est de se plier à la volonté de l'Alpha, celui de ce dernier est de protéger ses sujets.

Son geste fut si rapide que Gerry ne put vraisemblablement rien sentir. De ses mains de guérisseur, Samuel saisit Gerry et lui brisa la nuque.

Je tendis mon revolver à Adam pour libérer ma main. Je dégageai la lame de Zee de son fourreau et la donnai à Samuel.

— Ce n'est pas de l'argent, dis-je, mais ça fera l'affaire.

Je regardai Samuel faire en sorte que Gerry reste mort. Ça n'était pas agréable, mais il fallait le faire. Et je ne diminuai pas la solennité du moment en regardant ailleurs.

— J'appellerai Bran dès que je mettrai la main sur un téléphone, dit-il en essuyant la lame sur la jambe de son pantalon. Il s'assurera que le docteur Wallace n'apprenne jamais ce qui est arrivé à son fils.

Quelques heures plus tard, Bran et Carter Wallace partirent courir dans la forêt. Bran me raconta que la neige gravée de leurs empreintes dansantes étincelait au clair de lune. Ils traversèrent un lac gelé et surprirent une biche endormie, qui leur montra son pompon de queue immaculé en s'enfuyant à travers les sous-bois. Il me raconta que le ciel était piqueté d'une infinité d'étoiles, un tapis de paillettes que les lumières de la ville n'atténuaient pas.

Alors que le soleil faisait briller ses premiers feux sur les crêtes orientales, le loup qui avait autrefois été Carter Wallace s'endormit, pelotonné contre son Alpha, pour ne plus jamais se réveiller.

Samuel n'avait pas tué Robert, alors nous le livrâmes à sa grand-mère, un sort qui ne semblait pas le réjouir davantage. Elizaveta Arkadyevna était furieuse contre lui. Je n'étais pas tout à fait certaine que ce fût à cause de sa trahison vis-à-vis d'Adam ou parce qu'il s'était fait prendre la main dans le sac.

Samuel a décidé de rester un peu plus longtemps dans les Tri-Cities. Il passe la plupart de son temps libre à s'occuper de la paperasserie administrative nécessaire pour qu'il puisse exercer la médecine dans l'État de Washington. En attendant, il travaille à la même station-service que Warren, et ça semble lui plaire.

Bran n'a bien évidemment pas abandonné ses loups à la merci du monde. Il n'est pas comme les Seigneurs Gris, du genre à forcer à se révéler même ceux qui le refusent. Une grande partie des loups-garous a choisi de ne pas faire son *coming-out*, même si Bran a trouvé son loup-garou modèle.

Il est devenu impossible d'allumer la télé, ces temps-ci, sans tomber sur une photo de l'homme qui a infiltré un camp de terroristes pour en extraire un missionnaire et sa famille.

Le missionnaire et sa femme avaient déjà été exécutés, mais il restait trois enfants à secourir. Une photo couleurs, en particulier, a fait la une des magazines. On y voit David Christiansen cajoler la plus jeune des enfants – une adorable petite fille au poignet d'albâtre visiblement marqué par des doigts d'homme. Son visage est enfoui dans l'épaule de David et celui-ci la regarde avec une telle expression de tendresse que les larmes me montent aux yeux dès que je vois cette image. Mais la partie la plus intéressante de cette photo, c'est le petit garçon pâle et barbouillé qui se tient à ses côtés. La première fois que je le vis, je crus que son expression absente venait du trop-plein émotionnel qu'il avait vécu. Mais ensuite, je remarquai qu'il avait glissé sa main dans celle de David, et que ses jointures étaient blanches à force de serrer les gros doigts de l'homme.

Chapitre 16

Comme il n'y a pas grand-chose qu'un mécanicien au bras cassé puisse faire, à part se retrouver dans les pattes des gens, Zee m'envoya m'occuper de la paperasse dans mon bureau. Je n'avançai pas beaucoup plus dans cette tâche, mais au moins, comme il me le fit gentiment remarquer, je n'étais plus là à geindre.

Il avait refusé de m'en dire plus sur sa dague, sur qui il était ou sur les raisons qui l'avaient amené à guerroyer, et je n'avais trouvé aucun renseignement à ce propos sur Internet. Quand j'insistai, il se contenta de me dire qu'il préférait notre époque d'acier et d'électricité à l'ancien temps, parce que les Metallzauber, les gremlins, avaient d'autres utilités que de forger des épées qui serviraient à tuer d'autres gens. Puis il m'avait renvoyée vers mon bureau et s'était mis au travail sur les voitures.

Je suis droitière et c'était mon bras droit qui était cassé. Je ne pouvais même pas l'utiliser pour maintenir en place une feuille de papier, car le médecin avait insisté pour que je le porte immobilisé contre mon torse. Même pour utiliser mon ordinateur, je n'avais qu'une main – ce qui rendait toute tâche terriblement lente. Du coup, au lieu de travailler, je perdis deux mille dollars imaginaires dans des parties endiablées de solitaire.

Ce n'était donc peut-être pas le moment idéal pour l'arrivée de Gabriel Sandoval. J'avais complètement oublié que j'avais dit à sa mère de me l'envoyer le lundi après l'école.

Il dut attendre que je fasse leur facture, puis que je calcule un salaire horaire qui me semblait correct. Cela lui ferait vingt heures de travail, ce qui me semblait encore un peu trop, alors j'ajoutai quelques dollars de l'heure, jusqu'à ce que cela me paraisse plus acceptable.

Je lui fis passer la sortie imprimante du document, et il barra le salaire horaire pour le remplacer par le montant que j'avais d'abord calculé.

—Je ne vaux pas ça, pas encore, dit-il. Mais ce sera le cas à la fin du mois.

Je le considérai d'un œil nouveau. Il n'était pas très grand, et ne serait jamais gros, mais une impression de solidité se dégageait de lui, aussi jeune qu'il puisse être.

—D'accord, dis-je. Ça marche.

Je lui fis visiter le bureau, ce qui prit au moins cinq minutes, puis je le fis asseoir devant mon ordinateur pour le familiariser avec le logiciel dont je me servais pour mon inventaire et ma méthode de facturation. Quand il eut l'air d'avoir saisi, je posai un tas de paperasses devant lui et le laissai se débrouiller.

Je revins au garage et désignai le bureau du pouce à l'intention de Zee :

—Je crois que j'ai trouvé un remplaçant à Tad, lui dis-je. Je lui ai donné une tonne de travail administratif et il ne m'a même pas grogné dessus.

Zee leva les sourcils :

—Tad ne t'a jamais grogné dessus.

—« Bon Dieu, Mercy, quand penseras-tu à me donner les factures le jour où tu les établis ? », dis-je en imitant de mon mieux la voix bourrue de Tad.

— On pourrait croire qu'une fille élevée avec les loups serait capable de distinguer les jurons des grognements, remarqua Zee. (Il posa sa clé à molette et soupira.) Il m'inquiète, mon garçon, d'ailleurs. Comme tu le sais, il n'a eu cette bourse que pour que son université ait un fae-alibi qu'ils pourraient montrer à tout le monde.

— Peut-être, reconnus-je. Mais ils n'ont pas conscience de ce qui leur est tombé dessus.

— Tu crois que tout va bien pour lui ?

— Je n'arrive pas à imaginer un endroit où tout n'irait pas bien pour Tad. Rien ne l'effraie, rien ne le dérange, et il est terriblement compétent dans tout ce qu'il lui prend la fantaisie de faire.

Je tapotai le dos de Zee. J'adorais le voir jouer les papas inquiets. Nous avions ce genre de conversations depuis le jour où Tad était parti pour Harvard. Je me faisais un plaisir de les noter et d'en envoyer un « best of » à celui-ci lors de nos échanges hebdomadaires par mail.

J'entendis la porte du bureau s'ouvrir et fis signe à Zee de se taire afin que nous puissions entendre la manière dont mon nouvel employé gérait la clientèle.

— Que puis-je faire pour vous ? dit-il d'une voix de velours qui me surprit.

Je ne m'attendais pas à l'entendre flirter.

Tout s'expliqua quand j'entendis la voix de Jesse répondre :

— Je cherche Mercy. Elle ne m'a pas dit qu'elle avait un nouvel employé.

Il y eut un bref silence, et Gabriel demanda vivement :

— On vous a frappée ?

Le rire de Jesse retentit, et elle répondit d'un air insouciant :

— Ne vous en faites pas. Mon père a vu ce bleu, et celui qui en était responsable est mort, maintenant.

— Parfait.

Gabriel ne semblait pas dérangé par l'éventualité que cela puisse être la réalité. Ce qui était effectivement le cas.

— On m'attend dans la voiture, il faut vraiment que je voie Mercy.

Elle arriva dans le garage avec un air pensif :

— Je l'aime bien, dit-elle.

J'acquiesçai :

— Moi aussi. Sympa, ta nouvelle coupe.

Nous nous étions arrêtés chez Warren en revenant de l'exploitation forestière et avions trouvé Jesse débarrassée du ruban adhésif collé dans ses cheveux – ainsi que de la majorité de ceux-ci. Warren avait l'air… enfin, il aurait dû avoir l'air coupable, mais c'était plutôt de l'amusement qui brillait dans son regard.

Jesse leva les yeux au ciel :

— Non, mais franchement, qui aurait cru qu'un homosexuel ne saurait pas couper les cheveux ?

Elle passa ses doigts dans les courtes mèches qu'elle avait enduites d'une coloration gorgée de paillettes dorées. Elle ressemblait à une garçonne des Années folles arborant l'un de ces bonnets à pampilles.

— Il t'avait prévenue, pourtant, remarquai-je alors qu'elle traversait le garage pour plaquer un baiser sur la joue de Zee.

— Heureusement, le coiffeur a su arranger ça le lendemain, dit-elle avec un sourire qui s'effaça aussitôt. Papa a appelé Maman hier, et lui a raconté ce qui s'est passé. *Tout* ce qui s'est passé.

Je connaissais sa mère. Adam et elle n'avaient divorcé que quatre ans auparavant, et Adam vivait derrière chez moi depuis sept ans.

— Qu'est-ce qu'elle a dit ?

— Qu'il devait me mettre dans le premier avion pour Eugene et qu'elle ne voulait plus jamais le revoir. (Elle effleura ses lèvres.) Elle le fait exprès, tu sais ? Elle le met plus bas que terre, pour qu'il se sente aussi nul qu'un animal. Si ça ne marche pas, elle ramène sur le tapis ses quatre fausses couches, comme si ça ne l'avait pas autant brisé qu'elle. Comme si tout était sa faute. Et chaque fois, ce n'est pas qu'il marche, c'est qu'il court ! Comme je savais parfaitement ce qui allait se passer, je les ai forcés à me laisser participer à la conversation. Je pensais qu'il allait encore s'incliner et me renvoyer là-bas, alors j'ai dit des choses que je n'aurais peut-être pas dû dire.

Je ne dis rien et me contentai d'attendre. Si elle voulait en parler, elle était libre. Et c'est ce qu'elle fit :

— J'ai parlé à papa du petit copain de maman qui avait essayé de se glisser dans mon lit quand j'avais douze ans. Et aussi de cette fois, il y a deux ans, où maman est partie à Las Vegas pour le week-end sans me prévenir. Autant dire que c'est devenu moche.

— Je suis désolée.

Elle releva le menton :

— Pas moi. Maman a accepté de me laisser vivre ici jusqu'à la fin de l'année scolaire, et qu'ils discuteraient à ce moment-là. Bon, cela dit, Warren est en train de poireauter dans la voiture – papa a dit qu'il lui faudrait un bon moment avant de pouvoir envisager de me laisser seule – au moins une semaine. J'ai quelque chose à te demander.

— Quoi donc, ma douce ? demandai-je.

— Papa m'a demandé de t'inviter à dîner. Un superresto, parce qu'on te doit une fière chandelle.

— Je vais fermer le garage, comme ça tu pourras aller te préparer, intervint Zee de manière particulièrement enthousiaste.

Pourtant, je n'avais pas été si geignarde que ça. Sérieusement.

— D'accord, dis-je. Pourquoi ne pas venir me prendre à… (Je grimaçai en me rappelant, un peu tard, que ma montre n'était pas à mon poignet droit ce jour-là. Il était presque 16 heures.) 18 h 30 ?

— Impeccable, dit-elle en retournant d'un pas léger flirter avec mon nouvel assistant.

— Dehors, m'ordonna Zee.

Ce ne fut pas aussi simple. Tout d'abord, je présentai Zee à Gabriel, puis tentai vaguement d'avancer dans mon travail jusqu'à 17 heures. J'avais récupéré mon sac à main dans le coffre et m'apprêtais enfin à décoller lorsque je vis arriver mon ami sous couverture au volant d'une Mustang des années 1980 décapotable à la peinture noire et luisante.

— Hé, Tony, le saluai-je.

Il portait toujours son costume de super-macho, remarquai-je alors qu'il sortait comme un diable de sa voiture. Les lunettes de soleil opaques qui dissimulaient ses yeux lui donnaient un air vaguement sexy et menaçant.

— Je crois que tu as perdu ton moteur, lui fis-je remarquer.

— Bizarre, répondit-il en considérant sa voiture d'un air faussement sérieux, j'aurais juré qu'il était encore là il y a une minute.

— Ah ah, dis-je. (Mon bras douloureux me mettait d'une humeur peu propice aux blagues idiotes.) Demande à quelqu'un de vérifier, tout de même.

— Qu'est-il arrivé à ton bras ? demanda-t-il.

Je m'inspirai de la méthode de Jesse, et racontai la vérité pure et simple :

— Un loup-garou m'a envoyée valdinguer contre un tas de caisses alors que j'essayais de porter secours à une jeune fille prisonnière d'une méchante sorcière et d'un parrain de la drogue.

— Ah ah, dit-il sur le même ton peu amusé avec lequel j'avais accueilli sa plaisanterie. Tu as vraiment dû te faire ça bêtement si tu te sens obligée de raconter des âneries à ce propos.

— Bon d'accord, admis-je, j'y suis peut-être allée un peu fort en qualifiant l'autre de « parrain de la drogue ». Et j'aurais dû aussi mentionner quelque part le si sexy et si canon père de la jeune fille en question. Qu'est-ce que tu en penses ?

— Mercy, dit-il en saisissant mon bras intact et en me ramenant vers le bureau. Il faut qu'on parle.

— Pas le temps, répondis-je. J'ai un rendez-vous galant.

— Bien tenté, répondit-il. Mais je ne t'ai jamais vu te livrer à ce genre de frivolités depuis qu'on se connaît.

Il ouvrit la porte et me fit entrer.

Gabriel leva les yeux de mes… de *ses* papiers et son sourire aimable s'effaça aussitôt.

— Qu'est-ce que tu fiches ici ? dit-il en s'avançant vers nous. Lâche-la. *Maintenant.*

Génial, pensai-je. *Pile ce qu'il me fallait : un nouveau mâle dominant qui veut s'occuper de moi.*

Tony relâcha sa prise sur mon bras et se laissa tomber sur l'une des chaises inconfortables que j'utilise pour convaincre mes clients qu'il y a bien d'autres choses à faire que de traîner dans le coin en attendant que je répare leur voiture. Il se prit la tête dans les mains, les épaules agitées de tressautements.

Je me demandai s'il s'agissait de sanglots ou de gloussements, et finis par me rendre compte qu'il riait.

Quand il releva la tête, il était passé par l'un de ses époustouflants changements d'apparence, aidé en cela, je l'admets, par le fait qu'il avait enlevé ses lunettes. Mais même son langage corporel et son expression s'étaient métamorphosés. Il avait soudain l'air d'avoir dix ans de plus et, si l'on négligeait les boucles d'oreilles, semblait beaucoup plus respectable.

— Tony ? balbutia Gabriel, visiblement stupéfait.

— Cela fait des mois que je bosse au lycée de Kennewick, juste sous son nez, m'expliqua-t-il. Il ne s'en est jamais rendu compte. Je t'ai bien dit que personne ne pouvait me reconnaître.

— Je n'ai jamais dit le contraire, le rassurai-je. Tu es excellent comme policier travaillant sous couverture.

Tony secoua la tête.

— Gabriel, est-ce que ça te dérangerait de nous laisser une minute ? J'ai quelques questions à poser à Mercy.

— Pas de problème, dit Gabriel en quittant la pièce, toujours incrédule.

Il jeta un coup d'œil en arrière en allant vers le garage, comme pour s'assurer que c'était bien Tony.

— J'ai vraiment pas été sympa avec lui à l'école, expliqua Tony, une fois que nous fûmes seuls. Mais bon, il sait se défendre.

— Je suis vraiment pressée, l'interrompis-je. De quoi voulais-tu me parler ?

Il souleva une fesse de sa chaise et sortit une feuille de papier pliée en quatre de la poche arrière de son jean.

— Ce gamin qui a travaillé pour toi, dit-il. J'ai trouvé d'autres informations sur lui.

Je dépliai la feuille. C'était une photo de Mac d'un noir et blanc granuleux avec « ON RECHERCHE » écrit en capitales. Quelques informations de base figuraient au bas de la feuille – il avait seize ans – mais il n'y avait rien d'autre.

— Alan Mackenzie Frazier, lus-je.

— Ils ont réussi à l'identifier grâce à un coup de fil qu'il a passé à sa famille de ton garage.

J'acquiesçai et racontai (presque) toute la vérité :

— Je m'en souviens. Il m'a demandé s'il pouvait passer un appel longue distance la dernière fois qu'il était là – il y a juste une semaine. Il a travaillé toute la journée, mais, depuis, je ne l'ai pas revu.

J'avais abordé le sujet de Mac avec Bran. Il m'avait promis qu'il ferait en sorte qu'un randonneur trouve son corps au printemps pour que ses parents n'aient pas à espérer inutilement toute leur vie. Ce n'était pas grand-chose, mais c'était déjà mieux que rien.

Il me fallut pas mal de tâtonnements et une bonne dose d'aide extérieure, mais je réussis finalement à me faire belle pour mon dîner avec Adam et Jesse. Qui se révéla être un repas en tête-à-tête avec Adam vu que la demoiselle lui avait dit qu'elle ne se sentait pas bien. Il la laissa donc devant une vidéo en compagnie de Darryl et d'Auriele, Warren étant sorti avec Kyle ce soir-là.

L'influence de la bonne chère et de la musique de qualité ne tarda pas à se faire sentir. Adam se détendit et je découvris que sous son costume d'Alpha autoritaire et colérique se cachait un homme charmant, autoritaire et colérique. Quant à lui, il semblait parfaitement réjoui que je me révèle aussi têtue et irrespectueuse de l'autorité qu'il le pensait.

Il commanda le dessert sans me consulter. J'aurais pu m'en offusquer, mais c'était le genre de dessert que je n'aurais jamais osé commander pour moi : du chocolat, du caramel, des noisettes, de la glace, de la crème chantilly et un gâteau si moelleux qu'on aurait dit un brownie.

— Alors, dit-il en me voyant engloutir la dernière miette, tu me pardonnes ?

— Tu es arrogant et irrespectueux des autres individus, lui dis-je en pointant ma fourchette parfaitement nettoyée dans sa direction.

— Je fais de mon mieux, répondit-il modestement.

Puis ses yeux s'assombrirent, et, tendant le bras à travers la table, il m'essuya la lèvre inférieure du pouce. Il lécha son doigt maculé de caramel en me regardant dans les yeux.

Je tapai des poings sur la table et me penchai vers lui :

— C'est pas du jeu ! Je veux bien apprécier le dessert que tu m'imposes – mais utiliser le sexe pour m'empêcher de me mettre en colère, c'est de la triche.

Il rit, l'un de ces rires qui part du creux du ventre et agite toute la poitrine : le rire d'un homme heureux et détendu.

Je changeai de sujet, l'ambiance soudain chauffée à blanc me rendant mal à l'aise.

— Bran m'a dit qu'il t'avait assigné la mission de me surveiller.

Son rire s'interrompit net, et il me regarda en haussant les sourcils.

— C'est vrai. Maintenant, demande-moi si c'était pour Bran que je gardais un œil sur toi.

C'était une question piège. Je le voyais à ses yeux amusés. J'hésitai, mais la réponse m'intéressait :

— OK. Alors, est-ce que c'était pour Bran que tu me surveillais ?

— Chérie, répondit-il en exagérant son accent du Sud, quand un loup surveille un agneau, il ne pense pas à la maman de celui-ci.

Je souris comme une idiote. Je ne pus m'en empêcher : l'idée de Bran en tant que maman d'un agneau était trop drôle.

— Tu parles d'un agneau, répliquai-je.

Il se contenta de sourire énigmatiquement.

On dirait que c'est encore le moment de changer de sujet, me pensé-je en prenant une gorgée d'eau.

— Warren m'a dit que tu avais définitivement accepté notre violeur en série préféré au sein de la meute ?

— Il n'était pas responsable des viols de Londres.

Il en semblait convaincu, ce qui signifiait qu'il avait demandé et obtenu la vérité de la part de Ben. Néanmoins, je décidai de chatouiller la légère irritation que j'avais sentie dans sa voix :

— Ils se sont arrêtés quand il est parti, pourtant.

— Il est venu à notre secours deux fois, et c'est juste le hasard qui a fait que ce ne soit qu'une fléchette qu'il a arrêtée la deuxième fois. Les hommes de Gerry avaient des balles en argent, répliqua-t-il d'un ton impatient.

Je lui adressai un sourire de madone et il froissa sa serviette d'un air dégoûté :

— OK, un point pour toi, dit-il de mauvaise grâce.

— Je suis sûre que tu ne le laisserais pas sortir avec Jesse, lui dis-je d'un air satisfait.

Quand il me ramena chez moi, il sortit de la voiture et fit le tour afin de m'ouvrir la portière. Peut-être était-ce parce que j'avais le bras en écharpe, mais j'eus l'impression que c'était le genre de choses qu'il faisait toujours.

Il me raccompagna sur le pas de ma porte et prit mon visage entre ses mains. Il me contempla un instant, puis tourna son visage vers la lune, qui était presque pleine. Lorsqu'il se retourna vers moi, ses yeux bruns étaient veinés d'un jaune lumineux.

Il effleura ma bouche de ses lèvres douces et légères et je m'appuyai de tout mon poids contre la pression de ses mains pour me rapprocher de lui. Il eut un rire de gorge et m'embrassa enfin pour de vrai.

Avec mon bras cassé entre nous deux, notre langage corporel ne put s'exprimer que par nos bouches et nos mains. Il sentait l'eau de Cologne, un parfum riche et subtil qui s'harmonisait bien avec son odeur exotique.

Quand il se recula, je gardai la main sur sa joue, savourant le contact granuleux de sa barbe et la sensation de mon cœur bondissant. Le silence s'installa entre nous, ainsi qu'autre chose, que je n'arrivais pas à identifier.

La porte s'ouvrit à ce moment-là et mon nouveau colocataire nous considéra en souriant :

— Alors, vous avez terminé ? J'ai préparé du chocolat chaud parce que je m'étais dit que Mercy n'était pas très couverte – mais je vois que tu t'es occupé de lui tenir chaud.

Samuel avait été fou de rage quand je lui avais annoncé que j'allais dîner avec Adam, en rentrant du garage. J'avais dû lui rappeler en des termes stricts qu'il n'avait plus aucun droit sur moi. Plus maintenant. Il habitait chez moi en attendant de trouver un logement à lui, et ça ne lui donnait sûrement pas le droit de décider avec qui je pouvais sortir.

Si je m'étais rendu compte qu'il s'agissait d'un véritable rendez-vous amoureux, j'aurais probablement été plus gentille. Je savais que j'intéressais toujours Samuel – et une partie de moi en était toujours amoureuse.

Quand Jesse la Marieuse m'avait appelée pour m'avertir que son père était en route et qu'il ne fallait pas que je m'inquiète, elle allait parfaitement bien, Samuel était allé bouder dans sa chambre, la plus vaste de mes deux chambres d'amis. Mais alors que je me débattais pour essayer d'enfiler ma robe, il avait fait irruption dans ma chambre pour m'aider. J'aurais pu parfaitement me débrouiller seule. Contrairement à ce qu'il affirmait, je n'avais émis absolument aucun gémissement de douleur. Mais il faut bien admettre qu'il était plus facile de manipuler des vêtements, une écharpe hérissée de bouts de Velcro et un bras cassé avec trois mains qu'avec une seule.

Mon départ ne le ravit pas, mais je refusai de laisser la mauvaise conscience me guider dans le choix de mes cavaliers. Je ne m'amuse pas à jouer avec les gens que j'aime, et je refuse qu'ils le fassent de leur côté. Je lui promis juste de ne pas coucher avec Adam plus que je ne coucherais avec lui tant que je ne saurais pas où j'en étais, et où ils en étaient, eux. Mais c'était tout ce que j'étais prête à accepter.

Je m'étais douté que le fait de lui laisser la soirée pour repenser à tout ça était une erreur. J'aurais probablement dû prévenir Adam que Samuel vivait toujours chez moi, me dis-je quand je me rendis compte qu'il ne semblait pas être au courant – mais je n'avais pas voulu rompre le lien ténu qui s'était tissé entre nous durant cette soirée.

Adam s'était fait dépasser de manière inattendue par Samuel, l'amant-à-domicile.

— Ce que tu viens de faire est méchant, Samuel, le réprimandai-je avant de me tourner vers Adam : Il habite ici le temps de trouver un appartement. (Je jetai un regard lourd de signification à Samuel.) Cela ne devrait pas prendre longtemps.

— Je pensais que tu exerçais dans le Montana, docteur Cornick, dit Adam.

Il m'avait lâchée lorsque la porte s'était ouverte, puis il avait posé la main sur mes reins – le genre de geste de propriétaire que les garçons rivaux ont les uns envers les autres.

Samuel acquiesça et s'effaça pour nous laisser entrer. Du moment où ils se retrouvèrent tous deux enfermés dans mon salon, je sentis l'odeur de pouvoir qui s'élevait d'eux.

— Je travaillais dans une clinique en alternance avec trois autres médecins, dit-il en nous accompagnant à la cuisine. Je ne leur manquerai pas trop. Cela faisait un moment que j'étais parti d'Aspen Creek et, en y revenant, je n'ai pas vraiment réussi à m'y sentir chez moi. Je me suis dit que je pouvais trouver un endroit qui en serait moins éloigné que le Texas.

Adam accepta une tasse remplie d'un liquide fumant sur la surface duquel il se mit à souffler d'un air absent :

— Cela signifie-t-il que tu postules à l'entrée dans ma meute ?

Le sourire de Samuel, qu'il avait plaqué sur son visage depuis qu'il avait ouvert la porte, s'élargit :

— Oh non, jamais ! Je vais devenir un loup solitaire – tu auras probablement un message de Bran à ce propos dans le courant de la semaine.

Je les laissai finir. De toute façon, ils ne me prêtaient plus la moindre attention. Je ne pouvais enlever ma robe sans une main secourable, mais au moins réussis-je à enfiler deux tee-shirts pour me couvrir le torse et le bras, y compris l'instrument de torture qui me l'immobilisait. Pour les chaussures, c'était moins simple, mais je trouvai de vieilles tennis sans lacets que je réussis à enfiler par-dessus des socquettes.

À mon retour dans le salon, les deux hommes étaient toujours plongés dans l'une de ces intenses discussions très courtoises qui se terminaient habituellement très mal. Ils s'interrompirent en me voyant ouvrir la porte d'entrée, mais recommencèrent dès que je fus sortie.

Je choisis de prendre le van parce que ma Golf n'avait pas la direction assistée. Après quelques kilomètres, je me garai sur le bas-côté et composai un numéro sur mon portable :

— Stefan, dis-je, tes pièces sont arrivées. J'ai le bras cassé alors il va falloir que tu fasses tout le travail, mais je te dirai comment faire.

— Comment t'es-tu cassé le bras, Mercy ? demanda-t-il.

— Un loup-garou m'a envoyée valdinguer contre un tas de caisses alors que j'essayais de porter secours à une jeune fille prisonnière d'une méchante sorcière et d'un parrain de la drogue.

— Il faudra que tu me racontes ça, répondit-il. Je te retrouve au garage.

Et voilà. Certaines personnes croient ce que je leur raconte, elles.

Remerciements

Comme toujours, ce livre n'aurait pas pu être écrit sans l'aide de mes assistants éditoriaux : Michael et Collin Briggs, Michael Enzweiler (qui a aussi dessiné la carte des Tri-Cities), Jeanne Matteucci, Ginny Mohl, Anne Peters et Kaye Roberson.

Je voudrais aussi remercier ma fabuleuse éditrice, Anne Sowards, chez Ace Fantasy, et mon agente, Linn Prentis. Merci aussi à Bob Briggs d'avoir répondu à toutes mes questions concernant les loups et la faune du Montana. Et enfin, Mercedes doit beaucoup à Buck, Scott, Dale, Brady, Jason et tous ceux qui ont réparé nos Volkswagen durant toutes ces années. Merci, tout le monde.

Toutes les erreurs de ce bouquin, c'est de moi qu'elles viennent.

Achevé d'imprimer en août 2020
Par CPI Bussière à Saint-Amand-Montrond
N° d’impression : 2052472
Dépôt légal : février 2020
Imprimé en France
81123423-2